有人陪你，

一世无忧

我们阅读
WOMENYUEDU
魅丽文化
花火工作室

暋星降临3

墨泠——著

江苏凤凰文艺出版社
JIANGSU PHOENIX LITERATURE AND ART PUBLISHING

图书在版编目（CIP）数据

繁星降临 .3 / 墨泠著 . -- 南京：江苏凤凰文艺出
版社，2021.8
ISBN 978-7-5594-6176-6

Ⅰ．①繁… Ⅱ．①墨… Ⅲ．①言情小说 - 中国 - 当代
Ⅳ．① I247.5

中国版本图书馆 CIP 数据核字 (2021) 第 147958 号

繁星降临 3

墨泠 著

责任编辑 张 倩
特约编辑 朵 爷 肖云梦
封面设计 ABOOK STUDIO 殷會 Design QQ 812784044
出版发行 江苏凤凰文艺出版社
南京市中央路 165 号，邮编：210009
网　　址 http://www.jswenyi.com
印　　刷 湖南天闻新华印务有限公司
开　　本 710mm × 1000mm 1/16
印　　张 20
字　　数 437 千字
版　　次 2021 年 8 月第 1 版
印　　次 2021 年 8 月第 1 次印刷
书　　号 ISBN 978-7-5594-6176-6
定　　价 50.80 元

江苏凤凰文艺版图书凡印刷、装订错误，可向出版社调换，联系电话 025 - 83280257

目录

CONTENTS

卷一 祭司多娇

卷二 国民妖精

目 录
CONTENTS

卷一

祭司多娇

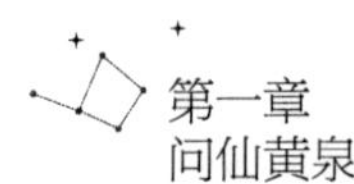

第一章
问仙黄泉

初筝发现这次自己竟然没有立即被送入新位面，而是处在一个漆黑的空间里。

也或许是她眼瞎了。

四周什么声音都没有。

“小姐姐。”王者号的声音响起。

初筝面前有光芒亮起，方圆一米都被照亮，脚下的地面很奇怪，像是踩在虚空里……这是什么鬼地方？

“小姐姐，由于出了一些意外，现在需要你回去。”

初筝不动声色地打量四周。

“什么意思？你让我回去？”这系统怎么会突然这么好？

“是的。”

“你确定？”

“小姐姐，请不要质疑我哦。”王者号的声音没多少变化，依然是那欢快的童音。

“你放我回去，凭什么还觉得我会随你摆布？”

“小姐姐，你要相信我，你甩不掉我的。”王者号很是自信，“小姐姐，我不会随便抛弃你的哦，你放心！”

初筝撇撇嘴。

“好的，请小姐姐闭上眼，现在我要送你回去哦。”王者号提醒初筝闭眼。

实际上，在它话音落下的时候，初筝就感觉到一阵眩晕，像是从高空坠下，接着落在实地。

“砰——”初筝起身，手中的玻璃球掉到地上，骨碌碌地从木地板上滚过，发出一阵乱响。

初筝感觉整个人在旋转，有点头晕恶心……

好一会儿，初筝眼前模糊的画面才渐渐清晰起来。

木制古朴的房间，靠墙的位置摆放着一张床。最里面的墙上挂着几幅画，看样子有些年头了。床对着一张木桌子，桌面上摆着不少一指高的透明瓷瓶，有的是空的，有的里面隐隐发着光，像装了五颜六色的萤火虫。

桌子旁边是多宝阁架子，上面摆放的全是乱七八糟的东西，大到花瓶，小到一枚纽扣。

另一边还有一个柜子，柜门开了一半，里面都是衣服。

熟悉的环境，熟悉的摆设。

自己真的回来了？

刚才滚到地上的玻璃球，缓缓地滚了回来。玻璃球突然伸展开，“嘎吱嘎吱”地变形成一个小型机器人。它全身都是类似玻璃的材质制作而成，但明显这不是玻璃，因为玻璃无法做到这一点。

机器人很是小巧，大概只有一部手机那么高。如果它有人类的皮肤，那就像是迷你小人。

房间里大部分东西都透着年代感，唯独这个机器人，充满科幻感。

机器人玻璃质感的眼睛正直直地盯着初筝：“主人，你睡了九天零八个小时哦，睡眠时间严重超标，订单堆积……唔，一，二，三……”

机器人慢慢数起来，它的声音也是童音，而且是那种两三岁奶声奶气的声音。

初筝一脚踹过去：“多少？”

机器人委屈地抱怨：“人家还没数完。”

初筝：“九天零八个小时你都没数完，留着你干什么。”

机器人举着胳膊抱脑袋：“十二单啦。”

由于胳膊太短，机器人那姿势看着格外搞笑。

自己睡了九天……而自己经历过的那些世界已经有十多个了，相当于半天一个世界。

“王者号，傻子系统？”

机器人无辜道：“主人，你怎么能骂人呢？不……骂机器人也不对，我是受律法保护的！”

“你就是个非法产物，哪条律法保护你？”初筝冰冷地怼回去。

“小姐姐，”王者号的声音响起，“你需要尽快解决好你这边的麻烦哦，时间一到，我就会再次送你过去。”

王者号似乎是放的外音，这一次，这声音并不是从她脑海里传来的。

“谁在说话？”机器人原地转圈圈，“是谁？！出来！！”那奶声奶气的声音一点气势都没有。

“咦……”王者号似乎有点好奇，“这个机器人怎么……不太对？”

初筝一脚把机器人踢到床底去。

机器人似乎被卡住了，在床下“咿咿呀呀”地哼。

初筝若无其事地收回脚：“你凭什么觉得我还会跟你去那莫名其妙的世界？”

现在这里是她的地盘，她的主场。

“小姐姐加油！”王者号扔下这句话，便没了动静。

初筝：“……”这架势是代表王者号有办法再次将她送到那些世界里面去。

机器人从床下爬出来：“呸呸呸，主人，你床底多久没打扫了？呛死人家了。”

初筝坐到椅子上，神色不明地陷入沉思。

王者号到底想做什么？它又是什么东西……

良久，初筝发问：“有人来过吗？”

“有啊，这两天每天都有人敲门呢。人家有些害怕，不敢开门。”机器人奶声奶气地告状。

“谁敲门？”

机器人“嗒”的一声，全息投影投在空气里。一个穿着西装的男人站在门口，似乎有些紧张地敲着门。

“就是这个人，天天来。”

初筝手指在全息投影里点了点，很快页面就跳转到另外一个，页面上各种图片滚动，有点像某宝。

“未处理订单十二。”机械的提示音响起。

初筝点开订单，看完之后，带着机器人出去。

门外就是楼梯。

楼下是一个不大的店铺，铺子里摆放着各种香蜡纸烛。

而初筝现在要做的就是——发快递。

大佬也是要为生计奔波的。

初筝把东西打包好，刚准备叫人来收，楼上忽然响起敲门声。

“来了，又来了。”机器人在原地转圈圈，“是他，是他，就是他。”

这套房子的一楼是店面，打开店门，外面就是正街，一楼的店面看起来和普通店铺没什么区别；二楼则是居住的地方，可以从另一侧的小区里进入。

初筝上楼，穿过刚才那个房间，从另一扇门过去，这边是客厅和卫生间。

地板是木制的，踩在上面，“嘎吱嘎吱”地响，年代久远的古朴气息扑面而来。

“奇怪，这几天一直没见这丫头开门，她不会出什么事了吧？”

“不能吧……”

“她什么时候这么长时间没出现过啊？”

“是啊是啊，她那么一个小姑娘，说不定出什么意外了。要不，我们进去瞧瞧？”

“不太好吧？那丫头凶得很。”

“上次要不是她，你现在还在医院躺着呢，有没有点良心。”

狭窄的走廊上，几个大叔大妈挤在这里，正激烈地讨论着。而在这群人后面，还有一个西装革履的男人，他站在楼梯转角，抻着脖子往里面看。

就在他们讨论得正激烈的时候，那扇门忽然开了。

“你们有什么事吗？”

初筝穿着背心，背心的一角塞在大裤衩里，脚踩人字拖，脸色不太好地盯着他们，像极了宅了一个月没出门的网瘾少女。

“丫头，你没事啊。”其中一个大妈顿时松口气，“我们都快半个月没看见你了，店也不开，还看见有人鬼鬼祟祟地在你家门口转悠。这不，我们打算上来看看。”

站在楼梯转角的西装男一怔。

“我没事。”初筝语气平淡。

王者号说的就是这个麻烦？

她要是不开门，这群人还真有可能进来。她也不确定自己当时是什么状态，但是王者号都把她送回来应付，那肯定不太好。

几个大叔大妈见初筝真的没什么事，也习惯她面瘫的样子，笑呵呵地道：“没事就好，没事就好。”

大叔大妈一阵寒暄，然后上楼的上楼，下楼的下楼，很快就散了。

初筝吐出一口气，关上门。

“咚咚——”房门又响了。

初筝忍了忍，打开门：“还有什么事？”

门外站着一个男人，初筝将这个人和刚才在全息投影里看见的那个男人重叠上。

男人也打量着初筝。

“你找谁？”

“呃……您是初筝小姐吗？”男人回神，不确定地问。

“不是。”

“呃……那您认识初筝小姐吗？”

“不认识。”

说完，初筝“砰”的一声关上门。

男人从公文包里翻出资料，又对了一下门牌号。

黄泉路44号，是这里没错啊。

男人觉得奇怪，这条街明明叫问仙路，门牌号也是按问仙路××号排的，甚至眼前这栋楼的其余门牌号都是问仙路××号，唯独这家不一样。他光找到这里就找了好久。

没错呀……就是这里。

男人观察了一下四周的环境，忍不住打个冷战，总觉得这里阴森森的。

他深吸一口气，再次敲门。

好一会儿门才打开，初筝手中多了一把刀：“再扰民，我报警了！”

你倒是先把刀放下再说报警啊！

男人咽了咽口水：“我来找初筝小姐有点事，方便的话，能请她出来一下吗？”

“死了。”初筝将刀往门框上一砍，“再不滚，你很快就能见到她了。”

对方瞅着门框上新旧交错的刀痕，冷汗“唰唰”地往下流。

他来了这儿这么多天，就今天看见了人，偏偏里面的人还说自己不是……

男人又深吸一口气，再次敲门，然而这次房门没再打开。他只好隔着门朝里面喊：“初小姐，我是苏缇月教授介绍来的。”

房门“唰”一下拉开，一股冷风从里面蹿出来。

初筝站在门外，手里还拎着那把刀，精致的眉宇间像是凝结着冰霜：“说。”

男人咽了咽口水，忙将自己的名片递上：“我是繁星集团的总经理胡硕，我需要雇佣您，保护一个人。”

初筝接过名片敲了敲。

繁星集团……

初筝将名片扔回去，胡硕手忙脚乱地去接，听到女生的声音缓缓响起：“我很贵。”

“钱不是问题，您尽管开价。”

“苏缇月没告诉你？”

“什……什么？”

“打听清楚再来。”

“砰——”大门关过来，带起的风刮到胡硕脸上，冷得发疼。

他摸摸脸，这是什么怪人啊……一个保镖跩成这个样子？苏教授不会是耍他吧？

胡硕下楼，这次他没有像前几次那般直接从后面离开，而是绕到前面的正街。

这里的店铺都很古朴，街道上方挂满灯笼。晚上灯笼会亮起，五颜六色的灯海下，整条街都像是从古代穿越而来。

走到最后一个店铺的时候，胡硕忽然停下。

他抬头望去，这家店铺很奇怪，虽然风格和其余店铺没什么区别，但是它的颜色是黑色的。

胡硕的目光落在那恍如用鲜血浇出来的店名——黄泉路，门牌号——黄泉路 44 号。

旁边一家店铺明明是问仙路 43 号。

胡硕胳膊上忍不住起了一层鸡皮疙瘩。

胡硕开车离开问仙路。

整个问仙路都是这样的古建筑，有人坐在街边打牌聊天，孩子嬉闹跑过，生活节奏十分缓慢。人站在这里，似乎都会被这里的节奏感染，忍不住放松下来。

当他开出最后一段路的时候，整个世界仿佛发生了天差地别的变化。高楼大厦鳞次栉比，钢筋水泥混合的冰冷无情地在他面前展开，各种高科技也逐渐呈现。

路上走着的不再只有人类，还有各种机器人，不同形态，不同功能……

服务人员，引导人员，街道安全巡逻……这些都被智能机器人取代。

其实他也不用自己开车，车上有智能系统，他只需说出目的地就可以。

可是胡硕还是喜欢自己开车。

胡硕回头看去，问仙路越来越渺小，像一个异次元世界。

前面设有路障，里面执勤的也不是人，而是仿真人。

胡硕手腕在伸过来的屏幕上挨了一下，屏幕发出“嘀”的一声：“BR00817 请通过。”

胡硕驱车到京南科技大学。

学校大门口的机器人保安走过来：“访客登记。”它几乎和人类差不多，只不过身体有些僵硬。

“胡硕，找苏缇月教授。”

机器人在屏幕上点了几下，对着屏幕，一板一眼地道：“苏缇月教授，您有访客，请前往会客厅 108 室。”

会客厅 108 室。

一个男人推门而入，胡硕赶紧起身：“苏教授。”

苏缇月教授笑了下，语气很是温和：“胡先生，怎么突然来访？”

他穿着实验室的白大褂，戴着金丝边框眼镜，给人的感觉很是温文尔雅，笑容如沐春风，书卷气十足。

“咳咳咳……”胡硕有些不好意思，“打扰到苏教授了？”

“没有。”苏缇月道，“出什么事了，胡先生直说便是。”

“那我就直说了……之前苏教授不是推荐我去找初筝小姐吗？今天我见到人了，但是她好像对报酬不是很满意。我就是想问问，她想要什么？”

“之前我不是告诉过胡先生？”苏缇月道。

胡硕有些迷茫，他不太记得了。也可能是当时情况混乱，他没听清。

苏缇月只好起身道：“胡先生稍等一下。”

胡硕不明所以。

苏缇月冲他颔首，离开会客厅。

胡硕在会客厅里等得心急如焚，半个小时后苏缇月才回来。

“苏教授……”

苏缇月抬手，示意胡硕少安毋躁。他推了推鼻梁上的眼镜，从白大褂的口袋里摸出一个玻璃瓶，放在胡硕面前：“你拿这个去吧。”

“这是？”

“胡先生，就算我告诉你，你也不一定信。”苏缇月笑容温润，“胡先生务必记住，不要惹怒初筝小姐。”

“惹怒的话会怎样？”胡硕觉得那个小姑娘不太好相处。

苏缇月道：“惹怒她……不严重的话只是不理你，严重的话，她可能会毁约。”

“毁约？”

“她没有契约精神的，胡先生请务必记住这一点。”

苏缇月说得很郑重，让胡硕都紧张起来。

“多谢苏教授，这……这要是有用，胡某定当重谢。”

“重谢就不必了，我送你出去。”

胡硕顿时不好再说什么。

胡硕再次回到问仙路已经是晚上。

问仙路张灯结彩，灯火璀璨，人声鼎沸，街道两边的铺子已经全部打开，正在营业。

比起另一边高楼大厦里的灯火通明，这里更有烟火气息，更显得温暖。

晚上问仙路不允许车辆通行，胡硕只能走进去。

问仙路呈十字形，两条交错的街道被统称为问仙路。

胡硕再次走到黄泉路 44 号，这里的招牌不像别的店铺那样装了灯带，黑沉沉的显得阴森诡谲。

店铺的门只开了一扇，门外摆着一个纸扎人。

胡硕只觉得浑身都冒冷汗。

店铺里面隐约有光。

在这样繁华的街道里，夹杂一家这么古怪的店……就没人觉得毛骨悚然吗？

但是这些人好像习惯这里有这么一家店，该怎么走就怎么走，还有胆子大的人和纸扎人合影。

这些都是狠人啊！

胡硕咽了咽口水，挪到门口，敲了敲门。

胡硕往里面看一眼，好在里面除了香蜡纸烛，没有纸扎人这种恐怖的东西。

店铺并不大，但是摆设的陈列香蜡纸烛的架子，却是上好的木制品。每样东西都分门别类，摆放得非常整齐。

打个比方，就是大甩卖的菜市场和高档商城的区别。

架子摆放在四周，中间则摆放着桌子和椅子。

此时椅子上坐着一个女生，背对着门口。她还是那身装扮，一只脚放在另外一把椅子上，宽松的大裤衩滑到大腿上，那双腿修长笔直，曲线完美。

一个香烛店，昏暗的光线，诡异的女生。

这画面组合起来，胡硕只觉得有点上头。

地上有个小型机器人正滚来滚去，发出“嗒嗒”的声响。

那机器人……

繁星集团的主要产业就和机器人有关，胡硕几乎了解市面上所有的机器人。即便是以前淘汰下来的老旧型号，他也能认出来。

可他从来没见过这样的机器人。

不是因为它小，而是它的材质有点奇怪，玻璃做的机器人？闻所未闻。

“不营业。”椅子上的女生头都没回，直接谢客。

胡硕连忙回神。

“初筝小姐，是我，胡硕。”

“我管你胡说不胡说，今天不营业。”烦着呢。

胡硕拿出以往对待客户的执着：“初筝小姐，我给您带了东西过来，您要不看看？”

“不看，再见。”

“初筝小姐……”胡硕试着往里面走。

椅子上的少女忽地起身，宽大的裤衩落下，挡住她的大腿，椅子在木制的地板上摩擦出清脆的声音。

初筝转过身，凶巴巴地道：“你有完没完！”

少女眼底没有任何温度，看得胡硕更是浑身冒冷气，他面对那些身家几百亿的大拿都没这样的感觉。

肯定是这里的环境导致的，肯定是！

胡硕强迫自己镇定下来：“初筝小姐。”他将苏缇月交给他的那个瓶子拿出来，这个瓶子里有光闪烁，可他在来的路上观察半天，也不知道里面是什么东西。

初筝看着那个小瓶子，坐了回去：“你要我保护的那个人，和苏缇月什么关系？”

几个问号从胡硕脑袋上冒出来：“初筝小姐，这个……”

“回答我的问题。”

“苏教授和我们先生……是同学。”

“哦。”初筝踹了下另一把椅子，“坐。”

胡硕有点无奈，本来该由他掌握话语权，可是从他进来……不，站在门口的时候，气势就不足。

这个地方太诡异了！

但想到之前发生的事，胡硕又觉得也许初筝真的能解决事情。

胡硕定了定神，将那个瓶子放到初筝面前，规规矩矩地坐下，宛如等待老师阅卷的学生。

初筝将小瓶子勾进手心，将它举高对着灯光。

胡硕下意识地抬头……

“砰”！胡硕整个人摔在地上，脸上血色尽失，惊恐地看着天花板。

天花板的灯架上，横放着一个纸扎人。此时它正瞪着眼，阴森森地冲他笑……

初筝将小瓶子钩进手心，在桌肚里摸出一张纸，推到胡硕面前：“签。”

契约：

今与黄泉路主人签订契约，若违背契约，将奉献灵魂。

契约人：

胡硕发抖地看着契约。

苏教授不是说，她不怎么注重契约精神吗？为什么还要签契约？

还有这契约也不对吧？

“初筝姑娘，契……契约内容？”

现在的人都不好骗啊。

初筝将契约拿回来，从桌肚里摸出笔：“你要我做什么？”

胡硕对纸扎人心有余悸，觉得此时那个纸扎人就悬在他头顶，随时要扑下来。

“保护……我家先生。”

初筝将笔放到空白处：“名字？”

“胡硕……”

初筝握笔，脑袋保持不动，眉梢微挑，视线扫向他。

胡硕：“？”他没胡说啊，自己就叫胡硕！

初筝见胡硕没明白，只得提醒：“你家先生。”

胡硕反应过来：“星……星绝，‘星辰’的‘星’，‘绝对’的‘绝’。”

初筝将写好的契约推过去。

胡硕扫一眼，心底顿时又开始冒冷汗。

这……字迹是一模一样的啊！完全看不出来是现加上去的。

“签字。”初筝道。

胡硕咽了咽口水：“签……签谁的？”

初筝靠着椅子，纤细的皓腕搭在膝盖上：“你家先生。”

“代……代签也有用吗？”

初筝点头。

胡硕签上名字，试探性地问：“报酬……”

“付过了。”初筝将契约收起来，语气不急不缓地道，“工作时间八小时，时间由你们定，不加班，提供餐食，包接送，拒绝做任何职责范围外的事，直到任务结束，有意见吗？”

胡硕：“？？？”这些也没写在契约上啊？！

“有意见吗？”

“啊……没、没有。”胡硕道，“初筝小姐，什么时候能过去？”

“天晚了，不送。”

这是不去了。

胡硕出来的时候，发现那个纸扎人不知被谁移了位置，他正好可以看见纸扎人的背后。那背上贴着一张纸——绝版，非卖品，不许摸。

胡硕心里一阵后怕，飞快地离开问仙路。

第二天天一亮，胡硕就来接初筝。

车子开进一座庄园，庄园里遍布着机器人。初筝抱着一个玻璃球端坐在后面，神色平淡得谁也瞧不出她在想什么。

“初筝小姐，到了……”胡硕替初筝打开车门。

初筝拿着玻璃球下去，视线扫过大得离谱的庄园，亭台楼阁，小桥流水，花团锦簇，倒是处处都精致。

“初筝小姐，这边请。”胡硕带着初筝进入庄园奢华气派的城堡。

他们上楼的时候，楼上正好有人下来，是个很漂亮的女人。

女人一身黑色的修身裙，举手投足间都优雅端庄。她的漂亮带着锋利，能让人一眼就记住她，无法忘记。眼下有一颗泪痣，又给她添了几分妩媚。

女人停下来，柳眉微蹙，清丽的声音宛如出谷黄莺：“胡先生，这是……”

“二小姐，”胡硕冲女人点头，“这是初筝小姐，我给先生请的保镖。二小姐怎么还没走？”

“胡先生，你这话什么意思？这是星家……”

“二小姐，这是先生的私人庄园，和星家没有关系。”胡硕一点面子也不给这位二小姐留。

“哼！”二小姐轻哼一声，视线在初筝身上打转。

白色的T恤松松垮垮地扎在破洞牛仔裤里，她手里抱着一个玻璃球，脚上穿着一双帆布鞋，这一身衣服也不知道从哪个地摊上买的。

不过那身气质和容貌倒是让人难以忽视。面对这样的豪宅，她也是一副镇定自容，并不在意的模样。

就是不知道是不是装出来的。

二小姐收回视线，不屑地轻嗤一声：“你给大哥找的保镖？就这小丫头片子她能保护谁？”

胡硕：“二小姐，人不可貌相。”

二小姐没揪着这个问题，转而问：“我听说大哥这里有些怪事发生，胡硕你不会是趁大哥不方便，在这里胡作非为吧？”

胡硕：“二小姐多虑，庄园里一切都好。”

“是吗？”二小姐明显是不信的，“那希望是我多虑了。”

二小姐挑了挑眉，高跟鞋踩着楼梯，“嗒嗒”地往下走。和初筝擦肩而过的时候，她余光睨向初筝：“小妹妹，这里可不是你来玩儿的地方，没点本事的话，劝你赶紧回去。”

胡硕顿时捏了一把汗，他倒不是怕这位二小姐被初筝如何，就是怕初筝生气……因为苏教授说，她生气的后果不太好。

“劝你不要走夜路。”初筝语气平静地道。

二小姐微微沉了脸，但也没多说什么：“胡先生，你可要好好照顾我大哥。”

说完，二小姐下楼，极快地消失在大门口。

胡硕赶紧赔笑：“初筝小姐，二小姐只是过来看先生，不在这里生活，您不要和她一般见识。”

初筝冷漠脸，她才没那么闲：“说说最近发生的事。”

“啊？”胡硕愣了一下，好一会儿才反应过来，“咳咳……这事说来话长。”

初筝语气平缓：“那就长话短说，异常，异常事件，挑重点说。”

胡硕没想到初筝这么快就进入主题，之前在那边他都没来得及说。毕竟，她也是听到苏缇月的名字后才改变主意。也就是说，她知道自己找她，并不是聘个保镖这么简单。

“大概是一个月前，庄园里的用人总是无缘无故生病，怎么都治不好。但奇怪的是，他们一离开庄园，病就好了，所以庄园里面都换成了机器人。

“这是第一次异常，第二次是在二十天前，一个机器人……从阳台摔了下去。根据后面我们调看的监控，疑似有人将机器人推下去。

“接着机器人陆续出现问题，这些机器人都是咱们公司顶级系列的产品，不可能出现这样的问题。

“接下来的半个月，各种各样的问题层出不穷，就好像……这里住着一个我们看不见的人。

“苏教授来看先生的时候，我将这些怪事和苏教授提了几句，苏教授建议我来找您……”

胡硕将初筝带到一扇金属质地的房门前，旁边连着输入密码的屏幕。

胡硕示意初筝稍等一下，他按下密码，金属门缓缓滑动，向两边打开。

房间很大，整个房间都充满科技感。

初筝进去后，又穿过一扇门，才看见一张空床。

“初筝小姐，里面请。”

里面还有一个房间，这个房间的科技感更强烈，外面至少还能看见一些家具，而这个房间，被各种各样的仪器填满。

房间中间，放着一个游戏舱。男人正安静地躺在游戏舱里面，半透明的舱门模糊了男人的轮廓。

“先生半年前因为某些原因陷入昏迷。”胡硕将这事一句话带过，走到旁边检查仪器，“最近先生的仪器也开始出现问题。”

初筝：“……”来之前没跟我说雇主昏迷啊！

胡硕继续道：“初筝小姐，您能解决这些怪事吗？”

一开始他们并没有往怪力乱神的事上想，毕竟他们可都是整天和科技打交道的。

然而旧时代文化没落，别说京南城，就是全国都找不到几个有本事的大师。

后来苏缇月推荐他去找初筝，胡硕这才抱着死马当成活马医的心态去请初筝。

初筝打量房间，语气平淡：“非人为可以，人为可不归我管。”顿了顿，她补上一句，“不退款。”

之前那高大上的感觉都是错觉吗？这怎么感觉跟个奸商似的？

不过苏教授推荐的人，肯定不是江湖骗子。

“那初筝小姐，您看……”

“带我到处看看。”

“好……好的。”

胡硕带着初筝将整个房子都参观了一遍，最后回到那个房间：“初筝小姐，有什么发现吗？”

“没有。”她发现这里很干净，“你确定不是人为？”

“初筝小姐，之前已经找人里里外外都检查过，还增加了不少监控，一个死角都没有，这绝对不是人为。”胡硕保证。

“哦。”

初筝盯着那个游戏舱。那是繁星集团出品的，不过看型号应该是市面上还没推出来的新款。游戏舱的尾部，有一个图案，有点像太阳系，但是它有九颗星球，围绕轨道交错地旋转，每一个星球都有行星环，所以这肯定不是太阳系，应该只是繁星集团设计的公司标志。

初筝觉得这玩意儿有点眼熟……

她看向自己的手腕，左手皓腕上戴着一个智能手环。她把智能手环取下来，翻到后面，后面的图案和游戏舱上的图案一模一样。

“这是你们公司产的？”初筝将东西递到胡硕面前。

胡硕疑惑地打量片刻，不是很确定：“有点像公司以前的一款产品……”

最后，胡硕道："这应该是很早以前的产品，现在都停产了。"说着将自己手腕上的金属手环露出来，"您看，这是我们最新的产品，您喜欢吗？我可以送您……"

初筝冷漠脸："它的作用是什么？"

胡硕道："这是为全息游戏开发的，虽然停产了，但是系统没有关闭，用这个也可以登录繁星出品的所有游戏，只是体验感可能会差一些。"

"你们公司都有些什么游戏？"

胡硕不知道怎么突然聊到这个，但是鉴于苏缇月的警告，胡硕只能给初筝介绍。

现在全息技术成熟，繁星公司出品的全息游戏涉及各种类型，枪战、养成、益智……只要是你能想到的，这里都有。

"就这些……"胡硕手指滑动到最后。

"后面还有一页。"初筝望着屏幕。

胡硕皱了一下眉，似乎不太想说。但是对上初筝冰冷的眉眼，胡硕就觉得脊背发寒，身体先大脑一步行动，手指已经滑过去，他只能硬着头皮说："这款游戏还没有上线。"

屏幕上，偌大的"繁星"二字，背景是真人拍摄的，服饰从古代到现代未来。

最下面有一段宣传词。

——穿越古今，世界之巅，专属定制，开启一段属于你的梦幻之路。

"游戏以'繁星'命名，本来预计今年推出，但是因为技术问题，这个项目已经搁浅。"胡硕抹了一把冷汗。

初筝盯着屏幕上的那段宣传词，像是能看出花来。

不对……整件事都不对。

她这个手环并不是从繁星公司购买所得，而是她做完一个单子后，雇主寄过来了一张银行卡和这个手环。

额外的报酬，初筝也不会拒绝。手环挺好看，她就顺手戴上了，后来戴习惯了，也就懒得摘了。

但是……不对啊！

"他为什么昏迷？"初筝突然指向游戏舱。

胡硕心"突突"狂跳，这小祖宗的问题怎么跳跃这么大呢！

不是说游戏吗，怎么又拐到他家先生身上了？！

"初筝小姐，这些事重要吗？"

"当然！"初筝理直气壮，"了解雇主才能让我找到原因。"

胡硕："需……需要吗？"

初筝眸色平静地问："警察查案的时候需不需要多方调查？"

"需……需要。"

"所以我需要吗？"

胡硕无法反驳："初筝小姐，我是相信苏教授的，既然您说这对咱们先生好，那我也相信您。"

初筝点头。

“先生昏迷，就是因为《繁星》这款游戏。”胡硕脸色微微严肃，“《繁星》是扮演游戏，玩家进入游戏，可以选择副本和角色，然后进入游戏。在游戏里，度过那个人物的一生，不管你想体验什么样的角色，在里面都可以完成。

“《繁星》作为繁星公司即将推出的主打游戏，自然不会只有这么一点惊喜，还有多个玩家可以进入同一个副本的设计。打个比方，一个古代副本，有人选择帝王，而有人选择将军，还有人选择后宫嫔妃……这些玩家可以在一个副本里进行游戏。

“这和其他游戏组队玩法差不多，不同的是一个副本，最后只能有一个赢家。也就是说，他们要在这个副本里相杀相爱。选择帝王的玩家，必须统领江山，开创盛世；选择将军的玩家，必须登上帝位；选择后宫嫔妃的玩家，必须当上后宫之主……当然，每个位面的设定都不一样，总之想要获得副本胜利，就要成为整个副本最大的赢家。玩家身份和NPC身份都是隐藏的，也就是说，玩家并不知道谁是玩家，谁是NPC。玩家死亡，则游戏结束。这款游戏，就是要让玩家在游戏里体验不同时代不同身份。

“整个游戏本来已经做得差不多了，但是没想到，游戏突然出现严重的漏洞。团队里没日没夜地查找原因，结果依然没有得到改善。游戏不稳定，不能让人贸然进入游戏里，但星绝自己进去了，倒也有惊无险地出来了，还找到了原因。

“《繁星》项目继续推进，然而就在距离《繁星》即将宣布内测的时候，再次出现问题。这次星绝进去后，就再也没能出来，陷入昏迷中。星绝昏迷后，《繁星》项目彻底搁置……这件事对外还处于保密状态，希望初筝小姐不要外传。”

“我没那么闲。”初筝走到游戏舱前，“你先出去。”

“初筝小姐……”

“想解决问题就出去。”

“您不要乱动这里的东西，这都关乎着先生的生命。”苏教授推荐的这人到底靠谱不靠谱？

初筝不置可否。

胡硕不放心，再三叮嘱初筝不能碰任何东西。庄园里的怪事如果不解决，指不定他们哪天不注意，先生就会没命……

胡硕出去后，初筝敲了敲玻璃球。玻璃球“嘎吱嘎吱”地伸展开，机器人活动胳膊，蹬蹬腿儿，奶声奶气地叫：“主人？”

“扫描这个游戏舱。”

“为什么呀？”机器人坐在初筝手心里，“这个游戏舱好大，人家要扫描很久啊。”

“我养着你干什么？”

“主人才没有养人家呢，人家是自力更生的！”机器人哼哼。

“哦。”初筝把它扔下去，不留情面地道，“那你现在就走吧，去自力更生。”

机器人不敢再顶嘴，委屈巴巴地扫描整个游戏舱，各种数据在空气里呈现出来。

最后游戏舱里躺着的人渐渐出现在空气里，先是双腿，接着是平放在腹部的手。那双手有些苍白，手指如玉竹般修长匀称。白色的衬衣扣得严谨，宽阔的肩膀往上，露出修长的脖颈。

接着是男人的整张脸。男人的五官近似完美，流畅的轮廓透着清冽禁欲感，犹如沉睡在古堡中的王子，矜贵清雅，风华绝世。

初筝撑着下巴，看着投在虚空里的人影。

如果一切是全息游戏，那就很好理解，为什么王者号可以倒带，因为游戏本来就可以原地复活和回到起点，王者号顶多就是给她开了个挂而已。

还骗自己在别的世界里？它怎么这么能呢？

“王者号这个狗东西！”

“小姐姐，你不要随便骂我好不好？”王者号委屈。

女生浑身都透着凶劲儿，机器人似乎被吓到，空气里的影像开始晃动闪烁。

“你骗我，还不许我骂你？”初筝冷冰冰的声音在房间里流转。

王者号语塞，小姐姐开心就好，骂一下又不会少块肉：“小姐姐，你还有八个小时时间，八个小时后，我将再次送你进去。”

“主人你看好没有呀？人家好累呀。”机器人抱怨道。

初筝看它一眼：“你知道累？”

机器人：“当然知道，机器人也是人，我也会累。”

初筝懒得理它，她现在有点混乱。如果她去的地方真的是《繁星》这个游戏，王者号是怎么做到的？

如今的科技，人工智能已不是什么稀奇事。但是这些人工智能只是能自主思考，还没有自主意识。

据说繁星集团拥有一个有自主意识的人工智能。不过也是据说，到底有没有，繁星集团没有做过任何说明。

就算她去的是《繁星》这个游戏，王者号的目的是什么？还有……“好人卡”是谁？

“‘好人卡’就是‘好人卡’呀。”王者号脆生生地回答。

“他是谁？”

“小姐姐，你说什么呢？‘好人卡’又不是一个人。”

“他不是一个人，是猪啊？”

王者号突然有点怕怕的，小姐姐说话怎么这么凶。

而且……

“小姐姐，你不是没记忆吗？”

“我只是不记得细节，不是失忆，谢谢。”这就好比一个故事，她有大纲，但是没有细纲。

“好吧，就算你没失忆。但是小姐姐凭什么觉得‘好人卡’是一个真实存在的人？”

“他就是！”

“小姐姐，你怎么蛮不讲理啊？”王者号怒道，“你总得给我一个理由吧？”

“我说他是他就是。”初筝继续蛮不讲理。我凭什么要告诉你啊！

王者号在心底劝自己，要对小姐姐和颜悦色：“小姐姐，万一他不是呢？”

初筝理直气壮道：“不可能！”

初筝之前就怀疑“好人卡”的真实身份。因为她很了解自己，不可能每个位面她都会对“好人卡”有好感，好得让自己接受亲密的行为。每次“好人卡”叫她宝宝的时候，她都有一种熟悉感。

当然这上面都是她瞎想的。

主要是王者号的反应，初筝现在可以确定，“好人卡”绝对是一个真实存在的人，不然王者号现在估计十分嘚瑟地跟她扯别的了。

那么问题来了……“好人卡”是谁？

初筝瞄一眼游戏舱。

按照胡硕的说法，《繁星》项目搁置下来，这个游戏不会有别的玩家，那么……只有这个因为游戏昏迷的星绝。

所以是他吗？

初筝想打开游戏舱确定下，毕竟，如果他真的是自己的“好人卡”，初筝觉得自己还是能有点感觉的。

然而想到胡硕说的，不能乱动这些东西，有可能会造成星绝死亡，初筝又只能放弃。

胡硕在外面走来走去，直到天黑初筝才出来。

“初筝小姐，怎么样？这里有什么东西吗？”

“暂时没发现异常。”

初筝往外走，胡硕赶紧跟上：“初筝小姐，您去哪儿？”

初筝一张小脸严肃又认真：“下班时间到了。”谁也别想让我加班！

“啊？”下班时间？

胡硕猛地想起初筝说过，只工作八个小时来着。

可是这事不一样啊！

然而初筝才不管这些，她说过，只工作八个小时，工作时间可以由雇主方定。

这是规矩，她是个守规矩的人。

“他暂时不会有事。”初筝扔下这句话便径直离开。

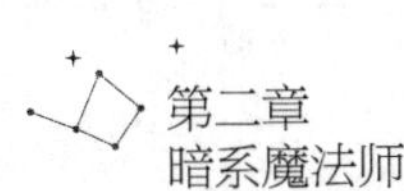

第二章 暗系魔法师

初筝万万没想到，王者号还真有本事再次把她弄到这里面来，一点准备都没有！过分！

初筝此时坐在乱葬岗里，垂眸就对上一双瞪得老大的眼，她面无表情地替他合上。

熟悉的配方，熟悉的味道。初筝确定自己还是和之前一样，无法离开这个世界，心里把王者号骂得狗血淋头，行为却十分镇定。

她先从乱葬岗里爬起来，发现自己站在一个万人坑中。

初筝从旁边爬上去，站在上面，往下面看去，场面更是血腥震撼。

“嗞……”上来就这么惊悚的吗？赶紧走赶紧走，万一一会儿还有人来扔尸体怎么办！

这是一个魔法世界，世界存在七种魔法元素：光元素、风元素、火元素、水元素、土元素、雷元素、暗元素。

拥有魔法的人，都被称为魔法师。

当然，这个世界大部分的人都是普通人，只有少部分的人能成为魔法师，然而强大的魔法师，却是屈指可数。

这一类人，便是人们极其崇拜尊敬的对象。

但是魔法师中，也有不被人喜欢的——那就是暗系魔法师。

暗元素被世人判定为邪恶的力量，它能让人们陷入恐惧中。

大约是百年前，暗系魔法师中出现了一个组织，这个组织将所有暗系魔法师集中在一起，他们滥杀人类，用邪恶的力量满足私欲。

魔法师们联合魔法工会将当时肆虐的暗系魔法师一网打尽，自此暗系魔法师销声匿迹。

而现在是百年后。

原主是一个暗系魔法师，她出生在一个偏僻的村落，出生的时候，她母亲就因生产而亡，父亲没过两年，再次娶亲。后娘对她并不好，吃饱穿暖都成问题，更别说这个后娘没过多久就生下一个男孩儿。

有了男孩，父亲对她的关注就更少。当村子里的孩子都跟着村支书学习魔法的时候，原主只能在家里干活。

她也想学习魔法，可是后娘不许她去。

有一天，村子里来了一个人，那个人魔法很厉害，原主怯生生地躲着看他。那个人注意到她，将她叫到跟前，问她是不是想学魔法。

原主点了点头，那个人拿出村支书才有的魔法球，让她将手放在上面。但是当她将手放在上面后，那个人突然变了脸色，拂袖离开。

原主难过极了。

然而不过一晚上，那个人再次出现在她家门口，和她父亲谈了一会儿，父亲便让她跟着那个人走。

那个人说，跟他走，就能学习魔法。

原主就这么跟着他离开。

叶书良是一座魔法城池的城主，原主被他带回府中。叶书良对她很好，教她魔法，教她这个世界的知识。但是原主从来没有离开过这座府邸，叶书良总对她说，外面很危险。

唯一的同龄人是叶书良的儿子，叶开影。

但是叶开影并不喜欢她，叶开影总是骂她怪物。原主不知道为什么，跑去问叶书良。叶书良就会板着脸教训叶开影，叶开影便更加讨厌她。

原主渐渐长大，她依然没有出过府。但是叶开影可以，他总能带回来稀奇古怪的玩意儿，原主只能眼巴巴地看着。

原主问叶书良，她为什么不能出府？叶书良说等她长大成年，就可以出去了，她现在要做的是努力练习魔法，出去才不会被坏人欺负。

原主就努力修炼，努力长大。

终于，她成年了。

叶书良带她出去，原主看着外面的世界，不管什么都觉得新奇。

他们停在一个城池外，叶书良和她说，这个城池里的人都很坏，让她破掉城池上的魔法阵。

原主是叶书良一手带大，世界观都是他塑造起来的，对他的话没有任何怀疑。叶书良说这里面是坏人，那肯定都是坏人。

她破掉城池上的魔法阵，叶书良带着人进城，屠杀突然开始。

叶书良对她说，这些人想杀了他们，都是坏人，如果不杀掉这些人，他们就会死。

当原主发现不知何时偷偷跑来的叶开影被人围攻的时候，想都没想就扑了过去，救下叶开影，但是她也受了重伤。那个城池里的人，用看怪物的眼神看着她，魔法狠狠地打在她身上，她失去反抗的能力。

当她看向叶书良想要找他求救时，却发现叶书良头也不回地带着叶开影离开，只留给她一个背影。

原主没想到，叶书良从一开始就骗了她。叶书良培养她那么多年，就是为了今天。

原主凭着仅剩的一口气，从万人坑里爬出来。当她找回去的时候，叶书良非但没有解释，反而说她是暗系魔法师，是她屠了那个城池。

她被人抓住，绑在广场上，活活被烧死。

现在的时间线正好是原主被扔在万人坑里的时候。

初筝靠着树干，检查了一遍身上，伤口不少，但是都已经止血，正在恢复中。

暗系魔法师……初筝按照原主的记忆，手中结印，暗元素迅速在她面前凝结出一个橘子……为什么是橘子？好饿！

“主线任务：请在一个小时内，花掉一百枚金币。”

初筝松开手，橘子落在地上，炸出一个小坑。

这暗元素……也太弱了吧？

“小姐姐，你还受着伤呢。”病号要有病号的自觉，能用暗系魔法已经不错了，还想咋的，上天炸月呢！

“嗯，对，我是病号。”初筝这点倒是认可，“我是病号，你也好意思发任务？！”

王者号瞬间遁走。

初筝摸着下巴琢磨。

“所以这个位面，我只需要把其余派系的魔法师都灭了就行了，是吧？”非我暗系，虽远必诛！

“不是！并不是！！小姐姐，请你不要乱来！”王者号咆哮。

这附近就一座城池，而这座城池已经被屠了。初筝有点不明白，叶书良都屠城了，为什么还要将城里这些人拖到万人坑里来？不嫌麻烦吗？

不对，我现在应该想去哪里败家。唯一一座城池集体下线，这钱给谁花？

“汪！”

初筝：“咦？”

王者号：“不会吧。”小姐姐，我劝你不要太丧心病狂！！

“汪汪汪……”纯黑色的大狗被困在一个魔法阵里，地上摆着一堆金币，它不断冲着远去的人影号叫。夕阳西下，那道人影宛如镀上一层橘黄的光晕，手里有什么东西一甩一晃，折射出耀眼的光。

王者号默默垂泪，小姐姐丧心病狂起来，真的是连狗都不放过。

不过，刚才那狗……

“小姐姐，你不撸毛啊？”

“一看它摸起来就不舒服。”初筝手里拿着那只狗的项圈，上面还刻有名字，她的指尖从上面拂过，“一寸？”这什么鬼名字。

那只狗至少得有一米长吧，怎么会是一寸？这起名的人对一寸有什么误解？！

初筝发现这里的文字有些特别，歪歪扭扭，正常情况是看不懂的。不过，她拥有原主的记忆，看起来倒没什么障碍。

“叮叮当当……”清脆的铃铛音遥遥传来，趴在地上的黑色大狗猛地站起来，朝着那边摇尾巴：“汪汪汪！汪汪汪汪汪汪！！”

一辆马车越来越近，白色的纱在空中飞舞，铃铛音是从马车外坐着的小少年脚踝上传来的。

小少年轻轻晃着脚，听见狗叫声，耳朵动了动。他欣喜地看向大狗的方向，随后转头对着马车里道：“主人，找到一寸了。”

也不等马车里的人回答，小少年跳下马车，跑到一寸面前。刚靠近就发现有魔法阵，小少年顿时皱眉：“你怎么被人关在魔法阵里面了？”

“汪汪汪！！”一寸怒气冲冲地叫。

“笨死了。”小少年嘻嘻地笑了一声，手指结印破阵。

“嗖——”破空声响起，小少年的脑门被一颗青枣打中，打断他结印的手法。远处的马车缓缓停下，层层叠叠的白纱扬起，又落下。

小少年无辜地摸着额头，不解地叫了一声：“主人？”

“暗系魔法阵，不要乱动。”马车里响起一道略显清冷的声音，有风吹过，荒原如同海浪一般荡漾过来。

小少年微微瞪大眼。

暗系魔法阵……

马车里的人没出声，只见白纱扬起，一道魔法落在魔法阵上，魔法阵瞬间溃散。

一寸从里面跳出来，直往小少年身上蹦：“汪汪汪！！”它仿佛在说：报仇报仇，要报仇！！

小少年被一寸扑在地上，他抱着一寸，余光落在还没完全消失的魔法阵里，地上金光闪闪的金币格外显眼。

小少年将一寸和地上的金币捡起来，带回马车上。

“主人，我在魔法阵里发现一些金币，还有一寸的项圈不见了。”

刚才叫唤得厉害的一寸，此时趴在外面，爪子刨着马车边缘，委屈地发出“呜呜”声。

马车里的人半晌才道：“走吧。”

“主人，暗系魔法师……”

“先去茂陵城。”

“是。”说完，小少年拍了下一寸的脑袋，“让你乱跑。”

三日后。

“哎，你们听说没有，茂陵城被人屠城了欸。”

“真的假的？谁干的？”

“我听说是暗系魔法师。”

“天哪，暗系魔法师不是早就没有了吗？”

“暗系魔法师是销声匿迹，又不是灭绝。不过，倒是真的很多年没有听见过暗系魔法师的传闻了……”

酒楼里的食客正激烈讨论着，茂陵城正是他们讨论的重点。

而那座城池，正是原主被叶书良骗去灭的那座。

得想个办法摆脱自己的嫌疑。

就在初筝思考的时候，酒楼里忽地安静下来。

门口出现三个五大三粗的大汉，大堂里吃饭的食客此时都安静如鸡，纷纷低着头，不敢看门口。而本来在上菜的小二，此时也脸色苍白，双腿打战地站在原地。

三个大汉大摇大摆地走进来，视线扫过大厅。站在前头的大汉甲似乎挑中目标，给大汉乙和大汉丙使了个眼神，朝着初筝那边走过去。

“小姑娘，一个人……”大汉甲手掌拍在桌子上，整个桌面的东西都跳了跳。

初筝面无表情地看过去，大汉甲后面的话突然就卡住了似的。

小姑娘看上去年纪不大，可那双漆黑的眸子，冰冷清冽，被她看着，像被某种大型凶兽盯着，浑身都开始冒鸡皮疙瘩。

大汉甲体会到一个人的眼神真的可以恐怖到让人害怕。

大汉甲眉心狂跳两下，当机立断收手，毫不迟疑地转身。

大汉乙和大汉丙有点蒙，但还是果断跟着大哥行动。

他们挑中初筝的隔壁桌，同样的姿势，同样的力度拍在桌子上，同样句式的开场白：“小公子一个人？”

“是……是啊……”小公子似乎被吓到。

初筝沉默地吃着东西，大汉和小公子的对话不时飘过来。

这三个大汉明显是本地的恶霸，酒楼里的人都不敢招惹他们。

“可是……是我先来的，我为什么要让你们？”

“哎哟，这话说得。”大汉乙大笑，“我们老大看上你的位置，那是给你脸，识趣的就快滚！”

小公子面红耳赤：“你们怎么这么不讲理。”

“理？在这里我们老大就是理！”大汉丙推搡着那个小公子。

双方推推搡搡，也不知道是谁先动的手。

这个说话都不太利索的小公子，竟然是个魔法师。

大汉们敢出来欺负人，自然也会魔法，酒楼瞬间被魔法光芒充斥。

“砰——”绚烂的魔法相撞，整个酒楼都在震动。

小公子有两把刷子，大汉们联手都没有立刻将他拿下。

大汉丙被小公子的魔法打中，身体不受控制朝着初筝这边飞过来。

大汉丙撞到初筝的桌子上，整个桌子都往后挪了一段距离。

这局面就造成初筝坐着的地方……没有桌子了。

初筝蒙在当场。

画面很尴尬啊！打架就不能好好打吗？波及旁人是什么意思！

初筝一怒之下，一把按住准备起身的大汉丙，将他脑袋按在凳子上。

直到脸颊贴在凳子上，大汉丙大概都不清楚发生了什么。

大汉丙挣扎几下竟然没挣开，心底微微诧异，这个女的力气怎么这么大？

蛮力挣不开，大汉丙开始念魔法咒语。

初筝按着他脑袋，在凳子上猛撞两下，快、准、狠。

大汉丙满头星星，哪里还记得什么魔法咒语。

须臾，大汉丙缓过来，怒火“噌噌”地往上冒：“你……你有病啊！”

“你才有病。”初筝面无表情地怼回去。

大汉丙怒道：“你突然动手，你才有病！”

初筝望向远处原先在自己面前的桌子：“你撞到我桌子了。”你们吵吵我都忍了，但是撞我桌子打扰我吃饭就不对了，我都快两天没吃上一顿热的了！

大汉丙：“撞到你桌子怎么了，没看见我在打架吗？我警告你，你松开我，不然一会儿有你好果子吃！”

初筝抓着大汉丙，又往凳子上撞了两下：“清醒点没有？”

其他两个大汉和那个小公子打得难分难解，压根没时间来救他。

大汉丙又挣不开，梗着脖子吼：“你想怎么样？！”

“桌子给我搬回来。”

大汉丙怀疑初筝只是找个理由打他。然而，当他将桌子搬回来后，初筝神色淡淡地挥手，示意他可以走了。

大汉丙往后退几步，见初筝继续吃东西，仿佛四周发生的一切都跟她没关系一般。大汉丙心中顿时一动，手中结印，默念魔法咒语。

“姑娘小心！”

大汉丙的咒语还没念完，后面一股大力撞来。

“砰——”桌子被压得四分五裂，三个大汉人叠人，压在上面。

初筝端着白瓷碗，拿着筷子，站在一旁。

很好！找死！

大汉甲率先起身，他的目光并没有放在初筝身上，而是看向那个小公子：“你个臭小子竟敢打你爷爷我……嗷……”

大汉甲整个飞出去，砸在地上，鼻子一热，鲜血瞬间从他鼻子里流淌而出。大汉甲伸手抹了一下，刚看见手指上的血，头顶就是一暗。大汉乙和大汉丙接连砸下来，大汉甲被砸得直翻白眼。

酒楼里的食客早在他们打起来的时候，能跑的都跑了，不能跑的都躲在暗处。

此时大厅安静下来，那些躲在暗处的食客冒头打量。

中间的小姑娘面无表情地收回手，周身萦绕着冷冽的寒气，让人觉得杀气腾腾。

初筝摸出几枚金币，抛到柜台上，极其平静地道：“再上一桌菜。”

掌柜从柜台后冒出头，瞄了瞄柜台上的金币，又瞄了一眼躺在地上动弹不得的三人组，果断溜进后厨。

初筝走到旁边拖了一把椅子，往上面一坐，气场十足。

不能和这群人生气，要保持形象，不能骂！

初筝把骂人的话憋回去，面无表情地盯着地上的人。

三人组被盯得头皮发麻，都不敢起来。

“姑娘，你没事吧？”那个小公子走了过来，还有些喘气不匀。

“没事。”才怪！事大了，我告诉你！

正巧掌柜端着菜出来，两个伙计抬着桌子，迅速上好一桌菜。

掌柜亲自递上筷子和碗。从掌柜额头上的冷汗和不断打战的腿儿，可想而知他此时有多害怕。

初筝慢条斯理地吃着东西，大厅里鸦雀无声，就连那个小公子一时间都没了声。

初筝吃完饭，放下筷子，在众人的注视下，缓缓起身。

地上的大汉三人组惊恐地往后缩。

这人哪里冒出来的，也不见她用魔法……然而不用魔法就能让人觉得这么恐怖，那用了魔法还了得？

初筝的指尖在桌面上缓缓敲击两下，冰冷的声音随之响起：“打扰别人吃饭很不礼貌。”

初筝离开酒楼，小公子不知想到什么，抓起地上的包裹，拔腿追了出去。

掌柜咽了咽口水。

“那是谁啊？”有人小声问。

“不认识……外面来的魔法师大人吧，好厉害，感觉比城主还有气势。”

“这三个恶霸也有今天，踢到铁板了，也是活该。怎么就没打死他们……”

“嘘！！”

大汉三人组心道，我们没想对付她啊！

他们对欺负对象有要求的！

“姑娘，姑娘，你等等我。”小公子气喘吁吁地追上初筝，因为奔跑，他脸上带上了绯色，清隽羞涩，像刚闯荡江湖的愣头青。

初筝环胸，往前走着，步伐看似不紧不慢，却比常人要快。

——这大概是因为腿长吧！

“姑娘，那个……刚才谢谢你。”小公子有些不好意思。

“是他们打扰到我，跟你没关系。”要不是打扰我吃东西，我才懒得管，你们就是打死了，我都不会多看一眼……嗯，我会多看几眼。

小公子明显被噎了一下：“你好厉害，你也是魔法师吗？”他刚才都没见她使用魔法。

“算是吧。”暗系魔法师在其他派系眼中，大概不算是正经魔法师。

所以把其他派系的魔法师做掉很有必要！

“小姐姐，这么庞大的工程，你不嫌累得慌吗？”

王者号虽然觉得初筝可能只是在乱想，心里过过瘾，并没有要实施的意思，但它还是有点担心。万一小姐姐哪根筋没搭对，突然就要实施了呢？

身为正经的败家系统，坚决不能让宿主如此暴力！

初筝觉得王者号说得有点道理。

“所以我现在要做的是结盟。”有道理！找人帮自己打架很有必要。

王者号昏厥，不！不是！你不想！！

“姑娘是要去哪里？”那小公子还在锲而不舍地问着。

初筝心道，我去哪儿关你什么事啊！不是，你跟着我干什么啊！

“我去蓬华城，不知道和姑娘顺路吗？”

“不顺路。”

初筝加快速度，准备甩掉他。她走了几步，忽然觉得不太对。

蓬华城怎么去来着？

原主从那个小山村离开，到叶家后，就从没见识过外面的世界。叶书良这次带她离开，她也不知道到底是从什么地方走的。

原主的记忆中，唯一的印象就是蓬华城。

但是……她并不知道要怎么去。

初筝面无表情地倒回来：“你去蓬华城？”

小公子脸上的表情顿时一亮，小脑袋狂点：“对啊。”

“你知道怎么去？”

小公子陷入沉默中。

两人站在大街上大眼瞪小眼。

“啊！我们可以去请魔法佣兵工会的人。”小公子眼前一亮，有了主意，“我有钱。姑娘，不如我们结伴而行？”

魔法佣兵工会是官方认证的佣兵团伙，在这里可以接任务，也可以发任务，护送任务是最常见的。但是他们现在所在的位置是一个小镇，魔法佣兵工会里人手不够，一时间还真就没人接这个任务。

“这真不是金币的问题，两位，你们也瞧见了，咱们现在人不够，没人接任务啊。”

佣兵工会的负责人愁眉苦脸。有钱不能赚，他也很愁。

富煜小公子扒拉着桌子：“就真的一个人都没有吗？我们只需要一个人带路。”

“没有，真的没有。”负责人摇头，“最近有个大人物在这附近，工会里的人都调去茂陵城那边了，这里真的没人接任务。”

茂陵城的事富煜也有所耳闻，听闻那座城池被人给屠了，十分惨烈，魔法帝国那边派大人物过来查看也正常。

“但是为什么要工会的人？”富煜不解。

“唉，那位大人物养的魔兽丢了，大家都去找了，这都什么事啊……”负责人摇头，“你们实在要是需要，就在这里等等。要是有人，我第一个分配给你们。”

“哗啦……”金币稀里哗啦地堆在桌子上，负责人和富煜同时看向倒金币的姑娘，她将没倒完金币的镶金绣花袋子扔下去：“人，现在，给我找。”

富煜腹诽：我家很有钱，但是我家也不能让我这么花钱啊！这么多金币，都够发甲级任务了！他们这种带路的任务，顶多算丁级任务。

“两位稍等，我这就去想办法！！”负责人“唰唰”地将金币扒拉过去。

“不是……”富煜还没说完，负责人就往后面走了，只留给他一个背影。

富煜心道，刚才不是一口咬定没有办法的吗？看不起自己给的金币吗？

富煜小公子不开心，他也很有钱的。

负责人不知道怎么解决的，总之不过一炷香的时间，就带来一个人。

“两位阁下，阿大是咱们这里认路最厉害的人，蓬华城他去过很多次，保证能把你们带到目的地。”

富煜打量着那人，怀疑：“你不会是在镇子里找的人吧？”

负责人“嘿嘿”地笑：“两位阁下不是只找带路的人吗？阿大绝对认识路你们放心，只是要麻烦两位阁下，路上保护一下阿大，他魔法不高。”

富煜皱眉：“我……”

“成交。”无所畏惧的初筝直接应下。她要的也不是能打的，能带路就成。

负责人立即笑眯眯地将阿大推过来。

阿大憨厚地笑了笑，没有说话。

等走出魔法佣兵工会，阿大才挠挠头：“两位阁下要去蓬华城？”

“嗯。”富煜小公子不太高兴，感觉自己被负责人给骗了。虽然不是他的金币，可还是不高兴，这些人怎么就这么坏？

“蓬华城是帝都，各大城池都建有直达的魔法阵，你们为什么不去大一点的城池，然后从魔法阵去？”阿大似乎很不解。

初筝：并不知道。

富煜：也不知道。

富煜是何人？据说家里特有钱，从他的名字就能窥见几分。

姓富，名煜。富煜富裕，能不富吗？刚从家里跑出来的小少爷，初筝瞧他也像是个未经世事的娇贵小少爷。

阿大过于诚实，导致富煜听完之后要回去找魔法佣兵工会的人算账。

初筝却没那个意思。

做人嘛，不要计较那么多，要做一个宽宏大量的好人。

王者号腹诽：“要是没有败家这个任务，你现在估计已经把人家的头拧下来当凳子坐了。”

最后，富煜还是没回去……

初筝不响应，底气不足。

初筝当然不能说自己不知道有魔法阵这么个东西。她硬着头皮表示：自己不想从魔法阵走。

富煜倒是挺想从魔法阵走，不过他瞧瞧初筝，最后还是选择跟着初筝。

富煜总觉得外面的世界好危险，他一个人也不认识。虽然和初筝也刚认识，但是她厉害啊！跟着她比较安全！

阿大倒没多想，回家收拾收拾，然后带着他们出了镇子，前往蓬华城。

如果初筝知道这里距离蓬华城那么远，她估计……也会选择从魔法阵走。

初筝能丢面子吗？不能！

这个世界只有一个帝国，但是皇室并不是唯一的主宰。

这个世界还有光明神殿、魔法佣兵工会、魔法协会、魔法学院等势力分庭抗礼。

其中，光明神殿十分神秘，没有重要的事，光明神殿的人不会出现；魔法佣兵工会人多势众；魔法协会专注魔法研究，里面都是学术型教授；魔法学院培养年轻一辈的人才，许多魔法大神都是出自此。

至于皇族，大概是因为血脉问题，显得比较尊贵，这就是传说中——投胎投得好。

当然人家皇族里也有很厉害的魔法师，不然也坐不稳这个位置。

五大势力都有话语权，大多数时候是皇族主事，另外的四大势力不会干涉。但是真的有什么大事，就不是皇族的一言堂，甚至到那个时候，光明神殿才是最有话语权的存在。

“这皇族不就是个管家？”初筝精辟总结。

富煜愣了一下：“好像……是哈。”

天空雾蒙蒙，远处的山脉都隐在雾中，朦朦胧胧，看不真切。

阿大望着前方，有些担心地道：“前面有些危险。”

富煜好奇：“怎么了？”

阿大指着前面隐在雾中的山脉：“我们需要从两座山中间过去，那是一个峡谷，峡谷里生活着很多魔兽。”

“只有这一条路？”富煜望着那片山脉，“我们绕着走不就行了？”

“不行，我们只能从这里过去。”

魔兽是那些会魔法的兽类。魔兽有温顺的，也有凶残的。温顺的魔兽大多数会被当成宠物养。凶残的要么称霸一方，魔法师不会轻易招惹；要么就只能被魔法师杀了，用来制作魔法需要的东西——这就是还不够凶残的下场。

阿大看看雾蒙蒙的天：“两位阁下，你们……还要过峡谷吗？”

阿大的潜台词就是：你们两个能不能打？

“峡谷里十分危险？”富煜不太敢保证。

“看运气吧，运气好，没什么事就能过去；运气不好，遇见魔兽，可能就会很麻烦。”

富煜看向初筝。

初筝：“走吧。”

都走到这里了，总不能让我丢面子，倒回去找魔法阵吧？

初筝面不改色地下命令。这段时间下来，富煜莫名相信初筝，因此初筝说继续走，富煜只好耸耸肩。

峡谷里常年萦绕着雾气，参天灌木遮盖，藤蔓缠绕而生，几乎看不见天空。好在峡谷并不是没人走，道路还算平坦。马车一路过去，没有遇见特别险峻的路况。

“吼……”峡谷里忽地响起一声兽类的咆哮。那声音浑厚，远远地传来，林间的鸟类扑棱棱地飞向远方。

“没事，离我们很远。”阿大道，“大部分的魔兽，只要我们不主动招惹，它们一般不会攻击我们。”

初筝没什么反应，安静地靠着马车坐着。反倒是富煜，有些紧张地从车窗往林间观望。

果然如阿大所言，并没发生什么意外。中途遇见一只魔兽，阿大让他们别出声，那只魔兽远远地看一眼，又极快地消失在丛林里。

入夜，他们停下来休息，阿大没敢走远，就地找了一些能吃的野菜和果子。

就当他们停下休息没多久，远远地，有一队人马出现。他们骑着白色的魔兽马，中间是个女子，戴着纱笠，挡住了她的容貌。

那个女子透过纱笠打量他们几眼，跳下魔兽马，朝着他们走过来：“你们要去哪里？”完全是质问的语气。

富煜性格不错，加上刚从族中出来，对大部分的人都保持着善意。但是这语气，也让富煜十分不舒服。

“这位姑娘，你没有礼貌吗？”

“啪——”长鞭从女子袖间甩出，打在富煜旁边的小树苗上，小树苗拦腰截断，倒在旁边。

女子趾高气扬地道：“问你们话就回答，你们要去哪里？”

“小姐。”后面一个中年男人上前。

女子瞪了那中年男人一眼，将长鞭一收，环胸站到一旁，没再说话。

富煜大概没遇见这样莫名其妙的人，公子脾气上来，也很不高兴地瞪了她一眼。

什么人啊！这么没有礼貌！

“抱歉，我们小姐没有恶意。”中年男人语气放得平和，还替女子道歉。

“哼！”女子很不领情地冷哼。

中年男人继续道：“是这样的，不知道几位是什么时候进的峡谷？”

富煜学女子冷哼。

中年男人打量对面几眼。

富煜长相气质都不错，后面那个皮肤黝黑的男人，粗布麻衣，带着一点憨厚样，地位应该不高。而坐在火堆旁，自始至终都没出声，甚至都没抬头看一眼的姑娘……

她低垂着眉眼，手里捏着一根木棍，正有一下没一下地戳着火堆。火堆飞扬起火星子，将那姑娘的轮廓映衬得清晰。但是炽热的火焰，并没有给她添上温度，她周身萦绕着一股森寒的凉意。

中年男人收回视线，斟酌下言辞：“是这样的，我们自从进入峡谷后，就一直没办法走出去，所以想问问几位阁下，是何时进入峡谷的，可有发现什么异常？”

富煜表情敛了敛，看一眼初筝，后者漠不关心地看着火堆。

富煜回过头：“今天才进来的，走不出是什么意思？”

中年男人见富煜搭话，赶紧道：“说实话，我们也不太清楚。这个峡谷我们也不是第一次走，可就这次不管怎么走都走不出去。”

富煜对峡谷不熟悉，他看向阿大。

阿大摇头，表示以前没听过这样的情况。

中年男人打听不到有用的消息，有些失望地走回那个女子身边。

“就在这里休息。”女子突然下令，末了，还瞪了富煜一眼。

富煜不客气地瞪回去。

中年男人歉意地冲富煜颔首，命人将旁边清理出来，又送过来一些食物和水，态度比那个女子不知道好多少。

富煜坐到初筝身边，小声问：“他们刚才说走不出去，是真的还是假的？”

初筝不紧不慢地道：“你自己不知道判断？”我怎么知道真的假的，我又不是神仙。

“我不知道啊……”他也是第一次出来闯荡啊！

“峡谷以前从没出过这样的事，那群人会不会是想打劫我们？”

这个峡谷只是有些危险，但从这里的道路情况来看，走的人非常多，从来没听过峡谷有走不出去的情况，所以阿大觉得这个可能性更大。

初筝冷漠脸：“想抢劫，早就动手了。”

他们这边才三个人，而那边十多个人，真的要是抢劫，确实可以直接动手。

等那边的人安顿下来，富煜才收回视线。一个人干坐着无聊，他挪到初筝那边。

“初筝姑娘，你去蓬华城做什么啊？”富煜一边啃果子，一边和初筝搭话。

这么长时间，富煜觉得自己能从她口中知道名字已经很不错了。

“不做什么。”去看看叶家，顺便栽……不对，顺便回个礼。

竟敢把她扔到万人坑里！

她可是每天都在努力做一个好人呢！

“我想去魔法学院。”富煜叹口气，“也不知道我能不能考上，要是考不上，那我可就白来了！”

阿大突然接话：“魔法学院的招生时间已经过了啊。”

魔法世界消息并不闭塞。即便是一个镇子，对外面的事，也是十分清楚的。

“啊？”富煜愣住，“怎么会，我明明听见是一个月后啊。”

“一个月后？”阿大想了想，挠挠头，“魔法学院的招生时间已经过了一个月了啊，就算是其余城池的分院也都已经停止招生，要明年去了……倒是光明神殿，一个月后会公开招收信徒。”

富煜满脸震惊，自己眼巴巴地往蓬华跑，不就是想考魔法学院吗？

他家里的那些老古董不许他出来，说是学族中的魔法就足够了。可是富煜哪里愿意整天被关在族中，他要出去闯荡，他要做一个行侠仗义的魔法师！

他好不容易偷听到魔法学院要招生……竟然听错了？！

富煜失望的情绪还没露出来，就听见阿大后面这句话，表情又是一亮："光明神殿？"

"是啊。"阿大道，"光明神殿五年才会公开选拔一次信徒，要是能选上光明神殿的信徒，那可就光宗耀祖了。"

"哇！"富煜一扫刚才的郁闷，"那我要去参加光明神殿的选拔，我一定要进光明神殿！"

"噗……"对面的那个女子嗤笑一声，"你以为光明神殿是什么地方，你想进就能进？"

"我能不能进关你什么事？"富煜不高兴地说。

"我就是告诉你，你这样的人，不可能进光明神殿。"女子态度傲慢。

他这样的人？他是哪样的人？

"我不能进，你能进吗？"富煜气得脸红脖子粗。

"我当然能，"女子语气里带上了骄傲，"我可不像你们这些乡巴佬，我劝你们还是赶紧打道回府，免得到时候哭。"

"你……"

眼看双方就要吵起来，中年男人赶紧出来打圆场。

富煜对和颜悦色的人生不起气来，闷闷不乐地坐回原地。

这场闹剧很快消停，四周渐渐安静下来，大部分人开始休息。

夜色笼罩整个峡谷，雾气渐浓。黑暗的环境里，似乎有什么东西在窥视。

初筝睁开眼，朝黑暗中看去，正好对面的中年男人也清醒过来，对上初筝的视线。

中年男人心底"咯噔"一下。

那个小公子和那个男人都没动静，唯独这个不声不响的姑娘察觉到不对劲……

"沙……"远处有声音传来，像是风拂过草丛，又像是什么东西从草丛里蹿过。

"小姐，小姐……"中年男人推了推旁边休息的女子，"小姐，醒醒。"

陆续有人转醒，中年男人示意大家安静。

声音越来越近，空气里的紧张因子不断攀升。

"嗖……"有黑影自草丛里蹿出来，速度又快又急。最近的那个人，几乎没看清是什么东西，整个人就被拖进后面的草丛，连惨叫声都没有，草丛晃动几下，恢复安静。

"你们看清是什么没有？"

"有点像银狼。"有人小声地回答。

魔兽银狼，以速度著名，属于凶残魔兽那一类。魔法师很不愿意对付这类魔兽，因为它们跑得太快，闪避技能太高，魔法师不好输出，自然不愿意对付它们。

唯一让人欣慰的是，银狼和别的狼不一样，它是独居魔兽。

银色的光芒一闪而过，这次大家都看清楚了。

确实是银狼。

"嗖……嗖嗖……"在场的人变了脸色。

一只银狼……两只银狼……三只……无数只……银狼把他们包围了！

"银狼不是独居魔兽吗？"富煜脸色不太好，"这些银狼怎么会聚集在一起？"

“你问问它。”初筝面不改色地看着其中一只银狼。

“初筝姑娘，这些银狼可不好对付！！”富煜顿时急了。

初筝神色淡然：“嗯。”银狼……这身毛看上去倒是挺不错的。

初筝眸光微敛，手指蹭了蹭袖子，有些跃跃欲试。

银狼身体微微弓起，绿油油的眼睛盯着他们，露出獠牙。

对面那群人已经聚集在一起，背靠背，警惕戒备，不敢掉以轻心。

“嗷……”左侧的一只银狼先发动攻击，魔法光闪现，地面猛地冒出土刺，人类的队伍瞬间出现混乱。而其余银狼看准时机，各个击破。

“初筝姑娘……”三只银狼朝着他们这边扑过来，富煜紧张地叫她。

初筝吐槽：为什么那边十几号人，才分六只狼，她这边三个人就分三只？凭什么啊！

富煜见初筝没反应，只得拉着阿大，让他躲在自己身后，魔法从手中蹿出。

富煜是火系魔法师，银狼怕火，不敢靠富煜太近。银狼低吼一声，爪子在地面刨了刨，水系魔法凝成的水龙压向富煜，火焰顿时小了下去。

就在富煜快要撑不住的时候，眼前忽地闪过一缕银光。下一秒，那只银狼“嗷呜”一声，像是被什么东西抽飞。

眼看就要撞到树上，银狼又被拉扯回来，砸在初筝面前。

初筝立即上手摸了一把……眉宇间的冷意忽然像是凝结成霜。

骗子！中看不中用。扎手啊，这玩意儿！！

初筝把银狼扔出去，银狼这次是结结实实地撞在树上。

富煜：初筝姑娘这是在干什么？

银狼：这人有病吧！

“沙沙沙——”从林里又有银狼冒头，打个照面，便一跃而起，发起攻击。

“怎么这么多银狼？！”

有人怒吼，然而没人能回答这个问题。不是群居的银狼，为什么此时会成群出现？

初筝并没怎么出手，她只是避开那些攻击的银狼，富煜和阿大跟在她身边，倒也还算安全。

“初筝姑娘，越来越多了……”富煜凑到初筝身边，“我们得冲出包围圈。”

富煜的话音刚落，神色突然微变。那边那个女子正带着人往他们这边过来，而在靠近他们的时候，突然抬手撒出一把粉末。粉末纷纷扬扬落下，挡住众人视线。

初筝一边拉一个，往后退开。

很快，初筝就发觉不对劲。

这些银狼的注意力……好像都在他们身上了。

火焰静静燃烧，地面上是树枝投出来的奇形怪状的扭曲影子，还躺着不少银狼尸体。富煜和阿大面色苍白地站在旁边，被吓到了。

银狼？

不！不是！

他们被初筝给吓到了。

这么多银狼，她一个人就搞定了。这要是说出去，谁信？

富煜小心翼翼地打量站在尸体中的姑娘。明明灭灭的光芒在她身上交织，她身上没有半分人气，漆黑的眸底，映着跳跃的火焰，然而她眼底，只有冰寒。

她站在那里，便是主宰。

初筝脚尖微转，踩在地面的落叶上，“沙沙”地轻响。裙摆在空气里转出一个细微的弧度，如盛开在黑暗里的花。

姑娘负手往黑暗里走去。

“富煜公子……”阿大叫了富煜一声。

富煜咽了咽口水：“走走走。”

两人互相扶持着，追着初筝走进黑暗里。

“小姐，刚才我们是不是不太厚道？”中年男人往后面看一眼，眉宇间有些忧虑。

而旁边的女子轻嗤一声：“有什么厚道不厚道，刚才不让他们挡住，我们能跑出来？”

“可是……”

“行了，不过是三个小人物，你有这个精力，还不如想想怎么离开这鬼地方。”女子不耐烦地道。

中年男人心底总有点不安。

刚才他们跑得急，代步用的魔兽马都被抛在后面，此时也不知道在什么地方。

这个峡谷大家经常走，确实不危险。可是闯到里面来……会发生什么，那就没个定性了。

中年男人不敢贸然停在这里，让大家继续寻找安全的地方。最后大部队停在一处比较空旷的地方，中年男人让大家分批休息。

“轰隆隆……”队伍刚停歇下来，地面一阵剧烈的震动，像是有什么东西往这边来了。

那声音越来越近。

中年男人低呵一声，也顾不上后面是什么，跑就对了！

然而，他们还是跑晚了，一群疾风豹左右夹击，迅速缩小包围圈，将他们围住。

“这里的魔兽都疯了吗？”

“我们不会要死在这里吧？”

“这群疾风豹比银狼还要难对付，怎么办啊？！”

中年男人低呵一声，维持队伍的秩序。

“小姐，你瞧中间那只疾风豹，”中年男人压低声音，“不太对。”

女子也瞧见了。

站在中间的那只疾风豹，周身萦绕着浓郁的暗元素，这是被暗系魔法操控了。

疾风豹是群居魔兽，每一群疾风豹都有一个头领，而那只身上有暗元素的疾风豹，明显是这群疾风豹的头领。

“有人？”女子柳眉微蹙。

领头的疾风豹低吼一声，各种魔法瞬间甩向中间，中年男人和女子没时间去讨论思考，这只疾风豹身上为何会有暗系魔法。

“土盾！”

女子面前出现土墙，替她挡住一只疾风豹。然而救女子的人，被旁边扑过来的疾风豹咬住脖子，瞬间拖着消失在暗处。

女子迅速后退，手中结印，紫色的雷电在她手中闪烁。

“雷箭。”女子呵道，紫色带着闪电的雷箭朝着疾风豹射去。

雷系魔法师人数较少，但是这个系的魔法杀伤力特别强大，因此雷系魔法师的地位也高一些，但仍然比不得光系魔法师。

光系魔法师百万人中都不一定能出一个。

初筝坐在横倒在地上的枯木上，撑着下巴看那边的人打斗。如果此时在她后面打束光，那妥妥就是——鬼片现场。

富煜和阿大此时已经开始发抖了。

银狼事件后，初筝就一言不发，沉默地在丛林里穿梭，直到找到一只疾风豹。

富煜看着她将疾风豹抓起来，也不知道做了什么，那只疾风豹就带他们找到了那群人……

然后……富煜看见初筝用暗系魔法收服了疾风豹。

暗系魔法啊！她是暗系魔法师！！

被疾风豹围攻的中年男人似乎发现了初筝，虽然隔得远，但中年男子还是认了出来。之前他心底的不安，无限扩大。

“是她。”女子也瞧见了，咬牙切齿地道，“她竟然没死。”

那么多的银狼，她是怎么对付的？

女子手中甩出一道雷电，游蛇一般蹿向初筝的方向。

黑色的魔法撞上雷电，“轰隆”一声炸开，空气里似乎都有余波荡漾而来，魔法光点慢慢地消散在空气里。

“你看见了吗？”女子抓着中年男人的手，语调有些古怪，似震惊，又似不可置信。

“看见了……”那是暗系魔法。

女子从牙缝里挤出几个字：“她是暗系魔法师！”这些疾风豹都是她弄来的。

想通这一点，女子心底升腾起一股怒意和兴奋，在中年男人阻止她之前，她用雷电开道，迅速朝着初筝那边掠去。

没想到她也能见到活的暗系魔法师！杀一个暗系魔法师，她进光明神殿的事，就是板上钉钉了。

初筝看着女子突破疾风豹的防御，朝着自己奔来，眉梢微微抬了一下。

“天罚！”头顶突兀地出现几道雷光，呈圆形将初筝笼罩在其中，快速落下来。

初筝微微抬手，手指缓缓在虚空张开，指尖有银光闪烁，接着极快地出现在她手心里，藤蔓一般交织而上，迎着那几道雷光去。

紫色的雷电气势磅礴，宛如雷霆之怒。银光轻软如棉絮，不见丝毫的霸道。

两道光在半空中遇上，光芒闪烁。

整个世界有瞬间的静谧，接着就是剧烈的爆破声，海浪一般向远方扩散，大地山脉都在震动。魔法的余波横扫向四周，树木“哗哗”地响。

女子被余光震得后退几步，有些错愕地看向风暴圈，瞳孔一阵紧缩。

竟然……没事？

天罚是雷系高阶魔法，虽然她只学到皮毛，可是威力不容小觑。

那人怎么会没事？不可能啊！

暗系魔法师有这么厉害？！

风暴圈中，初筝稳如泰山地坐着，连姿势都没变一下。那模样，像是在嘲笑女子的所作所为。

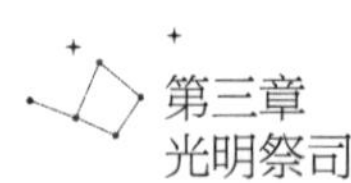

第三章 光明祭司

“轰隆”的声音在山谷中回荡，久久未歇。丛林里，清脆的铃铛音微微一顿。一簇灌木被拨开，黑色的大狗先跳出来，它抖了抖毛，然后望向灌木丛。

铃铛音再起，小少年从灌木丛出来，他望向声音传来的方向：“主人，好像有人打架。”

灌木丛“沙沙”轻响，一抹白影跃出灌木，衣摆上的绣纹在黑暗里仿佛有微光，勾勒出清晰的花纹轮廓，神圣又纯净。修长如玉竹的手指拨开灌木，男人缓慢走出来。

“暗元素。”男人轻喃一声。

“嗯？”小少年疑似自己听错，望向那抹白影，“暗元素？这里也有吗？”

“去瞧瞧。”男人的声音缓缓流淌，如山间最清冽的泉水。

“是，主人。”小少年明显巴不得，径直往前面跑了。

一寸“汪”了一声，想追着小少年，可又转头看看男人，似乎不敢离开，整只狗都显得颓靡起来。

“去吧。”男人轻声道。

一寸身上的颓靡一扫而光，拔腿追着小少年而去。

男人在原地站了片刻，随后抬脚往那边过去。

疾风豹围在初筝身边。女子被中年男人扶着，她头上的纱笠已经不见，露出一张极为秀丽的脸。女子嘴角有血迹缓缓渗出，可见刚才吃了亏。

中年男人给女子喂了魔法药剂，随后才看向初筝：“你是暗系魔法师？”

初筝刚想回答，旁边忽地有铃铛音响起，接着一道身影冲出来。

那身影还没站稳，又一只庞大的狗扑出来。

疾风豹们察觉到什么，背脊上的毛都竖立起来，喉咙里发出低吼，站立的圈子逐渐朝着初筝缩小。

“汪！！！”一寸站稳，瞧见疾风豹中间的初筝，立即冲初筝狂叫。

它仿佛在说：就是她！抢我的项圈！

小少年似乎能听懂一寸的话，往初筝那边看过去。

一个半大的孩子和一只狗突然冲出来，场面瞬间有些诡异。

“汪汪汪！！”项圈还给我！

一寸龇牙咧嘴地冲初筝叫。

初筝面无表情地看着它。

“汪……”一寸声音陡然弱下去，最后只剩下“嗷嗷”声。

小少年诧异，一寸竟然怕她？这可真是稀奇事。一寸除了怕主人，还没见它怕过谁。

主人！小少年一拍脑门，转身蹿进灌木中。铃铛音远去，消失在黑暗中。

众人不解，这是什么情况？刚才是他们的幻觉吗？

不！不是幻觉。因为跟着那个小少年出来的大狗还在。

不过片刻，他们再次听见那铃音由远及近。

灌木丛“沙沙”地响，小少年再次出现，他后面还有一抹白色的人影。衣摆上的花纹微光闪烁，将男人修长挺拔的身姿映衬出来。

男人五官精致立体，眉心有一朵银白色的莲花印记，纤长细密的睫羽下，是一双疏朗清雅，仿佛看透红尘不染尘埃的眸。他鼻梁高挺，性感的薄唇轻合，然而并不会让人多想，仿佛他身上的一切，都是神圣纯净，不容侵犯。

他身上有一种宁静致远的舒适，犹如从山间走出来的隐士高人，看着他的时候，都忍不住放松下来。

大狗开始欢快地摇尾巴，仿佛撑腰的人来了，整只狗的气势都变了。

完美地诠释“狗仗人势”这个词。

“汪汪汪汪！”主人就是这个人，抢我项圈！报仇！要报仇！

“你们在此处做什么？”男人性感的薄唇微启。

“祭司……祭司大人。”中年男人似乎不敢相信自己看到的。片刻后，他反应过来，慌忙垂下头，又拉了下看得有些入迷的女子。

“见过祭司大人。”女子被迫弯腰，视线里没了那个绝代风华的人儿，顿时有些不满。然而她还没发作，脑中猛地闪过刚才中年男人说的话。

祭司大人？这个世界上只有一个祭司大人，那就是光明神殿的主人……

他、他就是祭司大人？

女子一颗心“扑通扑通”地狂跳起来。

“主人问你们在这里干什么？”小少年重复一遍祭司大人的话。

“九曲，不得无礼。”男人轻声道。

小少年吐了吐舌头：“九曲知错了。”

“祭司大人，小女子有重要的事禀报。”女子抢在中年男子之前开口，手掌狠狠地捏紧，紧张又兴奋。

祭司大人……这是祭司大人。她要是能在祭司面前表现，进入光明神殿的机会将会更大。进入光明神殿后，她岂不是能天天看见祭司大人。

而初筝这个暗系魔法师，就是很好的踏脚板。

想到这里，女子就忍不住激动。

“何事？”

女子压住心底的激动，素手指向初筝：“这个人，她是暗系魔法师，刚才我们被她伏击。”

祭司大人的视线往初筝那边看过去。

“暗系魔法师……”男子轻喃一声。

九曲似乎想说什么，被男子抬手拦下。

“是的，她就是暗系魔法师。祭司大人，我们亲眼所见，她使用的是暗系魔法。”

初筝抱胸站在高处，语气平缓地问：“你凭什么说我是暗系魔法师？”

“我看见你用暗系魔法！”女子美眸瞪着初筝，“你就是暗系魔法师。祭司大人，她真的是暗系魔法师。”

祭司大人拢袖站在原地没有说话，光芒将他的轮廓勾画得神圣纯净，又似乎带着一点柔色。

初筝问：“你哪只眼睛看见的？”

“我哪只眼睛都看见了。”

“哦。”初筝冷漠脸，“可是你怎么证明自己看见了，你能让你的眼睛回放刚才的画面吗？不能。所以你怎么保证，不是在栽赃陷害我？”

女子语塞。

这是什么说法？她自己不就是证人吗？为什么要证明自己看见的？

但是细想下……好像又没毛病。

女子咬咬牙，再次朝着祭司大人的方向道：“祭司大人，小女子不敢说谎，我们这里这么多人都看见她使用暗系魔法。”

她顿了一下，又急急地道：“祭司大人，您感受一下，这里肯定还残留着暗元素！！”

初筝无所畏惧地站在疾风豹群中，不卑不亢地迎着祭司的眸子看过去。

他的眼睛真的很漂亮。

即便是在黑夜中，也显得清透，一尘不染的清透。

祭司大人缓缓出声：“可是我没在她身上感觉到暗系魔法。”

光明神殿的祭司，必是光系魔法师，他拥有这个世界上最纯净的力量。对暗系魔法的感知程度，比普通的魔法师要敏锐不知道多少倍。

他说……他没感觉到暗系魔法。

其实女子和中年男人也没感觉到初筝身上有暗元素的波动，只是刚才他们亲眼瞧见了。

女子情绪略显激动：“怎么会……不可能，她就是暗系魔法师，祭司大人，您……”

中年男人赶紧拉住女子：“祭司大人，请问什么魔法可以控制魔兽？”

祭司大人往初筝那边瞧一眼：“暗系魔法。”

“您瞧那只疾风豹。”

初筝身边的疾风豹冲中年男人低吼一声。

即便是光系魔法，都只能让魔兽温顺下来，并不能控制它们。唯独霸道的暗系魔法，它可以强行让魔兽臣服，控制它们的行为。

疾风豹身上有浓郁的暗元素，明显是被人控制着。

“祭司大人，这就是证据。”中年男人道，“如果不是她用暗元素控制疾风豹，疾风豹为何会保护她？”

“对！祭司大人，请您相信我们。”女子也跟着附和，“如果放走暗系魔法师，定然会酿成大祸。”

初筝觉得有必要为自己辩解一下：“疾风豹保护我，就是我控制的？”

“不是你控制的，它们能听你的，保护你？”

“那你怎么能证明，它们是我控制的？”初筝无所畏惧地看着他们，“你问它们，它们能回答你吗？”

就算是我控制的又怎样，有证据吗？

魔兽是不可以说话的……有些魔兽可以沟通，但那是通过其他的方式。

“主人，我可以问。”九曲举手。

有些人类有某些天赋，比如可以和魔兽沟通。

九曲便能。

初筝心道，这是哪里冒出来的熊孩子！拆我的台吗？！

祭司大人不咸不淡地看他一眼，九曲突然觉得有点头皮发麻，他、他做错了吗？

祭司大人收回视线，淡声道：“去吧。”

九曲一步三回头，心底有些忐忑，主人这是什么意思？

九曲和疾风豹沟通，疾风豹看向初筝，初筝神色平静地望着虚空，没有任何表示。

一人一兽很快沟通完，九曲跑回祭司大人身边，小声地和他说话。

祭司大人点了一下头。

九曲转头扬声道：“魔兽中也有暗系魔兽，这只疾风豹是暗系魔兽，它们在这里，只是因为你们出现在它们的地盘。”

暗系魔兽确实有，但是很难见。厉害的魔兽都会圈地，这说法没什么问题。

“它们为何要保护她？”女子不服气。

“看不惯你们以多欺少。”九曲道。

众人：那是看不惯人多欺负人少的架势吗？那根本就是护主的架势！！

祭司大人对这个说法似乎已经接受了。

女子不服气，明明那个女人是暗系魔法师。就在她打算理论的时候，中年男人冲她摇摇头。

不管那个人是不是暗系魔法师，祭司大人都没有要追究的意思。他是光明神殿的主人，他们和他作对，并不明智。

最重要的是，初筝身上并没有暗元素波动。他们非得说她是暗系魔法师，又拿不出证据，祭司大人岂能就这么轻易相信他们。

中年男人聪明地转移话题："祭司大人，您怎么会在这里？"

"你们可曾看见一只白色的魔蝶？"问话的是九曲。

中年男人那边的人纷纷摇头。

魔法世界的魔蝶大部分色泽艳丽，颜色越是艳丽，这些魔蝶就越厉害。纯色的魔蝶都很少见，更别说白色……他们从来没见过。

"祭司大人，是这样的，我们在这峡谷已经走了好几天，但是怎么都走不出去，不知祭司大人可有发现这峡谷的异常？"

"清幽蝶的天赋魔法，找到它就可以出去了。"祭司大人忽地转头看向初筝刚才站的方向，那里只剩下零星几只疾风豹，哪里还有人。

祭司大人微微蹙眉，他竟然没察觉到她什么时候走的。

"清幽蝶是什么？"中年男人依然没发现少人，"它长什么样子？一定要找到它才能出去吗？"

"白色的魔蝶，很大。"九曲道，"你看见就知道了。"

清幽蝶他们根本没听过是什么魔兽，不过祭司大人明显是在找它。中年男人哪里敢走，主动带着队伍，替祭司大人找魔蝶。

初筝走出一段距离，几只疾风豹慢吞吞地跟着她。富煜和阿大已经快抱在一起了，身边都是疾风豹，又不敢停下来。

他们竟然跟着一个暗系魔法师，这个世界太疯狂了。

富煜和阿大哆嗦一阵，发现初筝并没有搭理他们，也没有要灭口或者做什么的意思，两人也渐渐放松下来。

他们有疾风豹带路，很快就从深处走回主道上。

阿大继续带路。可是他们走了三天，四周的环境从陌生到熟悉，完全就是在原地绕圈。

正如那群人说的，走不出峡谷了。

"初筝姑娘，我们是不是被困在这里了？"富煜抱着一根木头，神情复杂地看着初筝。

"嗯。"目前的实际情况是这样的。

富煜："那我们怎么办啊？"

初筝："等着。"

富煜："等……等什么？"

初筝面无表情地说："后面不是还有人在想办法。"当然是等着出去，不然还等着干什么，过年吗？

有人在后面想办法，我为什么还要去折腾，坐收渔翁之利不好吗？！

初筝发现出不去后，连窝都懒得挪一下。

疾风豹或坐或卧，将四周围得严严实实，别的魔兽也不敢出现。

"阿大，你有没有发现，这些魔兽好像都是成群结队？"

阿大点头："有点奇怪。"

他们刚进来的时候，还看见落单的魔兽。但是这几天，就没见过落单的，不是一大群，就是好几只。

然而，很多魔兽都是独居，怎么会成群结队呢？！

“隐藏任务：请小姐姐获得灵迹‘好人卡’一张，拯救黑化的灵迹。”

我还奇迹呢。

初筝吐槽完才反应过来，王者号又在深更半夜发任务，系统时间是不是跟她的不一样？！打扰别人睡觉礼貌吗？！

“小姐姐，这个问题我们以前不是讨论过吗？”

初筝理直气壮道：有吗？我不记得了。

现在你知道装失忆了。

“请小姐姐立刻马上，前去拯救‘好人卡’。”

初筝躺着不动：他不是都黑化了，还需要拯救吗？人家厉害着呢，哪里需要我。给黑化的“好人卡”一个舞台，他能干掉整个世界。

“小姐姐不是你自己说，‘好人卡’是你的吗？你不要了？现在‘好人卡’正需要你，此时不去更待何时，做好人要趁热！”

初筝总觉得这话有哪里不对。

“好人卡”“好人卡”“好人卡”……我的“好人卡”，我的！我的我的……冷静，深呼吸，每天都要努力做一个好人。

初筝做好心理建设，翻身起来。

旁边的阿大吓得睁开眼：“初筝姑娘……”

初筝摆手，示意没事。

阿大正困，迷迷糊糊地看看四周，没发现异常，又靠回去继续睡。

初筝把疾风豹留在原地，一个人离开。她不紧不慢地走在丛林里，和王者号要资料。

“灵迹是谁？”

“光明神殿祭司。”

初筝琢磨了一下，不就是上次见到的那个会发光的男人吗？

初筝心底直叹气。她可是暗系魔法师，和光系是对立面，相看两生厌那种，“好人卡”能觉得自己是好人？

这个世界也不支持转职业，要是支持——就让“好人卡”转个职业好了。

小姐姐是认真的吗？让你干什么的啊！

是让你来拯救黑化的“好人卡”的！是让你来继续黑化“好人卡”的吗？

峡谷某处，成群的白色魔蝶极快地从森林里掠过，大群的魔蝶扇动翅膀，那声音非常震撼。

白色魔蝶似乎在前面遇见什么，猛地掉转方向，往另一边飞去。

九曲带着一寸，从那边跑出来。

“汪汪汪！！”一寸冲白色魔蝶咆哮。

九曲叉着腰喘气：“得把这些魔蝶抓住，它们跑出去就麻烦了，你去那边，我去这边，去！”

“汪！”一寸又叫了一声，迅速冲了出去。

初筝遇见一寸时，一寸这傻狗正往魔蝶中间扑，想抓住它们。魔蝶似乎很怕它，它一扑，整群魔蝶“哗啦”一下散开，刹那间森林到处都是飞舞的魔蝶。

一寸傻眼了。

让狗抓魔蝶，也不知道是谁想出来的。初筝只想给他鼓鼓掌。

“汪汪汪！！”一寸发现有人，还是偷自己项圈的小贼，顿时转移目标。

一寸身上的毛其实挺多，不过看上去很粗糙，就是那种一看就很硬的感觉，初筝很是失望。不过想想银狼，她觉得一寸还是比较顺眼。银狼那才是中看不中用，欺骗她感情。

“你家主人呢？”初筝问一寸。

王者号刚才被她气到，竟然下线遁走。大半夜的她上哪里去找“好人卡”？这不是为难她这个小可怜嘛，过分！

“汪汪汪！！”小贼，还我项圈！

初筝继续道：“带我去找你主人，我帮你抓这些蝴蝶。”我真是个好人。

“汪汪汪汪！！”就你这小贼还想找我主人，做梦！

一人一狗交流障碍。

初筝想了想，抬手放出银线。银线在丛林里穿梭，迅速拦住那些魔蝶的去路。魔蝶被驱赶到一团，初筝翻出一个袋子，将魔蝶装起来。

初筝面无表情地晃下袋子：“带我去找你主人，这个给你。”

“汪！”

初筝完全听不懂一寸叫的什么。

空中的银线落下，将一寸绑了起来，初筝居高临下地看着它。

看在你是“好人卡”的狗的分儿上，好好跟你说话你不听，非得逼着我动粗。

初筝凶巴巴地威胁它：“带我去找你主人，不然弄死你。”

“汪汪汪……”一寸声音弱下来，尾巴都夹了起来。

这小贼不仅抢我项圈，还威胁我！我要找主人给自己报仇，呜呜呜，狗生好艰难。

迫于生命威胁，一寸带着初筝抵达一个山洞。一寸的脖子被银线拴着，气愤却又奈何不了初筝。

山洞外有光系魔法阵，不过已经被破坏得差不多，初筝很轻松就进去了。山洞有些深，潮湿的地面，山壁上覆着奇奇怪怪的藤蔓，空气里散发着一股难闻的味道。

山洞里面有光闪烁，像是短路的白炽灯，一闪一灭。

“汪汪汪汪！！”一寸突然狂叫起来，边叫边往里面冲去。

初筝因为拽着银线，被一寸带着往前踉跄几步，她迅速松开银线，这才没有被一寸拉着往前跑。

这什么傻狗啊！

“一寸！”轻微的呵斥声从里面传来。

初筝转个弯，视野瞬间开阔起来。

这应该是一个天然的溶洞，四周的山壁上停满白色魔蝶，整个空间感觉都是白色的。而在中间，还有一只巨大的魔蝶，它被困在魔法阵中，不断撞击魔法阵，试图冲出来。

初筝望着那只魔蝶，心底感叹：这蛾子好大！吃激素长大的吗？

魔法阵左侧站着一个男人。男人正维持着魔法阵，但他身边围绕着那些小的魔蝶，正不断地攻击他。

月白色的衣裳浸出血迹，洇成一朵朵鲜红的花。他脸色微微发白，精致俊朗的眉眼间透着几分隐忍的痛楚，眉心的银白莲花已经快要消失不见。

一寸进来，见自家主人被攻击，直往他那边扑过去。

男人明显是在维持这个魔法阵，所以出声呵斥，可惜一寸想刹车已经来不及。

初筝手指绕着银线，往后一拽。男人眼中放大的一寸猛地缩小，摔在了溶洞的山壁上，惊飞无数的白色魔蝶。

四周的白色魔蝶被惊动，此时纷纷振翅飞来，不由分说地攻击初筝和一寸。

“不要杀它们！”祭司大人声音落下的瞬间，银光横扫而过，魔蝶被一分为二。

初筝看向祭司大人的方向，大概是说：这种东西不杀了祭天，还留着干什么？！

然而下一秒，初筝就看见空中被一分为二的魔蝶极快地长出新的脑袋或者翅膀。

初筝：“……”天哪，还会长回来！吓死我了。

“它们能再生，”祭司大人的声音再次响起，“不能破坏它们的身体。”

如果这么杀它们，只会越杀越多。

祭司大人那边的魔法阵正在减弱，那只纯白的大魔蝶似乎察觉到自己的机会来了，翅膀振动，无形的声波从魔法阵涤荡出来。

声波被魔法阵阻挡不少，可还是有一些传出来。

祭司大人脚下一退，俊美的脸上瞬间褪去血色，嘴角隐隐有血迹溢出，顺着他嘴角，从下巴滑落，滴落在他月白的衣裳上。

他微微吸口气，稳住身体，唇瓣微启，低沉古老的吟唱声缓缓在溶洞中响起。原来暗淡的魔法阵光芒渐渐强烈起来。

魔法阵里的大魔蝶疯狂地撞击，和祭司大人形成抗衡的力量，魔法阵光芒时盛时暗，一时间谁也奈何不了谁。

但是大魔蝶在外面还有帮凶，大部分的魔蝶蜂拥向祭司大人。

初筝抬手，无数的银光洒出，在空中编织成网状，分散着将这些魔蝶兜住，收紧。不过瞬息间，溶洞里的魔蝶就少了大半。

银色的光绕着祭司大人，将他身边的魔蝶驱赶开。虚空里银光不断闪现，魔蝶被银光包住，极快地被扔进地上的银网里。

面容冷淡的姑娘站在飞舞的银光中，清雅冷冽，那一眼仿若看见山间雪。

“噗——”祭司大人忽然吐血，魔法阵的光芒落下。魔法阵里的大魔蝶振翅而起，巨大的触须甩向祭司大人，他身体被抽飞。

初筝脚下一点，黑色的魔法闪现，她瞬移到祭司大人身后，扶住他的身体。

初筝扶住他的瞬间，眼前忽地闪过一些零碎的画面。她的身体恍如被无形的大手拉扯，想要让她彻底陷入那些画面中。

初筝第一时间发现不对，猛地掐扶着的人一把，掐完她脑子转过弯，应该掐自己，于是她松了手。这下好了，祭司大人身体突然往下倒，初筝一只手扶着他，另一只手还在掐自己，两人直接摔了下去。

初筝脑袋撞到祭司大人脑门上，她瞬间就疼醒了。

初筝心道，那我不是白掐了吗？

初筝看一眼被自己压在下面，脸色依然不太对的“好人卡”。

这只大魔蝶可能有类似于让人陷入幻境的魔法，“好人卡”不知道什么时候陷进去的，但肯定是因为他陷入幻境，才导致这只大魔蝶冲破魔法阵。

“汪汪汪汪！！”一寸尖锐地咆哮，初筝抬眸看去，那只极大的魔蝶正朝着她飞过来。

初筝眼底有杀气闪过。

会用幻境不得了啊！

“砰”！漫天银光落下，大魔蝶撞到上面，庞大的身躯往后栽倒，背部着地，溅起一地的灰尘。

溶洞里无端起了风，空气里布满风刃，飞旋着往初筝身上招呼。

风系魔兽？

初筝的身体在风刃中闪避，快得几乎只能看见残影。大部分的银光停在祭司大人面前，挡住了那些肆虐的风刃。

大魔蝶此时的注意力都在初筝身上，它翅膀扇动，便是无数的风刃飞来。然而风刃撞上初筝身边的银光，很快就会消散在空气里。

“轰……”溶洞中的碎石滚落，大魔蝶转身，却发现刚才还在的人竟然瞧不见了。

大魔蝶忽地感觉身体一沉，它看不见人，但是能感觉到，那个人在它身上。

“砰——”大魔蝶撞到山壁上，初筝从它翅膀上滑落，同时甩了道魔法过去。大魔蝶被魔法砸进山壁里，山壁都凹进去不少，头顶不断有碎石往下滚落。

大魔蝶砸在地上，拳头大小的眼睛，死死地盯着初筝。

大魔蝶此时很生气，用翅膀支撑着起身，腹部开始振动，发出“嗡嗡嗡”的声音。被银网兜起来的大魔蝶，开始迅速膨胀。

然而银网虽然扩大一些，却并没有被撑破。

“嗡嗡嗡”的振动声顿了一秒，接着就是更大的“嗡嗡嗡”声。银网继续扩大，依然没有撑破。

初筝一脸冷漠。

“你好吵。”女生清冽的声音响起，她轻抬手指，指尖在空中划过。

银光随着她的动作飞舞，宛如漫天流光，砸向大魔蝶。大魔蝶不知道那是什么东西，只是直觉不对，下意识躲避。然而溶洞就这么大，体型巨大的魔蝶无处可躲。

大魔蝶被流光覆盖住，初筝摊开的手掌缓慢合拢。

大魔蝶的身体不断缩小。刚才还十分巨大的魔蝶，不过眨眼的工夫，便只剩下拳头大小。

“哗啦啦——”碎石掉落得更加厉害，山壁出现明显的裂痕，整个地面都在晃动。

“汪汪汪！！”这里要塌了！！

一寸在祭司大人身边狂叫，又垂头去叼他的衣服，使劲往外拽。

一寸力气倒是不小，当真拽着祭司大人挪了位置。不过……下面是斜坡，祭司大人顺着斜坡，直接滚了下去。

初筝捂眼，不忍直视。

不对！“好人卡”！

初筝迅速冲过去，将一寸挤开，把“好人卡”抱起来。

夜深雾重，湿润的气息扫过，靠着树干的男人，睫毛轻颤，指尖也跟着动了一下。

“汪！”一寸兴奋地绕着男人转圈。

灵迹缓缓睁开眼，他眉心消失的银白莲花印记正缓缓出现。

灵迹抬手，一寸立即把脑袋凑过去：“汪汪汪！！”主人，主人。

“清幽蝶呢？”

“汪汪汪！！”一寸朝着一个方向叫。

那边的树上，挂着一团团白色的东西，银色的流光缓缓流动。如果有人突然闯进来，看见这一幕，大概也觉得自己进了蜘蛛精的老巢。

灵迹又问：“九曲呢？”

“汪汪汪！”还没回来，是那个抢我项圈的女人救了你。

灵迹眉梢微微抬了一下。

脚步声由远及近，一寸“嗷”一声，直往灵迹身后躲。

初筝站在灵迹面前：“你没事吧？”黑化了还是这么弱……唉。

灵迹循着初筝站的位置，缓缓抬眸，半晌才微微张唇：“多谢姑娘。”

“觉得我是好人就行。”初筝递给他一个果子。

灵迹睫羽轻垂，低声道：“姑娘多行善事，自会有福报。”

“善事？”初筝意味不明地道，“你吗？”

灵迹心跳莫名停顿半拍。

“拿着。”果子举了半天了，有没有礼貌！

灵迹眼底划过一丝诧异，随后才抬手，他的手指擦着初筝手背过去，似失误一般。但他极快地转过来，接住果子。

灵迹缩回手，指腹刚才蹭过的皮肤光滑细腻，宛如上好的凝脂白玉，却比玉石柔软。

初筝疑惑地打量他两眼，突然伸手在他眼前晃了晃。

灵迹的眼珠没有任何移动。

初筝再晃了晃，依然没有任何移动的痕迹，像……

灵迹还没出声，初筝已经下定论：“你看不见？”

灵迹没有任何异色，只是淡淡地道：“姑娘，心清则明。”

真看不见啊？

他的眼睛过于清亮，漂亮得让人忽略他眼里没有正常人该有的神采。而他也确实和常人没什么区别，几乎无法让人将他和盲人联想在一起。

初筝睨着他：“是吗，那你说说我长什么样？”

灵迹形容不出来，他只能依靠天地间的元素来看，刚才初筝给他的果子，只是普通的果子，所以他看不见。

初筝身上有暗元素，他倒是能一眼认出来。

“看来你的心不够明。”初筝冷冰冰的话落在他耳畔。

果子静静地躺在灵迹手心里，他缓缓道：“嗯，也许吧。不过，我知道姑娘是暗系魔法师。”

初筝毫不在意地承认：“所以呢？你还想威胁我？”

“茂陵城的事，和姑娘可有关系？”

初筝严肃脸：“我说没有，你信吗？”

“姑娘身上的暗元素，和茂陵城留下的暗元素是一样的。”灵迹的声音像是能安抚人心一般，轻缓舒适，让人都不想对他大声说话。

初筝沉默了。

每个人身上的气息都不一样，这一点只要是魔法师，就很容易分辨出来，不过这些气息都会消散。也不知道他是什么时候去的，还能认出她的气息来。

“那也只能证明我去过茂陵城，不代表我做过什么。”

“姑娘说得也对。”灵迹突然认同，没有任何追究的意思。

初筝反而有点奇怪。

他真的是光明神殿的祭司，不会是黑暗神殿派去的卧底吧？

“你身为光明神殿的祭司，不想把我抓起来？”再绑个架子放火烧什么的，电视剧里不都是这么演的。

灵迹的语气里却有几分疑惑：“姑娘何出此言？”

这还需要解释吗？“好人卡”是怎么当上这个祭司的？走后门吗？

我可是暗系魔法师，和你是死对头。

不抓我吗？

你是不是我死对头！

“光暗向来不和。”初筝道，“抓我不是你们这些人应该做的吗？”

“姑娘并未做坏事，不能因为一些谣言，就对姑娘有偏见。说到底，不过是因为我们使用的力量不同，好人中亦有坏人，坏人中亦有好人。”

男人身上带着一股神圣的圣洁感，仿佛他说的话，就是神明的旨意。

“嗯，我是好人。”初筝很不要脸，顺着就接了，“你也觉得我是好人吗？”

“姑娘若是没有做过坏事，自然是好人。”灵迹的回答很笼统。

“嗯，那我是。”没对你做过坏事，我是好人！

“嗷……”小贼好不要脸，抢我项圈！

初筝冷漠地扫一寸一眼：我那是买的！

“可以麻烦姑娘，将清幽蝶带过来吗？”灵迹休息一阵，礼貌地询问初筝。

“什么清幽蝶？”没见过。

灵迹：“最大的那只魔蝶。”

哦！那个大蛾子。

初筝没吭声，却起身去将那只已经只有拳头大小的蛾子拿过来。

灵迹伸出手，初筝便将魔蝶放进他手里。

她轻轻压下：“你不会又陷入幻境中了吧？”

灵迹感受到陌生女子手心里的温度，心跳莫名漏跳半拍，他极快地压下那奇怪的感觉：“不会，之前是我不小心，让它钻了空子。”

闻言，初筝松开手：“那谁知道你这次还会不会不小心？”

初筝坐在旁边，仗着灵迹看不见，很没形象地跷着腿，手肘撑着膝盖，看着灵迹处理那只大蛾子。

“姑娘看着我做什么？”

“你不是看不见吗？”怎么还知道我看着你？

“可能是看不见，感觉更灵敏一些，”灵迹轻声解释，“我能感觉到。”

初筝移开视线，不看就不看，谁稀罕。

不过片刻，初筝的视线又挪到他身上。

我的“好人卡”凭什么不能看？我就要看！

光系魔法笼罩在魔蝶身上，那光芒让男人看上去更添几分神圣和神秘。

得想办法弄清楚“好人卡”的身份才行。

灵迹指尖的光芒一敛，刚才还挣扎的蛾子突然不动了。灵迹从袖子里摸出一个锦囊，将大蛾子放进去。

初筝看着他的动作，抖着腿，漫不经心地问：“它为什么叫清幽蝶？”这么凶的大蛾子，竟然有这么一个名字。

“清幽蝶出生的地方，就叫清幽，是以地名命名的。这是最后一只清幽蝶，一直在光明神殿，前些日子，不小心让它跑出来了，我才一路追到这里。”

“那些不是？”初筝看向那边挂着的蛾子。

灵迹摇头：“不是。它们是清幽蝶用来保护自己的，不能成长为真正的清幽蝶。”灵迹顿了顿，“但是让它们出去，也会很麻烦。”

这些魔蝶出去，会不断繁殖，被人伤害，还会分裂出新的魔蝶。恐怕极快的时间，魔蝶就会到处都是。

初筝反正是不喜欢那只大蛾子，看着怪吓人的，还不长毛。

“主人……主人……你在哪儿啊？！主人……”九曲的声音划破夜空，也打断初筝和灵迹的交谈。

“汪！汪汪汪！”一寸立即跳起来，往声音传来的那边过去。

“一寸！”九曲和一寸会合，“你和主人在一起吗？”

“汪汪汪！”还有那个抢我项圈的小贼。

小少年很快带着一寸回来，脚踝上的铃铛格外清脆。

“主人。”九曲乖巧地叫了一声。
“都抓住了？”
“还有一些，我听见这边有动静，担心你，就先回来了。”九曲道。
他视线不断往初筝身上瞄。
这个暗系魔法师……主人怎么会和她在一块？她明明就是暗系魔法师，主人为什么要包庇她？
九曲想不明白，不过主人的决定都没错。
灵迹微微蹙眉：“不能让它们离开这里，不然会更麻烦。”
“是。”九曲道，“我这就去。”
“我和你一起去。”灵迹当即起身。
“主人，不用……”
“走吧。”灵迹语气虽然清淡，却是不容置喙的果决。
九曲顿时不再说什么。
“主人，这些怎么办？”九曲指着被初筝挂在树上的魔蝶。
灵迹道：“它们怕水，遇水再杀，便不会再生。”
“前面有一条小溪，”九曲指着他来的方向，“我刚才就是从那边过来的。”
“先带它们过去。”
“好的。”
但是九曲看着挂在树上的魔蝶，顿时有些犯愁。这不像是魔法呀，那些缓缓流动的银光是什么……怎么感觉怪怪的？
“主人，这个……”
灵迹看不见具体的情况，只能确定那些魔蝶成团地分散在四周。
“怎么了？”
“它们都挂在树上，我不知道怎么弄下来。”九曲小声地给灵迹形容了一遍。
灵迹转身看向初筝那边，他的视线能准确地落在她身上，甚至可以对上她的视线。
“姑娘，可否麻烦你，将这些魔蝶放下来？”
“你要杀了它们？”
灵迹颔首：“它们留着只是祸害。”
“哦。”
初筝抬手，银光忽地完全显露出来，魔蝶装在被银光编织的网里。初筝的指尖在空气里画个圈，挂在树上的几团魔蝶瞬间湮灭。银光簌簌落下，宛如从天而降的流光，火树银花。
九曲微微瞪大眼，眸子转向初筝的方向。那姑娘正缓慢收回手，眸色平静得不起波澜，好像刚才发生的事，对她来说，真的只是抬下手就能解决的小事。
“好了。”
灵迹看不见那些流光，只是发现属于魔蝶的气息不见了。
初筝的声音，让他疑惑地看向九曲。
“主人……魔蝶都死了。”暗系魔法这么厉害的吗？

灵迹闻言，也和九曲有同样的疑惑。然而，很快他就否认这个想法，刚才她没有使用暗系魔法，他没有感觉到任何暗元素。

“姑娘如何做到的？”

“这不用告诉你吧？”初筝冷淡地睨着他。

“是。”灵迹垂下眼，“只是好奇，姑娘如何能轻易将如此多的魔蝶消灭。”

普通的魔法对这些魔蝶造成伤害，它们只会分裂得更多。即便是火系魔法都不行……火系将它们烧成粉末之后，会变得更恐怖。

它们唯一的弱点就是怕水，可以在水中将它们消灭。

初筝下意识地道：“你好奇我就得告诉你？”

“姑娘不愿说，我自不会强求。”灵迹缓缓道，“多谢姑娘在山洞的援手之恩，若姑娘有事需要帮忙，可以来光明神殿寻我。那姑娘请自便，就此别过，希望姑娘能好自为之，不要走错路。”

初筝一把掐在自己手背上。

让你嘴快！这下好了。

当然让初筝放低身段说“我愿意告诉你”是不可能的，所以她只是跟了上去。

灵迹能感觉到初筝跟着他，但他没出声，只是跟着九曲往前走。

山路崎岖，灵迹偶尔也会踩空，一寸这个时候就显示出了特别的本事。它在前面领路，灵迹只偶尔会踩到一些枯枝，完全不会踩到不该踩的东西。

“主人，我看见魔蝶了。”九曲指着前方的丛林。

他们此时站在一个斜坡上，坡度不陡，但下面的丛林一览无余。白色的魔蝶非常显眼，然而九曲的脸色很快就变了。

那些魔蝶……怎么这么多？刚才他只剩下一小团没抓住而已。

“主人，好像有人攻击过它们，数量多了很多。”

灵迹已经从魔蝶的气息感觉出来了：“有人。”

白色的魔蝶中间明显有魔法光闪过。随着魔蝶队伍越来越清晰庞大，离他们越来越近，九曲也看清了里面的人。

“是他们！”是之前遇见的那群人。因为遇见魔蝶，他们就分散了。

那群人已经带着魔蝶狂奔而来，中年男人护着女子，冲在最前面，魔蝶不断攻击他们，可能是知道魔法攻击反而会让魔蝶增加，这些人只能抱头跑，或者纯粹的物理挥退。

“祭司大人！”中年男人大喊一声，“救命！”

女子抬头一看，看见在斜坡上的男人，眸子顿时一亮。然而当她的余光扫到初筝的时候，表情顿时变得难看起来。

怎么她也在，还和祭司大人站在一起？

女子的心底像是横了一根刺，扎得她很不舒服。

女子身上狼狈不堪，她用魔法护着自己，第一个冲上斜坡。也不知是有意还是无意，女子往初筝那边撞去，似乎想把初筝撞下去。

下面就是追上来的魔蝶，初筝若是普通人，就这么被撞下去，估计拼都拼不回来。

初筝闪身避开，二话不说就踹了回去。

女子本来就没站稳，被初筝一踹，骨碌碌地滚了下去。

“啊——”中年男人大惊，顾不上逃命，折回去捞女子。

中年男人想把女子拽回来，可他发现女子突然变得很沉，魔蝶扑上来，在他们身上脸上乱撞、撕咬。这些魔蝶单只的攻击力并不强，可是架不住有这么多。不过顷刻间，被咬的人就血淋淋的了。魔法打过去，魔蝶还会分出更多来，简直是要命。

中年男人的声音传上来：“祭司大人！祭司大人，救命！！”

灵迹似乎想出手，初筝一把按住他：“你想救她？”

灵迹眉头微蹙：“姑娘……”

灵迹的话还没说完，意识就是一沉，整个人往下倒去，初筝伸手扶住他。

九曲眉心狂跳：“你干什么！”

初筝把人捞起来，在九曲动手之前，极快地闪进夜色里。

“主人！！”九曲大吼一声，跟着追了上去。

一寸“嗷”一声，也跟着追出去，留下蒙了的一群人。

初筝速度极快，很快就将九曲和一寸甩掉。她在丛林里穿梭一会儿，找到一个干净的地方，将灵迹小心地放下。

峡谷里的夜晚漫长又冷寂，雾气无声无息地笼罩在峡谷上空。

灵迹感觉自己做了一个梦，梦里他站在光明神殿上。庄重圣洁的光明神殿，忽然开始变得血迹斑斑，血迹不断往他脚边汇聚。

就在血迹快要攀爬到他身上的时候，灵迹忽然醒了。

他微微喘息，然而很快就觉察到不对，自己此时靠在别人怀里……

他晕过去之前的记忆蜂拥而至。

他靠着的人，怀抱温暖又舒适。那是灵迹从来没有过的感觉，四肢百骸，乃至于灵魂，似乎都得到熨帖，让他忍不住放松下来，想要多靠一会儿。

然而灵迹很快清醒过来，他猛地起身，往刚才自己靠着的地方看过去，感觉到初筝的气息。

“你为什么打晕我？”灵迹道，“那些人呢？”

“我不想你救他们。”初筝的声音有些低，似乎刚睡醒，隔着浓雾一般，闷闷的。

“好人卡”不是黑化了吗？为什么还会有救人这种念头？

这不是一个合格的黑化的“好人卡”该有的想法。

灵迹皱眉：“为何？”

“你没看见……”初筝顿了一下，不在意地道，“告诉你也不信。”

灵迹双手交叠放在身前：“姑娘，你不是说要做好人的吗？”

“嗯。”初筝漫不经心地看着他，“做你的好人。”

灵迹神情微微愣怔。

半晌，他才动了动唇：“你就那么看着他们……他们有可能会死。”

“你这么有善心？”初筝这句话像是带着刺，突然扎进灵迹心底。

他指尖微微捏紧："我是光明神殿的主人，我理应关照他们。"

"可是我不许。"初筝霸道蛮横地道，"我不许你救他们，怎样？"

"好人卡"还是要关起来比较保险啊。

"你……"灵迹懒得和初筝理论，甩袖离开。

没有一寸带路，又不是熟悉的环境，灵迹走得略慢，不时还会被旁边的枯枝刮倒。

"你去哪儿？"初筝的声音从后面响起。

"回去。"灵迹声音里没有生气的迹象，但是比之前冷淡了不少。

"不许。"初筝绕到他前面，灵迹猛地停下，但还是和初筝靠得很近，初筝伸手就能将他搂进怀中。

灵迹自动后退一步。

"姑娘为何不许我救他们？"

"她先对我动手。"初筝道，"不是我厉害的话，死的就是我。"

对敌人仁慈，就是对自己残忍。她才不要。

灵迹眉心轻蹙，似乎在衡量初筝说的话是真是假。

"你饿不饿？"初筝握着他的手腕，"我给你找吃的。"

她声音放得很低，依然是清清冷冷的，却让人听出几分轻哄的味道。

不能凶"好人卡"，不然他觉得我是坏人怎么办。

灵迹突然不知道该怎么拒绝。拒绝的话已经到嘴边，可他说不出来，喉咙像是被人掐住了。

灵迹吃完东西，初筝坐过来，拉着他手，用湿润的帕子给他擦手。

"姑娘，男女授受不亲。"灵迹试图抽回手。

初筝按着他的手："抱都抱过。"拉个手怎么了？！大男人扭扭捏捏，像什么样子！

不轻不重的四个字砸在灵迹耳边，像是一颗石子投入湖面，激起一圈圈涟漪。

灵迹兴许是想到之前的事，那张总是让人觉得圣洁的俊脸上，露出些许绯红。他薄唇轻轻抿着，只露出一条线，纤长的睫羽轻颤，如受惊的蝴蝶。

灵迹看不见初筝的动作，只能感觉到她仔细地将他每一根手指都擦干净。她指尖不时蹭过他手心，带着细微的酥痒，他背脊都跟着升起一阵麻意。

他脸上的绯色更浓，衬得他的脸更如白瓷般细腻："姑娘……"

"我叫初筝。"

灵迹微愣，半晌才反应过来，这么长时间，他也没问过她叫什么。

"初筝姑娘，"灵迹改口，"魔蝶不能放任，我得回去。"他没再提救人的事，只说魔蝶。

"嗯。"初筝冷淡地应了一声。

灵迹不太清楚她的意思，他其实完全可以反击，可是他没有。

灵迹不知道为什么，他只是不想……不想对她动手。

初筝带着灵迹原路返回。

没有一寸带路，灵迹走走停停，虽然也能避开障碍物，却需要很长时间。

灵迹垂在身侧的手忽地被人拉住。

“初筝姑娘？”

“我牵着你，走得快。”初筝的声音在他耳边响起。

灵迹思忖片刻，到底是没甩开初筝。

初筝走在前面，灵迹跟在后面。他眼前的世界是元素构建而成的，五彩斑斓的世界。

元素世界，最常见的便是风、火、水、土、雷，这些颜色亮丽又绚烂。暗元素并不多，它们总是藏在角落，不经意间冒出一点。

然而，此时他眼前似乎只剩下暗元素。

灵迹走神，脚下踩空。他身体失去平衡，腰间忽地一紧，接着整个人往前方倒去。

“小心点。”初筝搂着他，“不然我抱你？”磕着碰着，一会儿又赖我！

灵迹贴着初筝的身体，有些紧张地摇头：“不用，我可以。”

半道上，他们遇见正在找他们的九曲和一寸。

“汪汪汪汪！”一寸的叫声响亮震耳，隔着老远都能听见。

“主人，你没事吧？”九曲眼眶通红，又急又怒，“这个女人……”

九曲目光落在两人交握的手上，话音忽地一顿，视线在初筝和灵迹身上打转。

主人竟然让她牵着？主人不是最讨厌别人碰他吗？

九曲贴身伺候这么多年，也最多能碰到他的衣服……

“无事。”灵迹似乎没有察觉到自己和初筝的姿势过于暧昧，只是轻声道，“先回去看看。”

灵迹的话九曲不敢违背，但心底满是疑惑。

一寸就不一样了，它冲着初筝就是一阵“汪汪汪”狂叫。

初筝不耐烦地看过去，眼神冰冷得好像一寸已经是一条死狗。

“一寸！”灵迹叫了一声，“安静。”

一寸委屈。主人竟然不帮它，帮这个小贼！

他们回到昨天的那个地方，地上残留着两具血淋淋的尸体，魔蝶不见踪迹，其余的人也没看到。初筝有点失望，那两具尸体里并没有那个女子。

灵迹看不见，但是他能闻到血腥味以及快要消散的元素。

九曲面对这样的场面，小脸没什么特别的表情，注意力反倒是不时往初筝身上飘，似乎想弄清楚她和自家主人到底是什么关系。

灵迹道：“先找魔蝶。”

“是。”

他们顺着草丛被踩踏的地方和血迹蔓延的方向，很快又找到一具尸体，没走多远就看见聚集在一起的魔蝶。

不用灵迹开口，初筝直接把那些魔蝶解决掉。

九曲已经见过，不过第二次看还是觉得震惊，难道这就是主人对她另眼相看的原因？

“主人，看数量魔蝶应该全部在这里了。”九曲收敛心神，和灵迹禀报。

“你怎么知道它们昨天晚上没有增多？”

“就算增多，它们也会在这里，这些魔蝶是成群结队地出现，不会分散，特别是分裂出来的魔蝶。”九曲加重最后一句话。

因为这些魔蝶是清幽蝶用来保护自己的，所以它们本能地汇聚在一起。而且分裂出来的魔蝶，会主动跟随分裂它们的队伍。就算真的分散了，它们也会凭借种族的能力，自动寻到队伍。

“再检查一遍。”灵迹不是很放心。

九曲乖顺地应下：“是，主人。”

他们检查完整个峡谷，确定那些魔蝶都已经全部消灭。

“已经可以离开峡谷了。”灵迹对着初筝道，“初筝姑娘，可以自行离开。”

初筝面无表情地问：“你去哪儿？”

灵迹沉默几秒，答：“蓬华城。”

初筝道：“我也去。”

“初筝姑娘要与我一起？”

“不可以？”

灵迹没说可以，也没说不可以，沉默地离开峡谷深处，回到主道上。

九曲摸出一个小哨子，放在嘴边吹一下，初筝很快就听见马车驶来的声音。

“今天天色不早，我们明天再走。”马车到了跟前，灵迹突然又改变主意。

九曲：“主人，我们……”

灵迹往他那边看去，九曲顿时噤声，拉着一寸去旁边准备。

茂密的参天大树遮挡光线，四周很快就暗下来。

初筝和灵迹都没说话，各自坐在一边。

九曲抱着一寸，奇怪地和它嘀咕：“主人和那个暗系魔法师，怎么回事啊？”

“嗷……”那个小贼肯定是想偷主人。她都偷自己的项圈，主人那么好看，她肯定不会放过。

“胡说。”九曲撇嘴，“主人是光明神殿的主人，岂能随便被人偷走？”

“嗷！”

九曲和一寸争论半天，最后也没个结论。

九曲不知不觉睡了过去，就在他睡得正熟的时候，突然感觉一寸在拱自己。

九曲睁开眼，却看见站在自己面前的灵迹。灵迹竖起手指，示意他别出声。

一寸在旁边摇尾巴，满眸都是闪亮的小星星。

灵迹从袖子里摸出一个魔法卷轴，他回头看一眼靠着树干的姑娘，撕裂魔法卷轴。

两人一狗的身影“唰”一下消失在空气中。撕裂的魔法卷轴，缓缓地飘落在地上。

第四章 入主神殿

初筝看着留下来的马车和一封用魔法写的信，眉宇间的冰冷怎么都藏不住。

小东西竟然跑了？谁给他的胆子？竟然还说把马车留给她，她稀罕吗？

光明神殿也在蓬华城。去蓬华城再抓，打断他腿，关起来！

我不生气。我不生气。

“砰——”初筝一脚踹在马车上。如果有人在这里，大概可以感受到初筝此时散发出来的杀气。

初筝想起还有一个阿大和富煜，她已经完全不记得，当初他们是在哪里分开的。她只好随手抓了只魔兽，让它去找疾风豹。

然而第一只去了……疾风豹没回来，连那只魔兽也没回来。

初筝又抓了第二只，第二只去了……也没回来。

可能是因为清幽蝶和灵迹都离开了，峡谷里的魔兽突然间就多出不少。初筝接连抓了好几只，奈何魔兽都是有去无回。

初筝心道，那两个人不会出什么事了吧？

初筝在离开和去找人之间衡量了一下，觉得自己就这么走了，可能也不知道怎么去蓬华城，到时候还得添麻烦。

横竖都是麻烦，初筝决定回去找找。

当时他们就在主道上，初筝顺着主道往回走。没走多远，就看见了炊烟。阿大和富煜坐在火堆前，正烤着什么东西。

她没看错的话，他们烤的，应该就是她放过来报信的魔兽吧？

他们竟然吃了！吃了！！这肉包子打狗，能回来才怪啊。

初筝内心“槽点”太多，一时之间，竟不知从何开始。

“初筝姑娘，初筝姑娘……”富煜已经瞧见初筝，眸子陡然一亮，“噔噔”地跑过来。“你回来了？我们还担心，你不会出什么事了，你回来就太好了。”

初筝一脸冷漠。我看你们吃得这么开心，完全没有担心的样子。

富煜又说：“我们也想去找你，可是疾风豹不让我们离开。”

初筝语塞，疾风豹竟然这么实在。

初筝内心澎湃，面上没有丝毫波澜：“走了。”

“可以出去了？”富煜脸上瞬间涌上惊喜。

“嗯。”

富煜立即冲回去，叫阿大离开，还把烤好的东西拿了过来，献宝似的捧给初筝：“初筝姑娘，这是我们抓到的，肉还不错，你吃吗？”

蓬华城，魔法帝都。这里汇聚着各地最厉害的人物，除了魔法协会的总部不在这里，其余各大势力的总部都在这里。

蓬华城又称不夜城，不管是白天还是晚上，都是一样的繁华热闹。

初筝到城外的时候，已经是半夜，蓬华城依然灯火通明，城门大开，来往的人络绎不绝。

富煜趴在马车上，新奇又激动地打量着这座古老又热闹的不夜城。

城门前有一条护城河，河面架着好几座桥。有人守在上桥的地方检查，进去的需要一个一个放行，但出来不用。

“他们在检查什么？”初筝问。

进城收费在这种位面很常见，可是这里的人不像是在收费，更像是在检查什么。

“身份名册。”富煜这点常识还是有的，立即抢答，“像这样的大城池，进出都要凭身份名册。”

魔法师的身份名册带有魔法的标志，是由魔法协会发放。普通人的则是在地方管理处领取，这大概就和现代的身份证一样。

原主身上好像没有这种玩意。

“初筝姑娘……您……没有啊？”富煜见初筝沉默，试探性地问了一句。

初筝冷冰冰地看他一眼，富煜似乎领悟到答案。

难怪她不走魔法阵传送，用传送阵也需要身份名册。

“主线任务：请在半个时辰内，花掉一千枚金币。”小姐姐，有钱可以为所欲为哦！

“没有身份名册进不去的。”阿大估计在外面听见了，探头进来道，“初筝姑娘，怎么办啊？”

慌什么，小问题。

初筝镇定地摸出一袋子金币。

阿大听见金币碰撞发出的清脆声音，那么大的袋子，得装多少金币？阿大反正这辈子都没见过这么多。

“你要贿赂守城的？”富煜脑子也不笨，“贿赂也用不到这么多吧？”

“有钱。”初筝将袋子扔给阿大。

阿大常年在外面跑，看着憨厚，办事能力却不差。

阿大拿着金币，放心地坐了回去。

前面的队伍走得挺快，很快就轮到他们。

“身份名册。”守城的人头也没抬地问。

阿大跳下马车，拿着金币凑上去：“大人，您看能不能行个方便？”

“你当蓬华城是什么地方？！”阿大的金币还没递上去，对方就先发了火，“身份名册拿出来，车上的人，快点！”

阿大倒是来过蓬华城两次，不过之前都是跟着雇主进城，几乎没受到什么阻拦。他完全没想到，蓬华城的守卫这么严厉。

“快点，你磨蹭什么，后面还有人等着，不要耽误时间，没有身份名册不许进城，这是规定。”

守城的人抬头往后面看去，随意地扫了一眼便收回视线，谁知下一秒，又猛地抬头看去。

守城人的表情瞬间就变了，他站起来，一改刚才不耐烦的态度。

“原来是神殿的大人们，你们定是出去匆忙，忘记带身份名册了吧？是小的没长眼，快，里面请。”

阿大蒙了，什么神殿的大人们？不过可以进去，阿大也没管太多，立即屁颠屁颠地拿着金币回来。

得知真相的初筝也一脸疑惑。这辆马车是“好人卡”留下的那辆——主要是这辆比她之前那辆舒服宽敞——这个真的不是钱的问题，是那些地方根本就买不到更好的。灵迹这个可是神殿出品，那能一样吗？

阿大为雇主节省钱，还挺开心，立即驾着马车往里走。

想送金币都送不掉，初筝只好让阿大赶紧进城。

马车还没下桥，就听到一阵喧哗声。城门里也有大队人马出现，朝着城外疾驰而来。

阿大驾着车往旁边靠，然而城里冲出来的那群人，似乎嫌他太慢，木系魔法的藤蔓缠绕术甩过来，卷着马车往旁边摔。

阿大惊骇地瞪大眼，似乎没想到这些人如此蛮横。他已经让路，他们竟然还这般不讲理。

就在他以为马车会撞到后面的桥栏，甚至翻出桥掉进水里的时候，马车平稳地停了下来。反倒是刚才使用魔法的那个人突然摔了下去，砸在桥上，牙齿都磕掉了一颗。后面的队伍刹车不及时，直直地从那人身上翻了过去。

初筝指尖挑着帘子，清澈的眸底像是凝结着霜雪，马车里的温度似乎都下降了不少。银线缓缓退回来，绕在她手腕上。

富煜贴在马车角落，瑟瑟发抖地看着初筝……初筝姑娘突然变得好可怕。

桥上一片混乱。

“谁！谁干的？！”有人朝着四周怒吼。

路过的行人贴着桥栏站着，不敢搭话。

谁也不清楚事故是怎么发生的。当然也没人怀疑初筝这辆马车，因为算起来，她也是受害者。

“你们在干什么？”

初筝瞧见一个熟悉的身影，是峡谷里遇见的那个中年男人。中年男人换了干净的衣服，比在峡谷里有气势多了。他带着一队人马从城外上桥，混乱的队伍瞬间站好：“冯大人。”

中年男人冯忠锐利的视线往后面一扫，沉下脸：“公主殿下已经到了，你们在此处做什么？”

“冯大人，刚才也不知道怎么回事……”有人将刚才的事给冯忠复述了一遍。

冯忠视线转向事件的起点。

冯忠觉得这辆马车有些眼熟，这不是……神殿的马车吗？

可是那个驾车的，怎么也有点眼熟？那好像是……之前在峡谷里碰见的那几个人中的一个，叫……阿大来着。

他怎么会驾着神殿的马车？

“冯大人，公主殿下到了。”

冯忠的思绪被拉回，他立即转身，让人把路清理出来。

被驱赶的路人窃窃私语。

“这谁啊，这么大的架子？”

“还能有谁，长公主啊。”

“长公主不是在宫里吗？什么时候跑外面去了？”

“这我哪儿知道……”

“在这里，除了这位长公主，还有谁敢摆这么大的架子。我听说这长公主的魔法很是厉害。”

初筝进城的第一件事，便包了一家客栈。

阿大将他们送到，就要返程回去，初筝给他拿了一袋金币。

本来他的费用魔法佣兵工会那边已经付过了，初筝不需要再付。但是初筝非要给，不要还会立即变凶，吓得阿大不敢不拿。

“初筝初筝，我打听到了。”富煜从客栈外面回来，给自己倒杯水，“咕咚咕咚”地灌进去，“十天后就是神殿选拔信徒的日子，我要是能去神殿，我爹肯定得吓死。”

初筝进城后，除了买买买，就没干过别的。

富煜坐到对面，有些疑惑：“你到时候去吗？”

“去。”不去我怎么去抓“好人卡”。

据说不是必要的活动，祭司很少出神殿。

“真的啊？”富煜一听，眸子里便露出喜色，“那到时候我们一起去！”

富煜已经开始畅想，自己进入神殿后一展宏图的未来场景。

“你这么确定你能进？”

富煜目光灼灼，双手握拳：“做人要有梦想。”

初筝冷不丁地冒一句：“你的梦全靠想？”

“主线任务：请在两个时辰内，花掉一万金币。”

初筝刚走出客栈，王者号的任务就准时送达。

王者号真的是踩着点发任务啊！！

神殿公开招收信徒的事吸引了不少人，蓬华城里几乎是人挤人。

神殿，那几乎是每个魔法师都向往的地方。

初筝看着那摩肩接踵的队伍，这也太吓人了。大不了夜黑风高的时候，摸进神殿去把“好人卡”绑出来，她为什么要在这里受这个罪啊！

队伍从报名的地方排到城门口。

初筝宛若散财童子，一路发金币插队，看得富煜捏紧了自己的口袋，他突然觉得自己好穷。

要不是前面的路全被堵了，初筝更想去第一个人那里插队。不过想想，这里的人素质估计没那么好，最后还是从最后往前发。

唉，都是为了败家。

“你这人怎么插队？”一个人突然出声，谴责之意浓烈。

初筝刚才就引起了一些人的不满，不过没人敢出声。此时有人出声，立即有人声援。

“就是，这么没素质，凭什么插队？”

“我们还想早点报名。”

“还是个姑娘，太没羞耻心了。”

四周的人对着她指指点点，似乎正义感突然爆棚。

初筝无所谓地道：“有钱。”

“有钱就能插队了？”

初筝睨着他：“我用钱让人给我让位子，跟你有什么关系？”

那人怒道：“你插队到我前面，怎么跟我没关系？”

初筝冷漠脸：“他不是站到你后面了？你的位置变了吗？”

那人看看后面拿着金币的人，又看看初筝，似乎不知道该怎么反驳。

富煜笑嘻嘻地出来打圆场。那人估计是想不出反击的话，最后只能骂两声作罢。

初筝继续撒钱换位置。旁边的人见她这样干，立即有土豪出身的开始效仿，排队现场瞬间变成交易现场。

大部分人心里估计都清楚，自己就是来瞎猫碰死耗子，要是能被选上，那就是祖坟冒青烟；要是选不上，也是意料之中。

所以排队的时候，还有金币拿，大部分人都会同意。

当然也有人不同意。这种时候，最简单的办法就是越过他。

初筝一路发过去，很快就到最前面。跟风的那些人哪里有初筝这样毫不节制，几乎是发到一半，就没办法继续往前了。

谁没事在身上带很多金币！金币很重的啊！

前面有六扇门，按照自己的属性，直接进入门里就行。

富煜有点傻眼，这……这儿只有六扇门，没有暗元素，初筝怎么办？

他怎么把这件事给忘了？

“快点进，不要磨蹭。”富煜停下来，后面的人不满地嚷嚷。

初筝示意他进去，富煜不好再耽搁，只能选择红色的那扇门进去。

初筝跟着他走。

进入门里后，有一个通道，通道里遍布火元素，因为前面有人，富煜不敢说话。

初筝发现自己进来，身体明显感觉不适。反倒是富煜，如鱼得水，整个人似乎都精神几分。估计不是这个元素的魔法师或者人类，都会被筛选出去。

通道不长，很快就走完，出去的人明显没有进来的人多。那些人明明是走的同一个通道，也不知道被弄到哪里去了。

守卫让他们将手放在魔法光球上。

富煜的火系天赋很好，测试的人都忍不住多看他两眼，给了他一块牌子：“你可以从两边进去，直接去第二关。”

富煜看着初筝，有些犹豫。

轮到初筝的时候，她把手放上去，富煜眼睁睁地看着魔法光球亮起来。

富煜目瞪口呆。

她不是暗系魔法师吗，为什么能测出火系天赋？

初筝拿到通往第一关的牌子后，镇定地将银线收回来，银线上隐隐有红光闪过。

后面一共三关。这三关过了，那庞大的群体就被刷得只剩下不到五百人。

据说这次神殿只招收十个人，五百人里只有十个人能进神殿，可想而知竞争有多激烈。

初筝没想到自己一出去就见到了一个熟人。

长公主梁舒雪瞧见初筝，美眸里“噌噌”地开始冒火，神情阴沉。如果不是有神殿的人在身侧维持秩序，她估计会冲过来。

初筝神色平静地看了梁舒雪一眼，很快就收回视线。

富煜和人换了位置，站到初筝后面，小声道：“初筝，刚才我在第二关遇见她了，她是皇室的长公主梁舒雪。”

初筝冷漠脸：“哦。”那些蛾子也太没用了，竟然让她好好地回来了。

“我们之前得罪过她……”富煜知道这个女子的身份，突然就有点尿了，“她会不会给我们穿小鞋？”

初筝语气那叫一个嚣张：“我又不怕她。”再来十个我也能打！

“接下来还有最后两关，通过那条索道，然后经过心魔试炼就能进入神殿。”神殿的负责人指着身后的索道，扬声和大家讲接下来的比赛流程。

有人举手：“那如果通过的人超过十个怎么办？”

负责人似笑非笑：“十个名次，先到则得。”

先到则得……这是在中途就要开始抢了？

“大家不必担心安全，会有魔法师保护你们，也请大家注意分寸，不要伤到人，这里是光明神殿。”

负责人着重强调“光明神殿”四个字。

光明神殿的《考核规则》里有一条：不能残害他人性命。

“大家还有问题吗？”

“没有！”

负责人挥手下令：“现在出发。”

负责人话音一落，众人瞬间冲了出去，前往前方的索道抢占先机。

初筝站在原地没动，梁舒雪径直走过来：“你们还敢来。”

富煜没了之前在峡谷怼她的勇气，但初筝没什么好怕的，直接怼了回去：“神殿又不是你家开的，为何不敢来？”

梁舒雪恶狠狠地瞪了她一眼：“我在前面等你，有种你就来。”

梁舒雪撂下狠话。

她离开后，富煜才出声：“初筝……”

“你还不去。”初筝示意他去爬那条铁索。

面前只有一条铁索，五百个人不管谁先上去，后面的人上去时铁索都会晃动得厉害，上面的人几乎像下饺子一般往下掉。底下魔法光交错，一个接一个的人被魔法送上来，然后就被宣布失败。

“你……你不去？”

“我为什么要去？”初筝反问。

现在的位置已经是在神殿范围内，她还参加什么比赛？她当然是直接去找“好人卡”了。

初筝让富煜自己去，她趁着没人注意开溜。

神殿到处都是魔法阵，阵法通往的空间不一样。这地方越走越大，完全让人摸不着头脑。

就在初筝烦躁的时候，旁边蹿过一道影子。

是一寸那条傻狗！

初筝立即追上去，一寸撒欢地跑，完全没注意到后面跟了人。等一寸发现的时候已经晚了。

“汪！”一寸惊恐地盯着初筝，这个小贼怎么会在这里？

初筝捏着手腕，阴森森地盯着它：“带我去找你主人。”

还是原来的配方，还是熟悉的味道。

“嗷……”一寸是怕极了初筝，它的智商也有限，不知道初筝怎么会在这里，为了生存，一寸决定——带初筝去找主人。

清风殿。

男子净手焚香，宽大如流云的袖子，随着他的动作，缓缓流动。

庄严神圣的大殿，光风霁月的男子，那画面仿佛是画里才存在的，美得有些不真实。

男人席地而坐，纤长的睫羽低垂，挡住他的眼睛。他面前摆着一个小案几，上面是几枚魔法石。男人微微挽起袖子，露出皓腕和小臂。他修长的手指拿起刻刀，凭着感觉在魔法石上刻画。

男子认真又严肃，刻刀落下的时候，仿若有魔法光渗进里面。不过顷刻间，手下的魔法石便有了雏形。

刻刀忽地往下一划，割破他手指。男子却恍如未觉，只是缓缓抬眸，往殿门的方向看去。

熟悉的暗元素越来越近，直至跟前，他心底不知为何而悸动。那种感觉，像是从灵魂深处散发出来的。

灵迹的睫羽轻颤两下，缓缓出声："初筝姑娘，你为何会在此处？"

衣服摩擦，发出轻微的声响，灵迹感觉初筝坐在自己旁边。接着，他手腕就是一紧，轻灵又冷淡的声音落在耳畔："出血你没感觉？"

灵迹这才察觉到手指被割伤泛起的疼意。

初筝突然将他的手推过来："你不是光系魔法师吗？自己止血。"

灵迹抬手施展光系治疗术，不过转瞬，伤口便愈合结痂到看不见任何伤口。

灵迹将手收回来，放在腿上："初筝姑娘，你还没回答我的问题。"

"什么问题？""好人卡"刚才问我问题了吗？

"初筝姑娘为何在此处？"

"找你。"

初筝的答案直白又理直气壮，好像她来这里找他，是天经地义的事。

可这里是……光明神殿。

灵迹心底满是复杂，他不知道自己在想什么，这个人的出现会打乱他的一切，他深呼吸："初筝姑娘找我，可是有什么事？"

初筝正看着他桌子上的东西，漫不经心地答："没什么事，就想找你。"然后关起来！

"这是光明神殿，不是初筝姑娘该来的地方。"灵迹提醒初筝的身份。

初筝眸色平静："谁规定暗系魔法师不能来光明神殿？"

灵迹语塞，好像还真没有。不过也没有哪个暗系魔法师会跑到光明神殿来找死。

"初筝姑娘是如何进来的？"光明神殿守卫森严，清风殿的魔法传送阵，不是有人带路，她不能进来。

"走进来的。"

"我是问，谁带你进来的？"

初筝往外面看一眼。一寸冲初筝摇尾巴，表情狰狞，好像初筝敢说是它带的，它就要和她拼命。

然而初筝还没说，灵迹已经发现了："一寸。"

一寸：狗生困难。

"汪汪汪！"是这个小贼威胁我的！

灵迹觉得继续追问下去，初筝也不会告诉他，她到底是怎么进来的。

灵迹让一寸别叫了，一寸立即溜走，大殿忽地安静下来。

灵迹抬手摸索桌子上的东西，他拿着刻刀和魔法石，却忽然想不起来，自己刚才刻到哪里了。

初筝撑着下巴瞧他，正琢磨要怎么把他从光明神殿骗出去。

一个人发呆，一个人看着，大殿的气氛有些诡异地和谐。

九曲进来的时候，看见的就是这么一番场面。

“主人……”九曲指着初筝，她怎么会在这里？

灵迹顺势放下刻刀，没有回答他的问题，只是轻声问：“何事？”她为什么会在这里，灵迹自己都不知道。

主人为什么这么镇定？！

“主人……下面出事了，他们发现参加考核的人，少……”

九曲似乎想到什么，猛地看向初筝。

少了一个人！这里不就正好有一个？可是她是怎么混到后面两关的？她不是暗系魔法师吗？

“你是来参加考核的？”

“不是，我是来找你的。”不参加考核，我连神殿的门都不知道往哪边开，那是被逼无奈。

九曲还在，初筝说话没遮没掩的，灵迹有些不自在。

“你先下去。”灵迹对九曲道，“这件事我来处理。”

九曲复杂的目光在初筝身上转悠两圈，退出大殿。

主人和那个暗系魔法师，到底什么关系啊？

殿内。

灵迹垂着眸：“初筝姑娘，你为何要来找我？”

“你是我的，不找你找谁？”初筝理直气壮道。

灵迹眉心跳了跳，怎么自己就是……她的了？

灵迹压着心底那点奇怪的躁动：“初筝姑娘不要说笑，我与姑娘，何来的关系？”

他们之前也不过是萍水相逢，怎么能有关系呢？

初筝平静地看了灵迹一眼。

灵迹身体忽地被人推倒，月白色的衣袍铺在地上，如墨的长发散开，犹如盛开的墨莲。他神情错愕，一尘不染的眸子望着虚空，找不到焦距。

“初筝姑娘，你这是做什么？”

“你不是说我们没关系？”初筝道，“现在有了。”

灵迹的疑问凝滞在初筝亲上他的那一刻。

女子的吻来得霸道，如突然席卷而来的狂风骤雨，不容抗拒。

灵迹听见自己的心跳声，激烈急促。

大殿里重叠的人影，让庄严神圣都褪去几分。底下的男子忽地推开压着他的人，有些踉跄地站起来，不慎撞翻旁边的小桌子。上面的刻刀和魔法石滚落到地板上，清脆的响声在大殿里回响。

灵迹后退两步，忽地转身离开。

初筝缓缓从地上坐起来，指尖从嘴唇上拂过，指尖上沾了殷红的血。

不过须臾，就有神殿的人进来，对她微微福身：“姑娘好，祭司大人给您安排了住处，我带您过去。”

初筝镇定地起身，跟着那人离开。

清风殿非常大，这里只住着灵迹和他身边的人，神殿其余人，若无正事，都不许踏入这里。

初筝被安排住在一个偏殿。

初筝住进去后，就没再见过灵迹。倒是见过两次九曲，九曲看她的眼神充满好奇和探究，倒没多少恶意。反倒是一寸，见她就狂吠。她一看过去，一寸秒尿。

住进来的第三天，初筝听见外面很是吵闹，她开门出去。

清冷的清风殿今天多了不少人，都聚在清风殿主殿外的广场上。最中间站着十个人，正好奇地打量着四周。

他们应该就是这次能进入神殿的那十个人了。

初筝看见了富煜。他虽然狼狈，可满脸都是春风得意。那个长公主梁舒雪也在其列，端着公主端庄优雅的姿态，睥睨着身边的人，老远都能感觉到她的不屑和鄙夷。她大概是觉得，这些人能进来都是靠运气。

然后，初筝就看见了从正殿出来的灵迹。他换了一身更加庄重的祭司服，纯白色的祭司服上，绣着暗纹，在阳光下似乎能折射出光芒来。

他从台阶上缓缓走下去。

那一刻，他们看见的就是从神殿上走下来的神明，圣洁端庄，不容亵渎。

初筝扶着栏杆，瞳孔微微缩了一下，她现在想的却是另外一件事。

灵迹需要给新进入神殿的人确定身份，过程有些复杂。等确认之后，那十个人都没机会和灵迹说话，就被人带着往初筝这边过来。

“初筝，”富煜先瞧见初筝，“噔噔”地跑到她跟前，“你真的进神殿了？”

“嗯。”

初筝往富煜身后看去。没办法，那位美人的眼神过于灼热，不想注意都难。

此时不仅仅是梁舒雪眼神灼热，剩下那几个也很奇怪地看着初筝。初筝财大气粗在外面当散财童子的事，他们可都是有所耳闻。她怎么会在这里呢？之前比试的时候也没见到她啊！

“你怎么进来的？”长公主梁舒雪有气势多了，直接质问，目光直勾勾地盯着初筝，好像要将她看穿。

考核的时候没看见她，还以为她已经被淘汰，可是没想到，自己会在这里看见她。

初筝环胸，平静地回视：“你管得着吗？”我走后门进来的不行啊！

“你没有参加考核，凭什么站在这里？”她身为皇族公主，都没有资格破例进入神殿，她凭什么站在这里？

初筝语气淡然：“凭本事。”

“你有什么本事？”梁舒雪阴沉着眸子，“你不会是用什么见不得光的手段进来的吧？

大家都是凭本事进来的，你若是用见不得光的手段进来，那岂不是让神殿的公平公正失了威信。”

“是啊，之前我就没见到她。”

“她怎么会在这里？这也太不公平了吧，我们好不容易打败那么多人才进来，她莫名其妙就在神殿里了。”

“不是说神殿最为公平的吗？她什么来头啊……”

梁舒雪的话，引起后面那几个人的共鸣。此时他们看初筝的眼神，都透着一点不满。大家都是兢兢业业，通过自己努力打败那么多人，进入神殿。现在出现一个疑似没有任何考核就进入神殿的，他们心理哪里能平衡。

梁舒雪这话不仅是说给这些人听，还是说给神殿的人听。但是神殿的人不为所动，个个站得笔直，恍如没有听见他们的话。

富煜有些担心地看着初筝。她到底是怎么进来的，不会是拿钱砸进来的吧？

神殿的人不为所动，梁舒雪脸色更加阴沉。她是皇族公主，有的是底气，所以她立即将目标转向旁边的神殿的人：“她没有参加考核，是怎么混进神殿来的？”

“初筝姑娘是主人的客人，长公主殿下，这是神殿，请您不要在这里闹事。”

九曲从另一头走过来，脚踝上的铃铛碰撞，发出清脆的声音。

梁舒雪认识九曲，表情微微一沉。

她是祭司大人的客人？客人……她凭什么？

梁舒雪眸光微微一转：“我听闻清风殿从不留客。”

九曲拢袖站在那头，脸上明显有了不满的情绪：“清风殿是历任祭司的住所，留不留客，乃是祭司大人的决定。”这句话的潜台词就是，人家留客与否，那是祭司大人自己的权利。以往的祭司大人没有在清风殿留客，不代表不可以。

梁舒雪这下是彻底变了脸。

“各位还有什么事吗？”

梁舒雪想说什么，但顾忌九曲是灵迹身边的人，没敢再闹。

“没什么事的话，各位就先回去休息吧。”九曲示意神殿的人带他们离开。

富煜看向初筝：“那……我先走了。”

“嗯。”

梁舒雪愤怒地瞪初筝一眼，气势汹汹地离开。新仇旧恨，这笔账她不会就这么算了。

九曲见人走了，走过来恭恭敬敬地做了一个“请”的手势：“初筝姑娘，主人有请。”

“好人卡”这几天都躲着自己，现在忽然要见自己？

清风殿太大，弯弯绕绕，初筝也不知道走到什么地方。

“主人在殿内，初筝姑娘进去便是。”最后，九曲将初筝带到一座偏殿。

初筝推开偏殿大门。殿内垂着轻纱，层层叠叠往里面延伸。

初筝进去之后，后面的门自动关上。她拂开第一层轻纱，往里面走。空旷的大殿只有垂落的轻纱，没有任何人。

搞什么？

初筝转回去开门，结果发现门打不开了。

初筝一惊。向来都只有我关人的份儿，什么时候轮到别人关我了？！

就在初筝准备踹门出去的时候，大殿另一个方向忽地响起重物移动的声音。

层层叠叠的轻纱挡住视线，初筝看不见那边的情形，但是她看见了暗元素……暗元素如潮水一般，朝她涌过来，迅速将她包围。

这些暗元素霸道凌厉，带着凶戾之气，和她体内的暗元素完全不一样。

初筝眼前暗下来，轻纱扬起，有人影急掠而来。初筝下意识地抬脚踹过去，那道人影避开，闪身到她身侧，袭向她肩膀。

初筝弯腰，滑行到后面，一掌拍在对方后背。却不想对方反手扣住她手腕，身体以诡异的弧度扭转。

“砰——”两人砸在地上，暗元素此时浓郁得宛如雾气，缓缓地围绕着他们流转。

初筝屈腿撞向对方腹部，翻身而起，扣住对方喉咙。

暗元素散开一些，轻纱缓缓拂开，露出一张令人神魂颠倒的脸。

初筝松了几分力道：“灵迹？”

灵迹忽地用力，两人位置再次调转，轻纱拂过初筝脸庞，湿热的吻落下。

暗元素涌过来，初筝眼前只剩下黑暗。

肉眼可见的暗元素如雾气一般浮在大殿里，层层叠叠的轻纱无风自动，缓缓分出一条路，隐约可见轻纱里相拥的人影。

那张绝美的脸上，圣洁之光被戾气取代，似邪恶俊美的魔鬼被锁在深渊深处，可他依然能蛊惑人心，让人为他前赴后继。他眉心的银白莲花，此时犹如浸了血，如盛开在黑暗里的红莲，妖冶绝美，让他看上去更加邪肆魅惑。

初筝心情复杂，这就是黑化形态？他当着自己的面使用过光系魔法，体内怎么会有暗元素？这两种元素就是死对头，碰到一块，那就是你死我活的状态。

初筝走神的空当，灵迹忽地掌握主权。

初筝抬起的手又落下。

算了。看他这样，让他一次好了。一会儿打起来，那就没意思了。

初筝在心底说服自己，就当是日行一善，日行一善，日行一善……啧。

初筝拽着灵迹就往地上压，然而灵迹自然是不肯的。大殿的轻纱在两人纠缠间拉扯得不断往地上落，裹在两人身上，最后也不知道是谁先动的手。

灵迹衣衫不整地坐在地上，脸颊微微有些肿，眉心的印记已经恢复到银白色。

初筝伸手戳了下他的脸。灵迹往旁边避开，拿手挡住，脸转到另外一边，随后脸上浮现出可疑的绯色。

“打你是我不对。”初筝冷静地开始分析，“可是你先动的手，我只是想你乖点。”她很努力控制自己让着他了！她尽力了！

灵迹脸色更红，殷红的唇紧紧抿成一条线。

今天看见她的时候，他就感觉自己的状态就有些不对，之后还用了光系魔法，光系魔法消耗，体内的暗系魔法就开始不安分。

他也不知道自己为什么要让九曲叫她过来……

“我没事，你先走吧。”灵迹憋出一声。

“你刚才……”

“我没事。”灵迹强调。

你那可不像是没事，我看事情大得很！

初筝将人转过来，强行拉下他的手，柔软温热的唇落在他红肿的脸颊上。

灵迹的身体像是被定格住，一尘不染的眸子轻轻地眨了眨，呼吸似乎都停下来。

初筝见他没动静，动作便更大一些，亲在他嘴角上。

“你身体里为什么有暗系魔法？”初筝一边亲他，一边问。

灵迹此时像一个牵线木偶，唇瓣上贴着的温度使他失去思考的能力，乖乖地回答。

那是他还没当上祭司之前的事了。

他的光系魔法天赋极佳，在神殿也受到上任祭司青睐。可是有一次，他接到了一个任务，前往一处地宫，寻找失踪的神殿成员。

那地宫的主人是暗系魔法师，他进去后就被困在了里面。寻找出路的时候，遭遇暗系魔法师设置的机关，他不小心受了伤，暗系魔法侵入他体内。

“它们……就这么在我身体里。”灵迹道，“光系魔法压不住它们的时候，它们就会出来作乱。”

灵迹将过程说得很模糊，明显里面还有事，不然他也不会黑化……

灵迹往后缩了缩，两人距离拉开。他眸子望过来，即便看不见，也能准确捕捉到她的影子。

灵迹问：“初筝姑娘……你是喜欢我吗？”

初筝对上他的眼睛，在他瞳孔里，看见自己的影子。然而那双漂亮的眼睛，并没有焦距。

他看不见……

初筝语气平稳地回答：“是。”喜欢的东西那就是自己的。这就是她的认知，也是她的态度。

“是”这个字她回得掷地有声，坚定认真。

灵迹耳边不断萦绕这个字。他微微抓紧衣摆，指尖因为用力泛起青白之色。

“你不能喜欢我。”他声音发涩，偏头看向另外一个方向。

“为何？”

“我是神殿祭司。”

初筝没理解这中间有什么联系：“神殿祭司不能被人喜欢？”这是什么奇葩规定？

灵迹摇头，神殿没有说祭司不能被人喜欢。祭司也可以和喜欢的人在一起，但是祭司往往不会选择伴侣。

因为他们无法将过多的关注给自己的伴侣，与其让自己的伴侣整日生活在冷寂的等待中，不如永远不去碰。

这是上任祭司告诉他的。

情爱对于祭司来说，是奢望。

灵迹缓缓地说：“喜欢我……不会有好结果。刚才的事，我不知道什么时候会发生，我……”

初筝打断他：“我给你的结果，才是结果。”

初筝嚣张又霸气，激得灵迹心底不断泛起阵阵涟漪。他喃喃地问：“为什么喜欢我啊？”

“还要理由？”因为你是我的“好人卡”啊！

灵迹的声音低沉缥缈：“他们喜欢我，因为我是祭司，因为我这张脸。你呢？为什么？”

为什么要喜欢……喜欢哪有为什么？

就觉得你是我的，想要据为己有。

“小姐姐，来跟我念。”王者号保持微笑。

初筝小脸绷得严肃：“因为是你。”

因为是你……

灵迹抬手，靠着感觉摸到初筝的脑袋，指尖缓慢地落在她眉心、鼻梁上。他的指尖微微屈起：“你想和我在一起吗？”

初筝想也没想地道：“你是我的，你只能和我在一起。”除了我，谁也不可以。

“我想静一会儿，”灵迹收回手，“你先出去可以吗？”

初筝看他两眼，起身，走了两步后，又回头叮嘱：“你的伤自己处理下。”

“嗯。”

“主人，这……”九曲看着满地狼藉的轻纱有些无措，这是发生什么了？

灵迹颓然地坐在地上：“没事。”

“主人，你还好吗？”九曲担忧地看着灵迹，怎么感觉主人的状态不太对啊，难道是之前用了光系魔法，太累了？

灵迹叫他一声：“九曲。”

九曲立即回答：“主人，九曲在。”

灵迹问他：“你觉得这个世界上什么最重要？”

九曲想都没想，直接道：“对九曲来说，主人最重要。”

“为何？”

“因为九曲的命是主人的，所以主人是九曲最重要的人。”如果没有主人，哪里有今天的九曲，在他心里，主人永远排在第一位。

喜他所喜，恶他所恶。

九曲大着胆子问：“主人呢？对主人来说，什么最重要？”

主人当祭司这么多年，极少离开神殿。主人虽然从没说过不高兴，脸上也没露出过任何不耐烦的情绪，可九曲还是觉得主人不高兴。

神殿囚禁了主人，他身上有一种孤寂感。

“我……不知道。”

轻纱微扬，男人的身影模糊起来。

许久之后，殿内响起一声喟叹。

初筝按照往常的时间起床，穿好衣服后，打开门出去，一抬头就看见站在门外的祭司大人。晨雾缭绕，他穿着月白色的祭司常服，头戴玉冠，一双眸干净漂亮，静静地平视着房门的方向。

初筝抬眸就对上灵迹的眼睛。

有那么一瞬间，初筝觉得他是看得见的。然而再细看，就会发现，那双眼睛没有任何焦距，如镶嵌在眼眶里的漂亮珠子。

“你醒了？”灵迹道。

“你站我门口干什么？”大早上的，想吓死她吗？

灵迹没想到初筝开口是这么一句，抿下嘴角：“我给你送吃的。”

初筝视线下落，他手里端着一个托盘。

“之前不是那个……送的？”祭司大人都沦落到亲自送早饭了？

灵迹嗫嚅一声：“我想和你一起吃。”

初筝神情没什么变化：“之前你不都是自己吃的吗？”

“你……不想和我一起吃？”年轻俊美的祭司，神态间露出一丝失望和窘迫。

“那倒没有，”初筝侧身让路，很是诚实地表示自己的不解，“只是觉得奇怪。”

灵迹没回答这个问题，埋头进去。

偏殿其实都差不多。可灵迹进来后，觉得这里有些不一样，好像因为她在这里，这个大殿比其他的大殿要鲜活得多。

“神殿规矩多，虽然我是祭司，平时也是我主事，但是后面其实还有几位长老。你……你不要出清风殿，不然被那几位长老的人看见你和我在一起，可能会惹来一些麻烦。”

灵迹声音轻缓，似叮嘱，又似担忧。

她如果不是暗系魔法师，灵迹倒不担心这些。那几位长老就算不满，也不会反对。

可她是暗系魔法师……

“你答应和我在一起了？”初筝听见关键词。

“嗯。”祭司大人垂着眸，声音轻轻地承诺，“我……我没有和别人相处过，我要是做得不好，你跟我说，我会改的。”

“嗯。”初筝点头。

初筝虽然不在意灵迹答应与否，反正这个人早就被她划拉到自己名下。不过，他主动答应，初筝心底肯定是高兴的。

“那你现在觉得我是好人吗？”初筝趁机问。

灵迹点了点头。

初筝：就知道是个小骗子。

初筝和灵迹在一起的事，很快就被九曲发现了。

“主人喜欢你什么？”九曲趁灵迹不在，奇怪地问初筝。

“不知道。”谁知道“好人卡”喜欢我什么，可能是因为我好吧，靠本事征服“好人卡”！

九曲撇撇嘴：“主人既然喜欢你，那九曲也会喜欢你。但是初筝姑娘，九曲还是要提醒你，你不要离开清风殿，你是暗系魔法师，被人发现，最后主人也会受到牵连。”

“哦。”

“汪！！”一寸蹲坐在地上，冲初筝叫了一声。它才不喜欢这个小贼！主人喜欢也不行！“汪汪汪汪！！”

“它叫什么？”初筝问九曲。

“一寸说，让你把项圈还给它。”九曲翻译。

买回来的东西还能还回去吗？王者号在线告诉你——不能。

初筝平静地道：“我扔了。”

“汪汪汪汪！！”一寸叫得更厉害，但是身体却往后退。

清风殿的人不多，初筝一路过去，也没瞧见几个人。空旷的清风殿，如果不是这里仙气飘飘，初筝都觉得这是个鬼殿。

初筝推开正殿的偏门，悄无声息地走进去。

灵迹正伏案刻着魔法石，初筝没有发出任何声音，他却还是停下，语气轻柔地唤了一声：“小筝？”

“你怎么知道我来了，你不是看不见吗？”“好人卡”不会是装的吧？

“你身上有暗元素的气息，我能看见。”灵迹顿了顿，补充一句，“很特别。”特别到一眼就能认出来。

“我明明收敛了，”初筝拂衣坐下，“你怎么能看见？”

“可能是因为我身体里也有暗元素，所以更敏锐一些。”灵迹手指小心地避开桌子上的东西，摸到她的手拉住，“你收敛得很好，除了我，不会有人看出来的。”

“哦。”初筝往桌子上看去，“你在刻什么？”

“魔法石。”灵迹道。

“有什么用？”

“将光系魔法储存起来。”

因为光系魔法师太少了，所以可以用魔法石处理许多需要光系魔法解决的事。

初筝突然起身，从后面环住他，摸出一块金子打造的牌子塞到他手里：“你给一寸重新刻个项圈，它老冲我叫，吵得很。”

灵迹手指摸索了下牌子，语气里有些无奈：“你当初抢它项圈干什么？”

荒山野岭，就它一个活的，我不抢……不是，我不买它东西，我买谁的？

这话能说吗？不能！我不要脸的吗？！

初筝下巴搁在灵迹肩膀上，淡声道：“没什么。”

灵迹也不再多问，开始在脑中勾画这个东西的模样，和需要雕刻的东西。

“小筝，你能别压着我吗？”灵迹忽然出声，初筝这么压着他，他的手有些使不上力。

“哦。”初筝将手从他肩膀上落下，直接环着他的腰身。

灵迹放下东西，拉着初筝抱在怀里：“你别动，不然会打扰到我，好吗？”

初筝委屈。可是我更想抱着你！

初筝见灵迹已经拿了刻刀，到底是没挣扎。

灵迹只能靠感觉去刻，初筝微微抬眸，看见他流畅的下巴微微绷紧，侧脸轮廓都似一幅绝美的画作。

初筝看着灵迹刻着，光系魔法随着图形渗透进去，图形成形的时候，一个阵法也就完成了。

灵迹刻完才问：“你这拿的是什么材质？”

他没在上面感觉到任何元素，也不像玉……但刻起来手感很好，比魔法石好刻多了。

“金子。”

灵迹陷入沉默。当初她也给一寸留下了一堆金币。

殿内寂静无声，灵迹安静地刻着魔法石，初筝靠着他。

九曲进来送茶水，见初筝被灵迹抱着，微微诧异，再看灵迹并没有受到影响的样子，这画面似乎也不是那么难以接受。

以往主人总是一个人待在空旷冰冷的大殿里。他也想陪着主人，可主人总是拒绝。而他也确实不能一直待在这里。

神殿里的事很多，他需要去处理那些不需要主人做决策的琐事。

九曲心底微微叹口气，放下东西，安静地退下。

灵迹却叫住他，将刻好的金牌递给九曲：“找东西把这个系上，给一寸戴上。”

这不是之前初筝姑娘找他想办法弄来的那块金子吗？

给一寸……刻的？

九曲拿着金牌出去，找东西出来系上，然后去找一寸。

一寸正在一条长廊上撒欢地跑，九曲一出现，一寸立刻百米冲刺跑过去，庞大的身躯扑向九曲。

九曲毫不意外地被它扑在地上。

“汪！”

九曲将一寸热情的脑袋推开，把金牌给它戴上。

“汪汪！！”这不是我的项圈！

“这是主人给你新刻的。”九曲道。

“汪汪汪！”开心！主人真好。

九曲见它满脸浪荡表情，幸灾乐祸地道：“但是这牌子，是初筝姑娘出的，金子做的哦。”

一寸的头瞬间耷拉下去。

“汪汪汪汪！”小贼定是没安好心。

“我看初筝姑娘是被你吵得不耐烦了。”九曲一语道出真相。

一寸尿得要死，但是老惦记自己的项圈，所以它只能每天跑到初筝门口叫，初筝一出门它就跑。九曲好几天看见初筝浑身杀气腾腾地找一寸。

“好了，你也别去吵人家初筝姑娘了。”九曲警告一寸。

“汪汪汪！”她想骗我们主人！还欺负主人！！

九曲顿时紧张：“初筝姑娘怎么欺负主人了？”

“汪汪汪汪！！”她压着主人！这样……

九曲心道，以后看来得看紧点一寸，不能让它乱蹿了。

九曲轻咳一声，非常迅速地转移话题。

启天祭祀。这一天会举行盛大的祭天仪式，蓬华城的仪式，将由神殿主持。到时候祭司大人会走遍整个蓬华城，以完成祭天仪式。

初筝不知道有这么一个活动，她只知道最近灵迹是挺忙的。

“姑娘，您的东西。”

初筝收回听八卦的心思，将金币交给掌柜，拿了东西离开。

兴许是祭祀的原因，神殿的人倒是随处可见，在街道上忙碌地布置着。

“初筝。”富煜的脸从人群后面露出来，他直接跑到她面前，满脸的兴奋和激动，宛如见到失散多年的亲人，“真的是你，我还以为自己看花眼了。”

“事实证明，你没眼花。”

富煜被噎了一下，这么长时间不见，初筝姑娘说话还是让人这么难接。富煜眸子一转：“上次我都没来得及和你说话，九曲说你是祭司大人的客人，你现在还在清风殿吗？”

“嗯。”

“你到底怎么混进去的？”富煜好奇。怎么就是祭司大人的客人了？富煜的八卦之火熊熊燃烧。

然而初筝这个只想听八卦，并不想讨论八卦的大神无视了他这个问题。

富煜也清楚祭司大人的八卦肯定没这么好打听，心底倒没多少失落。

“你得小心那个长公主，”富煜想起这事，提醒初筝，“我总觉得她不会就这么善罢甘休。”

大概是应了那句说曹操曹操就到，富煜刚提到梁舒雪，她就带着两个人走过来。

初筝扫一眼富煜，乌鸦嘴！

“听说你叫初筝？”梁舒雪趾高气扬地站在初筝面前，公主的架子摆得十足，她后面的两个神殿的人也给面子，站在后面充当她的跟班。

“听谁说的？”初筝正儿八经地问。

梁舒雪：这个是重点吗？

“你管我听谁说的，”梁舒雪脸色阴沉下来，“别以为我不知道，你是个暗系魔法师。”

梁舒雪本以为自己说出这件事，对面的人会有所顾忌，这样自己就能顺理成章地威胁她。然而初筝却十分平静地看着她，好像她只是说了一个并不好笑的笑话。

“谁跟你说我是暗系魔法师？”女子冷淡的声音缓缓响起。

“你骗得了别人骗不了我，那天我亲眼看见的！”梁舒雪确定自己肯定没看错，她肯定是暗系魔法师。只是不知道她用了什么办法，蒙蔽了祭司大人的眼睛。

“证据呢？”初筝气定神闲地问，“没有证据你就指认我是暗系魔法师？”

“呵……”梁舒雪被气笑了，纤纤玉手指着初筝，“好啊，你要证据是吧？今天我就让大家看看你的真面目……”

梁舒雪迅速念出魔法咒语。

“雷光术！”梁舒雪大呵一声，几道雷光突兀地出现，往初筝身上砸去。

四周的人群惊呼着散开。

初筝拽过旁边的店铺挂的幌子，往雷光砸来的方向甩去。幌子虽然被雷光射穿，但是阻挡了它们的速度，等雷光抵达初筝站的位置时，初筝已经拽着蒙圈的富煜避开。

梁舒雪却不打算就此结束，继续念着魔法咒语。

你还来劲了是吧！

初筝捏了下手腕，在下一拨雷系魔法攻击到来之前，脚下一点，朝着梁舒雪那边掠过去。梁舒雪大概没想到初筝不使用魔法，反而选择近身攻击，她魔法咒语念岔了，导致第二拨攻击没有出现。

就在初筝接近梁舒雪的时候，眼前忽地闪过一道火光，初筝被迫改变方向。火光形成的火龙转个弯，再次朝着她袭来。

富煜那边回过神，立即甩出一道火龙，两条火龙相撞，“砰”的一声爆炸后，消失在空气里。

梁舒雪被人扶着，那人大呵一声：“什么人，敢在蓬华城动手！”

初筝转身，袖子在空气里甩出了一道潇洒帅气的弧度，清冷淡然的眸望向扶着梁舒雪的人。

空气忽地安静下来。

对面是一个锦衣公子，面容俊逸，透着世家公子的贵气，和梁舒雪站在一块，俊男靓女，十分养眼。然而这位锦衣公子，此时脸色逐渐难看起来。

“叶开影。”初筝一字一顿地念出他的名字。

“你……你……”叶开影脸色铁青，“你竟然没死！”

问完他可能反应过来自己说错话，顿时噤声。

“你们都没死，我怎么会死？”初筝盛满冷意的眸子睨着叶开影，叶开影被看得浑身发寒，这个小丫头的眼神怎么变得这么可怕。

“你怎么会在这里？你想干什么？”叶开影一连蹦出两个问题。

初筝的指尖在手腕上蹭了两下，四周的温度似乎都在下降。

“嗖——”一阵风刮过，女子的身影在空气里拉出残影。

叶开影和梁舒雪同时一惊，两人竟然默契地同时动手。

五分钟后。

叶开影和梁舒雪倒在地上，躺得非常整齐。

初筝扔掉作案工具，拍拍手，一转头就对上无数双看戏的眼睛。

这么多人？！

初筝深吸一口气，镇定地转身离开，想赶紧走。

“初筝，你你……”富煜哆哆嗦嗦地过来，“你怎么把他们打晕了？”

“不然，”初筝反问，“做掉他们吗？”当着这么多人的面做掉他们，我岂不是跳进黄河都洗不清了？要不得，要不得。

富煜：我刚才的问题是什么来着？

富煜见初筝大摇大摆地离开，也赶紧跟上。

围观群众此时哪里敢拦着，纷纷给她让路。

“那好像是长公主吧？”

“打人的那个是谁啊？竟然敢打长公主和叶家的那个独苗苗。”

“我记得那个姑娘，出手很阔绰的，特别有钱，刚才我还看见她花了不少金币买东西。”

“难不成是哪个大世家偷跑的千金小姐？”

“她身边那个人穿着神殿的衣服啊……”

七嘴八舌的讨论声被初筝抛在身后。

富煜忐忑地跟着初筝：“你打他们真的没事吗？他们醒过来后，肯定找你麻烦，到时候要是闹到祭司大人那里去，你怎么办？”

初筝毫不在意：“我又不是神殿的人，怕什么？”

富煜：好像是哦。

可是你打他们，他们会报复的啊！！

叶开影被路过的叶家人捡了回去。叶书良就这么一个独苗苗，那是捧在手里怕摔了，含在嘴里怕化了。此时叶开影这般模样，叶书良顿时怒火滔天：“谁干的？”

“家、家主，我们也不清楚，我们到的时候，少爷已经躺在那里了。”那人顿了一下，“还有长公主……和少爷一起躺在那里。”

“什么？”长公主？她怎么会和自家儿子一起被打？长公主什么身份？她现在可是神殿的人，谁敢对她动手？叶书良强迫自己冷静下来，“周围的人也没看见？”

“我们打听了一下，只说是个姑娘，不过没人认识她。”

“咳咳……”

“开影，”听见叶开影的声响，叶书良立即奔过去，“你怎么样？”

叶开影胸口疼得厉害，脸色苍白，没有血色。但是他已经服过药，并没有致命的伤，只是看上去惨烈点。

叶书良眼神狠戾：“开影，谁把你打成这个样子？你告诉爹，爹给你报仇。”

“初……初筝。”

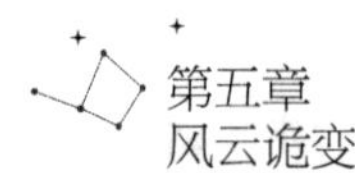

第五章 风云诡变

富煜还有事要忙，跟初筝说了一会儿话，就回了大部队。

初筝一路败家过去，导致不少人都对她有了印象——“人傻、钱多、速来”的代言人。

“姑娘，看看我们家的魔法卷轴？”初筝刚从一家店出来，旁边店铺的店小二立即上前来推荐。

“魔法卷轴？”初筝想起之前“好人卡”跑路用的东西。

店小二立即点头：“是啊，咱们卖的魔法卷轴可是魔法协会出品，绝对正宗，您在蓬华城找不出第二家。”

初筝跟着店小二进去瞧瞧，魔法卷轴外形都差不多。店小二热情地给初筝介绍着魔法卷轴的用途，大部分是辅助魔法卷轴，攻击型的较少，还贵。

“有没有可以传送的那种？”初筝看了一圈，询问店小二。

店小二愣了一下，随后摇头：“姑娘，那种高级魔法卷轴，恐怕只有魔法协会内部才有。”

传送魔法需要用到空间魔法。这是特殊魔法，也就几大势力中有这样的人才。

初筝顿时没了兴趣。不过鉴于败家任务，初筝随手指了几排，让店小二都包起来。

店小二顿时乐开了花。

初筝一路逛过去，买了一堆乱七八糟的东西。

“快走，快走……叶家的人来了。”初筝四周的人作鸟兽散，顷刻就空了下来。

远处，一群人气势汹汹地走了过来。领头的不是别人，正是叶书良。

初筝无语。这打了小的，老的还找上门了？这么欺负我这个小可怜，真的合适吗？

叶家的人迅速将初筝围了起来，叶书良上下打量她，眯起眼，似有些意外：“初筝，真的是你？”

“不然你觉得自己眼睛看错了吗？”初筝转过身，语气平静地问。

叶书良脸色顿时一沉：“你竟然没死。”

一个个的都想我死，我就不死，气死你！

初筝面无表情地问：“开心吗？”

叶书良双手负在身后，摆着叶家家主的架子，直接对她下令：“跟我走。”

初筝看了下围着自己的人，爽快地答应下来：“好啊。”

叶书良古怪地看她一眼，只觉得初筝有点奇怪。不过他也没多想，这里人多，先带回去再处理她。

清风殿。

殿内青烟升腾，容貌绝美的灵迹身着祭司服，端庄圣洁地坐在大殿上，明明是让人惊艳的面容，在这庄严的大殿里，却少了几分妖冶，多了庄重神圣。他周身都萦绕着一股舒适感，像画中的神明，看见他就能让人心神宁静。

一寸趴在旁边，不时抬起头，打量灵迹一眼。

“汪！”一寸忽然冲外面叫了一声。

灵迹微微抬眸：“小筝来了？”

“汪汪汪汪！！”一寸起身，冲出大殿。

灵迹眉心轻蹙，殿门响起陌生的声音，一寸叫得特别大声，引来九曲和其余人。

“九曲。”

“主人。”九曲从外面进来。

“何事？”

九曲垂首回答：“下面的人闯进来了，九曲马上处理好。”

“闯进来了？”灵迹疑惑，清风殿可不是那么好闯的。

“闯进来的人有何事？”

“九曲还没来得及问。”

“带进来吧。”

九曲应了一声，将抓住的人带进来：“祭司大人。”

“你是新进神殿的新人？”灵迹还记得这人身上的元素气息，他也不生气，只是轻声问，“为何擅闯清风殿？”

富煜直接跪下：“祭司大人，初筝被叶家的人带走了，请您救她。”

富煜是中途听见有人讨论，才知道初筝被叶家人带走的事。听说叶家在蓬华城势力很大，富煜知道自己肯定救不了初筝，所以这才回来找灵迹。

灵迹表情微变：“她怎么会被叶家人带走？”

富煜咬咬牙，将之前街上发生的事，和灵迹说了一遍。

灵迹心都揪了起来，起身往外走：“去叶家。”

“主人，你这样去叶家怕是不妥。”九曲连忙阻拦，“祭祀在即，你不能离开神殿，九曲带人去将初筝姑娘带回来便可。”

“去叶家。”灵迹固执地重复道。

九曲小脸皱成一团：“是。”

叶家。

几只疾风豹按着叶家的人，锋利的獠牙露出，带着腥气的口水滴在脸上，恐惧浮上众人心头。

疾风豹怎么会出现在蓬华城？它们怎么进来的？蓬华城的魔兽都是无攻击性的，这种大型攻击性魔兽，根本进不了城。

叶书良捂着胸口，脸上血色尽失，充血的眸子紧盯着庭院另一头。五官精致的女子，神情冷淡地坐在椅子上，双手搭在椅背上，指尖敲击椅背，发出有节奏的轻击声，目光随意地落在虚空，谁也没瞧。动作矫健的疾风豹伏在她脚边，尾巴左右甩动，看上去乖巧又温顺。

那画面带着几分狂野和嚣张。这是叶家，却仿佛成为她的主场。

“你……”叶书良撑着身体，挺直腰板，眼底怒火难藏，“你怎么会变成这个样子？”

“不然你以为我该如何，躺在万人坑里？”初筝淡然的声音缓缓流转，平静得没有任何起伏，落在人耳中，无端生出寒意来。不是质问的语气更似质问。

“当时我以为你死了。”叶书良试图辩解，“叶家养你这么多年，你怎么能恩将仇报？”

初筝进来后直接动手，叶书良都没来得及说什么，所以此时叶书良觉得也许还有辩解的机会。

“你让我去破城的时候，就把我当成弃子了，你当我傻吗？”初筝冷漠脸，竟然还想骗我！“你养我这么多年，也不过是为的这件事。事情都到这个份儿上，何必再狡辩，反正我是不会放过你的。”

叶书良脸色极差，遍布血丝的眼中，流转着阴狠的光芒：“今天你若杀了我，你以为你能走出蓬华城？”

“我什么时候说过要杀你？”初筝端坐在椅子上，眸光清澈地看着他，那是没有任何波澜的眼神，冰冷死寂。她身后的背景似乎都变得扭曲模糊起来。

空间扭曲得越发严重，叶书良看着那边突兀出现的几人。

白色的祭司服缓缓展开，颠倒众生的容貌，圣洁的气质，让四周的景色都为他褪色。当真是神仙玉骨，天人之姿。

叶书良望着那边，很是意外：“祭司大人！”他怎么会突然来叶家？

不过转瞬，叶书良心底就有了计策。

“祭司大人，此女乃暗系魔法师，茂陵城屠城一案，就是她所为。”叶书良如同原主经历中诉说的那般，试图将她诬陷成茂陵城屠城案的凶手。

不过不同的是，剧情里叶书良是和世人这么说，此次却是和神殿祭司。

初筝回眸，灵迹负手站在离她两米远的地方，没有焦距的眸光落在虚空里。光芒落在他身上，在他四周镀上一层暖光。

"好人卡"真好看。

"叶家主，"他薄唇轻启，声音轻淡，似来自天边的仙音，"暗系魔法师多年未曾出现，你怎么确定她是暗系魔法师？"

叶书良眉头一拧，这话怎么不太对？

叶书良一时间没想明白，但也由不得他慢慢想："祭司大人，您是光系魔法师，对暗系魔法应当十分敏感。您瞧瞧她就知道，我说的是真是假。"

灵迹象征性地望向初筝，缓缓出声："我并没有在她身上感觉到暗系魔法，叶家主可是弄错了？"

灵迹语气很轻，可是任谁都听得出来，他语气里的不容置喙。

叶书良一惊。

怎么会弄错？这人是他一手培养出来的，她身上的暗系魔法……不对！她身上的暗系魔法怎么感觉不到了？

叶书良因为这个认知吓一跳，震惊又古怪地看向初筝。初筝平静地回视他，那清雅淡然的模样，宛如胜券在握的女王殿下。

灵迹继续道："叶家主，如果没什么事，我就先带她离开了。"

叶书良刚才觉得不对劲的地方，此刻得到证实。祭司大人到叶家来……是为了初筝？

叶书良心中莫名有些不安，问道："敢问祭司大人和……她是什么关系？"

"叶家主，这不是你该过问的事。"九曲在旁边提醒。

叶书良却指着庭院里的疾风豹："她带着这些魔兽，伤我这么多人。祭司大人，我难道不应该讨要一个说法？"

灵迹扫一眼四周的疾风豹，心底也有些奇怪，她怎么把这些疾风豹弄进来的。他在心底叹口气，缓缓出声："这件事神殿会处理，叶家主有什么意见吗？"

神殿……他能和神殿作对吗？叶书良不能。

叶书良隐忍下来："没有。"

灵迹颔首，上前将初筝从椅子上拉起来，轻声安抚她："没事了，跟我回去。"

初筝有些不愿。不是！谁说我要走了？你哪只眼睛看见有事的是我啊！

不过眨眼的工夫，庭院里就只剩下躺在地上的叶家人。

叶书良一双眸子犹如淬了毒，死死地盯着初筝坐过的那把椅子。这到底怎么回事……她是怎么活下来的？她体内的暗系魔法怎么会消失？

叶书良不觉得初筝能收敛暗元素到一点都不剩。毕竟那样的能力，即便是他叶书良都做不到。

然而初筝并不是收敛起来，她只是利用银线屏蔽掉了。普通人都是用感知，所以完全感知不到。灵迹能发现，是因为他能"看"见，初筝调整一下，灵迹一样看不见。

不过作为她的"好人卡"，初筝赋予他这样的特权。

初筝眼前不过一晃，人已经站在清风殿正殿。

"初筝，你没事吧？"富煜奔过来，满脸紧张，"吓死我了。"

初筝看他一眼："你告诉他的？"

富煜被初筝的眼神看蒙了，他做错了吗？不告诉祭司大人，谁能去救你啊！我这是怕你出事，怎么还凶我！

灵迹："你们先下去。"

"主人，这些疾风豹……"九曲看着已经开始满殿乱逛的疾风豹，为难不已。

"先带下去安置。"

九曲无奈，将疾风豹带出去，顺便拉着有些委屈的富煜，拖出正殿，关上正殿的门。

殿内倏地安静下来。两人面对面站着，初筝肆意地看着灵迹，灵迹看不见，可他能感觉到她的注视。他抿了下唇瓣："为何要得罪叶家？"

初筝不答反问："你不问问我，他说的是真是假？"

灵迹沉默片刻，语气格外认真："我既然与你在一起，就要信你，护你。"

灵迹心底很清楚，茂陵城的事和初筝脱不了关系，那里有她的气息。可是他现在除了给她打掩护，还能怎样？

初筝回到刚才的问题上："不是我得罪叶家，是叶家得罪了我。"有仇不报非君子，更何况叶书良还把她扔在万人坑里！他想过她睁开眼看见那血淋淋场面的心理阴影吗？

"叶家怎么得罪你了？"灵迹眉心微蹙。

"富煜不是跟你讲过。"那些小事就不用告诉"好人卡"了。

灵迹听出初筝的敷衍。可是她不说，他也不能逼她。

灵迹握着初筝的肩膀，叮嘱道："叶家水深，答应我，不要再贸然招惹叶家。"

灵迹格外认真，初筝那句"凭什么"咽了回去。

"哦。"不当着你的面招惹呗。

灵迹将她拥进怀里："有我在，不会让任何人伤害你。"

你先保护好你自己吧。初筝的吐槽被灵迹的亲吻堵回去，不然又是翻车现场。

初筝靠着灵迹，灵迹指尖拂过她嘴角，有些依依不舍地亲了亲："疾风豹你怎么弄进来的？"

"有钱啊。"王者号说的，有钱能使鬼推磨嘛。

灵迹沉默了一下，继续问："我听说你还打了皇室的长公主？"她可真的是什么人都敢打。

灵迹想到连自己也被她打过，心情更是复杂。

灵迹从殿内出来，他关上殿门，吩咐道："九曲，你去茂陵城一趟。"

"主人，现在吗？"九曲有些迟疑，"明日便是启天祭祀。"这个时候，他怎么能离开？

"这件事很重要。"灵迹交给他一样东西，"到茂陵城后，将这个东西撒满整个茂陵城，不要让人看见。"

九曲认识那东西，是用来驱散暗元素的……茂陵城……初筝姑娘……

九曲道："主人，茂陵城的事，都过去这么长时间，暗元素早就散了。"

"以防万一。"灵迹声音淡淡道，"去吧。"这件事他不能交给别人去办。

"是。"

翌日便是祭祀。灵迹让初筝留在神殿里不要出去。初筝也想，奈何王者号并不想让她这么好过，想方设法地给她发任务。

等灵迹和九曲离开后，初筝才离开神殿。

蓬华城的盛况和当初参加神殿考核的时候有过之而无不及。

“听说离祭司大人越近，运气就会越好呢。”

“祭司大人会出现吗？”

“当然会，到时候祭司大人会从蓬华城几条主要街道过呢，咱们先找个好地方站着。”

“我还没见过祭司大人，据说祭司大人是仙人之姿……”

人群中讨论得最多的便是祭司灵迹，不管是说他的魔法造诣，还是他这个人。特别是那些小姑娘，纷纷往前面挤。

初筝站在人群里，神情冷淡地看着这些讨论热烈的人。

他们印象中那个清冷尊贵、不容人亵渎、犹如神明的人——是她的。

主街道没人敢走，每隔一段距离，有一个神殿的人维持秩序。这些人虽然激动，但并不是初筝想象中的大型追星现场，他们都乖乖地站在街道外面，不敢逾越半步。

午时刚过，神殿的方向，便有仙音传来，魔法光芒冲天而起。

“开始了！”

初筝往神殿的方向看去。她离神殿不远，可以看见神殿的白玉雕花大门缓缓开启。

从外面看神殿，其实并不大。然而里面的空间却是一个接一个，初筝听九曲说，那是用特别的魔法阵造出来的，有空间魔法的存在。

清风殿其实已经不在地面，而是在空中，当然这些外界的人都看不见。

神殿大门开启，身着白色祭服的神殿使徒分成两列，鱼贯而出。

“哇……”人群里猛地响起惊呼声。

接着就是一片静谧。纯白色莲座凭空飘浮出现，灵迹站在上面，衣袂飘飘，神仙玉骨，清雅绝美，仿若有仙气迎面而来。

什么样的人儿，才能拥有那样颠倒众生的容貌。

他是神明的宠儿。

这些人并没有任何停留，顺着大道往前走。

男人手中结了个奇怪的印，殷红的唇微微嚅动。他吟唱的声音逐渐传开，如仙音一般，落进众人耳中。

初筝看见空气里有光芒落下，四周的人纷纷露出虔诚的神态。

“今年我要求个好运气！”

“明年我要考魔法学院。”

“我就想看看祭司大人……”

队伍行进到初筝面前的时候，那个光芒万丈的男子似有所察觉，清澈冷寂的眸光准确地落在她身上。他嘴角似乎弯了一下，吟唱的声音都变得轻柔许多。

初筝退到后面，缓慢地跟着队伍。

蓬华城非常大。初筝走得都有点不耐烦，怎么这么长啊！为什么要全部走一遍？

初筝不太想走，可是一听旁边的对话，她觉得自己还能坚持一会儿。

“祭司大人真好看。”

我的“好人卡”当然好看。

“我要是能进神殿就好了。”

进神殿有什么用，“好人卡”又不是你的。

“祭司大人可以成亲吗？”

“可以吧，不过历任祭司大人都没人成亲呢。”

“祭司大人能沟通神明，岂会被这些凡尘俗事所扰。”

初筝瞧了讨论的那几个姑娘一会儿，继续跟着队伍往前走，遇见过不去的地方，初筝就拿金币砸。

好不容易走完几条主街，天色都暗了下来。大部队停留在蓬华城中间的巨大广场上，灵迹在众人的注视下，登上白玉打造的祭祀台。

灵迹脸上已经有些疲惫之色，可他依然端着祭司的庄严神圣。

初筝烦躁地捏着衣角，听旁边的人意思，启天祭祀才刚开始，接下来还有两个多时辰。

这到底是哪个非正常人想出来的？这样的祭祀有什么用？

“每个世界都有文明信仰，这个世界神明就是他们的信仰，小姐姐，这是很正常的事。”王者号小心翼翼地给初筝科普。

初筝心底轻嗤一声。

两个时辰说长也不长，说短也不短。初筝站在角落，数着时间等结束。

夜幕笼罩下，那边的祭祀台散发着柔和的魔法光芒，恍如黑夜里的指路明灯。

底下的人都保持安静，虔诚地看着祭台。

“啊……”突兀的尖叫划破黑夜。

人群中，一道黑影突然朝着祭祀台上飞去。

祭祀台上的人反应迅速，第一时间截住那人。然而人群中再次有人飞身而出，直袭灵迹。

面对这样的突变，灵迹也没有任何动静，依然保持着刚才的姿势。

“砰——”那人在空中撞上什么东西，摔在祭祀台边缘，掉到下方，被祭祀台下面的神殿信徒抓住。然而这群人有备而来，一个被抓，人群中又迅速飞出好几个。他们直接对围观的群众动手，引得下方惊叫连连。

“他们是暗系魔法师！！”不知道是谁吼了一嗓子。

这话一出，底下就更混乱。魔法师们主动阻止这群人，可是架不住普通人太多，穿插在里面，顾及着这些普通人，反倒是让对方有机可乘。

“祭司大人小心！”

两个人一左一右跃上祭台，暗系魔法朝着灵迹席卷过去。眼看魔法就要撞上灵迹，其中一人身体被毫无征兆地踹飞，两道魔法被截断，改变方向，落在祭祀台下，“轰隆”一声炸开，魔法光芒照亮四周。

另外一个人还没反应过来，只觉脚踝一凉。他心底陡然一惊，毛骨悚然的感觉顺着小腿迅速蹿上背脊。他手中的魔法刚凝出来，整个人就被一股大力拽着，摔出祭台，砸在地上。

祭台上，清雅淡然的女子睨着躺在地上的人："动我的人，谁给你们的胆子？"

"好人卡"是你们能动的吗？我都舍不得动！嗯……只有我能动！

初筝一个人解决完冲上祭祀台的人，在初筝将最后一个人踹下台子时，灵迹吟唱的最后一个音节也落下。

祭祀台上光芒升起，冲破云霄，整座城池都笼罩在光芒中，亮如白昼。磅礴的力量从祭祀台上散发出来，水浪一般，往四周扩散而去。

灵迹利用祭祀台将光系魔法无限放大，可以波及整个蓬华城。

可初筝是暗系魔法师，她还站在祭祀台上，光系魔法又不带杀伤力，初筝被波及，也是她完全没预料到的事。

初筝身体晃了一下，血气上涌，喉咙里一阵咸腥，体内的暗元素涌动，像是遇见宿敌，想要和对方决斗。

遇上"好人卡"就没好事！我怎么这么倒霉？

"小筝。"初筝身体有些发软，灵迹紧张的声音自耳边响起，接着她整个人被人抱住。

初筝忍着翻涌的血气，压着声音："走。"

灵迹顾不上底下的混乱，迅速带着初筝离开祭祀台。

祭祀台上的光渐渐减弱。光芒从空中落下，渗进众人身体里。普通人只觉得身体舒服，病痛离自己远去，整个人都轻松起来。而魔法师会觉得修为精进，和元素的沟通力似乎都增加了。

"快把这些魔鬼抓起来！"

"天哪，他们是暗系魔法师。"

"暗系魔法师都好久没有动静，这次怎么会出现，还差点破坏了启天祭祀。"

"祭司大人没事吧？"众人往祭祀台上看去，那里空荡荡的，哪里还有人。

"刚才祭祀台上那个姑娘是谁？"

"有点像之前那个……得罪叶家的姑娘。"得罪叶家都还能好好的，果然不是平常人。

"刚才她对付那些暗系魔法师，那叫一个干净利索……"

灵迹带着初筝出现在偏殿，兴许是因为着急，灵迹撞了好几下，最后才将人放在床榻上："小筝，你感觉怎么样？"

初筝感觉有些恶心，不过刚才翻涌的暗元素此时已经平复下去。

不过难受是肯定的，她刚才都想吐血了。无妄之灾！

然而即便是难受得不行，初筝还是得强撑着："没事。"

灵迹顺着初筝的胳膊摸索，话语间有掩不住的担心："真的吗？疼不疼，是不是伤到了？"

"没有。"初筝尽量保持语气平静。

"真的？"

初筝没好气道："我骗你有什么好处？"

灵迹还是不放心。可是他的光系魔法，此时面对初筝毫无用处。

他似是想到什么。

初筝看着他眉心的印记开始淡化，周身的圣洁渐渐被戾气取代。

初筝忽地握紧他的手："灵迹，你上来。"

灵迹张了张唇，身上的戾气和圣洁的气息交错，他低喃一声："小筝，我可以……"光系魔法不能治愈她，但是暗系魔法可以。

"不需要，你上来就行。"初筝往里面挪一点，语气已经有些凶了，"听我的话。"我真的不想打你。

灵迹身上的戾气渐渐退去，恢复那个圣洁如神明的祭司大人。

灵迹有些笨手笨脚地爬上床，乖巧地躺下，将初筝抱在怀里。

"对不起，是我的错。"灵迹低声道歉，满是愧疚，心底很是难受。

那个祭祀台本身就是一个阵法，一旦启动，他就受阵法牵制。即便他想中止，阵法也会自行运转。

"别说话，我想睡会儿。"初筝搭在他腰间的手微微用力。

"好，我不说话，你睡。"

"祭司大人还没出来吗？"神殿的人在殿外走来走去。

外面发生这么大的事，都等着大人拿主意，可是祭司大人进了殿内，就再也没出来，他们也不敢闯进去。

"再敲门试试？"有人提议。

其中一个人走过去准备敲门，然而手还没落下，门自动开了。几人对视几眼，低着头进殿。

床榻的轻纱垂落，他们只隐约看见里面的人影。

祭司大人受伤了？

灵迹的声音缓缓响起："外面的事，交给几位长老处理。"

"大人，这事关暗系魔法师，几位长老都等您拿主意……"

灵迹并不愿多谈："他们自行处理，下去吧。"

离开殿内，几个人站在外面面面相觑。片刻后，有人打破沉默："走吧，先去禀报长老们。"

灵迹最后完成了祭祀，启天祭祀没有被破坏。不过发生这么大的事，各大势力都要出力追查。

暗系魔法师突然冒出来，目标还是神殿祭司，这件事必须重视。然而灵迹不过问这事，全部交给神殿长老们处理，这让众人不能理解。

灵迹离开祭祀台的时候，祭祀台上的光芒还没完全消散，因此没多少人注意到他的状态，纷纷猜测，是不是他受了伤。可是灵迹不许人进去，也不见人，没人知道到底什么情况。他们在外面着急也没用。

“之前祭祀台上不是还有个姑娘，那个姑娘呢？”某个长老沉着脸，“听说是她制伏了那些暗系魔法师？”

底下的人摇头：“回长老，事后我们就没见到了……”

“行了，先把暗系魔法师的事查清楚。”

“当时人那么多，这事怎么查？从哪里查？”

“抓住的那几个人，不是人吗？就从他们开始查！暗系魔法师这么多年都没动静，突然冒出来，这事能简单？”

直到第二天中午，众人才看见灵迹。大殿上，神殿的四位长老都到齐了，此时分成两组各自站一边。

灵迹坐到祭司主位上，声音淡淡地问：“查到什么了？”

左侧首位的长老甲先出声：“祭司大人，您没事吧？”

“无事。”

四位长老有些狐疑。既然无事，那为何要到这个时候才出现？

“查得如何？”灵迹再次询问一遍。

长老乙清了清嗓子：“我们已经审问过那几个暗系魔法师……”

说到一半，长老乙忽地顿住。

灵迹等了片刻长老乙都没继续说，他眉心微蹙：“嗯，结果。”

长老甲摇头：“他们趁我们不注意，自杀了。”

“所以没有查到有用的线索？”

四位长老摇头。当时人太多，他们不可能一个一个去问。有用的线索太少，抓住的人又自杀了，这件事一点眉目都没有。

“继续查。”灵迹扔下这句话，匆匆离开。

留下的四位长老神情各异，心中各有猜测。

灵迹担心初筝，匆匆回到偏殿。初筝已经醒了，正躺在床上怀疑人生。

“小筝。”灵迹疾步而来，撞到不少东西，听得初筝神经“突突”地跳。

“你慢点。”看不见还不注意，磕着碰着，算谁的？“好人卡”不知道爱惜自己怎么行！

灵迹已经走到床边，伸手来摸她：“你醒了，感觉怎么样？哪里难受吗？”

“不难受，好得很，你别咒我。”

“那你饿不饿？”

“还好。”

“我给你弄点吃的来，你等一下。”

灵迹说完就匆匆离开。

灵迹不仅弄来吃的，还把她当成一个完全不能动弹的病号照顾，完全不用她动手。

“我自己可以。”初筝想自己吃。她好手好脚的，为什么要人喂？

“我喂你。”灵迹固执不已，然后又小心翼翼地问，“小筝不喜欢……这样吗？”

我几分钟就能搞定的事，为什么要花更长的时间？浪费时间。

“小姐姐，我觉得你应该和人家‘好人卡’学学，这才是正常对一个人好的方式！！”王者号出来阻止初筝丧心病狂想抢碗的行为。唉！没有我，不知道小姐姐得是个什么惨样。

鉴于王者号在旁边盯梢，初筝最后没能抢到碗。

当然，初筝是不怕王者号的。她只是看不下去灵迹那一脸失落的样子，所以灵迹心满意足地喂了饭。

“能不能快点？”

“烫……”

“不烫。”这勺子也太小了！

等初筝吃完东西，灵迹又摸出一颗药丸，塞进初筝嘴里。

“这是什么，苦的？”

灵迹慌张地收回手：“凝神用的，可以让人身体恢复得快一些。”

灵迹顿了顿。

“很苦吗？”

不等初筝说完，灵迹摸出几枚蜜饯，再次塞进她嘴里，也不知是有意还是无意，指腹在她唇上蹭了一下。他轻声道：“去去苦味。”

蜜饯特别甜，瞬间冲淡嘴里的苦味，初筝嚼着蜜饯，想起正事：“昨天袭击你的人找出来了吗？”

“还没……”灵迹脸上闪过一缕暗沉，“会找到的。”

昨天那些人都是暗系魔法师。早已经销声匿迹的暗系魔法师，突然出现这么多……怎么看都不正常。

灵迹让初筝好好休息，他去处理这件事。

九曲回来的时候，这件事已经是蓬华城家喻户晓的大事。暗系魔法师卷土重来，蓬华城的普通人都十分害怕。暗系魔法师消失了这么多年，已经被人传成青面獠牙、三头六臂，总之是个怪物一般的存在。

“九曲大人，不好了！”

九曲正心烦，听见人叫不好，更加烦躁：“又哪里不好了？”

“几位长老带着人往初筝姑娘那边去了。”报信的人急急地道。

“什么？”长老去初筝姑娘那边做什么？

“去，你快去叫主人。”九曲吩咐报信的人，自己赶紧往初筝住的地方过去。

九曲走了近路，正好赶在四位长老之前抵达偏殿，将他们拦在偏殿外。

“九曲见过四位长老。”九曲微微欠身，“不知长老们到这里有何要事？”

长老甲沉着脸：“九曲，你让开。”

“大长老，恕九曲不能从命。”

长老乙沉声问：“九曲，这里面住的什么人啊？”

九曲不知道要怎么定位初筝的身份。

长老甲再次出声："我们接到举报，说这里面住的是位姑娘。"

九曲硬着头皮回答："几位长老，这里是清风殿。"

"正是因为这里是清风殿，是祭司大人的住所，我们才会紧张。你且回答，这里面住的是不是一位姑娘？"

"是……"

长老乙直接动手推开九曲："你且让开。"

几位长老顿时将九曲挤开。

九曲心急如焚："二长老！大长老，你们不能进去！"

在几位长老靠近偏殿殿门的时候，殿门"吱呀"一声，从里面被人打开。

"你们吵什么？"女子清冽的声音缓缓响起，那声音如玉石击打冰面，冷而脆，让人无法忽视。

四位长老同时看向她。

女子容貌昳丽，但是她那身清冷的气质，很容易让人忽视她的容貌，而被她的气质所震慑。像是开在冰原上的红莲，足够冷冽，却也足够夺目。

"几位长老，初筝姑娘是主人的客人，你们不能无礼。"

九曲的声音，打破这略显诡异的气氛。

"祭司大人的客人？"长老乙冷笑，"我看不见得吧！"

九曲心底"咯噔"一下。

难不成清风殿里有人传了消息出去？几位长老知道初筝和主人的关系了？

在九曲胡思乱想的时候，长老乙指着初筝，掷地有声地道："她一个暗系魔法师，竟然潜藏进神殿，还欺骗祭司大人，居心叵测！"

初筝看着外面的这几个长老，神情寡淡，没什么特别的表示，好像他们只是一群不值得她关注的小人物。被人如此无视，向来都是受人敬仰尊重的四位长老，全都心生不满。

"把她拿下！"

"几位长老不可！"九曲拦在前面，怎么也要拖到主人过来。

"九曲，你干什么？你要包庇她……你难道知道她是暗系魔法师？"长老乙大惊，另外三位长老也变了脸色。

初筝钩着九曲的衣领，将他拉到后面。她缓步走出殿门，面不改色地站在他们面前，余光逐一扫过众人："谁跟你们告密，说我是暗系魔法师？"

长老乙冷笑，周身的气势一盛，迫人的压力从他身上碾压过来："你别管谁告诉我们，你是暗系魔法师没错吧？"

"我不是啊。"初筝面不改色地否认。你这么问我，我是多傻才会承认？

四位长老面面相觑。

初筝慢条斯理地问："你们看见我使用暗系魔法了？既然没有，那么你们凭什么说我是暗系魔法师？就算你们是神殿的长老，也不能空口无凭污蔑我吧？你们的光明之神可看着呢。"说到最后光明之神都扯出来了。

"是不是，试过就知道了。"长老乙抬手就是一道风刃甩过来。

坐到长老这个位置，他们已经不用念魔法咒语，可以做到瞬发魔法。另外三位长老没有阻止，默认长老乙的做法。他们是万万不能容忍神殿里有暗系魔法师。

几位长老本以为可以逼迫初筝使用魔法，谁知道初筝摸出魔法卷轴，各种各样的魔法卷轴砸过来，五颜六色的魔法光芒在殿前闪现，消失，再闪现。

虽然都不是特别厉害的魔法卷轴，可架不住量多啊！长老乙根本打不到初筝。

“你扔魔法卷轴算什么本事！”长老乙被激得怒斥。

初筝特认真地回答：“有钱。”

长老乙后面的话还没组织好，又是铺天盖地的魔法卷轴砸下来。各种魔法碰撞在一起，场面有些失控。

她身上到底有多少魔法卷轴！

平时他们也看不上这样的东西，可现在发现这些低级魔法卷轴，竟然也这么让人厌烦。

“有本事你跟我动真本事！”

初筝在心底翻白眼。当她傻啊！跟你打，你分分钟就挂了好吗？

灵迹赶到的时候，正是这么一个尴尬的场面。他迅速上前，不顾长老乙的魔法攻击，直接站到初筝面前。

突然出现的灵迹让长老乙一惊，长老乙硬生生地将魔法拐个弯，打在后面的殿门上。

殿门轰然倒地。

“祭司大人！”长老乙惊怒地叫了一声，“您做什么！”

“你们在做什么？”灵迹沉着脸，“谁允许你们在清风殿动手，你们眼里可还有我这个祭司？”

长老甲沉声解释：“祭司大人，我们接到消息，说神殿里混入了暗系魔法师。我等也是为神殿安全，若是让暗系魔法师潜伏在神殿中，不知还会出什么乱子。”

“谁是暗系魔法师？”

几位长老的视线落在初筝身上，可能是意识到灵迹的眼睛问题，其中一位长老出声：“您身后的那位女子……”

灵迹打断他：“几位长老是怀疑我连暗系魔法师都分辨不出来了？”

那长老立即垂下头：“祭司大人，我等没有这个意思。”

长老乙接下话头：“祭司大人，我们没有质疑您，只是担心此女用手段蒙蔽您。您在启天祭祀上遭遇暗系魔法师袭击，这事必定与她有关系！”

“你们查到线索了？”灵迹问。

“我们有证人，亲眼所见她使用暗系魔法。”长老甲立即道。

初筝不冷不热地道：“我刚才也使用了别的魔法，看来我是个全能魔法师。”我大概就是传说中的天才。

四位长老很是无语。这能一样吗？你那是用的魔法卷轴。

“祭司大人，此事必须查明。”

“请祭司大人三思。”

四位长老七嘴八舌，说到最后言辞间已经有逼迫的意味。

“她是不是暗系魔法师我最清楚，各位长老不必操心。你们真的为神殿好，就赶紧查明祭祀上暗系魔法师一事，而不是到这里为难一个姑娘！”灵迹态度强硬，“几位长老请回。”

长老们不服：“祭司大人！”

“九曲，送几位长老离开。”

灵迹带着初筝离开，直到离开那群长老的视线范围，灵迹绷紧的背脊才缓缓松下来。

那几位长老是怎么得到消息的？谁告的密……

灵迹突然抱住初筝。

初筝拍拍他后背：“怎么了？”

“我怕保护不好你。”灵迹声音闷闷的。

“我保护你。”谁要你保护，是你在那里给自己加戏。不是她吹，就今天那几个，做掉他们都不成问题。

灵迹有些无语，他应该保护她，哪里能让她来保护自己。

然而灵迹心底还是有暖流流淌而过。

身处祭司这个位置，他的职责就是保护别人，没有人会来保护他。

灵迹半晌才出声：“你觉得这件事会是谁告诉长老的？”

“不是叶家人，就是那个长公主。”初筝毫不迟疑地列出嫌疑人，语气很平静，丝毫没有担忧和害怕。

普通人告密，那几位长老会那么轻易就信了，直接跑过来抓人？那必定是位高权重、有分量的人说的，才能让他们信服。

初筝更倾向叶书良，叶书良手里说不定还有原主的什么黑料……

灵迹微微蹙眉：“你和叶家有什么恩怨？”

初筝望向别处。这个说来话长，所以就不说了。

灵迹有些受伤地道：“我可以和你一起承担这些事，我也能保护好你。”

这不是一回事。

“你不信任我吗？”

这怎么就扯到信不信任上了？

“没有。”初筝道，“你真想知道？”

灵迹点头：“我想知道。”

初筝琢磨了一下：“那你亲我。”

灵迹：“？？？”

原主那点事，其实也没啥好讲的。就是一个年幼无知的姑娘，被人拐卖，最后培养成一颗棋子的故事。

“我怎么觉得……”灵迹欲言又止。

“什么？”初筝还靠着他，唇瓣就贴着他脸颊，离得太近，灵迹脸上的绯色更多。

灵迹低声道：“你说的那个人，和你不一样。”

她讲述的故事里，那个小女孩无知胆小，从没见过外面的世界。可是她……不像。

“因为我……”

“哔——”

“小姐姐请勿违反规则哦！”王者号声音欢快地提醒。

“人会成长。”初筝改了口，“没听过一夜间长大的故事？”我就不一样，我是换了一个人，然而王者号不让我告诉你。

灵迹有点茫然：“可是也不会……”

初筝语气冷了几分：“你不相信我？”

自己说的话被扔回来，灵迹抿了下嘴角：“我相信你。”

“乖。”

灵迹压下心底的疑问，转而问另外一个问题：“叶家为何要屠城？”茂陵城并不是很大，而且地处偏僻地带，叶书良为什么要去屠那样一座城？

“我怎么知道？”叶书良又不可能告诉原主。

“茂陵城外的魔法阵是暗系魔法阵？”

初筝想了一下：“嗯。”

灵迹似乎想到什么：“我去去就回，你待在清风殿不要出去，等我回来。”

灵迹在初筝脸上亲一下，匆匆离开。

初筝是那么听话的人吗？事实证明——她不是。

灵迹前脚离开，初筝后脚就走了。

入夜。

因为暗系魔法师一事，蓬华城有了禁令，晚上不许在街上晃悠，此时的蓬华城格外安静。

初筝摸到叶家附近。

整个叶家显得格外安静，都看不见几处光芒。初筝找了半天，才看见几个叶家子弟。他们行色匆匆地离开叶家，不知道去做什么。

初筝没找到叶书良，有些失望地返回。

“快走！”

初筝刚走出一条巷子，迎面就有两个人撞来。对方发现有人，第一时间发动攻击。

暗系魔法扑面而来，初筝眉心微微一跳。同行啊！

初筝避开攻击，闪身上前，一把抓住其中一个人的胳膊，将他甩在墙上。初筝没有用魔法，而是近身作战，这对于只适合法力输出远程作战的魔法师来说，是个致命攻击方式。

两个暗系魔法师瞬间被初筝摞到地上。

暗系魔法师心道：这人又是哪儿冒出来的？他们竟然还打输了！而且她竟然不用魔法！

初筝蹲下身子，打量他们两眼：“你们在干什么？”

暗系魔法师有些蒙，刚才他们用的是暗系魔法，这人怎么一点也不惊讶？

其中一个暗系魔法师怒瞪初筝一眼，恶声恶气地问：“你想干什么？”

“我问你们在干什么？”

“你想干什么？”

黑暗的巷子里，三个人大眼瞪小眼。

初筝将两人绑起来，她往他们跑出来的方向看去，那边是座府邸，看上去没什么特别，但是初筝闻到了血腥味。隔着这么远的距离，都闻到了那股血腥味，可想而知，那味道是有多浓郁。

初筝思索片刻，起身去那座府邸。

府邸的大门紧闭，初筝翻墙进去，院子里不少人横七竖八地躺在血泊里，眸子瞪得老大，仿佛还残留着惊恐之色，似乎不敢相信，自己就这么死了。

初筝抱紧胳膊，大半夜地看见这样的场景，有点吓人。

初筝在整座府邸转了一圈，只有尸体，不见一个活人。

初筝心道：灭门啊！那两个暗系魔法师够可以的！

初筝翻墙出去，回到之前的巷子。那两个暗系魔法师正在拼命挣扎想跑，初筝回来，两人立即不动了。

“那些人是不是你们杀的？”初筝坐到墙角，极为平静地问他们，那语气好像是询问今晚月色美不美。

两个暗系魔法师一言不发地盯着她，巷子陷入诡异的安静中。

终于，有一个暗系魔法师憋不住，出声威胁：“你少多管闲事，劝你赶紧放了我们，不然你没好果子吃！”

初筝瞧他一眼：“帮我个忙，我就放你们走。”

这对话怎么有点不对劲呢？

高个子的暗系魔法师狐疑：“你会放我们走？”

“当然，我说话算话。”初筝满脸严肃地保证。

矮个子的暗系魔法师明显不信，不断给高个子的暗系魔法师使眼色。但是高个子的暗系魔法师觉得初筝刚才没动手要他们的命，也许她真的不是来杀他们的。

“你想我们做什么？”高个子的暗系魔法师问。

“那里面的人是不是你们杀的？”初筝往那座沉寂在黑暗中的府邸抬了抬下巴。

“是又怎样？”

初筝意味不明地道：“那就好办。”

“？？？”

“你听说没有，神殿里有一个暗系魔法师呢？”

“不可能！神殿怎么会有暗系魔法师！”

“这我哪能乱说，我也是刚才在店里听一个食客说的……启天祭祀那天，就是有这个内鬼，祭司大人才会受伤。还有啊，你们之前听过茂陵城被屠城的事没有？听说那凶手就是神殿里的那个暗系魔法师！”

“不……不会吧？”

翌日清晨，各家店铺相继开门，而类似这样的流言，也开始在这些人中流传。

“啊！死人了——”一个人大叫着冲上街，一边跑一边叫，指着后面的府邸，“死人了！那边死人了！”

众人往那个人指的方向看过去。

“那不是丁家吗？走，过去看看。”一些胆大的人，组队前往那座府邸。

不过须臾，一群人跌跌撞撞地跑出来，脸上血色尽失，嘴里嚷着和最先那个人口中一样的话。

丁家的人全死了。

丁家也算得上名门望族，还有人当官，不说风头正盛，却不是谁都能招惹的。然而丁家一夜被人灭门。

这个消息瞬间将先前流传的神殿有暗系魔法师的消息压下去，所有人的注意力都放在被灭门的丁家上。

灭门惨案发生在蓬华城，皇室第一时间派人前往丁家探查，接着是各大势力陆续派人抵达丁家门外。

初筝坐在茶楼二楼，双手环胸靠着椅背，目光冷淡地望着丁家大门的方向。

“家主，不好了。”叶家子弟匆匆跑进大厅。

“何事如此慌张？”叶书良放下茶杯，不满地盯着这个叶家子弟，“让你们传的消息，可传出去了？”

“家主，”叶家子弟咽了咽口水，“出事了。”

“这点小事都办不好？”

“不是……是……是丁家……丁家出事了！”叶家子弟道，“丁家被人灭族了。”

叶书良听完只是皱了下眉：“丁家被灭族你慌张什么？”

“因为……因为有人在丁家发现……发现我们叶家的信物，现在……现在皇室和魔法协会的人正往这边过来。”叶家子弟后背被汗水浸湿。

叶书良脸色骤变，“噌”一下站起来。他手边的茶杯被拂到地上，“砰”的一声碎开。

丁家是被暗系魔法师所杀，尸体上残留着暗元素。就算有叶家的信物，叶家和这件事撇清关系也不难，这件事其实挺好洗白。

但是，皇室的人和魔法协会在叶家搜出一根魔法权杖，上面全是暗元素。而丁家的人，正是死于这根魔法权杖之下。

当着众人的面证物被搜出来，叶家不过几个时辰就陷入舆论中。

在蓬华城里灭人家满门，还用来历不明的暗系魔法权杖。这不是挑衅吗？

叶书良被带走，叶开影一个只知道莽撞行事的愣头青，哪里能担起整个叶家。

“叶家真是丧心病狂啊，丁家那么多人，一个都没放过。”

“这算什么，我听说啊，这叶家之前还屠了一个城。”

“什么？”四周的人瞬间围过去，竖起耳朵听。

“就是那个茂陵城被屠一事也是叶家干的，一个城的人都下得去手，更别说一个丁家。”

“咦……之前不是说这件事是一个暗系魔法师干的吗？”

“什么暗系魔法师啊，我看就是叶家自己干的，放出这消息混淆视听。”

茂陵城的屠城案再次被人提出来。叶书良被关在魔法协会，听见这个消息，脸色黑沉得能滴出墨来。

丁家的事和他根本没关系……到底是谁在背后陷害他？那根魔法权杖是哪里来的？

叶书良脑中有些念头闪过，可是细想下，又觉得不太可能。

她怎么可能有这么大的本事？

清风殿。

“初筝姑娘，你去哪儿了？”

九曲见初筝从魔法阵出来，火急火燎地跑过来，一寸跟在后面，冲初筝“汪汪”地叫两声。

“出去透透气。”

“主人找你快找疯了。”九曲道，“你怎么不打招呼就出去？”

初筝腹诽：我又不是犯人，去哪儿还要打个报告。

灵迹找不到初筝，以为她被长老带走了。九曲好不容易拉住他，去长老那边打听一番。长老现在关注的是叶家的事，哪里有时间去理会初筝。

初筝刚踏进大殿，灵迹的身影就出现在面前。初筝被浑身透着暗元素的灵迹吓一跳，差点一拳挥过去。

灵迹上前，紧紧地抱着她，勒得她有些喘不过气。

不就是出去一下，不用勒死我吧！

初筝身体一沉，年轻俊美的祭司大人将她压在门上，声音低沉：“你去哪里了？”

初筝眉心轻蹙，本能地拉下他，但灵迹纹丝不动：“你干什么？”

“回答我的问题。”

“没去哪儿。”初筝拉住灵迹的手腕，将他拉开。

灵迹没想到初筝会这么做，他松开手，站到旁边，目光沉沉地看着她。

清寂的月辉透过窗柩，落在地面，铺成一地的银辉，房间里一片寂静。

“我知道叶书良为何要屠茂陵城了。”灵迹毫无预兆地冒出一句话，似乎已经冷静了下来。

初筝侧目，接了一句：“为何？”

“百年前的事，你听过吧？”

初筝轻轻“嗯”了一声。

灵迹继续道：“我查了一下，当时暗月组织的驻地就在茂陵城，不过那个时候它还只是一个小村子。”暗月便是当年暗系魔法师组织的名字。

“这和叶书良屠城有什么关系？”难道发现那个城池里面全是暗系魔法师，要为民除害？叶书良没那么大义凛然吧！而且根据原主的记忆，那个城池里大部分都是普通人，魔法师里也没有暗系魔法师。

当年暗月组织发展迅速，盘踞一个城池完全没有问题，他们为何要选择一个小村子作为驻地？

灵迹从祭司才能查阅的资料中查到一些没有被公开的记录。

他们发现那个小村子的时候，村落里还有不少人。他们将这些人转移走，发现村子里到处都是魔法阵。根据记载，那是生祭的魔法阵，而生祭需要鲜活的生命。

他们不知道暗月打算用这些魔法阵要生祭什么，但是从当时的情况看，魔法阵还没被启动过。

被抓住的暗系魔法师绝口不提此事，甚至有一些暗系魔法师自尽身亡，以保守秘密。因此到最后都无人知晓，他们要生祭的对象是什么。

以防万一，那个村子被里里外外地检查，甚至连地下都没放过。

可是那个地方没有检查出丝毫异常，这件事也成为一个不解之谜。

“所以你还是不知道叶书良为何要屠城。”

叶书良冲那个地方去，那个地方不正常这是肯定的啊！

灵迹抿了下唇：“可是我在另外一本资料上，发现茂陵城那个地方更久远的记载。”

“嗯？”

“记载中有写，曾经有一位暗系魔法师，在那个地方设下过一个很复杂的魔法阵。据说当时他想要召唤黑暗之神，结果被人发现，将他诛杀在那个魔法阵中。”有光明之神，自然也有黑暗之神。

那个魔法师死后，魔法阵毫无预兆地启动，可是黑暗之神并没有出现。

当时的人大概都觉得魔法阵已经失效，并没有对那个魔法阵进行处置。

初筝若有所思道：“你的意思是，那个魔法阵还在，暗月选择那个地方，也是因为那个阵法？”

灵迹：“我只是这么猜测。”

“叶书良又不是暗系魔法师，他为什么要找这个阵法？”

灵迹摇头，叶书良谋划这些都是为了什么，这个只有他自己清楚。

初筝琢磨一会儿，道：“茂陵城的魔法阵是有点奇怪。”

那个魔法阵是叶书良指的位置，原主自然不会多想。但是现在回想起来，那个魔法阵范围并不大，哪里是叶书良所说的那样，需要破坏掉那个魔法阵才能……

“万人坑。”

“什么？”灵迹疑惑。

资料上并没有详尽地标出魔法阵的具体位置，这么多年，地理位置也会发生变化，大致方向一样，但是具体位置已经变了。那个召唤黑暗之神的魔法阵，可能就在万人坑下。

只是叶书良为什么要让她去破坏那个魔法阵呢？

初筝想不明白，她决定抱着“好人卡”睡觉。

管他想干什么，她只要保证叶书良不好过，“好人卡”觉得自己是好人就行了，其余的事跟她一点儿关系都没有。

嗯！认清自己的职责很重要。

夜色下的茂陵城宛如一头巨兽，蛰伏在黑暗里，随时准备扑出去，咬断猎物的脖子。

阿大带着两个人，悄无声息地站在茂陵城外。此时的阿大，脸上哪里还有半点憨厚，只有无尽的冷意。

“这是从丁家拿回来的。”后面的人递上一个锦盒。

阿大打开锦盒，里面是一颗晶莹剔透的魔法石，上面刻着繁复的图腾，隐隐能窥见里面流动的暗元素。

那人又道：“丁家的事，被叶书良顶了包，他现在被关在魔法协会。”

阿大合上盒子：“把他救出来。”

“我这就去安排。”那人迅速离开，消失在黑暗里。

阿大带着另外一个人，绕过茂陵城，走了很长一段路才停下。

十天后，叶书良被人救走。救他的人将他扔在蓬华城外后，直接消失。

叶书良本人也很蒙，怎么会有人来救自己？肯定不是叶家的人，他叮嘱过开影，不要贸然行动。

叶书良不敢进城，他好不容易联系上叶家。

叶家果然没派人来救他。

这下好了，叶书良被人救走，魔法协会坐实他的罪名，认为他是灭丁家满族的凶手，更是屠茂陵城的凶手。

屠城是他干的，这一点他还想得过去。可是丁家被屠，跟他有什么关系？那个所谓的凶器，他见都没见过！

蓬华城里全是他的通缉令，叶书良回去澄清肯定不现实。

叶书良算了算时间，心一横，联系叶家的人，派一些人出城来。

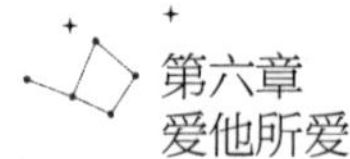

第六章 爱他所爱

暗系魔法师出现，丁家灭门案和茂陵城一案，让所有人都感觉到山雨欲来的压迫感。然而大部分的人都是云里雾里，弄不清楚到底发生何事，只知道暗系魔法师又要开始作乱。

神殿里的人也忙忙碌碌。新进来的那几个新人一时间没人管，他们都不知道该做什么。

“富煜。”

富煜抬眸，看见站在不远处的女子，眸子一亮。

富煜“噔噔”地跑过来：“初筝，你怎么来了？”

初筝示意他跟上。

“去哪儿啊？”富煜嘴里这么问，身体却很诚实地跟上初筝。

梁舒雪远远地看见两人离开，美眸一眯，也跟了上去。梁舒雪看见他们不断地在店铺间进进出出，等她过去一瞧，店铺里面几乎都空了。

这两个人在干什么呢？

就在梁舒雪疑惑的时候，初筝和富煜一起去了传送阵那边。

梁舒雪立即跟上去。

这种大型传送阵可以容纳几百人，梁舒雪隐在人群中，也不用担心被发现。

初筝和富煜被传送到茂陵城邻近的一个大城池，距离茂陵城还有段距离。初筝雇了辆马车慢悠悠地过去，富煜则坐在外面赶车。

富煜瞧见了那几只疾风豹，矫健的身姿不时从旁边的灌木丛中闪过。

也不知道它们是怎么跟上来的，他们可是用传送阵过来的，疾风豹的速度是快，可是能快到这个地步吗？

答案当然是——不能。

初筝之前就让疾风豹先往这边来了。

“初筝，前面就是茂陵城了。”富煜嘀咕一声，“我们去那个地方干什么啊，那里不是都被屠城了吗？叶家的人真是丧心病狂……”

初筝已经看见茂陵城的轮廓。

被屠城后，茂陵城就成了荒城。

初筝让富煜走旁边的小道，绕过茂陵城。

“呕——”富煜抱着树，胃里翻涌，吃的东西全部吐了出来。

初筝嫌弃地走远一点，并对富煜表示鄙视：“不就是几具尸体，至于这样？”

富煜小公子吐得脸色惨白，他抖着手指着后面，绝望地出声：“那是几具吗？那么大的一个坑，里面全是尸体！”全是啊！她对几具尸体是有什么误解啊！他这辈子都没见过这么多的尸体。要是早知道初筝带自己来看尸体，打死他也不会来。

初筝面不改色地往前走两步，站在万人坑上面。想当初，我还是从里面爬出来的呢！

初筝往万人坑里看去。这里并没有腐臭味，尸体也没有腐败的痕迹，和她离开的时候，几乎没什么变化。

不……血不见了。之前那些肉眼可见的血，此时都消失得干干净净。

富煜抱着树，睁一只眼闭一只眼，往初筝那边瞄。

女子站在万人坑前，那气定神闲的气势，仿若底下不是尸体，而是她的臣民，她即将加冕登基……

“呕——”富煜表示自己不是故意的，他脑中只要一想到他第一眼看见的场面，胃就会做出自然的反应。

这个万人坑比茂陵城还要偏僻隐蔽，叶书良将尸体扔在这里，就算被人发现，这么多尸体，估计也没人有那个闲工夫来收尸。不仅不会有人收尸，估计附近的人死了，还会把这里当成一个新的弃尸地。

“别吐了，干活。”

富煜小公子吐得快哭了：“我……我不行……”

男子汉大丈夫，竟然说不行！初筝冷漠脸：“干活。”

初筝冷冰冰地扫他一眼，富煜小公子后背一寒，抱着树干坚强地站起来。

“我……我们要给他们收尸吗？”富煜都不敢看万人坑。

初筝凉飕飕地瞥他一眼：“你还有这爱好？”我虽然是好人，但是也不会给自己找这种累活干。

富煜小公子哆嗦地问：“不……不是？那我们到这里干什么活？”

初筝没回答，只扔给他一包魔法石。这是他们之前在蓬华城买的，价值不菲。

初筝让富煜按照一定的距离，将魔法石放在万人坑四周。富煜哆哆嗦嗦地去放置魔法石，初筝坐在旁边翻书。

“魔法阵……”等初筝看得差不多，突然反应过来，她一个暗系魔法师，怎么完成这个阵。

富煜跑回来：“我……我放完了，现在怎么办？”

“你去附近抓……去魔法佣兵工会叫几个人来。”初筝顿了一下，“要会魔法阵的。”

富煜：“？”谁会乐意到这里来啊？！还有你刚才说的是抓吗？

初筝又摸出一袋金币给他。

有金币作为探路石，富煜很快就带着人回来。那几个人都是附近的佣兵，当时茂陵城出事，他们都被调过来，早就知道这里有个万人坑，因此此时瞧见，他们只是有些嫌恶，并没有太大的反应。

也不知道雇主在这个地方做什么，还是这么年轻的小姑娘……出手倒是阔绰。

初筝将那本书交给他们，指着上面的魔法阵：“学这个魔法阵。”

几个人反应一致，震惊不已：“学？！”叫他们到万人坑学魔法阵……这姑娘脑子没问题吧？

富煜也被震惊到，嘴巴张得都能塞下一个鸡蛋。

“你们也可以直接开始。”初筝问得认真，“你们会吗？”

他们往书上看去，是个从没见过的魔法阵，看上去很是复杂。

这哪会啊……她不会是耍着他们玩吧？

鉴于初筝给的金币，其中一个人站出来，作为代表谨慎地道：“姑娘，魔法阵不是一天两天就能学会的。”若是随随便便就能学会，这世界上的魔法师就什么都会了。一个简单的魔法阵，悟性差点的要学一个月呢。

富煜也在旁边点头。

初筝不在意地道：“你们记住步骤就行，我会先帮你们把魔法阵用魔法石摆好。”

众人：财大气粗啊！

大部分魔法阵，魔法师们都会选择用本身元素之力去刻画，按理说，这样的魔法阵更强大。

然而并不是。

魔法石摆出来的魔法阵更强大，因为它们稳定，且魔法石里还蕴含着力量，可以发挥出最大的力量。但它也有缺点，这类阵法不可移动。这是它唯一的缺点。

但是阵法本来大部分都是固定的，所以这几乎也算不上什么致命缺点。只是魔法石昂贵，不是一般的魔法师可以负担得起的。

现在他们的雇主，要用魔法石摆阵……

“那……我们试试？”几个人去旁边现学魔法阵。

初筝让富煜继续去摆魔法石。

因为万人坑里面也需要摆魔法石，富煜小公子打死也不肯下去，初筝只好自己撸起袖子下去。她踩着尸体，也如履平地。

富煜看得直犯恶心，要不是他胃里已经没什么存货，估计又得吐上一阵。

实则，初筝内心都快爆炸了。只是作为高贵冷艳的大神，她不能露怯。

初筝和富煜摆好魔法石，那边几个人还在学魔法阵。

魔法阵哪里那么好学，即便只是把它记住也很难。

几天后，这几个人才表示记住了。

其中一个人谨慎地道："我们……不保证能一次成功。"现学魔法阵这种事，他们这辈子都没想过，所以失败可不能怪他们。

"哦。"初筝不怎么在意，财大气粗地表示，"一次不行那就两次。"总有一次能成功。

魔法石用一次就没用了，需要换新的。她的魔法石是批发来的吗？

"准备好就开始。"

几人对视几眼，围着万人坑站好："我们做什么啊？"

初筝指着富煜最先摆的那一圈魔法石："我让你点的时候，你就点。"

"点什么？"富煜有些蒙。

"魔法石。"

"怎……怎么点？"富煜小公子的脑子已经停止运转，一片茫然。

"你不是火系？"

"是……是啊。"

"就用那个点。"

叶书良带着人赶到万人坑的时候，正好瞧见魔法阵启动。魔法石逐渐点亮万人坑的几个方向，一直连接到中间。

这是什么？怎么会有人在这里？！

叶书良视线一扫，看见站在不远处的初筝和富煜，心底顿时升腾起一股怒火，大吼出声："初筝你在干什么？！"

初筝侧目，似乎刚发现他一般。

"我做什么，跟你有什么关系？"初筝语气平静地接话，"这万人坑是你的吗？"

这万人坑不是他的，难道是她的吗？

"点火。"初筝对富煜道。

"哦……哦哦哦。"富煜回过神，手心里闪现起小火球。

叶书良不知道初筝想做什么，直觉告诉他，不是什么好事。所以富煜的小火球飞出去的时候，被叶书良的魔法打断了。

"把他们都给我抓起来。"叶书良声音阴沉地吩咐后面的人。

初筝推富煜一下："点火。"

她身子一跃，迎着这些人过去。看着初筝拦住那些人，富煜咽了咽口水，再次凝起一个小火球，朝着地上的魔法石砸去。

"嗖——"一支水箭浇灭了他的火球。

富煜下意识地往水箭射来的方向看去，那边的丛林里陆续出来了许多人。

其中领头的人，富煜还认识。

富煜很是吃惊："阿大？"

突然出现这么多人，叶书良那边的人都停了下来，而阿大的人已经往支撑阵法的那几个佣兵奔过去了。

初筝面色冷淡，迅速回到富煜身边，抓着他的胳膊：“快点。”

“啊……”富煜还没从阿大怎么会在这里的冲击中回过神，“阿大他……”

“快点！”初筝催促。

富煜被初筝脸上的冷意吓到，下意识地听从她的话，再次凝出小火球。

叶书良和阿大都想阻止，可这次他们的魔法攻击在空中莫名其妙被看不见的东西挡住。

“初筝你敢！”

“住手！你给我住手！”

富煜凝聚出来的小火球落在魔法石上。

“轰——”一颗魔法石燃烧之后，如引火石一般，迅速朝四周蔓延，火光绕着万人坑迅速燃烧起来。有人试图扑灭那些火，然而魔法阵的自动防御已经开启，魔法攻击过去，没什么用处。

初筝退后几步，火焰已经开始顺着阵法，往中间燃烧，整个万人坑迅速被火焰覆盖。

富煜小公子脸色惨白，这都什么事啊……

阿大和叶书良反应差不多，都是想第一时间扑灭这些火。可惜就算他们将那些支撑阵法的佣兵弄开，也无法打破阵法，扑灭火焰。

“啊！”叶书良怒吼一声，赤红的眼盯着初筝，好像要将她撕碎。

初筝神情冷漠地看着他们。

真是丧心病狂。这些人都死了，还要利用人家，也不怕他们变成鬼找你们麻烦。

无法扑灭火焰，两拨人将注意力转移到初筝身上。

初筝站在中间，阿大和叶书良各站一边。阿大对叶书良是无视态度，叶书良却有些忌惮阿大，估计是不知道他什么来路。

因此局面就形成僵持状态，谁也不敢妄动。

“初筝姑娘！”阿大叫了一声，“好巧。”

初筝见到阿大没有丝毫意外，好像早就知道是他一般。女子红唇微启，清冽的声音和燃烧的烈火形成强烈的对比：“不巧，我来找你的。”为了找你这个狗东西翻山越岭，我也是很不容易的。

阿大眸光微微一沉，杀气渐露：“你知道是我……你怎么知道的？”之前送她去蓬华城只是因为他也正好要去而已，他并不认识她。后来知道她是暗系魔法师，他也有些意外。

不过这世界上肯定存在他不知晓的暗系魔法师，他不可能去拉拢一个不认识，毫不了解的暗系魔法师。这次见到她，他也很意外。

“你的手下告诉我的。”初筝理所当然地道。

“不可能，他们不可能背叛！”阿大反驳。

“嗯。”初筝点头，赞同阿大的话，并给他解释，“他们没背叛你，只是把我当成自己人。”

初筝一个暗系魔法师，想要伪装成他们的人，完全不难。那两个人实力不错，可脑子并不是很好使。初筝请他们吃饭，灌点酒，下点药，很容易就把话给套出来。

阿大深吸一口气：“不知道初筝姑娘找我有何事？我好像并没有得罪过姑娘，姑娘又何必牵扯到这些事情中来。”

初筝平静的眸光望过去：“算算你派人伤灵迹的账。”敢动我的“好人卡”！打不死你！

灵迹，神殿的祭司。

阿大心底“咯噔”一下。

“初筝姑娘，你也是暗系魔法师，”阿大突然开始游说，“你难道甘心就这么东躲西藏，过世人唾弃的生活？”

“我生活得很好。”有“好人卡”亲亲抱抱，哪里不好了？我好着呢！老实人坏得很！竟然想骗我进他们的组织！

“可是你使用暗系魔法，就会被世人厌恶、追杀。他们把我们视为魔鬼，你真的甘心吗？”

初筝：“我可以不用。”

阿大游说失败，沉下脸：“那初筝姑娘以为将这些尸体烧了就没事了？”

“当然不是，”初筝否认，“做掉你才保险。”

初筝的回答，让阿大当场噎住，后面准备好的台词都没法说。

知道没用，她还弄这么大的动静？

“既然初筝姑娘一意孤行，那就别怪我了。”阿大话音落下，身上陡然涌出大量的暗元素。

初筝有点奇怪，他是水系魔法师，怎么又切换到暗系魔法师了？双系魔法师不多，但也不少，可他是暗系啊！哪有暗系和别的系能共存的魔法师？这比水火双系还要令人不可思议。

唯一的案例就是“好人卡”了……

竟然和“好人卡”情况一样，还切换得如此轻松自如，不像“好人卡”每次都控制不住……抓起来问问！

阿大挥手，后面的人鱼贯而出，直奔初筝和富煜过去。

叶书良早就想动手，阿大的人一动，叶书良跟着就动了。

今天初筝必须死在这里！坏他好事！不可饶恕！

阿大那边人数众多，全部往初筝那边拥去。叶书良的人也一起拥上来，那场面就是一锅乱炖。

富煜本来还在“我是谁，我在哪儿，我在干什么”的蒙圈三连问状态中，突然看到这么多人动手，他也本能地开始反击。

魔法光芒和万人坑上燃烧的火焰互相映衬，炫彩夺目。

“砰”！叶书良被初筝踹飞，叶家的人扶着他，才不至于掉进燃烧的万人坑中。

空气里有一股很难闻的味道，那是尸体燃烧的焦味和腐败的味道。如果此时火焰没有遮挡，可以看见万人坑里面的尸体腐烂的模样。

“啊——”

“砰”！阿大那边的人也相继倒下。

初筝避开冲上来的人，脚下一转，掠向阿大。

阿大瞳孔微微一缩，暗系魔法甩出，初筝抬袖一挥，两道暗系魔法在空中碰撞。

暗系魔法不似其他魔法，碰撞后会发出更加绚烂的光芒。暗系魔法碰撞，只会有暗元素不断扩散，犹如黑色的烟雾。

初筝可不像别的魔法师，尽量拉开距离，她几乎完全不顾魔法的攻击范围，不断逼近。

阿大几道魔法打过去，都被初筝化解，两人间的距离也不断缩短。

阿大低声吟唱，魔法咒语比刚才的长了不少。

初筝靠近他的前一秒，阿大呵斥一声："黑暗降临！"

四周瞬间暗下来，初筝站在伸手不见五指的黑暗中。

"嗖——"有风从耳畔扫过，初筝身体往旁边一侧，有什么东西擦着她脸颊过去。

初筝的指尖在手腕上摸一下，银线如流水般落进黑暗中，闪起了微光。

"嗖嗖嗖——"暗元素凝聚而成的暗器，从四面八方袭来。初筝手腕一挥，银光扫落那些暗器，转瞬银光就如流星一般散出去，循着暗元素袭来的方向。

"啊！"

"咚——"四周恢复光亮，初筝站在原地，而另一边，阿大身体绷紧地倒在地上，身上明明没有东西，却仿佛被什么东西给绑住了。

他昂头往初筝那边看去，女子气定神闲地站在那边，正漫不经心地看过来。两人的视线在空中对上，阿大想起之前他们一起经历的那段时间，这个女子总是这么一副模样。这个世界上，仿佛没有她在乎的东西。

冷漠，平静，尊贵，优雅。

初筝缓步走到阿大面前，微微弯下腰："我有件事想问问你。"

她负在身后的手忽地抬起，往旁边一甩。叶书良被无形的力量撞飞，砸在万人坑的火焰上，滚落下来的时候，惹了一身的火。

"啊啊啊……"叶书良惨叫出声。

叶家人慌张地给他扑火。

自始至终，面前这个女子神情都没任何变化。

她虽然面色冷淡，可身上有一股自信和嚣张，那是刻在骨子里的东西，并不需要过多形式，就能让人切身体会。

阿大警惕地盯着她："初筝姑娘，你想问什么？"

"你之前用的水系魔法，你是怎么做到自由切换的？"

阿大以为初筝会问自己关于万人坑或者别的事……但是他万万没想到，会是这么一个问题。

"初筝姑娘，你问这个问题，是什么意思？"

"我问这个问题是什么意思，你不用知道。但是你不回答，那就会知道是什么意思了。"她平静的语气里满是威胁之意。

阿大挣脱不开。他带来的人，此时都在地上躺着。叶书良那群废物，更是不用指望……

阿大眸子转了两圈，计上心头："这是机密，不过初筝姑娘如果能加入我们，我当然会很乐意告诉你。"

初筝：为什么总想忽悠我加入你们的组织？

初筝蹲下身，随手捡了根枯枝，戳在他胸口上："你不说也没关系，不过……"

初筝将枯枝转了一个方向，指着万人坑。

阿大顺着她指的方向看过去。万人坑上的火焰正缓缓褪去，空气的味道令人窒息。

"初筝姑娘，我刚才就说过，就算你烧掉这些尸体也没用。"说到这里，阿大突然就有了自信，"你知道这个万人坑是什么吗？"

初筝用枯枝点了点虚空，顺着他的话问："什么？"

"初筝姑娘可听过黑暗之神？"阿大将初筝的注意力转向万人坑，被压在地上的手，慢慢地凝聚力量。

"听过，你也想召唤黑暗之神？"

"初筝姑娘，黑暗之神存不存在，我们并不知道。"阿大突然说出这么一句。

初筝怪异地看他一眼。你们不是黑暗之神的信徒吗？竟然质疑黑暗之神存不存在？

看看人家光明之神的信徒那虔诚的态度！也难怪人家光明之神发展得比你们好，连自己的信仰都怀疑，能有信徒嘛！

"但是有一件东西，和黑暗之神有关。"阿大继续道。

"你们也是冲那件东西来的？"叶书良突然插话。

他被人扶着，衣冠不整，头发被烧得乱七八糟，脸上乌漆墨黑。要不是他出声，估计都认不出来这是叶书良。

阿大看叶书良一眼，没有接他的话。

初筝更不用说，看都没看他。

被人无视，叶书良心中的怒火"噌噌"地往上冒。可是想到初筝那莫名其妙的力量，叶书良又十分忌惮，不敢真的上前。

阿大继续问："初筝姑娘想知道是什么吗？"

"我不想知道。"初筝手里的枯枝转了个圈，冷漠地道，"我只知道，如果你不回答我的问题，你们想要的东西就会消失在这里。"

阿大皱眉。

叶书良的反应直接得多："初筝，你干了什么？"

初筝扬了一下下巴，示意他们自己看。

万人坑里的尸骨都不见了，露出焦黑的坑底，但是魔法阵还在，而且还在运转中。

这个魔法阵……

"暗系魔法阵有个很厉害的杀阵，据说可以诛杀光明之神。"初筝清冽冷淡的声音缓缓响起，"万人坑数万具尸体足够支撑这个杀阵，不管这下面有什么，杀阵开启后，都会……"

她顿住，没有继续往下说，让阿大和叶书良自行领会。

"你……不可能！"阿大不信，声调都拔高不少，"那种杀阵早就失传，你怎么可能会！"

初筝不在意地道："光明神殿有很多古籍，你不信也没关系，一会儿等着看。"

初筝说得笃定自信，煞有介事。

阿大不确定她说的到底是真是假。而在万人坑上运转的魔法阵……之前他们怎么都无法突破打断，运行方式也是他没见过的……也许她说的是真的！

阿大心底隐隐焦虑，得拖延时间……

“你想知道怎么让暗元素和别的元素和平相处，我可以告诉你。”阿大道。

“嗯，说来听听。”初筝果然感兴趣。

“你也是暗系魔法师，那就应该知道，暗元素其实并不活跃，它们比任何元素都要安静。”

“所以，重点。”我不是来听你上魔法理论课的。

阿大有意拖延时间，自然要讲长篇大论的理论知识。

初筝听得不耐烦，抬手往万人坑那边一挥。万人坑上的魔法阵忽地光芒大盛，运转的速度更快，地面似乎都在隐隐震动。

“说重点。”

阿大变了脸色，她能控制这个魔法阵？

如果这个魔法阵真的如她所说，是传说中的杀阵，她还能控制……阿大都不能想象她的力量。

可是她明明看上去，并不是很厉害。

阿大耳朵忽地动了动，心底微微一松，人来了。

“初筝姑娘，想要让暗元素和其他元素共存，说简单也简单，说不简单也不简单，就看初筝姑娘……”

阿大忽地往初筝那边一撞。从林深处蹿出一群人，以极快的速度控制住叶书良。叶书良还没来得及说话，那群人便将他压在地上。地上的阿大翻滚两圈，初筝拽着银线，将他拉回来，一脚踹在阿大胸口上。

阿大仰头，冲她诡异地笑了一下。

初筝：干什么！冲我笑什么！

“初筝姑娘，不过是一个傀儡而已，劳你费心了。”密林里缓缓走出一个人，那人和阿大有着相似的容貌，但那人更加帅气英俊，气质不凡，像那些有着良好家教的世家公子。

他身着锦衣华服，手里拿着一根魔法权杖，黑色的披风长至脚踝，行动间，披风往后扬起，自带气场。他手中的魔法权杖轻轻一挥，地上的阿大顿时干瘪下去。

初筝不动声色地把银线从已经只剩下一层皮的“阿大”身上撤掉。

“重新做下自我介绍，殷问，暗月组织首领，初筝姑娘，你好呀。”

“殷问？”初筝打量他两眼，“不认识。”这人给自己加的戏还挺多的！装老实人骗她，还搞个傀儡，欺负她不会弄傀儡怎么的！

殷问笑出声：“我们现在不就认识了……我现在更想让初筝姑娘加入暗月组织，姑娘不如好好考虑一下？”

殷问似乎打算给初筝一些时间考虑考虑，他又将目光转向了发蒙的叶书良。

“叶家主，你抢走的东西，不知能否还给我呢？”殷问礼貌地冲叶书良笑一下，“那个东西，对我很重要呢。”

“什……什么东西？”叶书良梗着脖子问。

“茂陵城数万人的命，叶家主这么快就忘了？”殷问似唏嘘地叹了一口气，“真是让人心寒。”

殷问朝着叶书良走过去。

初筝神情冷淡地看着，心底正不断刷着弹幕——

原以为叶书良是条大鱼，没想到只是个炮灰。

浪费我时间啊！

叶书良被人按着压根动弹不得，只能眼睁睁地看着殷问走过来，殷问伸手在他怀里摸索几下，拿出一个锦盒。殷问打开盒子，盒子里晶莹剔透的魔法石，让他脸上露出一抹笑。

“叶家主，擅自拿别人的东西，可不太好哦。”

“这是我的！”叶书良眼眶充血，想要抢回来，奈何有心无力。

“叶家主，我虽然不知道你从哪里得来的线索，不过你以为拥有这一颗魔法石就足够了吗？”

叶书良忽地安静下来，眼睛瞪得老大。

“黑暗之神留下的魔法权杖，岂是那么好得的？”殷问缓缓地说，“当初那位想要召唤黑暗之神的暗系魔法师，最后都没有成功，你知道是为什么吗？”

叶书良后背有冷汗往外渗，他手里的东西是叶家一直传下来的东西。叶家有祖训，不许打开那些东西。叶书良年轻的时候，冲动不计后果，越是不让动的东西，他就越要动。

所以他打开了那些东西，从里面得知黑暗之神魔法权杖的事，里面甚至记载着魔法权杖的位置，以及如何取得魔法权杖的方法……

叶书良当时并不在意这件事，可随着他接管叶家，叶家遇见的挫折和他本身的实力，让他力不从心。

可即便这样，叶书良也没有那方面的想法。

直到……他在那个小山村，遇见初筝。那个念头就开始疯狂地侵占他的大脑，他思考再三，最后决定将初筝带回去，这才有后面这些事。

然而现在有人告诉他，他做的一切根本就是无用功……不，不能说是无用功，他是在为别人做嫁衣。

“叶家主，看在你替我做了不少事，我就留你一命。”殷问挥手，让人把叶书良带到旁边去，“谁？！”

密林里一阵“窸窸窣窣”的响声。

殷问带来的人迅速窜进密林，不过片刻就拽着一个女子出来。

这女子不是别人，正是尾随初筝一路的梁舒雪。梁舒雪有皇室给她藏身用的魔法器，所以藏这么久都没人发现。

“神殿的人。”殷问上上下下地打量梁舒雪，好像在打量一件物品，估计她的价值。

梁舒雪身上穿着神殿统一的衣服，不怪殷问一眼就认出来。

“我……我是皇族长公主，你……你敢对我做什么，皇族定不会放过你！”梁舒雪被看得不自在，威胁道。

殷问大笑起来。

“初筝姑娘，我觉得还是你比较可爱。”他突然转头夸初筝，语气很是真诚。

“我觉得你有点神经。”夸我是没用的，我是不会加入你这个组织的！

殷问挑眉笑，没有反驳。

“先让我们的公主殿下休息一会儿。”殷问示意旁边的人上前把梁舒雪带到旁边。

“你要干什么？放开我……”梁舒雪惊恐地挣扎，“放开……别碰我！祭、祭司大人……救命，祭司大人救我！！”

梁舒雪眸子里仿佛有光亮起。

“叮叮当当——”铃铛音由远及近。

殷问往那边看去。

穿月白色祭司常服的男人缓缓而出，他身边跟着一只纯黑色的大狗，左侧是一个年纪不大的少年。男人面容绝美，身上透着圣洁的气息，无论是谁都忍不住被他吸引。

殷问眸子微微眯起。有人从他旁边过去，几乎是转眼的工夫就已经到那个男人面前。

“你怎么来了？”初筝问道。

年轻的祭司沉着脸，语气很不好地问：“应该我问你，为什么不打招呼就走了？”她知不知道自己这些天是怎么过的。

初筝：我这不是为你出来报仇的吗？怎么还凶我？

初筝的视线落在灵迹的衣裳上，月白色的衣摆不知被什么东西刮出几条口子，头发也有些凌乱。可见他这一路过来，就没怎么注意过。

初筝抬手将他的头发理顺：“没事吧？”

“你没事，我就没事。”灵迹垂下睫羽，轻声道，“你是我的命。”

那模样委屈又可怜，好像初筝抛弃了他似的。

初筝指尖微顿，片刻后，在他脸颊上轻蹭一下：“我不会有事，我能保护好自己，你唯一要做的就是保护好自己。”然后觉得我是好人就行。

“祭司大人！”梁舒雪在那边大喊，眼底满是希冀的光芒。

灵迹握着初筝的手，循着声音，往梁舒雪那边看过去，又恢复为神殿那神圣尊贵的祭司大人。

九曲低声和灵迹说了此时的情况。

“祭司……”殷问笑着出声，“看来今天我运气不错，本以为还要多费一番周折，没想到祭司大人亲自过来了。”

初筝眸光微微一敛，这件事还要牵扯上灵迹？

“殷问。”灵迹准确地叫出殷问的名字。

初筝侧目看去，灵迹握紧她的手，初筝感觉到他干燥的手心里渐渐有了湿润感。

“哈哈哈哈，没想到祭司大人还记得我。”殷问放声大笑，“祭司大人的眼睛可还好？”

灵迹握着初筝的手，猛地用力。

殷问的视线在初筝和灵迹身上打量一番，意味不明地道：“没想到初筝姑娘和祭司大人的关系竟然这么好。”

初筝轻拍一下灵迹的手背：“别怕。”

初筝不知道殷问和灵迹之间有什么恩怨，不过既然让他不高兴，那就一起收拾好了。

女孩子好听的声音落在耳畔，灵迹心中紧绷的弦忽地松懈下来。

“祭司大人，你保管这么久的东西，也该还给我了……”

殷问的话还没说完，他后面的万人坑忽地有了动静，肉眼可见的银光顺着阵法的轨迹游走。不过瞬息间，万人坑上的魔法阵光芒就被银光所取代。

这……不对！几大元素中，怎么会有银色的魔法光？

殷问猛地转头看向初筝。初筝投给他一个冰冷的眼神，手指从空中划过，银光有所感应一般，猛地往下沉去。

殷问脸上的表情已经挂不住，几乎是冲到万人坑上方。

银光已经渗透进泥土中，转瞬就消失不见。

“轰隆——”地面晃动，站在万人坑边缘的人，直接被震进万人坑。

殷问后退两步，眼底有光芒闪现，巨大的魔法阵缓缓升起。

这、这就是那个召唤阵？！

这个召唤阵不能召唤黑暗之神，但是可以召唤黑暗之神的魔法权杖。拿到那个权杖，便能得到黑暗之神的力量……

然而殷问还没来得及激动，那个魔法阵突然开始土崩瓦解，银光在中间穿梭。

“不……不……你做了什么？！”殷问无法阻止魔法阵瓦解，怒火滔天地瞪着初筝，身上暗元素不断涌现，隐隐有失控的趋势。

初筝大概明白他之前怎么能使用水系魔法了。

那具傀儡，也是一个人，而且是水系魔法师，所以当殷问控制他，作为自己的傀儡，并赋予他几分相似容貌的时候，傀儡可以使用水系魔法，也可以使用殷问的暗系魔法。

“如你所见。”这么明显，还要我来提醒。

殷问手中的魔法权杖一挥，暗系魔法蜂拥而出。

殷问的实力和初筝之前遇见的完全不一样，连叶书良都不能比，那股强悍的力量，惊得初筝胳膊上的汗毛都竖起来了。

不是她害怕，是这身体本能的反应。

灵迹动作迅速，将初筝拉到身后，打下那几道攻击。

“停下来，你给我停下来！！”殷问阴沉地盯着初筝，暗系魔法毫无限制一般地砸向初筝。

暗系魔法和光系魔法在空中交织，碰撞后产生的气浪，潮水一般往四面散开。密林被那强劲的气浪斩断，稀里哗啦地倒下一大片。

初筝在灵迹准备放开她的时候，一把将人拉到后面，推到九曲那边，闪身迎上殷问，两人的身影不断碰撞又分开。

殷问不仅暗系魔法强大，拳脚功夫也不差，不用魔法也可以和初筝过招。然而再厉害，也比不过——初筝暗戳戳地偷袭。

银线铺在地上，当殷问踩下去的时候，银线忽地收紧，朝着旁边的一根枯萎树干拉去。

殷问整个人被倒吊在树上。

“唰——”殷问手腕被拉扯往下，手腕一疼，魔法权杖便易了主。

初筝拿着他的魔法权杖，站在旁边。

“你……”

“砰”！魔法权杖敲在殷问脑袋上。

殷问瞳孔微微瞪大，似乎不敢相信初筝竟然打自己脑袋。

初筝语塞，竟然没晕？这魔法权杖也太没用了吧！敲个人都敲不晕。

初筝赶紧补了两下。

殷问身体素质再好，被初筝当萝卜敲，也头脑发晕，意识渐渐模糊。

初筝握着魔法权杖，盯着殷问，确定他晕了，这才放心地扔掉魔法权杖。

“轰——”万人坑上的魔法阵彻底崩散。魔法光如星光一般，缓缓落下，湮灭在虚空中，只剩下一个空荡荡的万人坑。

初筝把殷问带来的人也都给撂倒，梁舒雪得了自由，第一时间扑到灵迹那边。

“祭司大人……”梁舒雪带着哭腔的声音格外惹人怜惜。

然而她还没靠近，便被九曲拦下。

“长公主殿下，你为何在此处？！”

梁舒雪明显不满，试图绕过九曲，继续往灵迹那边扑，然而九曲和一寸一左一右地将她的路封死了。

“你！”梁舒雪含着泪的美眸瞪着九曲，她又没和他说话，竟然敢拦着她！

“祭司大人……”她求救般地看向灵迹。

然而灵迹根本就没看她——当然他也看不见——他眸子看的方向，是初筝所在的位置。

梁舒雪往那边看一眼，贝齿轻咬下唇瓣，眼底的恨意和嫉妒明显。

“灵迹。”初筝唤道。

年轻俊美的祭司大人，眉宇间微微一暖，抬脚就往那边走。

梁舒雪想跟上去，再次被九曲和一寸拦下来。

灵迹触碰到初筝，最先做的就是抱她，然后就是一个绵长的吻。

躺在地上，被迫围观两人接吻的众人有些无语。

打他们、绑他们就算了，还要当着他们的面做这种事，有没有人性！

“下次这样的事，让我来。”灵迹抱着初筝，那力度生怕会失去她一般，细听下，会发现他声音都有些发抖。

让你来？那我做什么？我都立志要做一个好人了，岂能被人抢饭碗！

于是，初筝很是霸气地问：“我保护你不好吗？”这可是别人求都求不来的福分！

灵迹眉心轻蹙：“可是应该我保护你。”怎么能让女孩子冲在前面？就算她很厉害也不行。

初筝期待地问：“我保护你，你不会觉得我是一个好人吗？”

灵迹凭着感觉，摸到她头顶：“你在我心里，是最好的。”

初筝：我看不是啊！

灵迹确定初筝没事，提着的心这才落下。

此时地上全是人，富煜躲在一棵树后，缩头缩脑，不敢出来。

“你的眼睛怎么回事？”初筝问他。

灵迹往殷问那边看去，殷问吊在树上随风飘摇。

当年灵迹奉命前往地宫，然而他在地宫遇到了殷问。地宫里机关重重，殷问和他都被困住，两人都想杀掉对方，可是他们势均力敌，谁也杀不了谁，只能僵持。

被困在地宫里，为了不死在里面，两人联手破解地宫的机关。但是合作关系并没有维系多久，他们离开那处，就再次恢复到你死我活的关系。

灵迹被殷问重伤，跌入一个密室中。

密室只有一个出口，灵迹循着出口，却不想再次遇到殷问。殷问不知道在地宫什么地方得到一颗魔法石。那魔法石晶莹剔透，拇指大小，和别的魔法石不一样。

两人打斗的时候，灵迹不小心将那东西吞了，那东西使得他身体无法动弹，殷问想杀他取出魔法石。结果却是地宫塌陷，两人同时往下掉落。

等灵迹再醒过来，他已经在神殿，眼睛……却看不见了。

“看来殷问是想取出你身体里的魔法石。”灵迹很少出神殿，启天祭祀上，那是个很好的机会。

不知道这颗魔法石有什么用处，不过应该和那个召唤黑暗之神的魔法权杖有关系。

这种事果然就应该扼杀在摇篮中！

看看！现在不就天下太平了吗？！

初筝似想到什么：“也许取出魔法石来你眼睛就能看见了。”

灵迹愣了一下，他的眼睛……

“其实……也没什么，看不见也不影响我。”灵迹低声道。

“你觉得看不见很好？”

“我能看见你，”灵迹道，“这足够了。”

这个世界上的任何风景，都不及她给自己的诱惑大。所以他能不能看见，一点都不重要。

初筝无语，敢情我在你眼里，就是一团黑乎乎的玩意是吧？

灵迹转移话题：“这里应该就是当初的那个地方。”

“嗯。”初筝正在琢磨怎么从殷问嘴里把她想要的答案弄出来，有些心不在焉地应了一声。

灵迹看不见万人坑里的情况，但是他能察觉空气里异常的元素。

暗月组织还没有死心，想要完成当初的事。万人坑才是当初那个小村落，那些生祭的阵法，变成眼前这个巨大的万人坑。

当初暗月组织只差最后一步，就能完成他们策划的事。

殷问也只差最后一步，就能拿到灵迹体内的魔法石。

这些魔法石都是黑暗之神留下来的，只有通过它们，才能得到魔法权杖。

可惜初筝一锅给他们端了……

九曲让人从神殿那边传送过来，收拾这里的残局。

殷问和暗月组织的人都被带走，叶书良也被带了回去。

富煜等着快离开的时候，才小跑到初筝身边：“初筝，那个什么……魔法阵，真的不存在了？”

“不知道。”

富煜满头雾水：“你不是说那是个杀阵……最后你把那个阵法给弄崩了吗？”

初筝冷淡地扫了他一眼。

杀阵？当杀阵是简笔画，在地上画两笔，写个杀阵就是杀阵了。

富煜自行领悟到答案一般：“你……你……你骗他们的？”

那之前那个杀阵是怎么回事？！看上去确实很厉害啊！最后不还有一个从没见过的魔法阵升起来，又消失了吗？

初筝当然不会跟富煜解释，那是她综合别的图案，用银线随便画的一个阵法，只是从外形看上去厉害，实则一点用处都没有。为了吓唬殷问，她也是很努力了！

初筝摆着世外高人的神秘姿态，往灵迹那边走过去。

富煜追着她问：“不是，初筝，你没有把那个能召唤黑暗之神的魔法阵弄掉？那你摆这么大的阵势干什么？”

“有钱烧得慌不行？”

富煜被噎住了。

行，可是你这是玩命啊！刚才那些人可是玩真的！人家是真的要召唤黑暗之神的魔法权杖。结果你搞这么一出，连杀阵都是假的！

让他们知道，还不得被气死？

富煜往万人坑的方向看了一眼。

最初的那个魔法阵，其实他没有感觉到有多大的杀伤力，反而像是……只是为了烧掉那些尸体。

富煜被这个想法吓一跳，初筝姑娘怎么看也不像是那么好的人，肯定是他想多了……

殷问醒过来的时候，被关在神殿的牢房中，整个牢房都是封闭的，这里感知不到任何元素。这里有魔法阵隔绝元素，甚至是他体内的暗元素都无法调动。关押魔法师的地方，大多数都是这么设计的。

殷问觉得自己栽得很冤。

殷问眼前不由得闪过初筝那张脸，顿时恨得牙痒痒。

“哐当——”牢门被人打开，殷问刚才还在想的人此时就出现在牢房门口。

殷问立即从地上站起来：“你使诈！”

殷问对自己的实力有信心，如果不是初筝用下三烂的手段，而是用魔法跟自己打，她根本打不赢自己。

“使诈那也是我的本事。”凭本事赢的，凭什么说我使诈！我也没有不让你使啊！

殷问憋屈啊，他压根就不知道初筝这个诈是怎么使的。

殷问磨磨牙，冷笑道：“怎么的，我现在都是阶下囚了，初筝姑娘这是还要来羞辱我一番？”

“我没那么闲。”

这句话落在殷问耳中，无疑就是不屑。

“那你来干什么？”

初筝也不绕弯子，开门见山地问：“灵迹身体里的魔法石怎么取出来？”

殷问先是愣住，随后像是听见什么好笑的笑话似的：“你问我？”

“这里有鬼？”

“哈哈哈……”殷问神经病似的大笑，笑得眼泪都快出来了。

殷问笑够了，脸上的肌肉有点收不回去，那张还算英俊的脸，在牢房昏沉的光线里，看上去有些诡异。

“初筝姑娘想取出魔法石，开膛剖肚不就好了。哈哈哈……”殷问坐回去，脸上满是讽刺的神情和桀骜不驯的冷笑，明显是不打算告诉初筝。

初筝盯着他看了几秒，随后转身离开。

殷问以为初筝放弃了，谁知道大半夜她又出现了。而且她那样子，不像是走正规路线进来的。

因为他摆着“大爷我就不告诉你”的态度，极其不配合，然后……殷问就倒霉了。

初筝不喜欢折磨人，但是她要问事情，她也不介意让对方吃点苦头。

“我不知道！”殷问躺在地上，怒瞪着初筝，“你不是很厉害，你来问我做什么。”

殷问觉得自己倒了八辈子的霉才遇见初筝！当初他就不应该接那个活。

守牢房的人为什么还没发现异常？！

初筝一言不发，殷问只感觉身上的痛感加剧。

殷问咬着牙扛了一阵，最后还是大吼出声：“取出魔法石他就得死！！”

那魔法石已经和灵迹合为一体，暗元素在他身体里扎了根，和光元素分庭抗礼。现在取出来，他只有死路一条。

神殿的人忙着处理殷问留下的事，灵迹整天都看不到人影。只有殷问知道暗月组织到底有多大的规模，可惜殷问什么都不说，神殿的人好在还不算太废，查出一些东西来。

暗系魔法师再次被清剿。

初筝闲来无事，整天在神殿的藏书阁里待着，王者号发任务就出去败个家。大概蓬华城的所有人都知道，有个人傻钱多的“地主家傻闺女”，每隔几天就会来败家，各家掌柜都惦记着她。

此时被掌柜们惦记的人，正躺在藏书阁窗前的软榻上，脸上盖着一本魔法书。

风从窗外拂进来，带来几瓣落花。落花打着旋落在女子发间，点缀出一点暖色。

初筝脸上的书册被人拉下，初筝微微睁开眼，一张俊脸无限放大，温柔的吻落在她唇间。

“灵迹……”初筝低声叫了一声。

“嗯？”

“忙完了？”初筝若无其事地翻着手里的书。

“差不多了。”灵迹坐在地上，脸枕在她腿上，侧脸线条格外柔和，看上去莫名乖顺。

初筝视线往他脸上瞄了两眼，又正儿八经地继续看书。

“后面的事，可以交给其他人处理，我可以陪着你了。”

“嗯。”初筝顿了顿，“不取出魔法石，你觉得难受吗？”

“我习惯了。”灵迹道，他并不想取出魔法石。

以前他是不喜欢身体里存在的暗元素，但是现在……因为她是暗系魔法师，所以他开始接受这些暗元素，这样可以和她更亲密一点。

“难受吗？”

灵迹摇头，冲初筝笑一下：“那些暗元素不会给我造成太大的负担。”

平时它们都很少出来，只是在他脾气控制不住的时候，会突然冲破光元素的压制，占据主导位置。

初筝也不知道魔法石到底能不能取出来，她还没弄清楚殷问说的是真是假……所以她也不敢贸然行动。既然“好人卡”不觉得难受，以后她只要不让他黑化就行了。

“之前你为什么不告诉我就离开？”灵迹声音忽然低沉下来。

怎么还记着这茬？不是都翻篇了吗？我要找个什么理由糊弄他……

灵迹往初筝那边挪了挪，环住她的腰身，闷声闷气地道：“以后你不管去哪里做什么，都要告诉我，好不好？”

那语气里满是委屈，听得人心底发软。

“好。”初筝答应得飞快。

灵迹抱着她的胳膊微微收紧。

“你要不……上来？”初筝建议。

灵迹也想上去，可这地方太小了，他摇摇头，就这么抱着初筝。

结果第二天，灵迹就发现藏书阁里的软榻变大了。别说躺两个人，就算两个人在上面滚一圈都没问题。

入夜，灵迹坐在书案前刻魔法石，耳边有轻微的脚步声响起，他微微侧过脸：“小筝？怎么了？”

“我去洗澡。”

灵迹脸颊微微一红，小声地问：“小筝是邀请我一起洗吗？”

初筝莫名其妙地看他一眼：“我只是告诉你。”不是你让我做什么都告诉你的吗？

灵迹似是想到什么，放下手里的魔法石，撑着桌子起来。

初筝伸手拉着他，灵迹便循着她的手，放心地走出去。

“我带你去个地方。”他亲了初筝额头一下。

“去哪儿？”大晚上的不睡觉吗？

“到了你就知道了。”

灵迹带着初筝出去，一寸趴在门口，见他们出去，“嗷”了一声，甩着尾巴要跟上，灵迹却示意它不要跟着。

一寸疑惑地歪头，看着自家主人和初筝走远。

找九曲告状去！这个小贼又拐骗它家主人！

灵迹拉着初筝，穿过清风殿的长廊，又绕过不少偏殿，抵达一个传送阵。

传送阵连接的地方，是一个温泉。

四周烟雾缭绕，放眼看去，净月高悬，仿若在云巅之上，仙境之中。

“漂亮吗？”灵迹问初筝。

“你又看不见。”

灵迹抿了一下嘴角：“你……你觉得漂亮吗？”他以前眼睛还能看见的时候，来过这里。

“嗯。”好看是好看，但我只是想洗个澡而已。

“你喜欢吗？”灵迹又小心翼翼地问。

“喜欢。”顺着“好人卡”说就对了。

灵迹果然开心。他拉着初筝下水，温泉水没过身体，温暖又舒服。

初筝扫一圈四周，这里应该不是谁都可以来。

所以……

“哗啦”！

温泉水轻晃，灵迹被初筝推到池边，灵迹有些错愕：“小筝，你推我……唔……”

灵迹眼睛微微瞪大，映着天空的皓月，清澈明晰。烟雾缭绕而起，皓月不知不觉间躲进云层，天地间都沉寂下来。

叶书良被带回来后，因茂陵城的事被处置，偌大的叶家就只剩下叶开影当家。而叶开影本身就是一个纨绔子弟，叶书良出事后，消沉了一段时间，没多久就原形毕露。叶家的人管不住他，只能看着他整天挥霍叶家的家产。

叶家没了叶书良，对叶家虎视眈眈的人可不少。等叶开影醒悟过来，叶家已经陷入两难境地。然而叶开影被叶书良娇生惯养地养大，面对叶家这么大的家业，完全不知道该从哪里下手。

叶家的人见叶开影这模样，也生出别样的心思。

偌大的叶家，不过短短几个月，便已经不成样子。

“大长老。”

大长老被人叫住，明显有些不悦，可是看清是谁后，脸色又缓和下来。

“长公主。”

梁舒雪款款而来，福身行礼，规矩礼仪十分到位：“大长老，舒雪有事和大长老禀报。”

“何事？”这是皇族的长公主，大长老怎么也得给几分面子。

“此处不宜说话，大长老可否移步？”

大长老环顾下四周，颔首说好。

等大长老和梁舒雪说完话出来的时候，脸色阴沉得似乎能滴出墨来。

大长老迅速叫来另外三位长老，气势汹汹地杀到清风殿正殿。

灵迹一个人在殿内，四位长老没有任何禀报，直接闯进来。灵迹十分不悦，但他的话语却不显锋锐，不急不缓地问：“四位长老，有何要紧事？”

“祭司大人，”大长老上前两步，作为代表开口，“清风殿的那位初筝姑娘，是何来历，您清楚吗？”

灵迹心下微微一沉，还是来了。上次这几位本没想善罢甘休，只不过是后来被殷问和暗月的事绊住。

“我自然清楚，”灵迹道，“她将成为祭司夫人。”

“祭司大人！”四位长老异口同声，“她是暗系魔法师！”

“三长老，您可有证据？”灵迹语气柔和。

大长老沉声道：“这件事不止一个人这么说，若她不是暗系魔法师，怎么会有人三番两次这么说？”

灵迹问：“上次是谁告诉你们的？”

大长老沉默片刻，没有接话。另外三位长老，估计也是想到叶书良干过的事。

可是这次是皇室长公主说的……

“我会和她成婚，时间就定在下次启天祭祀。”灵迹不是在征询他们的意见，而是告诉他们他的决定。

如果祭司要成婚，时间必须是在启天祭祀上。祭司的伴侣，必须要让光明之神知晓，若是光明之神反对，启天祭祀便不会顺利。

更早以前，也不是没有祭司成婚。可是……启天祭祀时成婚，都不顺利。

并不是祭司选择不成婚，而是光明之神不允许祭司成婚。

初筝到底是不是暗系魔法师，四位长老其实也不确定。

“那个叫初筝的，到底是不是暗系魔法师？”

“叶书良之前和我们说……”

“你别提叶书良，谁知道他当时怎么想的，也许是为了扰乱我们的视线。”

“好，不说叶书良。那这次长公主也这么说……”

“之前在万人坑那里，不是还有证人吗？那个叫……富煜的，把他叫来问问。”

富煜被叫过去的时候，忐忑又茫然。他进神殿这么久，也就最开始见过神殿这些长老，也不知道现在叫他来干什么。

四位长老端坐在长老殿上。

“富煜见过四位长老。”

“免礼。”大长老抬手，“别紧张，今天叫你来，只是想问你几个问题。”

富煜：我紧张得要死啊！

把他叫到这里来，能是问小事？

“之前万人坑之事你可是也在？”

富煜点头：“在……”

“那当时的情况你肯定清楚，你再仔细地给我们复述一遍。”

富煜哪里敢说不。

之前他已经复述过好几遍，此时他也只需要照着之前的再说一遍就是。

当然了，富煜压根就没说实话，他省略了很多有关初筝的事。后面他无法解释的，直接说当时自己被震晕了，等醒过来时，祭司大人已经在一旁了。

四位长老听得直皱眉。

“那你可看见了那位初筝姑娘使用暗系魔法？”

富煜后背的汗毛猛地竖立起来，头皮发麻。

怎么会突然问这件事啊？

“富煜？”

“没……没有。”富煜强迫自己镇定下来。

“没有？”大长老身上的威压瞬间倾轧过来，“富煜，你不要说谎，她是不是暗系魔法师？”

富煜身心都备受煎熬，深吸一口气道：“不是。”

殿内忽地安静下来。富煜双腿发抖，低着头，不敢出声。

就在富煜快要坚持不下去的时候，身上的压迫感一松。

“回去吧。”

富煜立即行个礼，转身跑出大殿。直到跑出老远，富煜才一屁股坐在地上，怎么也爬不起来，吓死他了。

“富煜，你在干什么？”

富煜被突如其来的声音吓一跳。

“九……九曲大人，”富煜咽了咽口水，“你走路怎么没声啊？”

他身上不是有铃铛吗？老远就能听见那种，怎么自己没听见呢？

九曲撇了下嘴：“你在这里干什么？”

“你……”富煜转头打量四周，见没人，抓着九曲的胳膊，“你快去告诉初筝，刚才四位长老找我问话，问她是不是暗系魔法师。”

九曲皱眉：“你怎么说的？”

“我哪敢乱说啊。哎哟，你不知道，那四位长老身上的气势太吓人了！欸……你怎么走了？”

富煜盯着九曲的脚踝，上面的铃铛确实没有发声……这还能控制的吗？

富煜疑惑地挠挠头，看看四周，心里忐忑，赶紧离开。

“长公主。”梁舒雪被九曲带着人拦住。

“九曲大人，”梁舒雪并没多礼貌，反而端着高高在上的公主架子，“有什么事吗？”

“长公主，奉主人的命，送您回宫。”

梁舒雪脸上的表情瞬间挂不住：“什么、什么意思？”

九曲不卑不亢地解释：“主人说，您身份尊贵，不适合在神殿当一个小小的弟子，命我送您回宫。”

到长老面前编排初筝姑娘，这不是找死吗？这偌大的神殿，主人想知道什么，能瞒得住？

“不……你胡说，我是凭本事进来的，你凭什么让我回去？”梁舒雪说到后面，声音都变得尖锐起来。

“长公主，主人给您留了面子，只说因为宫中原因，需要您回去，而不是逐出神殿，请您三思。”潜台词就是她不走，那就是逐出神殿了。

梁舒雪脸色惨白。她等着长老那边的消息，结果没等来处置初筝的消息，反而等来祭司大人要逐她出神殿的消息。

梁舒雪即便再不情愿，最后还是得回宫。正如九曲所说，现在灵迹还顾及着皇族的面子，没有将她逐出去。若是她赖着不走，到时候被逐出神殿，丢脸的是她自己，甚至会连累到整个皇族。

梁舒雪的事，初筝事后才知晓。

“你干吗把她弄走？”初筝去找灵迹要说法。

“她说你坏话。”灵迹像个孩子似的，有些生气，“若不是顾及皇室，她走不出神殿大门。”

初筝：你不把她弄走，她是真的走不出神殿大门。

初筝一口气上不来下不去的。说他又舍不得，所以这口气只能自己往下咽。

“好人卡”是自己的，要宠，必须宠，只能宠。

“咚咚——”

“主人。”九曲的声音在外面响起。

初筝起身，拉下灵迹的手，给他整理衣服：“好了。”

灵迹在初筝脸上亲一下，转身快步走向殿门。

“主人，长老那边说有事找你商议……你没事吧？生病了吗？脸怎么这么红？”

“没、没事。”灵迹垂下头，“走吧。”

九曲有些疑惑，但也只以为灵迹身体不舒服。

四位长老对于找出初筝是暗系魔法师证据这事，一直没有放弃。奈何折腾半天，愣是没抓到初筝的把柄。初筝还大摇大摆地在他们面前走来走去。

这可把四位长老气得不轻，每天都给灵迹洗脑，让他不要被表象所骗。

灵迹总是晚上和初筝抱怨，他怎么会被表象骗？他根本就看不见。

“他们很烦？”初筝问道。

“嗯。”可不是很烦，每天都在他耳边念，“你别担心，有我在，不会让他们对你做什么。”

“我去收拾他们。”初筝说干就干，当即就要起身。

灵迹连忙拉住她：“你别去。”

“你不是说他们很烦？”

“他们是神殿的长老，他们要是出事，神殿会很麻烦，我没时间陪你了。”说到后面，灵迹已经开始委屈。好像他不陪她，就是这世界上最大的罪过一般。

初筝被灵迹拉着，只好先放过那几个长老。但是这几个长老并不知道他们的祭司大人为他们的小命都做出了什么样的牺牲，继续在灵迹面前蹦跶。

初筝实在看不下去，约谈了四位长老。谈过之后，四位长老就安静下来，甚至是看见她的时候，会当作没看见。

几位长老想着，等到启天祭祀上，光明之神不会同意这件事，到时候祭司大人自然就会明白了。

然而启天祭祀上，一切顺利，并没有出现任何状况。

四位长老就纳闷了。前面有祭司想要成婚，可是启天祭祀不是这里出问题，就是那里有问题。怎么到灵迹这里，整个启天祭祀就顺利得像是开了挂一样呢？

初筝对于能不能成婚并不怎么在意。不管怎样，灵迹都是她的，谁也改变不了。

不过“好人卡”想，她配合就行。

成婚后，初筝就是正儿八经的祭司夫人，这下更是没人能奈何得了她。

富煜好歹也算是和初筝混过——主要是带初筝败家——没过多久就从低级弟子提升到了核心弟子，逐渐成为神殿的中流砥柱。

“汪！”一寸如往常般冲初筝大叫。

初筝冷漠地扫了它一眼。

一寸尾巴一夹，“嗷”一声，从旁边跑了。

“小姐姐，你吓唬一只狗，有意思吗？”

初筝：“我怎么吓它了？”我还不能看它了？！它自己承受不住，怪我了？

王者号语塞。小姐姐明显就是在狡辩，它敢用隔壁系统打赌！她绝对是在吓唬那只狗，别以为她一本正经，它就不知道了！连只狗都不放过，简直是丧心病狂。

放个任务冷静下。

王者号是冷静了，但是初筝冷静不了。

灵迹回来的时候，发现自己刻魔法石的桌子上，堆了一桌子东西。他摸了半天，也没摸出来是什么。

“九曲。”

“主人。”

“这些是什么？”

九曲往桌子上看一眼：“金子。”

“哪儿来的？”灵迹心中已经有了一个猜测。

“夫人拿来的。”九曲顿了一下，似有点难以启齿，“夫人说要把清风殿的门给换成金子做的……”

清风殿的大门由白玉雕刻而成，纯白无瑕，代表着光明之神。

换成金子？

灵迹叹口气："她高兴就好。"

九曲毫不意外这个答案。只是他有点担心，按照夫人这个速度，恐怕要不了多久，神殿就会变成纯金打造的了！寸土寸金、金碧辉煌将全部在这里呈现。

两年后。

初筝没有换完整个神殿，但是灵迹要卸任不当这个祭司了。

"为什么？"这祭司不是当得好好的吗，难道是有人找他的不痛快了？

初筝思索，最近好像也没人来找碴儿啊。

灵迹揽住她的肩膀，轻声低喃："因为我心里已经容不下任何人，只想把你放在心尖上。"

神殿祭司要心怀天下，可是他做不到了。

初筝不会干涉灵迹的决定，只是有些失望，她神殿都还没换完呢。

灵迹小声地问她："你以后做我的眼睛好不好？"

初筝惊悚了一下。

"好人卡"已经惦记我的眼睛了吗？这是黑化了？听说黑化的男人就喜欢挖心挖肺……

半晌，初筝谨慎地回答："我……尽量。"等我找个地方把你关起来先！

"尽量？你会离开我吗？"

"不可能。"

灵迹嘴角微微上扬，眸子里似乎有光芒闪烁。

天下苍生不及你。

卷二

国民妖精

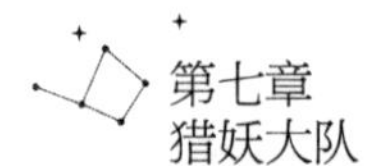

第七章 猎妖大队

初筝睁开眼时，发现自己躺在自己房间里。

竟然又回来了？王者号在搞什么？

初筝转头观察着房间，自家机器人正站在不远处的桌子上，桌子上的瓶子泛着幽幽的蓝光。

“主人，”机器人瓮声瓮气地叫她，脑袋歪了歪，“你醒了。”

初筝翻身起来：“我睡了多久？”

“一天零三个小时。”机器人在桌子上走两步，“有一笔异常订单需要处理。”

机器人将全息投影放出来，页面上红色的感叹号特别明显。

“异常订单，剩余处理时间 04:36:29。”

初筝面无表情地点开异常订单，一堆信息跳了出来。

蓝缕衣：“你这什么黑店？卖那么贵，拿到手却只有一支香？”

蓝缕衣：“这事你必须给我说清楚，你这是欺骗消费者。”

蓝缕衣：“别装死，你肯定看见了，有本事你出声，我们理论理论！”

初筝“唰唰”地滑到最后一条。

蓝缕衣：“奸商，举报了！等着封店吧！”

初筝翻了一下，这个蓝缕衣在店里买了香，收到之后，发现只收到一支香，于是就爆发了。

黄泉路：“本店的香按支数卖，有问题？”

自己不看清楚，怪我咯！这锅我不背！

蓝缕衣：“呵！奸商你终于上线了！”

蓝缕衣："退款！"

黄泉路："概不退款。"

初筝把详情页四个巨大的"概不退款"截图一起发过去。

蓝缕衣："你还挺嚣张？你有没有点良知，一支香卖那么贵就算了，你还欺骗消费者，态度还如此恶劣！"

黄泉路："举报吧。"

初筝退出聊天界面，点了拒绝处理异常订单，页面恢复到店铺首页。

"黄泉路"三个字，和外面的招牌一模一样。

下面有一排小字——万物生，黄泉路。

那排字很小，几乎看不清。

初筝关掉页面。她打开房门，一眼就对上站在门口的纸扎人，冲天辫，高原红，大红唇，在黑暗的环境里，格外瘆人。

初筝"砰"的一下关上门，从另一边下了楼。她开了门，外面正是夜间热闹繁华的时候。

隔壁店铺的大叔见她出来，"咦"了一声："丫头，你最近怎么了？没什么事吧？"

初筝摇头。

大叔也没多想，初筝开门本来就不规律，和初筝说了两句，便招呼客人去了。

初筝穿着一件宽大的T恤，T恤扎在大裤衩里，踩着一双人字拖，社会不良少女似的站在店门口。

机器人"咔嗒咔嗒"地走过来，门槛有些高，它迈着小短腿，好一会儿才"哼哧哼哧"地爬上来。

"主人，你在看什么？"机器人仰头看着比自己高太多的主人。

初筝正仰头看着天，神情莫名。

机器人没得到初筝的回答，也歪着脑袋看来看去。天气预报分析到半个月后，初筝都没理它，机器人委屈了。

初筝门神似的站了一阵，胡硕突然出现在她视野里。

"初筝小姐，您总算在了。"胡硕冲过来，满脸焦急，"庄园又出事了，麻烦您跟我去瞧瞧吧。"

胡硕昨天过来，敲了半天门都没人开。这才一天时间，她就开始违约了！

苏教授说她没有契约精神，可真的是一点都没错。请她保护自家先生，简直就是个错误的决定。

这要不是苏教授介绍的，胡硕都想告她了！

初筝看他一眼，冷冰冰的视线让胡硕觉得头皮发麻。

"我去换衣服。"初筝扔下这句话，转身进去。

机器人看了胡硕一眼，"咔嗒咔嗒"地跟着初筝进去。到门口的时候，因为门槛过高，机器人"啪叽"一下摔得四脚朝天。机器人委屈巴巴地爬起来，变回玻璃球，骨碌碌地滚到角落去了。

初筝让门开着，大有胡硕随意的意思。

胡硕在外面等了一会儿。见初筝半天没下来，他来回踱步，小心翼翼地往里面探头看一眼。没有看见那个让他做噩梦的纸扎人，胡硕这才往里面挪。

可他刚踏进门，一转头就看见站在门后的纸扎人。

胡硕吓得往后一退。

纸扎人背对着他，背上贴着的字条上的内容变了——独家观赏品，不许碰。

观……观赏品？不是！谁会想不开，观赏这个啊！

胡硕下意识地往天花板看去，之前在那里的那个纸扎人不见了。

这、这是一对儿？那上次看见的那个哪儿去了？！

胡硕只觉得头皮发麻，果断退出去，在外面等着。

初筝换了一身衣服下来——在胡硕看来，还是个街头小混混不良少女的打扮。

沉寂在夜色里的庄园，宛如一头远古巨兽。

胡硕引着初筝进去。

“初筝小姐。”

胡硕和初筝同时顿住，往另一边看去。

男人从沙发上起身，礼貌地冲胡硕点下头。

“苏教授，”胡硕有些意外，“你什么时候来的？”

“刚才……”苏缇月道，“没想到你不在。”

“我去请初筝小姐了。”胡硕心累得很。

苏缇月走过来，推了一下鼻梁上的金丝眼镜，透过眼镜似乎都能看见男人眼底的温和：“初筝小姐，别来无恙。”

“装模作样。”初筝冷冰冰地扫他一眼，抬脚往楼上走。

苏缇月被噎住。

胡硕不明所以，这两人关系不好吗？

苏缇月也不说话，跟着初筝上去。胡硕挠挠头，也赶紧追上去。

胡硕打开放着游戏舱的房门。

“先生的游戏舱连接出了问题，幸好我发现及时。”胡硕调出房间的监控，“监控里没有发现任何奇怪的地方，就好像是游戏舱自己断掉了连接。”

而本该守在这里的机器人，那个时间不知为什么突然离开了，所有的一切都透着诡异的味道。

“初筝小姐，这世界上是不是真的有鬼？”

“心里有鬼。”初筝踩着房间的一把椅子，去摸高处的一个凸起物，“科学时代，少宣传封建迷信。”

胡硕：那您还卖那些东西，跟我这么理直气壮？

初筝取下一个手指大小的金属物。胡硕顶着满头问号，苏缇月则是一脸温润儒雅地看着，不发表任何意见。

初筝敲了敲玻璃球，玻璃球变成机器人后，初筝把那个金属物给它。

机器人短胳膊短腿儿，它试着把金属物往自己屁股后面放，结果自然是失败了。

“主人，人家够不到。”机器人跟初筝告状，声音里透着可怜，“你帮人家放嘛。”

初筝握拳，无声威胁。再叨叨拆了你！

初筝凶巴巴地道：“别磨叽，快点。”

机器人委屈地“哼”了一声，再次响起的声音明显多了几分正经——虽然正经得依然让人想笑。

“资料加载……读取视频……”

“获取成功，灵值波动 1 到 10，判定等级中……等级判定失败，是否人为判定？”

前面胡硕都听懂了，可是后面是什么东西？灵值是什么？判定什么等级？

“人为判定。”

面前的画面忽地一变，房间还是这个房间，但是光线暗了不少，房间多了一道细长如竹竿的影子。影子正好在胡硕跟前，胡硕吓得往后一退，被后面的苏缇月扶住。

影子穿过胡硕，飘到游戏舱前。胡硕顿时顾不上害怕，往游戏舱那边扑过去。

“胡先生，”苏缇月拉住他，“这只是之前发生过的，不必紧张。”

胡硕愣住了。这不像是监控啊！他觉得很真实。

初筝一只手环胸，一只手撑着下巴，指尖抵着唇瓣，盯着那道影子。

画面很快就消失了，胡硕转着脑袋打量四周，脸上惊疑不定：“那……那是什么？”

没人回答他。

“主人，这生物我没见过耶。”机器人走了两步，“长得好奇怪，没头没尾，像影子似的。”

初筝冷漠脸：“你没见过的多了。”

机器人：“讨厌。”

初筝恶寒一下，冷静地说：“建立档案。”

“未知生物 X346 号档案已建立，请判定等级……”

“等级 5。”

“未知生物 X346 号档案已更新。”

“捕获行动轨迹。”

“主人，不行啦，它的灵值波动很弱，离开这个房间，我就捕获不了。”

初筝看它一眼，机器人无辜地望着初筝，有棱有角的外表，让它此时看上去萌态十足。

苏缇月出声：“灵值才 10，这应该是低级生物……”

“我给它判定的等级是 5。”初筝平静地打断他。

苏缇月顿时不吭声了。

等级 5，灵值波动至少得一百以上，为什么这个只有 10？

“苏教授……这都是些什么啊？”胡硕声音有点发抖，总感觉自己在打开一扇新世界的大门。

苏缇月看一眼在房间转悠的初筝，和胡硕道：“胡先生，这个世界上，并不只是存在人类。”

“真的有鬼啊？”

苏缇月和初筝一样的说法：“胡先生，请相信科学。”

胡硕：不是我不相信科学，是现在发生的一切，让我不得不怀疑啊！

还有之前去初筝的店，她卖的就是香蜡纸烛，这能怪他往那方面想吗？

苏缇月见初筝没有阻拦的意思，这件事想要解决，最后还是得和胡硕说，所以苏缇月开始给胡硕解释。

这个世界上存在未知生物，具体是什么，谁也说不清楚。

它们有的像人，有的像动物，有的像植物，甚至有的是一件物品……总之千奇百怪。

这些未知生物拥有人类没有的能力，有的厉害，有的很弱。

虽然未知生物拥有的能力不同，但是大部分的未知生物有一个共同点——它们都可以寄居在人类身体里……当然他们也可以寄居在别的物品里，只有在空气里的时候，才会显出真实的样子。

一开始人类可以获得跟它们一样的能力，比如突然可以夜视、突然过目不忘等。但是随着时间一长，它们就能将人类的躯体据为己有——死物不需要，死物它们想住多久就住多久——不过这些未知生物，更喜欢人类。

被寄居的人类悄无声息地死去，而身边的人却不知道，跟他们生活的人早就变成了另外的生物。

胡硕听得目瞪口呆：“哪……哪儿来的？”这和鬼也没什么区别啊！

胡硕后背直冒冷汗。

苏缇月摇头，看向初筝：“恐怕只有她知道。”

“初……初筝小姐是做什么的？”

这个还真不好定论，她不属于他们这一方，苏缇月沉默了下，含糊地道：“她和这些生物打交道。”

胡硕咽了咽口水，觉得自己需要好好消化一下。

初筝有点头疼，她最烦这种没有身份的黑户口。未知生物档案上没有记载的黑户口，往往都是最麻烦的。要么是等级高，要么就是有特别能力。

比如现在这个……灵值波动 1 到 10，判定结果却是 5 级，而且她也没发现这庄园里哪里藏着东西，所以它绝对是有更加特别的能力。

初筝看苏缇月一眼：“你们那里的道具没用？”

苏缇月苦笑：“初筝小姐，若是有用，我也不用让胡先生去请你。”说句实话，他来看的时候，压根就没发现。

未知生物存在时间已经很长了，官方早就有所发现，也有专门应对的组织。苏缇月就在其中，他们负责处理这些异常。

但是初筝和他们不一样，她不属于任何机构，知道她的人也不多，而她的能力……苏缇月不是很清楚，但绝对厉害。

发现有人被未知生物寄居，她不会出手，似乎只负责记录，建立未知生物档案。人类的生死，与她毫不相关。

当然如果有报酬，也能请她出手相救。

“初筝小姐，你有线索吗？”苏缇月在旁边问。

“没有。”这玩意灵值波动太低，她能有什么线索？

灵值可以视为一种能量，这是查找未知生物的最佳办法。刚才看见的那个黑户口，没有任何寄生体。在空气里，未知生物是透明的，压根瞧不见——没有寄生体，未知生物依然有攻击性。

苏缇月微微吸口气：“那初筝小姐有何对策？”

连她都找不出来……苏缇月心底隐隐有些焦虑，总觉得这件事没那么简单。

初筝语气随意：“等着。”

整个庄园她都看过，没有发现异常，黑户口不是做完案跑了，就是用特别能力把自己藏起来了。不管是哪一种，她去找都太麻烦了。

所以……

“它会出来吗？”胡硕在旁边哆嗦得厉害，还有点无法消化这一切，“先生会不会出事？”

“出事只能代表他命不好。”

胡硕瞪大眼：“初筝小姐，我是请您来保护先生的。”

“哦，是吗？”初筝那风轻云淡的语气让胡硕心底直打鼓，他求救似的看向苏缇月。

苏缇月也没办法，都说了，她没什么契约精神，说翻脸就翻脸。

“初筝小姐，可否借一步说话？”

初筝站在游戏舱前，低头打量游戏舱里模糊的人影。苏缇月站在她旁边，温和的脸上露出几分郑重。

“初筝小姐，近来这段时间，你可有发现什么异常？”

初筝语气平静冷漠：“哪天不异常。”

“不……”苏缇月嘴角抽搐一下，“我的意思是，你有没有发现，这些未知生物不太对劲？”

“没有。”未知生物就没哪天消停过，天天搞事情。

苏缇月蹙眉，金丝眼镜下的眸子，渐渐凝重起来：“初筝小姐，我没有和你说笑，近来我们发现未知生物寄居到人类体内的数量越来越多。”

未知生物虽然喜欢寄居到人类身体里，可也不是那么容易，所以寄居的数量实则并不多。之前他们接到的异常报告，每个月不会超过十起，现在的数量却在成倍增加。

“哦。”初筝不怎么在意，“关我什么事？”又不是我让它们住在人类身体里面的。

“初筝小姐，我是问你有没有发现这些异常？”

初筝干净利索道：“没有。”

苏缇月不太信。双方谈话失败，苏缇月知道她难打交道，也没有追问。她真的不想说，不管自己怎么问，也不会有结果。

一夜没有异常，那个未知生物没有出现。

初筝八个小时一到准时下班，胡硕很想挽留，可惜初筝是个坚持原则的人。说工作八个小时就工作八个小时，绝不加班一秒钟。

回去的时候，初筝拒绝胡硕送她。她带着机器人走在高楼林立的大街上，大街上各种机器人随处可见。

“主人，这个好威猛，你什么时候给人家换一个这样的？”机器人看着街上高大威猛的机器人，很是向往。

初筝毫不留情地拒绝：“没钱。”

小机器人坐在初筝肩膀上，气呼呼地道：“我怎么就跟了你这么一个主人，连个好用的身体都不给人家，你虐待机器人！！”

机器人越说越伤心，在初筝耳边“呜呜”个不停。初筝抓着它，几下揉成玻璃球状，塞进口袋，耳边顿时清静下来。

初筝肩膀忽地被撞一下。

撞她的是个女人，看见她，脸上露出一丝惊恐，低下头极快地消失在人群中。

初筝若有所思地看着那个女人消失的方向。

初筝回到问仙路。

现在是白天，营业的店铺只有零散几家，整条街显得萧条冷清，偶有孩童从街上笑闹着跑过。正面碰上初筝，孩童们瑟缩地冲她鞠个躬，往一旁跑开。

“丫头，你又吓唬我家孩儿干什么！”旁边立即有人大吼一声。

初筝有些郁闷，我是长得吓人还是怎么的？

初筝凶巴巴地看了那几个孩子一眼，几个孩子顿时“嗷呜”一声，飞扑回自家大人那里。

黄泉路在白天看，并没那么阴森瘆人。隔壁店铺的门开着，初筝过去敲了敲门，不等里面的人回应，直接走了进去。

“丫头啊，”大叔在“哧溜哧溜”地吃面，“吃了吗？”

大叔看上去有些邋遢，但细看其实挺帅，留着小胡子，眸子非常有神。

初筝过去，往大叔对面一坐：“没有。”

大叔一抹嘴巴，转身去里面盛了碗面出来：“吃吧。”

初筝也不客气。

“问仙路最近有些不太平。”大叔自己说了起来，“你最近神出鬼没的，也没怎么见到你，是出什么事了？”

“私事。”初筝心底咬牙切齿，还不是因为王者号，“怎么不太平？”

“哦。”大叔“哧溜”地吸口面，“这段时间老有人在附近转悠，形迹鬼鬼祟祟，也不知道想做什么。咱们可都是开店做生意的老实人……”

初筝幽幽地看他一眼：“你漏税。”算什么老实人，也好意思说，要不要点脸。

大叔瞪初筝一眼：“小本买卖，我都交了的，你交了吗？！”

初筝垂下头继续吃面，当作没听见。

大叔“哼”一声，继续说：“就上次，还有人在你门口转悠呢……”

形迹可疑……胡硕的人？

胡硕过来一直是独身一人，没见他带过谁。不是胡硕的人，那是谁？

初筝蹭完面，回了自己店铺。两个纸扎人端端正正地坐在店铺的桌子边，宛如等开饭的小朋友。

初筝无视它们，“噌噌”地上楼。

桌边的纸扎人同时转头看向初筝，大红唇似乎比之前更红，弧度也拉扯得更大。

空气里都充斥着阴森诡谲的恐怖感。

“噔噔噔……”初筝下楼，“唰”一下对上两个纸扎人诡异的笑。

妈呀！想吓死谁啊！

初筝深呼吸，镇定地下楼，一手拎一个，一个塞进柜子里，一个扔到天花板的灯架上。

做完这些，初筝把机器人拿出来。不用初筝说什么，虚拟屏幕自动展开，一排排的字体显露出来——

未知生物 X001 档案

未知生物 X002 档案

……

未知生物 X346 档案

……

初筝觉得有必要和王者号好好聊聊。她不过是看档案看得头疼，决定睡一会儿，结果睁开眼就发现自己所处的环境变了。

过分！王者号够可以的啊！

“谢谢小姐姐夸奖。”王者号羞涩地出声。

初筝冷静下来，打量自己所处的位置，这是一个很常见的房间，从房间的物品和装修风格看，应该是女孩子住的。

三十年前，天上雷鸣足足响了三天三夜。三天三夜后，曾经那些沉眠的妖物，纷纷苏醒。

妖物苏醒的第一件事，就是对人类展开报复性的屠杀。

人类中一些人觉醒，拥有与妖抗衡的能力。

三十年前的那一战，导致人类和妖都损失惨重，妖选择隐藏下来，没有再发动攻击。

原主初筝便是那些苏醒的妖物中的一员。不过她苏醒的时间，已经是三十年后。

人类中有了猎妖师联盟，专门对付那些对人类下手的妖物。原主醒过来的时候，正巧碰上猎妖师。她那个时候还不知道什么是猎妖师，只知道她对面的人类想对自己不利，杀了两个人才逃脱。

但原主也受了重伤，她被一个叫李小鱼的人类捡了回去。

李小鱼想要收服她为自己所用，可原主不乐意，李小鱼便将她关了起来。

李小鱼可是狠角色，用尽办法折磨原主。原主最后选择假意妥协，想找到机会杀了李小鱼。可李小鱼一直防着她，原主计划失败，被李小鱼抓住，最后惨死。

可怜啊。原主刚苏醒，还没干出一番大事业，就被人给“咔嚓”掉了。

哦！忘了说，李小鱼是个猎妖师。

现在的时间线，是原主已经假意向李小鱼妥协后了。李小鱼派过两次任务给原主，原主都已经完成。李小鱼看似信任原主，实则人家一点也不信。

也是个狼人。

“咚咚——”初筝望向房门。

“初筝，大小姐叫你去书房。”外面有声音传进来。

初筝应了一声，外面的人便离开。

书房。

面容妩媚的女子坐在书桌上，翘臀压着几张纸，修长雪白的腿交叠放着，修身束腰的裙子勾勒出女人完美的曲线。

这是一个尤物，任何人看见都会心动。

书房里还有一个男人，他恭敬地立在旁边，视线没有落在李小鱼身上：“大小姐确定要让她去？”

“怎么？”李小鱼声音中也带着勾人的妩媚，“你担心？”

男人道：“毕竟她……大小姐我觉得她暂时还不可信。”

李小鱼：“可信不可信不重要，重要的是她有没有用。”

男人不说话了，外面同时响起脚步声。

黑色简装的女生从门外进来，步履不急不缓。微卷金色的长发随意地散在脑后，长至腰间，随着她的动作，漾出细小的弧度。巴掌大小的脸蛋，精致得宛如橱窗里的玩偶。灿金的眸子镶嵌在眼眶里，又添了几分惊艳和神秘。

“初筝，”李小鱼笑着冲她招手，“来。”

初筝在门口站定，肆无忌惮地打量李小鱼。

这个李小鱼长得还挺好看。

被初筝那样的视线看着，李小鱼美眸轻轻一眯：“怎么了？”这小妖的神情有点不对劲，看她的眼神怎么这么冷？之前还装装样子，现在连样子都不装了？

李小鱼伸出舌尖舔一下红唇：“我知道你不服我，现在有一个机会，只要你帮我做成，我就放你走如何？”

金发女生眉宇间尽是冷意，那精致的容颜似乎都染上一层寒霜：“你骗鬼啊。”

原主都被你搞死了，我还会信你吗。

初筝语气过于冰冷，李小鱼微微蹙眉，她还没出声，旁边的男人先呵斥一声：“初筝，你怎么和大小姐说话？”

初筝认真地回道：“站着啊。”

李小鱼不怒反笑：“初筝，你这是怎的了，突然有底气敢和我叫板了？”

叫板不会，不过打你，我会。

李小鱼忽地感觉四周空气一凉，危机感瞬间浮上来，浑身肌肉紧绷。可她无法判断这股危险来自哪里，好像四面八方都有……

“嘭”！落地玻璃破碎，李小鱼整个人往窗外滑去，裙子在空中翻飞。

“大小姐！”男人飞身去抓李小鱼。明明都已经抓到李小鱼，可是手腕上忽地一痛，一股无法反抗的力量将他往外面拉，失重感袭来。

初筝走到边缘，俯身往下面看去。这里是八十多楼，城市的最高处，夜间的霓虹灯将整个城市映衬得无比瑰丽。

李小鱼和那个男人被悬挂在半空，随风荡漾。

初筝俯身去看的时候，一道凌厉的攻击从下面袭来。初筝立即退到里面。那道攻击顺着玻璃上去，玻璃碴簌簌地往下坠落。

“砰”！房门被人粗鲁地踹开，鱼贯而入的人们虎视眈眈地看着初筝。

这么多人对付我这样一个弱小无助的小可怜合适吗？

初筝面无表情地拂下被吹乱的金色头发，身子一跃，潇洒地跳进虚空中。

李小鱼看着初筝落下，第一时间甩出两道攻击。初筝轻易避开那两道攻击，在李小鱼身边落下，李小鱼清晰地看见她脸上的神色，那是一种……李小鱼形容不出来的冷漠。

“啊！”李小鱼再次往下坠落，下意识地发出一声尖叫。

初筝脚下银光闪烁，下落的速度减缓，最后稳稳地停在虚空里。而李小鱼再次从她身边砸下去，连同那个男人一起。

李小鱼本可以减缓下降速度，然而身上像是有什么东西压着。

“嘭——”四周陷入一片死寂中，她视线可及的地方，女生踩着一道银光，背后是高悬的皓月，长发飞扬，犹如立在虚空的死神。

李小鱼虽然是猎妖师，身体素质比常人好，可是从那么高掉下来，还是受伤不轻。

“给我把那个妖抓回来！”李小鱼醒过来的第一件事，就是怒吼着让人去抓初筝。

“大小姐，您别动怒，您身体要紧……”旁边的人劝。

李小鱼牵扯到身上的伤，那张妩媚的脸蛋都有些狰狞。

“给我查……查她怎么回事。”好端端的，她怎么会突然变得那么厉害，她背后肯定有人。

“大小姐，您消消气，我们马上就去查。”

李小鱼哪里能平静得下来，指着围着她的人一顿臭骂，众人只能垂着头忍受李小鱼的怒火。

李小鱼发泄完，问：“李严呢？”

“还在昏迷……”李严受的伤比李小鱼还要严重一些。

“那你们还在这里做什么？还不去抓人！！”

“是……”

这个世界和正常世界没什么两样，大部分的人并不知道妖的存在，每天做着起早贪黑的工作，碌碌无为。猎妖师和妖，都隐藏在这群普通人中生活。

初筝走在街上，不时能看见一只伪装成人的妖，或是西装革履的上班族，或是店铺里的服务员。

毕竟在人类世界生活，妖也需要钱。

“小姐姐你看见了吧，到哪里没钱都是不行的。”当妖都要努力工作赚钱，不然都没法在这里生活。

初筝冷漠脸：“我觉得他们忘了自己是妖。”

王者号和初筝是讲不清楚的，发个任务冷静下：“主线任务：请小姐姐一个小时内，为自己找到一个住处。”

“酒店啊。”

“属于你的房子。”王者号咬牙切齿，着重说了“房子”两个字，酒店不算。

初筝初来乍到，对附近的环境压根不熟，所以她选择就近原则，随便在电线杆上看了个小广告就开始打电话。

初筝四处观察着这套四合院，地方宽敞，环境也算安静。

房子的主人穿着睡衣，倚着门打哈欠：“我说你大半夜跑来看房子，是不是有什么毛病啊，你看完没有？看完我就去睡觉了。”

房主觉得初筝是在逗自己玩儿。她这么年纪轻轻的，哪里能买得起这样的四合院。要不是他急需用钱，也不会把这老祖宗留下的房子卖掉。

“多少钱？”

房主挑眉，伸出手，五指张开，左右晃了晃：“这么多。”

“五千万？”

房主被噎了一下。他这四合院要是在二环，这个价格都是垫底的。可他这不是二环，哪有那么值钱。

这小丫头开口就是五千万……

房主的睡意没了，“嘿嘿”笑着走上前：“就五百万，要不了那么多。”

五百万其实都是他往高价喊的，毕竟他这儿有些偏，巷子钻来钻去，车子还开不进来，有钱人就算想住个有格调的四合院，也不愿意住在这里。

初筝有点失望：“现在能签合同？”

“能能能。”房子主人道，“只要钱到位，房子立马就是您的。您稍等我一下。”

房主急着卖掉这里，已经不住在这里，东西都搬走了。他去拿了合同，气喘吁吁地跑回来。

“您看下，没什么问题，咱现在就签。”五百万啊，价都不讲，这是碰上冤大头了，哈哈哈！

房主激动地递上合同，初筝随便扫了一下，签了自己的名字。

“那明儿我带您去办手续，这是房子的钥匙，您收好，我再给您介绍下房子……您里边请，小心台阶……”

四合院外面的巷子里就是夜市，初筝白天出去时，不怎么热闹。不过晚上非常热闹，初筝还看见三只妖蹲在街角玩游戏。

三只妖打扮得差不多，跟社会上那些不良少年似的。

鬼知道和你打游戏的队友是人是妖啊！

初筝走到那三只妖跟前。

“你傻啊，会不会打游戏！”

“啊——我们要输了！”

“打他！快打他！”

三只妖正玩得起劲，面前的光线忽然一暗，下一秒其中一只妖就挂了。

那妖精怒骂一声，抬头去看谁挡在他们面前。

面前的人逆光站着，他只看见一个模糊轮廓，但是他感觉到一股压迫和危机感。他“噌”一下站起来，连同旁边的另外两只妖也跟着站起来：“老大，怎么了，怎么了？”

另外一只妖喊：“老大，我还没死呢！”

最先站起来的老大一巴掌拍过去：“你还玩。”

“啊！死了！”那妖惨叫了一声，宛如自己死了。

老大已经看清站在自己面前的人……不！这是一只妖，她身上有同类的气息，而且比他强大。

“你想干什么？”老大警惕地张开手，将两个还不明所以的小弟护在身后。

妖与妖之间可没那么和平，厉害的大妖吃小妖正常不过。

“你知道哪里可以打听消息吗？”初筝问他。

“带我去。”初筝继续道。

三只小妖对视几眼。

“你……你要买消息？”老大胆子还是要大一些，硬着头皮问。

“嗯。”

不是来找他们麻烦的，那还好。

老大松口气，把手机塞给小弟，小弟想往自己兜里揣，老大一脚踹过去，瞪他一眼。

小弟有些不舍，但是在老大眼神的威胁下，小弟不情不愿地往旁边去。趁那边烧烤店铺人多的时候，小弟轻手轻脚地将手机塞回吃夜宵的客人身上。

初筝查过李小鱼的资料，能查到的太少，而原主对于李小鱼的了解也不多。不查清楚自己要对付的人，怎么好万无一失地下手呢？！

原主听人说过，妖族和猎妖师都有自己的消息网。普通人查不到的消息，这里面都能买到。

余苏领着初筝走在夜市上，他不时回头，小心脏都在哆嗦。

这是哪里来的大妖怪哦，吓死妖了。

后面的女生目不斜视地往前走着，好像街边热闹的环境对她来说没有一点吸引力。

两个小跟班凑到余苏跟前：“老大，这妖什么来头？”

“我哪儿知道。”余苏郁闷，他就是在街边偷个手机打游戏，谁知道就撞上这么一个人……哦不对，是妖！

“我有点怕。”总感觉后面跟着一只随时要吃掉他们的大妖怪，小妖瑟瑟发抖。

余苏握拳：“反正我们把她带到地方就溜。”

“嗯嗯嗯。”两个跟班同意老大的决策。

能打听到消息的店铺，就在这条夜市街上。

“老板娘，有生意。”余苏冲里面喊一声，转头看着初筝，“就……就这里，没我们什么事了吧？”

初筝颔首，余苏带着两个跟班立即溜走。

“余苏你个兔崽子给我站住！”店铺里忽地响起一声呵斥，接着一个人影从里面出来，揪住余苏的衣领，往后一拽，顺势揪住他耳朵，“欠老娘的钱，什么时候还啊？”

“哎哟，老板娘，疼疼疼！！”余苏干号。

“还钱！”

“我没钱。”余苏指着初筝，“我这不是给你带客人来了，老板娘你再宽限我几天，我保证还你。”

老板娘看向站在旁边的初筝，眸子微微一眯：“生面孔？”

老板娘年纪看着不大，面容倒是普通，只是那双眸子有些慑人。她松开余苏，余苏捂着耳朵，躲到旁边。

老板娘仔细地打量初筝。这妖……确实没见过，而且也不像是普通的小妖。

“请进。”老板娘敛下疑惑，做了一个“请”的手势，转头又揪住准备溜的余苏，“你也跟我进来。”

店铺并不大，只有老板娘一个人。不像是开门做生意，反而像居住的地方。

老板娘让初筝随便坐，揪着余苏去旁边问话：“这妖看着不简单，你哪儿碰见的？”

“谁知道我倒什么霉啊。”余苏哭丧着脸，“我就是偷手机打个游戏，她突然出现在我面前，说要问消息。”

“不认识的你也敢往我这儿领？”

“一看我就打不过她啊。”余苏对自己的认知非常明确，这大妖怪身上都是骇人的气息，强行拼会死得很惨的。

打不过就往她这儿领？坑谁呢！

老板娘教训完余苏，摆出职业性的微笑走过去：“你想要什么消息？”

“李小鱼。”

老板娘皱眉：“李小鱼？她是猎妖师联盟的人，你打听她做什么？”

猎妖师和妖是死对头。老板娘提到李小鱼时直接露出憎恶的表情。

“我需要她的详细资料，”初筝没回答老板娘的问题，“能办到吗？”

“当然能。”老板娘被妖质疑能力，顿时不满，“不过，这报酬有点高，李小鱼毕竟是猎妖师联盟的人，她身边跟着的都是猎妖师，想弄到她的详细资料，可没那么容易。”

“多少钱？”

“钱？”老板娘道，“这可不是钱能解决的。”

初筝仿佛听见王者号脸蛋被打得“啪啪”的响声。

听听！这可不是钱能解决的！

“小姐姐，你要相信我。”王者号胸有成竹。

初筝冷哼一声：“不要钱要什么？”

“内丹。”老板娘伸出手指，“至少三枚。”

内丹？初筝脑中自动蹦出关于内丹的信息。

妖精通过修炼，稍有天赋的妖，十年内就会凝聚起内丹。内丹如果被其他妖吞噬，可以增长妖精的修为，而猎妖师也可以通过内丹提升修为。

总之内丹是个好东西！

内丹的好坏，就是从年份儿看。和百年灵芝、千年人参一个道理，比的就是谁年纪大。

老板娘没说要多少年的内丹，只要是内丹就成。

初筝走出店铺，平静地望着远处热闹的长街。

王者号请开始你的表演。

“小姐姐别慌。”王者号十分镇定地给初筝出主意，“小姐姐只需要买下内丹即可。”

初筝回头：“我还是回去打她吧。”简单方便。

王者号在内心咆哮。小姐姐就不能成熟稳重一点吗？打人是莽夫行为！！

王者号号叫着阻止初筝打人。作为一个正经系统，它真的好累。

需要打人吗？不需要！他们只需要花钱！

还是隔壁小姐姐好啊，隔壁系统真幸福。

初筝郁闷地站在门外。

余苏带着两个跟班出来的时候，一眼就看见站在外面的初筝，三只妖吓得腿软。

她……她怎么还没走？

初筝听见动静，回头看他们，片刻后冲他们招手。

余苏感觉那是在招魂。

他为什么要去偷手机打游戏啊！如果不去偷手机打游戏，就不会遇见这个大妖怪。

他后悔得心都在滴血，可惜没有用……

余苏磨磨蹭蹭地上前：“您……您还有什么事吗？”

“哪里能买到内丹？”

内丹这玩意不是普通商品，厉害的妖得到内丹，直接就吃了，哪里会留下来。

“妖手里肯定没有……”余苏眸子一亮，“不过，猎妖师手里肯定有。”

猎妖师虽然也会借助内丹提升修为，但是有些猎妖师，专门猎杀妖，获得内丹，倒卖牟取暴利。内丹不仅仅对猎妖师有用，对普通人类也有用，治个病，美个容，延个寿啥的。因此内丹在富豪圈子里，属于畅销品。

初筝忍不住抱紧自己，当个妖精真不容易，谁都觊觎我的内丹……

原主有内丹吗？好像……应该……也许……没有？

那……原主的内丹呢！

妖被取走内丹不会死亡，就跟母鸡下蛋似的，隔一段时间，又会重新凝聚出新的内丹，不过隔多久时间，那就只能看妖自己的天赋了，再也凝聚不出新的内丹也有可能。

那么问题来了——原主的内丹被哪个狠毒的挖走了！

初筝检索下记忆，没有任何印象。

初筝稍稍冷静下，问旁边吓得不轻的余苏：“你认识卖内丹的猎妖师？”

余苏把脑袋摇成拨浪鼓：“猎妖师凶得很，我怎么会认识。”

宿敌啊！他这样的小妖，被猎妖师看见还能活？

余苏虽然不认识猎妖师，但是他知道哪里可以找到猎妖师。毕竟都是这片混的，要是不把猎妖师摸清楚，什么时候被猎妖师给逮着都不知道。

余苏和自己的小弟缩在角落，看着被初筝踩在地上的猎妖师，三妖同时发抖。

好凶残，连猎妖师都不是她的对手。这大概就是传说中的大妖怪吧。

“我真的没有……”猎妖师痛得惨叫，脸上血色渐失，“内丹哪里那么好得啊。”

这个妖怪突然闯进来，话都不说直接给他撂地上，还问他要内丹……他还想要内丹呢！

“哪里有？”初筝还是想回去打那个老板娘，这也太麻烦了。这明显就是有钱花不出去，王者号还骗我说是花钱的方式不对。

“我……”

猎妖师的胳膊被踩得“咔嚓”响，整个人痛得快要昏厥过去。

“黑市，黑市上有。”猎妖师不敢再耍花样，“很多猎妖师都会将内丹拿到黑市上卖，这样可以卖出高价。”那里的内丹，就只能看看，价格高得离谱。

黑市？初筝松开他，若有所思地看向余苏。

余苏觉得自己的妖魂都要吓掉了。

他真的错了，他再也不借手机打游戏了。

黑市。这个地方猎妖师联盟和妖怪都知道，里面混迹着人类和妖怪。在黑市里有个不成文的规定，不许在这里打架斗殴，有恩怨也得离开黑市去解决。

这是所有人和妖都维护的规则，因为要确保来这里的安全性。如果有人违反，还没打起来，就被黑市里的人和妖同时抵制。

这大概是人和妖最团结的时候。

当然离开黑市后，仇敌还是仇敌，你死我活还是你死我活。

进去的时候，余苏让初筝用妖力遮掩一下。他们看见猎妖师没什么，但是让猎妖师看清他们的样子就糟糕了。

余苏听过黑市，这还是第一次来。他一个小妖怪，不敢来这种随时随地都能看见猎妖师的地方。

这是一条有些古旧的街，并没有那种阴森诡谲的气氛，相反，这里和正常街道没什么区别。唯一的区别大概就是初筝进来的时候，能感觉到一道古怪的妖气。那道妖气将这里保护了起来，普通人类应该瞧不见这里。

初筝看着街边摊子上的东西："自己同族也卖？"

余苏抱着胳膊，旁边有人过去，他都瑟瑟发抖。听见初筝的声音，他顺着她的视线看过去："这有什么，妖与妖之间本来就不和睦，妖被杀了，拿到黑市上卖，赚取钱财，有什么不对？妖也很缺钱的。"在这个社会，妖没钱不行啊。

真可怕。不仅被人类惦记着，还被同族惦记。

做妖这么艰难的吗？

"拍卖行！"余苏指着前面挂的牌子，"到了，到了。"

之前那个猎妖师说，想买内丹，最好的办法就是到黑市的拍卖行，猎妖师都喜欢将内丹放在这里拍卖。

"邀请函。"拍卖会的人挡住他们。

……

他们哪有什么邀请函？

五分钟后，初筝拿着邀请函进了拍卖行。而在拍卖行后面的角落，一个猎妖师鼻青脸肿地蹲在那儿无声地哭泣。

拍卖行分为好几个拍卖场。进去后有指导，想拍卖什么，直接前方那个拍卖场即可。

"两位来得正巧，今天正好有内丹拍卖。"接待的员工检查邀请函，"几位确定要拍吗？"

"嗯。"

员工道："好的，这边需要您先缴纳一定保证金。"

初筝看着他，员工主动解释："您放心，如果您拍下了，保证金会自动转为拍卖金；如果您没有拍下，保证金会如数退还。"

"多少？"

"两百万。"员工笑着道。

这是还没开始，就把一些人给排除在外了。比如余苏这样的穷妖，此时正张着嘴，不可置信："这么贵？！"

"贵？"后面一道声音插进来，"这都是最低价了，这拍的可是内丹，两百万也就够你们进去看看。你们进不进？不进别耽搁事。"

余苏听出对方的嘲讽，妖的脾气本就不好，当即不满地怼了回去："你怎么说话？"

后面站着一个男人，浑身都散发着妖气，此时正噙着嘲讽的笑容："你们不进，别耽搁我行吗？土包子。"

土、土包子？

男人甩给余苏一个鄙夷的眼神，越过他们："给我一个楼上的包间。"

"你是妖？"初筝突然出声。

"废话。"男人翻了一个白眼。

"妖也要懂规矩。"

女生大长腿扫过来，男人躲避不及时，被踢个正着。妖化作人形，身体结构和人类是一样的，初筝那一脚，踢在男人下半身，男人痛得直不起腰。

“你……你敢在这里打人？”男人忍着痛，愤怒地瞪向初筝。

初筝面无表情地问：“你是人吗？”刚才我还打了，能怎么的？

“这里是黑市，你敢动手，等着被驱逐出去吧！”男人言语威胁。

初筝上前两步，在男人警惕的视线下，一把将人按在员工面前的台子上，男人的脸贴着冰冷的台子，动弹不得。

“住手！你们在干什么？”后面几个穿着拍卖行制服的男人跑出来。

“她……她先动的手，你们快把她轰出去！”男人立即出声。

初筝按着他脑袋，冷冰冰的话语砸在男人耳边：“好好说话。”

男人忽然像是感觉到什么，因为疼痛涨红的脸，此时“唰”一下惨白起来。

“快放开他，这里禁止打斗！”后面的人喊。

男人挥手：“没事没事，我们……我们闹着玩儿的，闹着玩儿。”

初筝松开他，但手还捏着他肩膀。男人贴着台子，双腿有些发抖，他咽了咽口水，冲那几个工作人员道：“我们就是闹着玩儿，没事没事。”

那几个人明显有些狐疑。但是只要没打起来，他们也不会管太多。

“不要打架。”扔下这句话，几个人陆续离开。

初筝拍拍他肩膀：“下次懂点礼貌，别插队。”

刚才那种内丹被人捏着的感觉，让男人不敢反驳，灰溜溜地走到后面，再也不敢吭声。

初筝身上的妖气收敛了不少，并没有像余苏之前感觉到的那么强大，因此在男人看来，这只是个小妖，谁知道这么可怕。

初筝坐在二楼的包厢里，手边放着一本册子。余苏和两个跟班站在旁边。

“你不坐吗，站着干什么？”初筝问了一句，他们站着晃来晃去，她头都要晕了。

“我……可以坐吗？”余苏指着自己。

直到他坐下都还有些不可置信，随后就是激动。没想到这么厉害的大妖竟然会让自己和她平起平坐。

初筝要是知道他的想法，大概只能回以一串省略号。

初筝随手翻着册子，前面是拍卖的规则，后面则是今天拍卖的所有东西。不只这个拍卖场，还有别的拍卖场拍卖的东西，都在这上面。为了挖掘潜在客户，主办方也是蛮拼的。

初筝翻到最后，这才看见内丹。今天拍卖的内丹不多不少，正好三颗，三颗内丹都标注着年份和来自什么妖……

“竟然有百年的。”余苏惊讶，“现在百年的老妖怪，活的都很难见。”

“百年的很少？”

“也不是。”余苏摇头，“三十年前大家苏醒的时候，百年的都属于垫底，但是那场大战后，那些妖死的死，伤的伤，这三十年都不会轻易露面。现在的妖，大多数都是近三十年才修炼成的。”

余苏咳嗽一声：“三十年前那场三天三夜的雷鸣，让很多东西都有了灵智，只要努力修炼，很容易就能化形的。”他们也说不清那场雷劫是为什么，但是那场雷劫确实给人和妖都带来了好处。

原主并没有在三十年前醒过来，反而是三十年后才苏醒……这是为什么？难道是原主贪睡？

“所有的妖，三十年前都苏醒了吗？”

“听说是。”余苏是个新妖，三十年前的事，他也是听别人说的，“不过很多大妖没有参与那场大战，选择了避世。不然哪有人类什么事，现在早就是我们妖的天下了。”

很有理想。可是千百年来的自然定律，神仙都成为历史，人类还存在，证明最后的赢家还是人类。

余苏说三十年前的雷劫是馈赠，但初筝不觉得，更觉得他们是来给人类当补品的……

“这内丹肯定很贵。”余苏道，“百年的啊，这得多少人抢。”

初筝扔下册子，淡声道：“我不差钱。”

二楼可以看见下面的情形，余苏坐了一会儿，等下面的人多起来后，他立即走到透明玻璃那里往下面瞧。玻璃是单向的，也不怕下面的人看见他们。

座位都坐满之后，拍卖会正式开始。

“感谢诸位今天的莅临，今天有不少生面孔，想来大家对今天拍卖的内丹都十分感兴趣……”拍卖师幽默风趣地开场，很快就将底下的气氛调动起来，“大家应该在介绍上看见今天的拍卖品中，有一颗百年内丹。因此我们今天的拍卖方式是捆绑式，三颗内丹一起拍。”

“什么？这哪还能拍到啊！”

“三颗一起拍，还怎么拍啊！”

“百年的我就不想了，也买不起，可是另外的两颗，还能拼一拼。”

“什么意思啊！！”

拍卖师的话音落下，底下就激起千层浪。以前虽然有过捆绑式拍卖，但那是数量较多的情况。今天就三颗，这玩意又不是天天有，今天过了，就不知道要等多久，本来想拍另外两颗内丹的人，哪里愿意。

“规矩就是这么定的，大家不要激动。”拍卖师安抚这些人，好不容易才让大家安静下来。

当然规则还是没有更改。

拍卖场就是一言堂，他们想怎么样就怎么样，为所欲为。

“三颗内丹的底价是三百万。”

三百万的底价不算高，可以说是很低了。

但这只是底价！后面会加到什么价位，谁知道啊。百年的内丹，现在可是很罕见的。

“三百五十万！”最先叫价的是底下的人。这些人即便知道机会不大，但也想试试，万一出了什么意外，砸在自己头上了呢！

拍卖师：“三百五十万有效。”

“三百六十万。”

“三百六十万有效。”

每次加价不得低于十万。

“三百七十万！”

“三百七十有效。”

“四百万！”

……

不知道是出于报复还是什么心理，大家一个个都开始哄抬价格，价格顿时如坐火箭似的攀升。

初筝单手撑着下巴，没有看台上，而是看着对面。二楼这样的房间一共有十个，三楼还有……真正有实力的，都坐在这些房间里。

“我们不叫吗？”好多钱啊，当妖这么久，余苏就没见过这么多钱。

“这才刚开始，慌什么。”初筝当然是最后才出手。

余苏被噎住。他能不慌吗？这架势，能抢到吗？

“以前最高能卖多少？”初筝和余苏闲聊起来。

余苏弱弱地道：“一颗百年内丹，听说卖得最高的是三千万……”

才三千万，初筝摇头。

余苏不解：摇头是什么意思？太贵了吗？

三楼包厢。

李小鱼双手环胸站在窗前，妩媚的脸上有些苍白，透着几分病态。李严站在后面，胳膊缠着纱布，挂在脖子上。

听着下面攀升的价格，李严隐隐有些担忧：“大小姐，今天这颗内丹能拿下吗？”

“不管花多少钱都得给我拍下来。”李小鱼眼底闪过一丝狠绝，“我的伤必须尽快好起来。”

“是。”

李严顿了一下：“我刚才看见二小姐那边的人了，她应该也在这里。”

李小鱼冷哼：“她想跟我抢，也得看她有没有本事。”

李家家大业大，却没有男儿，只有两位千金。可这两位千金十分不和。

此时二楼已经开始拍了。二楼是直接亮灯，然后价格会直接显示在房间外面的玻璃屏幕上。

二楼的一出手，底下的人又哄抬一阵，然后就消停下去。他们往上抬价，虽然是帮拍卖会赚了钱，但也能让买的人出点血，心理平衡啊！爽啊！要不是怕哄抬太高，上面的不要，最后他们得来承担这个结果，他们恐怕会继续哄抬。

此时价格已经到一千八百万。

“小姐，上一颗百年内丹，最后的成交价不过三千万，今天怕是……”拿不下了。

下面那群买不起的人把价格哄抬了不少，这些人买不起还要恶心他们一番，令人厌烦。

“我们的预算是多少？”

“最多六千万。”

百年内丹，虽然罕见，但是超过两千万就有些不值了。那颗三千万的内丹，也是因为在拍卖场上才会拍出这么高的价格，急需内丹的人不会在乎价格。

拍卖价格很快就突破三千万，叫价的人逐渐减少。

三千万是百年内丹现在在市场上的最高价，也是很多人的底线。

李小鱼示意李严开始叫价。

“三楼二号房三千一百万有效。”

“三楼一号房三千两百万有效。”

“三楼五号房三千三百万有效……”

“三楼三号房……”

“三楼二号房……”

拍卖师的声音不断响起，二楼几乎没人叫了，最后三楼也只剩下一号、二号和六号房。

价格已经飙升到四千万。

二号房是李小鱼，一号房则是李家二小姐，两人针锋相对。六号房也没放弃，不时加价。

“已经四千万了！这颗百年内丹价格拍得也太高了。”

“不划算了吧。”

“对于有钱的人来说，内丹才重要，钱算什么。”

底下的人低声讨论着，纷纷猜测这颗内丹最后会以什么价格成交，甚至有些人还打起了赌。

“三楼二号房六千万有效！”拍卖师的声音落下后，整个场所陷入寂静中。

“还有没有出更高价的？有没有比六千万更高的！！”

“有没有！有没有，有没有！！”

拍卖师声音激动地喊着，可是并没有人再继续加价，就连刚才和二号房针锋相对的一号房都安静下来。

很多人猜测今天的价格就是六千万了，而这将刷新百年内丹拍卖的最高价。

六千万啊！

就在大家觉得内丹的主人定下的时候，二楼六号房突然亮了灯，红色的数字缓缓出现。

“七千万！！”拍卖师激动地在台上跳了一下，随后补充道，“二楼六号房七千万有效！”

底下的看客同时倒抽一口凉气。

七……七千万？这一下就加了一千万？疯了吗？有钱也不是这么花的吧！

众人将视线投向二楼，二楼的人早就放弃叫价了。

此时突然冒出来一个新的房间……

“刚才这个房间的人好像没叫过价吧？”

“没有……”

“败家子啊。”

败家子初筝正气定神闲地喝着茶，余苏站在操作台前发抖。

就这么一下……一下……一千万就出去了！

这辈子他都没这么花过钱——太爽了吧！

七千万的价格显示在台上的屏幕上。三楼的人都安静下来，没有人继续加价。

李小鱼阴沉着脸："二楼六号房是什么人？！"

李严摇头。拍卖场有拍卖场的规矩，这里面都是谁，谁也不知道。

"继续！"

"大小姐……"

"联盟选举在即，我必须马上好起来。"李小鱼美眸半眯，别让她知道六号房是谁！"继续。"

李严只能继续。

"三楼二号房七千零五十万。"

"二楼六号房八……八千万。"

"咝……"拍卖师都被吓到了。

八千万！这价格加得也太让人难以接受了。

如果是一点一点攀升上去的还好，这直接就跳上去了。八千万已经完全超出这颗内丹本身的价值，哪有这么败家的！

"有没有……咳咳咳……有没有比八千万更高的？"拍卖师声音都在发抖。

大家下意识地将目光转向三楼二号房，李小鱼那边恨得牙痒痒："继续！"

"大小姐，这超出我们预算太多了。"

"继续！"

李严劝不了李小鱼。

"八千零五十万！三楼二号房八千零五十万有效！！"

拍卖师感觉即将到达自己的人生巅峰，一颗百年内丹，竟然拍出八千万！

二楼六号房的灯再次亮起，拍卖师紧张地看着缓慢显示出来的数字，心跳仿佛都要跳出来。

他第一次觉得拍卖行设计的这个显示屏显示速度太慢了。

多少……会是多少呢？

和拍卖师一样期待的，还有下面的看客。当显示屏上的数字显示出一半，底下就是一阵惊呼声。

九……九……九千万！真的是九千万！！

"二楼六号房九千万有效！"

"砰"！李小鱼一拳砸在操作台上。众人只看见三楼外面的灯明明灭灭，这三楼二号房的客人是被气疯了吗？

拍卖师也盯着那个不断闪烁的灯。灯闪烁了一下，眼看就要熄灭，结果下一秒又"唰"一下亮起——稳住了！

拍卖师握着话筒的手全是汗水，凝神等着三楼二号房的屏幕。然而……三楼二号房没有动静。

“三楼二号房的客人还加价吗？”拍卖师提醒。

李小鱼气得砸了操作台，还加什么加啊？

李小鱼从旁边的视频里，才发现自己这个房间的灯亮着，她看向被自己砸坏的操作台……

李小鱼的位置正好可以看见二楼六号房，那里面是谁？

“加！”

“大小姐，您冷静点……”

“他既然那么想要，那就让给他。”李小鱼此时很冷静，“不过，他怎么也得出点血。”

如果初筝知道李小鱼此时的想法，估计会给她发个“好人卡”。

李小鱼将价格加到九千三百万，初筝那边突然没了动静。

李小鱼皱眉：“六号房的不加了？”

李严提心吊胆：“大小姐，他真的要是不加了，咱们一时间拿不出这么多流动资金。”

拍卖会的规矩，拍卖结束后两个小时后不结清，就会做延时处理，到时候堆积起来的滞纳金，也是一笔不小的数目。

李小鱼也皱眉，心底有些不安。

“一亿！”

在李严和李小鱼以为要砸在自己手里的时候，拍卖师亢奋的声音在空气里炸开。

一亿！

李小鱼看着下方嘈杂的人群，紧皱的柳眉舒展开，冷笑一声：“去查下六号房是谁？”

有钱买，也得有命拿才行。

“是。”

李小鱼走出包厢，另一头，与她有几分相似的女子带着人缓缓走过来。

两人虽容貌相似，但气质完全不同。李家二小姐更像一个大家闺秀，处处都透着隽秀温婉。

她双手放在身前，步伐迈的幅度都与姐姐几乎一致。

“姐姐。”李家二小姐笑着叫了一声，略带关切地问，“姐姐脸色不太好，可是不舒服？”

李小鱼瞪了李二小姐一眼，她明知道自己受了伤，现在还这么问，不就是往自己伤口上撒盐吗？

李小鱼想着现在的情况，没和她正面起冲突，扭着小蛮腰离开。

“姐姐，你要注意身体。”李家二小姐的声音遥遥地传来。

李小鱼捏紧拳头，走得更快。

李小鱼脸色不善地回到住所，伺候的人见此，大气都不敢喘，低着头假装自己不存在。

“贱人！”李小鱼噼里啪啦地摔了不少东西。

李严回来的时候，看见的就是满地狼藉，他小心地走上前：“大小姐。”

李小鱼转过身：“东西呢？”

李严沉默下："拍卖行无法下手，我派人在外面守着，但是那个房间一直没人出来。"

"所以东西没弄到？"李小鱼气得胸口疼，咬着牙问，"是谁查到了吗？"

李严继续摇头，完全不知道是谁花一亿买走的内丹。

"废物！废物，废物！！咳咳咳……"

"大小姐，医生，叫医生！！"

不只李小鱼想查初筝的身份，还有别的人也想查初筝的身份，不过没一个人看见初筝。

此时引起众人注意的初筝，已经带着余苏回到老板娘那里。

老板娘没想到初筝会弄来一枚百年内丹。余苏拉着老板娘绘声绘色地将拍卖行的事给她说了一遍，老板娘听得诧异又震惊。

余苏整个人都在飘，妖生不虚此行啊。

老板娘到底是见过大世面的，很快就找回思绪："李小鱼是猎妖师联盟成员，猎妖师联盟即将选举下一任副主席，李小鱼是竞选人。李小鱼这个人本事挺厉害的，死在她手上的妖不少，但是李小鱼不得李家喜欢，她想选举上副主席，恐怕得费一番功夫。"

老板娘说了一下最近的消息，然后道："其余的我会整理好后让余苏给你送去。"

一个亿的买卖啊，她有点手抖。

老板娘目送初筝离开，抬手搭在余苏肩膀上。

"老……老板娘，干什么？"余苏警惕，"我真的没钱！！"

"腿软，扶我下。"

老板娘捏了下余苏的脸："你的钱就一笔勾销了。"

那可是百年内丹，她就算倒手卖了，也能赚不少钱，余苏欠的那点钱算什么。

"真的？"余苏眸子一亮，搓了搓手，"那老板娘……能不能再借……"

"滚！"

"砰"！余苏和两个跟班被扔出店铺，门差点摔到他们脸上。

"不借就不借，这么凶干什么，活该找不到对象！"

两个跟班装作没看见他们老大的狼狈样："老大，我们干什么去啊？"

"偷手机玩游戏？"

"没出息！"余苏骂一句。

"我们那叫偷吗？我们那是借！"余苏纠正。

有区别吗？

初筝回到四合院，洗洗就上床睡了。半夜的时候，初筝被奇怪的声音吵醒，那声音"窸窸窣窣"的……像老鼠。

初筝被吵得心烦，翻个身，捂着耳朵继续睡。可那声音越来越清晰，像是在墙边……老鼠挠墙？初筝睁开眼，瞪着墙。大半夜的老鼠成精了吗？！

初筝双手捂耳朵，自我催眠，我什么都没听见。

"窸窸窣窣……"

为什么听力要这么好！初筝坐起来，从床头拽了个东西，在墙上划拉两下。

看谁声音大是吧！来啊！

“窸窸窣窣”的声音顿时消失，安静了。

初筝盯着墙看一会儿，将东西放下，倒头继续睡。

没过五分钟，“窸窸窣窣……”的声音比刚才更大。

刚才是一只老鼠的话，现在就是十只。

初筝骂了一声，一脚踹在墙上。

有病啊！

初筝翻身起来，开门出去，走到一半又倒回来——抱着枕头换了个房间。

初筝睡一觉起来，天色已经大亮，她到院子里洗漱一下，这才绕到后面去看看昨天晚上是哪个妖精打扰她睡觉。

后面有一棵很大的树，茂盛的枝丫伸展开几乎挡住前面一半的房顶。初筝看一眼那棵树，走到她昨晚睡觉的墙边，地面有什么东西被拖拽的痕迹，痕迹遍布在这附近，一直往大树那边延伸。

初筝在墙边站了一会儿，顺着痕迹走到那棵大树下，伸手摸了摸。这就是一棵普通的古树，没有妖气。

初筝目光一偏，发现后面的围墙上开着一扇门，门被铁链锁住了。铁链已经生锈，看上去已经许久没人动过。而那些拖拽的痕迹，就消失在门口。

铁链是从这边锁的，证明那里面也是这户人家的。

初筝摸出电话给房主打电话。

“那个啊，是个小祠堂，就是以前用来供奉牌位的那种祠堂。不过我爷爷那代，那里就锁住了，我也没进去过，我听爷爷说里面没什么东西，祖宗的牌位战乱的时候都搬走了，后来也没搬回来，那里就空置下来。你要是需要整改，随意就行。”

祠堂？初筝踩着旁边的东西，往里面看了一眼。里面还挺宽敞，带着一个小院子，院子里荒草丛生。从门的方向，可以隐约看见一条青石铺出来的路，一路延伸到不远处的房子。就和普通常见的祠堂差不多，看上去有些年代……

按理说，这么多年没打理，房子就算不垮，也得破旧不堪，可那座房子……看上去和前面这些有人护养的房子没什么区别。

初筝收回视线，快步走回前面。

明天就搬家！不！马上搬！

这里有点奇怪，她可不想惹麻烦。

初筝没什么东西好收拾，当场就要离开。她前脚踏出院门，后脚王者号的声音就响了起来。

“隐藏任务：请获取寻隐‘好人卡’一张，拯救黑化的寻隐。”

“请小姐姐前往祠堂寻找你的‘好人卡’。”

“砰”！院门被踹开，发出一声巨大的声音。正巧门口有人路过，吓得顿在原地，朝着初筝这边看过来。

那人还没看清人，耳边又是一声巨响，院门被人从里面关上了。

大白天的碰见神经病了？那人只觉得有点冷，赶紧小跑着离开。

初筝站在门口拍胸口，差点就被人看见了，幸好她反应快。

初筝阴沉沉地盯着门，又抬脚踹了一下。

初筝站在被铁链锁住的门前，铁链锈迹斑斑，连锁眼在哪儿初筝都已经看不见。她摸出一把斧子，朝着铁链砍下去。

“哐——”初筝只觉得虎口微麻，一股庞大的妖气，震得她往后退了几步。

竟然有妖气！

初筝一张面瘫小脸，甩了甩手，脚尖在地面点了一下，摆出一副用更大劲劈的架势。

下一秒，初筝身子一跃，轻松地踩着围墙，落在院子里面。

初筝踩着一地的荒草，有些古怪地回头看围墙。身上银光闪烁，在她身上形成一个保护罩。

初筝转回去，伸手去摸虚空，果然感觉到一股妖气，和那锁上的妖气一模一样。

如果普通人就这么闯进来，估计会被妖气切成片。

一般的人设下这样的防护，顶多是将人拍飞。这个直接切片……真是歹毒。

初筝摸下手腕，银线蹭她一下。

院子里的场景和她在外面看见的没什么不同，荒草快要没过她膝盖。初筝踩着荒草，走到那座祠堂前。

祠堂的门没有上锁，初筝试着一推，门“吱呀”一声，缓缓打开。

初筝往里面看一眼，光线暗淡，透着冷清，毫无人气。地面铺着青石板，很是干净。中间摆着一张老式的摇椅，椅子正“吱呀吱呀”地摇着。

这次的“好人卡”是什么鬼啊？

鬼？不、不会吧……说妖不说鬼，妖鬼不同宗啊！！

初筝镇定地往更里面看去，前面有个屏风，挡住了她的视线。

但是，屏风上有道隐约的轮廓，从影子上看，应当是个男人，手撑着脑袋，半躺的姿势。

初筝迟疑了下，抬脚走进去，那道影子一动不动。

靠近屏风后，后面的东西也渐渐显露出来。初筝先瞧见的是一张美人榻，美人榻上躺着一个容貌惊人的男子。男子身着繁复又华丽的长衫，长衫散在美人榻上，犹如盛开的繁花，雍容华贵，绝色倾城。

看见他的那一刻，仿佛时空错乱，四周场景变成雕梁画栋的殿宇，一切都明亮起来。

初筝刚想上前，美人榻上的男子睫羽一颤，缓缓睁开眼。四周明亮的场景出现裂纹，蜘蛛网似的迅速蔓延。

下一瞬，犹如镜面被打碎，整个房间都阴暗下来，一股寒气从脚下升腾而起，四周瞬间变成修罗场。恐惧、惊悚、压抑倾轧过来，令人喘不过气。

而修罗场中间的那个人……便是美人榻上睁开眼的男子。

他是苏醒过来的修罗，无声无息，却令人恐惧。

“小妖？”男子缓缓坐起来。一双墨瞳里，隐隐有红色的光影浮动。他的声音像是来自遥远的时空，空灵好听，让人想要沉浸在那声音中，然而下一秒就被恐惧席卷。

耳边有衣服划破空气的声音，初筝后背一寒。

冰冷的手指扣住初筝喉咙。

“你来干什么，看我死了没有吗？”男人的声音在她耳边响起，初筝能感觉到他身上涌动的妖气，和他语气里夹杂着的邪恶气息。

“那你可要失望了。”他音调拖得长长的，在这样的环境下，显得有些诡异。

初筝一动不动，任由男人掐着脖子。

“好人卡”厉害了啊！都敢对我动手了！我能收拾他吗？

“小姐姐，你随意。”王者号放弃治疗。

初筝跃跃欲试地捏了一下手腕。

“你认识我？”初筝问道。

“呵，你不是来看我的？”男人虽然从后面掐着她，可是身体离她有些距离。

“我不认识你。”初筝平静地回答。

虽然你长得好看，也确实是我的“好人卡”，可我真的不认识你！我今天才见到你！

初筝看不见后面的人，只能感觉到他掐着自己的手用力之后又松开……

就在他准备彻底放开的时候，初筝抓着他胳膊，往前一拽，直接将他摔在美人榻上。

“哗啦……”男人四肢上的铁链显露出来。初筝本想上前的动作一顿，撤到旁边。她的目光顺着铁链延伸的方向看去，铁链被固定在后面的墙上……

“好人卡”竟然被人关在这里？这……不是便宜了我吗？！

“小姐姐你应该做的，是放他出去。”这才是身为好人应该做的。

美人榻上的男子起身，随意地拽下铁链，墨瞳里红光浮动：“你是她什么人？”

“谁？”你把我认成谁了？

“枭月。”

初筝对这个名字完全陌生，听都没听过。

“不认识。”

四周忽地安静下来，男子坐在美人榻上，他眼里的邪恶丝毫不加掩饰，落在初筝身上，肆无忌惮地打量着，似在衡量她说的话是真是假。

须臾，男子打破寂静：“小妖，你最好没骗我，不然……”

初筝板着小脸，认真地问：“不然如何？”

男子哼笑一声，下一秒笑容消失，那张令人惊叹的俊脸上，只剩下令人恐惧的邪恶：“不然我就吃掉你。”

“就凭你？”初筝的目光落在铁链上。

“你在质疑我？”

“你要真的厉害，岂会被人锁在这里？”你身上的铁链，就是让人来质疑的，还吃掉我，想得美呢！

男子沉默了一会儿，又道：“你竟不怕我。”

初筝面无表情地站在那边，目光更是波澜不惊地看着他，就像看一件普通的物品。

“你有什么好怕的？”你再怎么黑化，还不是我的“好人卡”，更何况你还被拴着呢，怕什么。

男子饶有兴趣地露出一抹笑：“小妖，你叫什么？”

初筝被他盯着，竟然也升起一种毛骨悚然的感觉。就好像面前的不是人，而是一个从修罗场里爬出来的恶魔。

“好人卡”有点吓人。

初筝镇定地反问：“你叫什么？”

“我？”男子微微挑眉，“小妖，是我在问你，你怎么如此没有礼貌？”

“爱说不说。”反正我知道。

初筝转身就往门外走，你自个儿待着吧。

“喂！”

初筝头也不回地离开，并将房门关上。

男子绕过屏风，往外面瞧去，半晌才轻“啧”一声。

下午，余苏给初筝送来李小鱼的资料。

李小鱼的生平都记载在资料上，从什么时候出生，到现在做过些什么，几乎都有。

李小鱼这个人，也算是个天才。小时候她就表现出不凡的能力，学习能力也比别人快。

但是李小鱼并不受宠。

据传，李小鱼并不是李家当家人的孩子，而是在李小鱼母亲嫁入李家前就怀上的。不过这是传闻，没有可靠的证据。

总之，李小鱼虽然有天赋，可在李家不如李家二小姐受宠，这是事实。

李小鱼如今是猎妖师联盟成员。而联盟副主席一位空缺，李小鱼打算竞争这个位置。

同时李家二小姐也要竞选这个位置。

除了这些资料，还有很多乱七八糟的小道消息。

初筝合上资料。

猎妖师联盟……这个组织对妖很不友好。最开始它成立是为了保护普通人不受妖的侵害。但是到现在，猎妖师联盟已然成为一个主动猎杀妖的组织。

以前他们是杀那些害人的妖。现在只要是碰上，可不管你是好妖还是坏妖，先杀再说。

“联盟的猎妖师真的可怕，就前几天我还看见他们杀妖。现在我们这些好妖，都不敢随便在街上逛，被猎妖师看见就完犊子了。”余苏在旁边发牢骚。

“没有妖对付他们？”

“妖和人又不一样。”余苏道，“猎妖师随便就能叫来一车的人，妖哪里能随便叫来这么多妖？就算叫来了，说不定打着打着就起内讧了。”

妖最多能组成一个小团体，而且基本由同族组成，大规模的团体压根不可能。

妖就是这么神奇的物种。

余苏又道："我听说三十年前，就是打着打着突然起内讧，让人类钻了空子。"那些大妖更是只顾自己，杀红眼了，说不定自己的妖都杀了几个，谁还会管别的妖。

初筝："没有妖想要当个妖王？"

余苏仔细地回想了一下，结合自己这么多年的见闻，摇头："还真没有。"

初筝无语。无组织无纪律，连个妖王都没有妖想当，你不输谁输？这届的妖不行啊！

"我们妖就是生性洒脱，不愿管教别的妖，也不愿意被妖管教，索性大家就各顾各好了。"

是挺洒脱，洒脱得全族都被人压着打，现在还成为人类的移动宝库，可不是洒脱嘛。

"有人吗？"外面突然响起敲门声。

初筝看向余苏："找你的？"

余苏狂摇头，心惊胆战："老大，这可是你的住所。"怎么可能是来找他的！她想什么呢？！

初筝语塞，她哪认识什么人。

"去开门。"初筝指挥余苏。

余苏冲后面的两个跟班挥下手。

"啊！"两个跟班屁滚尿流地滚回来，躲在余苏后面。

"叫什么？"

"老……老大，猎妖师！！"其中一个跟班指着门口，哆嗦着回答。

猎妖师？！

门口有五个人进来，他们虽然穿着不同的服饰，但是胸口都戴着猎妖师联盟的胸章，一眼就能看出来。

余苏看清那几个人，也开始抖。

猎妖师怎么会出现在这里？！

余苏带着跟班，迅速躲到初筝后面。

初筝坐在原地，气定神闲地喝茶，对进来的人视若无睹。

"鲁队，果然是妖。"进来的人看着余苏和他的跟班。

余苏和跟班抖得更厉害，看他们干什么！

"那个女的……有点奇怪，我没有看见她的妖气。"

"是人吗？不太像啊……"

还有这女的看见他们也太镇定了。就算是普通人，有人进来，也得疑惑和生气，她却一点动静都没有。

"管他的呢，先拿下再说！"有人跃跃欲试，其余人也纷纷附和。

被叫鲁队的男人抬手："别轻举妄动。"

后面的人对视几眼，顿时安静下来。

她后面的三只妖，明显认识他们，知道他们是什么人，她还能如此镇定，不管是人是妖，都不像是普通人。

鲁队往院子里面走，如鹰锐利的目光盯着初筝："请问你是这里的主人？"

初筝放下茶杯，缓慢地抬眸看过去：“干什么？”

“我们察觉到这里有妖气，所以想检查一下，不知可否？”鲁队礼貌地征询意见。

初筝指向后面的余苏：“他们？”

余苏瑟瑟发抖，哀怨地看着初筝。

这可是猎妖师联盟啊！落在他们手里就死定了！

鲁队没想到初筝就这么指出来，僵了一下，摇头：“不是。”

那三只小妖身上的妖气太弱了，不是他们要找的。

“那这里没有别的妖，建议你去别的地方找找。”初筝面无表情地下逐客令。

“鲁队跟她废什么话，直接抓起来，想怎么查就怎么查！”后面的人被初筝的态度激怒，“动手吧！”

鲁队大概是想着能和平解决就和平解决，但是现在初筝不配合的态度，加上后面同伴的催促，鲁队挥了挥手。

后面的四人同时飞身上前。初筝面前的桌子，被一股劲风拍得四分五裂，余苏和两个跟班吓得往里面蹿。

跟班：“老大，我们不帮大妖怪吗？”

余苏瞪他：“你打得赢猎妖师？”

跟班：“打、打不赢。”

“所以，我们要躲好，不能给她添麻烦，给她暗中加油就好！”

跟班：老大说得对！

“鲁队！”

鲁队身体被踹飞，砸在院子里，青石板都碎裂开。另外两个队员试图上前，可还没靠近初筝，身体忽然被定在原地似的。

他们垂头看去，只见地面有银光闪烁，而他们的身体被那些奇怪的银光束缚着。

这……这是什么东西？！

他们往初筝那边看去。

女生站在另外两个同伴中间，同伴做攻击状，和他们一样，也像是被固定住了。

女生抬脚，缓步从中间通过。当她越过那两个同伴时，那两个同伴突然溃散，化作粉末飘飘扬扬地落下。

寂静的环境，他们甚至可以听见粉末落在地上的声音。

两人内心只剩下震撼和惊恐。

“鲁队！”其中一人大喊一声。但他们的鲁队此时正躺在地上哀号，哪里有时间救他们。

鲁队眼睁睁地看着另外两个同伴也消失。

初筝转身，精致的眉眼间，清冷如霜，隐隐有傲视群雄的张扬狂妄。那是从骨子、灵魂里散发出来的。

令人畏惧、臣服。

女生淡如樱色的唇瓣轻启，清冽的声音缓缓流转在院中：“你们来这里找什么？”

不是来找余苏的，也不是来找她的。

鲁队撑着身子往后面退，声音发抖：“你到底是什么？”

他见过厉害的妖，可是没见过这样的。甚至是现在，他都感觉不到她的妖气。

诡异，这个女生给他的感觉只剩下诡异。

“不重要。”初筝走到他跟前，居高临下地看着他，“你来这里找什么？”

鲁队对上初筝的视线，从灵魂深处涌出一阵恐惧。

那恐惧将他淹没，让他无法正常思考。

“找……找妖。”

“什么妖？”

鲁队不吭声了。

初筝一脚踹下去，鲁队“哇”的一声吐出一口血。

初筝嫌弃地后退一步：“找什么妖？”

鲁队不愿意说，但最后还是没撑住，招了出来：“不知道，只说附近有大妖苏醒，我们奉命查找。”

初筝了悟。如果她没有猜错的话，那应该就是找她的“好人卡”了。外面好危险，“好人卡”果然还是关着比较好。

鲁队脚踝发凉，他往下看去，瞳孔里倒映出闪烁的银光，那银光正顺着他的脚踝攀爬。

“不……我都告诉你了……别杀我。”鲁队惊恐地朝初筝求饶。

初筝冷漠脸：“你的同伴在等你。”

“不……”鲁队的声音消散在空中。然而原地只剩下一堆粉末，哪里还有人影。

初筝双手插进兜里，目光低垂，落在那堆粉末上。

不杀你等你回去报信吗？我又不是傻子。

初筝往余苏他们躲藏的地方看去。余苏和两个跟班同时跌坐在地上，目光发直地看着她，吓傻了。

两天后，猎妖师联盟的会议室。

此时会议室里坐满了人，大家都激烈地讨论着，会议室跟菜市场似的。

“安静！”坐在最前方的中年男人猛拍桌子，会议室陡然安静下来。

“主席，我们都快把全城翻遍了，也没找到那只大妖，他不会已经离开了吧？”

前不久，联盟发现有一只大妖苏醒，不过那道妖气消失得很快，联盟没有捕捉到准确的位置。

能被称为大妖的，至少得是几百年以上。这么一只大妖苏醒，不尽早解决，谁知道会发生什么。

中年男人看了说话的那人一眼：“老鲁呢？”

会议室的人面面相觑。

“我两天都没见到他了。”

“我也没见过他。”

“不会是去和哪个小妖精鬼混了吧？”

中年男人拍桌子，所有人噤声，似乎也察觉到事情不太对。

“打电话！”

旁边的人立即摸出手机：“主席，他的手机关机了。”

主席看他一眼，那人又打一遍，还是关机。在主席冷凝的眼神下，那人又赶紧将周边的人都问一遍，都没人见过老鲁。

会议室里的气氛沉肃起来。

如果是平时，关个机可能是没电，或者不想接电话。

但是在这个时候……怎么看都不正常。

“老鲁……好像给我发过一条短信！”坐在左侧的一个人突然想起来。

“拿来。”

那人赶紧把手机拿出来，翻出那条短信。

——金，女，的。

这短信莫名其妙，就三个字，那人当时也在搜查，就没在意。

主席面上犹如积压着暴风雨，沉声问：“老鲁负责哪条街？”

“春夏街那边。”

“去查。”

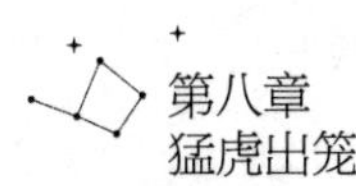

第八章 猛虎出笼

初筝两天没去后面，所以“小老鼠”就骚扰了她两天，她换房间都不行。初筝被吵得不行，冷着小脸坐起来，黑沉沉的房间里，宛如有冰霜凝结。

初筝气势汹汹地打开门出去，直奔后面的祠堂：“你有完没完！”

初筝一脚踹开门，月光迅速蔓延进房间，正好停留在摇椅前。男子躺在摇椅上，摇椅“吱呀吱呀”地晃着，那声音幽寂绵长，在夜里显得诡异。他整个人都笼罩在黑暗里，无声无息。

初筝踩着月光出现，周身都萦绕着一圈莹白的光晕。

男子手掌握住椅背，“吱呀”声顿时消失。

男子的声音缓缓响起：“小妖，你把我一个人扔在这里，可不太好。”

“你是人吗？”大半夜的不睡觉，挠她的墙，有病啊！妖也需要休息的！

男子：有种被骂了的感觉。

“你不是出不去吗？怎么挠我墙的？”初筝没好气地问。

外面的围墙上有一层防御，防止外面的人进来，也防止他出去。每天晚上挠墙的是什么东西？

“那可拦不住我。”男子不屑地轻哼一声。

“哦，那你自己出去啊。”拦不住你天天挠我墙干什么！墙都被挠秃了！

男子沉默了一下：“小妖，我们做个交易如何？”

初筝望向里面只能看见一个轮廓的人，琢磨了一下问道：“什么交易？”

“哗啦——”男子露出宽大衣袖下的铁链，“你帮我把这个弄开，我答应你一个条件。”

“做梦呢？”初筝想都没想，直接拒绝。

“小姐姐，劝你善良。请你牢记你的职责，要做一个好人哦！”

初筝语重心长道：我都是为他好，外面好危险的。

“为他好你应该放了他！小姐姐你想要‘好人卡’恨死你吗？”

“小妖，你想要什么？力量、财富，还是别的？”男子并不打算放弃，声音里带着引诱，“我都可以给你，只要你把我解开。”

“我要的已经得到了。”初筝站在月光里，外面有风拂过，吹起她的发轻扬。

男子微微挑眉：“你得到了什么？”

“你。”女生的声音清冷。

空气里忽地安静下来，连外面的风声都停了。摇椅上的男子缓缓起身，繁复华丽的衣裳散开，发出轻微的响声。他从黑暗中走出来，月光落在他身上，那张脸如镀光芒，令人移不开眼。

“我？”男子语调微扬，他借着月光，睨着初筝，“你想得到我？”

初筝纠正他：“我已经得到了。”

“哈哈哈……”男子忽然大笑，“小妖，你想得到我，那就更得放开我。”

做梦！

男子笑容一敛，月光落进他墨瞳里，似落了无数的星光。他指尖轻轻挑起初筝的下巴，身体微微前倾，冰冷的气息洒在初筝的面颊上：“不然，你怎么能得到我呢？”

“不放开你，我想怎么做都行。”初筝神色未变，镇定地道。

“那可不行。”男子手指落下，顺着她手臂，拉住她的手，放在自己腰带上，“小妖，你以为锁住我的是什么？能让你对我为所欲为？这个世界上，哪有那么便宜的事。”

他带着初筝的手拉扯着自己，可惜纹丝不动，像是被什么东西禁锢着。

“看见了吗？”男子再次靠近她，唇瓣几乎要贴上她的脸，说话的时候，气息直往她耳朵里面钻，“你只有放开我，才可以呢。”

他身上总有一种邪恶感，让人想跟着他一起堕落，却又害怕他。

他松开初筝，退回黑暗里，缓缓地躺回摇椅上：“小妖，你好好考虑考虑。”

初筝没吭声，转身往外走。她走到门口的时候，里面传来一道声音：“我叫寻隐。”

初筝没什么停顿，直接离开。

初筝琢磨着寻隐的条件，寻隐也给她考虑时间，晚上没有再骚扰她。

余苏上次被初筝吓到，都不敢往初筝跟前凑，但初筝老是叫他跑腿……余苏都快哭了。

但是花钱……真的好爽！余苏没多久就原地复活。

初筝花钱真的是怎么败家怎么来，还不注重质量。

初筝在黑市上一掷千金，引起不少人的注意。

“老大……我们是不是太高调了？”余苏激动完，发现四周不太对劲。万一被黑市里的人盯上，出去被人发现身份，那就完了。

初筝不怎么在意：“害怕？”

“没……没有。”余苏干笑，“有你在，我怕什么，我只是担心有人对你不利。明枪易躲，暗箭难防嘛。”

“让开让开！快点，这次可是好货色啊！”

“我要买一个回去。”

“那些妖可难驯得很，你驾驭得住吗？”

“哎哟，到时候再说，快走吧，晚了就没了。”

几个人往他们旁边冲过去，带起一阵风。

“跑这么快投胎啊！”余苏骂一声，“老大，你没事吧？”

“他们去买什么？”初筝怀疑自己听错了。

“妖啊。”余苏语气平常，好像并不是什么奇怪的事。

黑市上买卖妖是合法的，人不会管，妖也不会管。

妖本来就是凉薄的生物。同类被卖，他们不上去买，已经是很有妖格了。

初筝自然不会多管闲事，完成王者号的任务，准备打道回府。谁知道她刚准备出去，就见李小鱼带着人急匆匆地进来。

普通人类进来有的会戴面具，猎妖师则完全不怕，基本就是不遮不掩地行动。

“老……老大，你干什么去呀？”不是说走了吗？

初筝跟在李小鱼后面。

李小鱼去的地方，正是买卖妖的地方。那些妖被关在半人高的笼子里，货物一般地堆积在那里，任人挑选。旁边有人看着，如果有妖变回原形，就会遭受鞭打。

余苏抱着胳膊，有些发寒：“妖被抓住就完了，听说这些人类把妖买回去，会想尽办法折磨他们。”

“你同情？”

“我害怕。”余苏哪里会同情，“我要是哪天被抓了，估计也会变成这个样子。”

妖这么凉薄……“好人卡”肯定是在诓我！绝对不能放他！

寻隐要是知道，因为余苏表现出妖精凉薄的一面，导致初筝又打定主意不放他，不知道会不会弄死余苏。

那边，李小鱼推开围在边缘的人，强势地走到中间。

“李家的人……她来干什么呀？她还缺这几只妖？”

李小鱼进去，立即引起一些人谈论。这样的货色也就供他们这些人买。像李家人这样的，又有雄厚背景，又在联盟有人，这些货色压根入不了他们的眼。

李小鱼一个笼子一个笼子地看，最后停留在边缘的一个笼子前，指着笼子：“这个，我要了。”

旁边卖家赔着笑：“好的，好的。”

初筝手腕一转，银线从她袖子里探出，迅速从人群中穿过，同时覆盖上那些笼子的门。

在李小鱼和卖家交易的时候，笼门“咔嚓”一声，所有门同时打开。被关在笼子里的妖见门突然打开，愣了一下，随后同时往外面冲。

离笼子最近的人都没料到这个变故，被冲出来的妖开膛破肚。直到这时，人群才反应过来。

“啊——”围观的人类吓得尖叫，慌不择路地乱窜，“门怎么开了！快把他们抓回去！”

妖跑出来后，也不多做停留，很快就消失在人群中。

卖家气得跳脚，派人去追。

李小鱼被李严护着，站在满地的断肢残骸中。她脸色铁青地看着空荡荡的笼子。

“门怎么开的？！”李小鱼抓着卖家的衣襟质问。

“李小姐，我也不知道啊！”他还想知道，门怎么开了。

李小鱼余光扫过四周，忽地一顿。

初筝虽然面容变了，可是那头金色的头发，让李小鱼印象深刻：“是初筝，给我抓住她！！”

这样你也看得见我！你眼睛是装了雷达吗？！

“大小姐，这是黑市。”李严提醒。

“抓她用不了多久，去！”李小鱼现在只想抓住初筝出口恶气，哪里会管什么黑市的规矩。

李严违背不了李小鱼的命令，只能带着人将初筝围起来，但是没有立即动手。

余苏习惯性地往初筝后面躲。

李小鱼站在后面，遥遥地与初筝对视：“你还敢出现，上次的账我还没跟你算，我劝你最好乖乖跟我回去。”

初筝的逃脱令李小鱼十分不悦。上次是她大意了，以为初筝已经听话，没想到竟然让初筝跑了。

不过……这次她跑不掉了。

李小鱼有这个自信。她觉得初筝上次只是出其不意，自己没有防备，初筝根本不会是自己的对手。

“你想怎么算？”初筝冷漠脸，“你也不能把我怎么样。”

李小鱼妩媚的脸上露出嘲讽：“上次只不过是你趁其不备，真以为你有多厉害吗？”

初筝认真地点头：“嗯。”我很厉害啊。

李小鱼给李严使个眼色。

李严有些迟疑，可是架不住李小鱼催促，只能带着人动手，争取速战速决。

余苏心惊胆战地往后面躲，都不敢看。

“就是她把那些妖放出来的！”李小鱼突然扬声。

余苏心头一跳，往那边看去。那边多了好些人，因为李小鱼那句话，此时所有人都围攻初筝。

余苏咽了咽口水。他就是一个小妖，帮不上忙。

大妖怪那么厉害，不会有事，不会有事……

事实证明，初筝确实没事。地上躺了一地的人，可唯独那个金发女生稳稳地站在中间，灿金的眸漫不经心地看着他们，清雅淡然，矜贵无双，似随意巡视自己领土的女王陛下。在场的所有人，一个都入不了她的眼。

“黑市上禁止打斗你不知道吗？这里是黑市，不是让你们闹事的。你们想打，离开黑市想怎么打就怎么打，没人管你们！”站着的人，有些忌惮地盯着初筝。

这个女生……说她是妖，身上却没有妖气；说她是人，身上又没人气。

古怪得很，还很厉害，这么多人都不是她的对手。

初筝看向李小鱼，冷静地出声：“他们先动的手。”凭什么说我！我这是正当防卫！

李小鱼立即接话：“是她先把那些妖放出来伤人。”

“没有，不是我，别乱说。”初筝否认三连。

李小鱼其实并没有看见。但是她有一种直觉，就算不是，现在也得往初筝身上甩锅。

扰乱黑市秩序，黑市里坐镇的出来，还怕对付不了她？

这么短的时间，这小妖怪竟然变得这么厉害……倒是让人刮目相看。等落到自己手里，再好好收拾她。

“我看见了！”李小鱼态度坚定地指认，说得信誓旦旦，“就是她放的那些妖。”

“你看见了？你有证据吗？”没有证据跟我耍流氓呢！

李小鱼柳眉微蹙：“我亲眼看见的，还要什么证据？”

“你亲眼看见……”她做得那么隐蔽，你看见个鬼啊！

“对！”李小鱼的语气十分肯定。

初筝波澜不惊地扫她一眼，冷飕飕地道：“那还要把你眼睛挖下来证明？”

金发女生说这句话的时候，明明是极为平静的语气。可众人还是觉得有一股阴风扫过后颈，背脊都升腾起凉飕飕的冷意。

李小鱼旁边的人有些拿不定主意。黑市的秩序要维护，可也不能乱得罪人。一时间谁也没说话。

初筝打破这诡异的气氛：“你们证明不了那些妖是我放的，刚才先动手的也是这位李小姐，我只是正当防卫。你们要说法，找她去。”这锅我才不背呢。

“你也动手……”

“不然我站着让人打吗？”初筝语气冷淡，“你这么傻，也不能要求所有人都和你一样傻。”

“你……”

“我说错了？”

初筝一口咬定自己是正当防卫，坚决不承认那些妖是她放的。况且在场的人都没看见妖是被初筝放出来的，李小鱼一个人的说法并不成立。

而不少人看见是李小鱼先将初筝围起来，也是李小鱼的人先动的手……

一个人看见，和许多人看见，最后给人的信服程度可不一样。李小鱼是有理也说不清。

何况她还没理……

李小鱼在外面别人会给面子，可这是黑市，进来了，就得遵守规矩。

李小鱼辩解不过初筝，最后被带去处理，承担在黑市打架斗殴的后果，初筝是“受害者”，已经没她的事。

“初筝！”

“大小姐，我提醒过您……”

李小鱼瞪李严一眼，李严顿时噤声。

“那只妖抓住没有？”

“抓住了。”李严道，“已经带回去了。”

闻言，李小鱼心情稍稍好转一些：“好好调教，我要最快看见效果。”

“大小姐，这恐怕……”妖本来就不好驯服。当初让初筝服软，他们就用了好长时间。

李小鱼不管这些，只要结果。她握紧拳头：“联盟选举日期定下来，我们就没多少时间了。”

“最近联盟里好像在忙别的事，选举的事，听说已经暂时搁置了。”李严赶紧将最新的消息说一遍。

李小鱼皱眉：“什么事？”能比副主席选举还重要。

李严摇头：“不是很清楚，我已经在查了。”

李小鱼冷哼一声：“联盟里的那群家伙一直不让我们这些大家族参与核心，只有坐到更高的位置，联盟里的事，我们才能知道更多，更有话语权。”

“大小姐您放心，您一定会当选的。”李严恭敬地道。

李小鱼被取悦，脸色总算缓和不少。等她当选副主席，再来收拾初筝。

她还不信一个小妖怪，能逃出自己的五指山。

“刚……刚才那些妖是你放的吗？”余苏小心翼翼地问。

“不是。”

余苏不太信，他觉得就是初筝放的，没想到初筝还是这么有爱心的大妖怪。

“不过，老大，我们到这里来做什么？”

余苏此时正蹲在一栋大楼外，而初筝则很有范儿地坐在旁边的草地上。

初筝没吭声，只是看着那栋大楼。

夜深人静，有车缓缓开来。车灯从他们藏身的地方扫过，车子停在那栋大楼前。

余苏撑着下巴打瞌睡，突然被人推一下，猛地惊醒。

“走了。”

“啊？”我们来这里干什么啊？

余苏爬起来，脚下似乎踩到什么，软绵绵的。他汗毛竖立，僵硬地往地上看去。一只小妖躺在地上，被五花大绑着，正睁着眼怨恨地瞪着他。

余苏蒙了，这哪里来的妖啊！看着倒有点眼熟……

余苏灵光一闪想起来，这是之前在黑市上被李小鱼看上的那个。

余苏想到这栋楼是谁的，顿时对初筝升起敬佩之情。大妖怪真的是好有爱心，还特意来救这只落入魔爪的小妖怪。

余苏抬头去看初筝，初筝已经走出老远。余苏想了一下，将妖扛起来，追上初筝。

回到四合院，余苏将那只妖扔到院子里，取下她嘴上的封条。

“你们要杀要剐给个痛快！”小妖嘴巴得了空，立即咆哮一声。

落在人手里和落在妖手里，没多大区别。

“你这么凶干什么，”余苏被小妖突然的咆哮吓一跳，“我们又不会杀你。”

此时在余苏的心里，初筝就是个看似面瘫冷酷无情，实则爱心泛滥的大妖怪。所以他不觉得初筝会杀这个小妖。

小妖打量余苏和初筝几眼，警惕地道：“那你们想干什么？”不想杀她，也不代表就会放过她。

初筝问一句：“李小鱼为什么要抓你？”

“什么李小鱼李大鱼。”小妖听得满头雾水。

“就是刚才抓你的那些人。”余苏给小妖解释谁是李小鱼。

“我不知道。”她莫名其妙被抓，被人拉到黑市上卖，后面有机会跑掉，可还是被抓住。她哪里知道抓她的那些人想要做什么。

“哐——”后面响起一声巨大的声响。

余苏吓一跳：“什……什么声音？”

初筝往后面看去：“没事，你把她处理了。”她一边说，一边往后面走。

余苏没太理解初筝说的处理……是把她放了吗？

肯定是，毕竟初筝这么有爱心。

余苏一边给小妖松绑，一边问：“你别怕，我不会伤害你。你看，是老大把你救出来的对不对，我们是好妖。”

小妖一声不吭地看着余苏，余苏努力证明自己是好妖怪。直到小妖身上的束缚完全取下，余苏也没对她做什么，小妖才稍微相信一些。

余苏好奇地问：“你是什么妖啊？”

“梦……梦妖。”

“什么？”余苏疑惑。

小妖不说话了。

余苏挠挠头，有些不知道该怎么办。

初筝干什么去了？刚才那声音是什么？

初筝落在院子里，寻隐就站在祠堂门口，铁链最长的位置只能让他到那里。

祠堂外面的一根石灯柱，倒在地上。

“你干什么？”初筝踩着台阶上去。

“你带别的妖回来了？”寻隐勾着嘴角，墨瞳里红光浮现，透着诡异，“把他给我怎么样？”

初筝顿在原地，目光冰冷地看着他。

“我已经很久没吃过东西，有些饿。”寻隐舌尖舔了一下唇瓣，那动作被他做出来，诱惑中透着危险，“你带回来的妖，闻起来还不错，比之前跟在你身边的味道要好得多。”

之前……余苏？余苏就是只小猫妖，修为低微，寻隐看不上正常。

她刚才带回来的，就是那只……

“饿了这么久也没见你饿死。”初筝道，“继续饿着。”

“舍不得？”寻隐挑眉，墨瞳里危险的光泽流转，“小妖，你不是说想要得到我吗？怎么，这点东西都舍不得？”

初筝严肃脸：“吃妖不好。”“好人卡”竟然有这个爱好。

寻隐轻笑一声：“我只要内丹。”

“我有。”初筝摸出败家买来的内丹给他。

寻隐扫一眼，略嫌弃，带着恶意的笑：“我不要这个，我就要外面那个。”

初筝回到前面。小妖坐在院子的石凳上，正吃着东西。

初筝直接过去坐下，小妖瑟缩一下，警惕地看着她。这个金发女生给她的感觉，比余苏可怕多了。

“我救了你。”初筝平静地开口。

小妖半晌点头：“嗯。”

“别的我不要。”初筝伸出手，“内丹给我。”

小妖瞳孔紧缩，“噌”一下站起来，后退好几米。她看向余苏，不是说救她的吗，还要她的内丹？没有内丹，她虽然不会死，可以后她想活下去，比现在更困难。

余苏也有点蒙，这和他想象的不一样啊！

“我救你一条命，用内丹换并不亏。”

内丹没了，至少命还在；但命不在了，内丹肯定也没了。

“我没让你救我……”小妖抓着自己的衣襟，天真地以为自己遇见好妖，结果还不是冲自己内丹来的。

“嗯。”初筝收回手，眉眼间冷意渐浓，“你不给我，我只好自己取。”

“给……给她吧。”余苏劝小妖，“她只是要你的内丹，如果她真的动手，你会死得很惨的。”

小妖怨怒地瞪他：“取的不是你的内丹，你当然说得这么轻松。”

余苏道：“可是老大不救你的话，你就会落在猎妖师手里，别说内丹，你的身骨都得被人拆分利用。”他不觉得初筝这么做有什么不对，毕竟妖就是这样的。而且事实就是初筝救了她，难道命还比不过内丹吗？

小妖脸色煞白，颤着音道：“只要我的内丹？”

“嗯。”

小妖眼眶泛红，妖的世界就是这样，她早就明白，哪里会有什么好妖。要怪只能怪自己太弱，人可怕，妖也可怕。可是他们还是得努力活着。

小妖眼里的泪打转：“我给你，就可以走了吗？”

“可以。”

小妖跌跌撞撞地跑出院子。

“你等等！”余苏从后面追上她。

小妖身体发抖，眼底满是惊惧：“还……还想怎样？你们后悔了？”

余苏拉着她，塞了个小袋子在她手里："老大让我给你的，你自己找安全的地方吸收吧，内丹很快就会重新凝聚出来的，老大要你内丹肯定有用，她是个好妖怪。"

余苏说完就回了院子。

小妖摸着袋子里的东西……内丹？还不止一颗？

小妖有些茫然地看向那座四合院。

初筝将内丹给了寻隐，寻隐倒有些意外。拇指大小的内丹，圆润有光泽，在寻隐白皙的指尖滚动，光芒穿过，宛若透明。

寻隐缓慢地握住内丹："看来你还是在乎我多一点。"

初筝无语，"好人卡"什么毛病？

"没什么事了吧？"

寻隐斜躺到美人榻上，繁复华丽的衣裳将他衬得惊艳绝色，宛如走错时空的美人。

"你不问问我，要这个做什么吗？"寻隐尾音故意拖长，墨瞳深处藏着恶意，犹如一个等着猎物踏进自己陷阱的猎人。

"你想要的，我自然会给你弄来。"

初筝感觉到对面的人似乎被定格下来。

空气里静得针落可闻。

不知道过了多久，寻隐的声音响起："那我要离开这里，你怎么不答应我呢？"

"这不一样。"

"哪里不一样？"

我放了你，你不就跑了吗？能一样吗？！

"没什么事，我就先走了。"初筝不想和他讨论这个问题，因为没得讨论。

寻隐这次倒很好说话的样子，点了一下头："小妖，你可以常来看看我，我一个人在这里很无聊的。"

"哦。"

而另一边丢失小妖的李小鱼，气得砸了不少东西。

李严苦苦相劝："大小姐，您身体还没好全，别动怒……"

"好不容易找到那么一只梦妖，竟然被人弄走了，啊？"李小鱼抓着东西往李严身上砸，"你怎么办事的？"

李严不敢躲，被尖锐的摆件砸到额头，鲜血顺着脸颊往下流淌。

"对不起，大小姐。"李严也没想到，妖都到他们的地盘上了，还会被劫走。

"谁干的？到底是谁干的？！"接二连三的事，让李小鱼情绪有些失控。

李严不知道，他们的人消失了。现场只留下一辆车，监控里也没有任何有价值的线索。

就好像是那辆车开到那里，然后车里的人凭空消失了一般。

"大小姐，我们还要执行之前的计划吗？"

"怎么执行？"李小鱼没好气地道，"你以为我那个妹妹那么好对付？"

李小鱼觉得自己最大的竞争对手就是李家二小姐，当然就算不是，李小鱼也要铲除她。

“那我们……现在怎么办？”

怎么办……她怎么知道怎么办。

初筝发现最近外面总有人鬼鬼祟祟的，之前偶尔还能瞧见一两只妖，现在附近干净得像是被人清理过一般。

外面这群人不是别人，正是找老鲁的猎妖师联盟的人。

春夏街都是这样的四合院，找起来很麻烦，而且他们没发现任何异常的地方，初筝也尽量避免和他们起正面冲突。

上？上什么上。猎妖师联盟那么多人，打得赢吗？她打完一拨还有一拨，麻烦不麻烦。上次那群人是闯进来了，这次还没发现她，当然是能不动手就不动手，藏好自己的“好人卡”。

这群人鬼鬼祟祟地搜寻几天，没有找到异常之处后便散了；李小鱼估计忙着竞选的事，也没时间找初筝麻烦；王者号不知道在憋什么坏，初筝已经好几天都没接到任务；就连后面的“好人卡”都安安静静，这小日子过得要多舒服有多舒服。

但是不知道从哪天晚上起，初筝梦里总会出现一些奇奇怪怪的画面……

月光照着窗柩，床上的人倏地睁开眼，“噌”一下坐起来。初筝拉扯下衣服，身上有些燥热。她脑海里不断浮现梦里的画面，清晰又真实，好像真的经历过一般。

初筝坐了会儿，躺回去静下心入睡。可是只要她睡着，梦里就会出现寻隐与她纠缠暧昧的画面。

一天如此，两天如此，三天如此……

初筝觉得自己没那么无聊整天想这些事，所以……她往墙那边看去，后面就是寻隐住的祠堂。

“老大，你在看什么？”余苏见初筝走神，小心地问一句，“我跟你说话呢，你听见了吗？”

“什么？”初筝回神。

“就……就之前你让我打听的事啊。”余苏回答，“我听说最近李家要在山水庄园举办宴会，是李家当家的寿辰。”

初筝让他盯着李家那边，有什么消息给她汇报。余苏就很尽职地盯着李家，这一有消息就过来汇报了。

“嗯。”初筝应了一声，她垂下头，问余苏，“上次那只妖，是什么妖？”

上次？余苏脑中闪过一道影子。

“梦、梦妖吧……她是这么说的，不过我没见过这种妖。”余苏表示自己见识短，这个世界上的妖品种太多。

“欸，老大，你干什么去啊！”

寻隐躺在摇椅上，双眸轻合，摇椅“吱呀”轻摇，时光仿佛在他身上停住。

“砰”！寻隐睁开眼，看着从门外进来的金发小姑娘，嘴角忍不住上扬，墨瞳里的恶意流转。

“小妖，你好生没有礼貌，这是第几次闯进来了？”

初筝大步走过去，撑住摇椅的椅背，摇椅发出的“吱呀”声消失。

初筝弯腰与寻隐对视：“你对我做了什么？”

面如冠玉的美貌男子眉峰轻扬，墨瞳中红光微闪，如黑夜里的一点亮光，衬得他越发俊美。

“梦里的画面不好吗？”寻隐声音含笑，他微微起身，靠在初筝耳边低语，“与我缠绵，不是你想要的吗？”

初筝一把将他按回去。寻隐双手一摊，一副很是无辜的样子，可是他眉梢眼角的笑都带着侵略性的恶意。

“我就在这里，”他道，“触手可及。小妖，解开这个，你就能和我……”

他微微扬眉，给了初筝一个自行领会的眼神。

“你就是想骗我替你解开锁链。”初筝语气平静，不见动怒，也不见其余的情绪。

“嗯哼。”寻隐大方承认。他就是想解开这锁链，不然如此大费周章干什么。

寻隐冰凉的指尖从初筝脸颊上拂过，落在她唇瓣上，轻轻地压住：“你很喜欢不是吗？”

“你做梦。”初筝后退一步。

寻隐手指悬在虚空，压住空气：“那，小妖你就好好体验梦里的场景，随时欢迎你来。”

初筝双手抱胸，盯着他瞧了几秒，片刻后转身离开。

寻隐以为初筝短时间内不会来，谁知道傍晚，她就搬着东西进来了。

“你干什么？”寻隐靠着屏风，饶有兴趣地看着她摆放东西。

初筝头也没抬地答：“陪你住。”

“陪我住？”寻隐顿了几秒，“小妖，你好像没有经过我的同意吧？”

初筝理直气壮道：“这里是我的地方，连同你都是我的，我为什么要经过你的同意。”

空旷的祠堂很快就多了不少东西。

多了个人……哦，不对，多了个妖，冷冷清清的气氛似乎都褪去不少。

后面没有通电，初筝买了蜡烛来点上，整个房间都显得亮堂起来。

寻隐不知何时回了屏风后面，躺在美人榻上，对于初筝搬过来没有再说什么。

初筝收拾好，往寻隐的那把摇椅上一躺，累死个人。

初筝不知何时睡过去的，梦里依然是那旖旎的画面。初筝心烦意乱地醒过来，她往屏风后面看去，隐约能瞧见寻隐的轮廓。

初筝起身，朝着屏风后面走过去。寻隐单手支着脑袋，身边放着一本书翻着：“醒了，睡得可好？”

“你一直被关在这里，怎么洗澡？”

初筝这个问题问得十分突兀，寻隐翻书的手都顿住了。几秒钟后，寻隐镇定地将那页翻过去，缓缓道：“我是妖，不需要洗澡。”妖洗什么澡？妖力可以保持身体干净。

“哦。”

初筝逼近。书页被素白的手压住，压迫感瞬间袭来，寻隐眉峰轻蹙，抬眸朝着她看过去。他还没看清人，唇瓣上就是一软，身体被人压倒在美人榻上。

寻隐似乎被亲蒙了，直到初筝放开他，他都没回过神。

“寻隐，你想清楚，我不是碰不到你。”初筝拍拍他的脸，警告，“再敢打扰我睡觉，你就小心点。”

初筝起身，衣服摩擦的声音轻微又暧昧。

寻隐躺在美人榻上，茫然的目光逐渐危险起来，烛光勾勒出他的轮廓，在屏风上投出细长的影子，空气里的温度似乎都在急速下降。

“小妖，你胆子很大嘛。”他抬起指尖擦拭下嘴角。

“谢谢。”我胆子向来大。

他当了那么多年的妖，还没有哪个妖敢这么对他。

初筝不理会寻隐的“眼神杀”，踱步走回床那边，直接躺了上去。

亲到“好人卡”了。开心。

初筝舒舒服服地准备睡一会儿，无人理会寻隐摆出来的架势，就显得有些……尴尬。

这只小妖……寻隐坐在美人榻上回味下，突然笑了一下。他躺回去，跷着腿盯着头顶的房梁。

初筝是被冷醒的，她抱着胳膊坐起来，四周的蜡烛已经灭得差不多，只剩下零星的几支还顽强地支撑着。

大门打开了，风直往里面灌，冷意就是那风带来的。

初筝环顾四周，没瞧见寻隐。但是地面有铁链，一路延伸出了门。

初筝心底微微有些奇怪，“好人卡”的铁链应该只能允许他到门口的位置……

初筝顺着铁链出去，身姿挺秀的男子靠在大门外，双手抱胸，一只脚微微前伸，一只脚抵着门框。他看着荒草丛生的院落，神情有些冷淡。

“你怎么出来的？”身侧有声音响起。

寻隐目光一敛：“就这么走出来的。”

“嘭”！初筝的身体被寻隐压住，后背抵着门框，冰凉的手指压住她脖子：“你还说你和枭月没关系，嗯？”

初筝感觉浑身都被冰雪笼罩着，那股冷意直往身体里面钻。她深呼吸，不断告诉自己这是自己的“好人卡”，不能打。

自己选的“好人卡”，跪着也要坚持下去。

初筝忍住按着他暴打的冲动，冷着脸道：“放开我。”

“我不放呢？”

“我最后说一遍，我不是什么枭月，也不认识。”枭月到底是谁，让你这么心心念念！！

“是吗……那你给我解释下，你身上为什么有她的气息？”

鬼知道啊！

“枭月是你什么人？”

寻隐目光寒凉，唇瓣轻启，冰冷的话语落在夜风里：“仇人。”

初筝觉得自己还能抢救一下。

她板着小脸，格外认真地道：“我不认识什么枭月，也不是她。”其实内心还是有些慌。

原主的记忆似乎有一段不见了，比如她的内丹哪里去了？为什么三十年前没有苏醒……抑或是苏醒了，但是又因为某些原因沉睡了。

所以，原主说不定还真是寻隐的仇人。

这要是真的，“好人卡”还会觉得自己是好人吗？

“放开我。”

寻隐眸子微眯，眼底的红光渐浓：“我觉得杀了你比较保险呢……”

“哦。”初筝抬手，握住寻隐的手腕，后者毫不在意地看着她。

就算自己被限制着，力量也比面前这个小妖强。

下一秒，寻隐感觉手腕吃痛，接着整个人往地上倒去。

铁链晃动，稀里哗啦的声音响彻荒草丛生的院落，屋内垂死挣扎的烛光终于熄灭。夜风拂过院落的荒草，“沙沙沙”……

寻隐听见压着自己的女生，低沉着声音警告自己：“寻隐你乖一点不行吗？我不想打你。”每天都要努力做一个好人呢！

寻隐挣扎未果，只好放弃。初筝见他安静下来，微微松了一下力道。寻隐躺在地上，大有一副“老子不起来了”的架势。

初筝无所谓，弯腰将他抱起来。

寻隐瞳孔微微瞪大，大概没想到，自己有一天会被一个女妖精用这样的方式抱起来。

寻隐恼怒地挣开初筝，他落在地上，迅速后退几步。

“就算你不是枭月，你也和她有关系。”寻隐道，“你之前亲了我，我就可以离开这个房间，你敢说这是巧合？”

初筝点头：“巧合。”

初筝有点奇怪：“你不是很厉害吗？怎么那个枭月还能把你关在这里？”

寻隐冷笑：“用了下三烂的手段罢了。”

“你喜欢她？”初筝语气隐隐有些危险。

寻隐低低地笑起来，那笑声在黑暗里流转开，宛如来自地狱。

“我要是找到她，便将她碎尸万段。”他微微一顿，“这个世界上，还没人能让我喜欢的。”

空气里忽地陷入安静。

二人僵持一会儿，寻隐转身往屏风后面走。

“你可以试一下喜欢我。”

寻隐步子一顿，心底像是被什么东西击了一下，浑身的血液都有瞬间的凝固，脑海里无端地闪过一些画面。

梦妖的能力别人使用，是双向的，因此初筝的那些梦境，他也经历过……

黑暗的房间里，两人安静地站着，谁也没说话。

当寻隐的血液再次流动起来，他问：“为什么？”

“我喜欢你。”那清洌平静的声音里，带着坚定。

对初筝来说，喜欢的东西就是自己的，喜欢的东西就要弄到手，所以她并不否认自己的喜欢。

她要做的，只是想尽办法，把他弄到手。

不管他是谁，不管他要做什么。

他只能属于自己。

寻隐低笑一声：“喜欢我的人多了。小妖，你现在要祈祷的是，别让我发现，你和枭月有任何关系。”

初筝无语，枭月枭月枭月，怎么哪哪都是枭月！

初筝回到祠堂外，她下了台阶，往荒草里面走去。

刚才在外面，她好像闻到了血腥味……

寻隐莫名其妙地站在外面，总不能是突然发现了自己可以离开祠堂，跑到外面来吹吹风吧？

初筝在荒草里面找了一圈，最后在东北角落找到一具尸体。

那场面真的是——不忍直视。

初筝仔细找了一遍，只有这里有，应该只有一个人进来了。

院子有防御，余苏进不来，初筝只能自己收拾。

为什么她要干这种活啊？老天爷为什么要对她这样的小可怜下手？

“为了‘好人卡’！小姐姐加油！”王者号给初筝喊口号加油。

初筝一点油都加不起来，只想抱抱可怜的自己。

初筝“哼哧哼哧”地收拾完，回到祠堂里面。

寻隐躺在美人榻上，似乎睡着了。

初筝去床那边取了一条毯子，盖在寻隐身上。

寻隐闭着的眼睁开，即便在黑暗里，那双眸子也格外亮。他手指摸着柔软的毯子，本来已经平静下来的心绪，再次被打乱。

不知道过了多久，寻隐拉了一下毛毯，整个人都缩在里面。

翌日。

初筝回到前院，发现整个院子，都有被人翻找的痕迹。

联盟的那群人？初筝又觉得不太像……

猎妖师联盟做事很高调，如果真的怀疑她，估计会直接带着人杀上门，而不是这样暗中潜入翻找。

那会是谁呢？

初筝琢磨了一下，没琢磨出来，索性不管了。

兵来将挡，水来土掩，无敌的寂寞无人能懂。

初筝得自个儿想办法给后面通电。

寻隐看她在那边折腾着一根线，虽然不知道那线是做什么的，但是他知道她想把它弄进来。

寻隐上午看的时候，她在那里。中午看，她还在那里。他有些看不下去，微微抬手。围墙外的大树“沙沙沙”地响起来，初筝听见地面一阵“窸窸窣窣”的声音，树根钻破泥土，从下面将线带了进来。

初筝回头去看祠堂。寻隐正好转身离开，只留给她一个雍容华贵的背影。

敢情他之前就是用这种方法骚扰她的！

初筝把电接好，安上灯。她按下开关，灯“唰”一下亮起来。原本有些阴暗的祠堂，瞬间明亮起来。

寻隐被突然亮起的光吓一跳，身体都往旁边挪了一下。

初筝“啪啪”地按着开关，试了好几下。

寻隐盯着发光的灯，显得有些谨慎，好像那灯是什么危险的东西。但是他也没问，只是离灯远远的。

初筝瞧出他的紧张：“照明用的，没危险。”

“好人卡”身上的衣服还是特别复古的样子，不知道被关在这里多久了。他对这些东西完全陌生，出现这样的反应很正常……甚至还有点可爱。

寻隐有些窘迫，恼怒地道一声：“我知道。”

初筝下意识地想拆穿他，被王者号哭着阻止了：“小姐姐，麻烦你照顾一下‘好人卡’的自尊心好不好！！”

我这不是给他科普吗？

“科普不是你这么科普的！”

科普还要分方式？需要这么麻烦吗？

王者号不想说话，它要静一静。

初筝见寻隐已经回到屏风后面的美人榻上，也只好放弃跟他科普。

寻隐出来的时候，初筝已经不在房间，他没注意她什么时候离开的。

屏风后面的摇椅旁边多了一张崭新的小桌子，桌上放着一个四四方方、黑乎乎的东西。

初筝在寻隐面前没用过手机，寻隐自然也不知道这是什么。

他走过去先伸手戳了一下，手机往旁边挪了点位置。寻隐又戳一下，手机安安静静。

可能是见没什么危险，寻隐就拿了起来。结果寻隐刚拿到手里，手机屏幕就亮了起来，铃声响起。寻隐手一滑，手机掉在地上，屏幕顿时四分五裂，铃声也戛然而止。

寻隐警惕地盯着手机，半晌不见手机有动静。他刚松口气，就见初筝落在院子里。

寻隐立即闪身回到屏风后。

初筝回来看见的，就是自己躺在地上屏幕碎成蜘蛛网的手机。

“寻隐。”没人应她。

初筝把手机捡起来，去屏风后面找他。

寻隐正躺在美人榻上假寐。

“寻隐，你弄坏的？”初筝推他一下。

寻隐睁开眼：“什么？”

初筝扬了一下手里的手机。

寻隐嘴角勾起一抹笑：“小妖，我都没出去过，怎么能弄坏你的东西？”

“不是你？”

“不是。”寻隐轻哼一声，“没什么事，不要打扰我。”

“见鬼了。”初筝嘀咕一声，拿着手机出去。

寻隐小心地往外面看去，见初筝没有追究的意思，这才稍微放松下来。

那是什么古怪的东西？

“寻隐。”初筝突然折返回来。

寻隐立即躺回去，侧身背对着初筝。

“昨天晚上你看见有人进来了？”初筝问他。

“看见了。”寻隐盯着美人榻上的雕花。

“你为什么不告诉我？”

寻隐凉飕飕地道：“反正都会死，告不告诉你，有什么区别？”

你知道我清理了多久吗？

初筝沉默一会儿，问他：“这院子的防御对你来说是什么？”

寻隐：“没什么用。”囚禁住他的是这些铁链，跟其他的东西没有关系。院子里的防御……大概是为了防止外面的人进来。

初筝打算去拆了围墙，每次进出都要翻墙，好麻烦。

这个念头刚浮现，就听寻隐又道：“不过可以隐藏我的妖气。”

他语气里有些可惜，似乎妖气被隐藏，他很不开心似的。

初筝有些无语，妖气泄漏，很多人就会找过来，那情况就会很麻烦。

这可不行，还是不拆墙了。

寻隐转身，看着初筝，墨瞳里有邪气一闪而过，他勾着嘴角蛊惑：“小妖，你可以把防御破坏掉，这样你进出就不用这么麻烦。”

“我不！”休想骗我！

寻隐看着初筝离开的背影，“啧”了一声。

初筝带进来的东西越来越多，现代化的东西，对寻隐来说，有很大的冲击，因此这些东西坏得特别快。

初筝虽然不介意“好人卡”帮自己败家，但是他这么弄，每次都要弄新的进来，很麻烦。

“砰”！

初筝还没进去，就听里面传出一声爆炸声。初筝进去，只见电视冒着烟，还有乱窜的电流火花。而寻隐躺在屏风后的美人榻上，好像电视爆炸和他一点关系都没有似的。

装什么无辜！平白无故的电视能炸掉？

初筝走到美人榻前："寻隐，你知道现在外面的世界是什么样子的吗？"有必要给"好人卡"补习下知识。

"你放我出去看看，我就知道了。"寻隐锲而不舍，想要初筝替自己解开锁链。

初筝才不听。现在社会可不一样了，足不出户也能知晓天下事。

初筝给寻隐找了一些资料让他自己看，还给他准备了一部手机。

寻隐瞧见手机的时候有点发怵，没敢接。

这个奇怪的长方形东西，可以发出声音来……

"用这个可以联系上我。"初筝教他用。

寻隐听到了重点："这个能传音？"

初筝懒得再解释："你这么理解也行。"总之这是个很牛的东西。

初筝把基础的知识跟他说了一遍："有不懂的再问我。"

初筝将手机给他。

寻隐看看初筝，又看看手机。

"拿着啊。"

寻隐那警惕的眼神，好像初筝给他的是炸弹似的。

"我出去一趟，你乖乖的。"

寻隐看着初筝离开，直到她的身影消失在围墙处，他才拿着手机，有些笨拙地点了一下。寻隐点到音乐里面，手机忽地响起来——"苍茫的天涯是我的爱 / 绵绵的青山脚下花正开……"

手机在他手里颠了几下，差点掉到地上，他一通乱点，声音总算消失了。

寻隐瞪着手机，一个小破盒子，他还奈何不了？

初筝刚离开祠堂，王者号的声音毫无征兆地响起。

"主线任务：请获得'妖塔'的管理权，限时一个月。"

初筝磨牙。妖塔是什么鬼？关妖的吗？这个世界还有这种东西存在？

王者号发完任务就隐匿了。

初筝只好将手机摸出来搜了一下，但是搜出来的结果不是动漫设定就是影视剧情，没一个有用的消息。

初筝把余苏叫过来。

余苏正在吃凉面，他踩着脱鞋"啪嗒啪嗒"地跑过来："大佬，吃了吗？我给你带了一碗。"

初筝不客气地接过："你知道妖塔吗？"

"妖塔？"余苏满头雾水，"没听过，干什么的？"

初筝绷着一脸的认真："我也想知道。"

余苏的建议是问老板娘，毕竟老板娘见多识广，他很多消息都是从老板娘那里听来的。

初筝想到上次被内丹支配的恐惧，有点不想去，余苏就自告奋勇地去了。谁知道这次老板娘很是大方，没有要任何报酬，直接就告诉了余苏。

余苏屁颠屁颠地跑回来转告给初筝。

妖塔就是用来关妖的，不过里面关的都是穷凶极恶的妖，妖族都不想承认那是他们同类的那种。妖塔是由人族建立的，因此管理权也在人类手里。

不过那都是很久远的事了。妖塔还存不存在，老板娘也不是很清楚，只知道当年妖塔的掌管者姓钟离。

初筝听完的第一反应是暴躁：王者号竟然让我去跟人抢妖精，这是怕人类不把她也扔到妖塔里面去吗？

“请小姐姐前往山水庄园，寻找妖塔掌权人。小姐姐加油哦！”

初筝腹诽，你除了说这个还会说什么！

“小姐姐你最棒！小姐姐你可以！小姐姐你……”

初筝：“闭嘴吧！”

王者号委屈，夸你也不高兴，还想咋的，怎么这么难伺候。

“山水庄园……”初筝觉得这名字有点耳熟。

初筝想起来，之前余苏好像说过，李家要在山水庄园举行宴会。王者号怎么没有发布一个任务，让她买下山水庄园呢？

“小姐姐想买吗？”王者号跃跃欲试。

初筝表情立刻严肃起来：不！我不想！

初筝果断拒绝，并迅速清除那些乱七八糟的想法。

山水庄园。

今天是李家当家人的寿辰。

李家从商，家产雄厚。就算是前来祝贺的普通人，也是络绎不绝。两个女儿又在联盟里，一些对权势有所了解的人，更得前来捧场结交。

李小鱼着一袭酒红色紧身礼裙，站在人群里周旋，如耀眼明珠。

反观李家二小姐，就有些暗淡。她安安静静地陪母亲站着，有客人上前，微笑颔首，大家闺秀范儿十足。

“你姐姐真是……”李母看着那边与人周旋的李小鱼，有些不满地摇了摇头。

“姐姐这性子也不是一天两天，母亲不必生气。”李家二小姐乖巧地安抚。

“唉。”李母叹口气，眼底满是对李小鱼的不满和不喜。

李小鱼与人周旋完，趁机上了楼。

李严在转角等着她：“大小姐。”

“都准备好了吗？”

李严点头，但还是有些担心：“大小姐，今天对二小姐动手是不是有些冒险，您父亲和母亲都在场。”

“就是要让他们看清楚，他们最疼爱的女儿，是个什么样子的人。”李小鱼红唇轻勾，妩媚一笑，“等着好戏开场吧。”

李家二小姐，在这样的场合，被人看见与妖勾结，装得温婉贤淑，背地里却做了不少阴暗的勾当，不知道明天的头条会多么劲爆。

李小鱼越想越兴奋。

待李小鱼和李严离开后，角落缓缓走出一人。阳光穿透玻璃落在她金色的头发上，熠熠生辉，女生灿金的眸静静地盯着李小鱼离开的方向。

李家二小姐……

听见这个当然不是巧合，初筝一直在盯着李小鱼。来都来了，不搞点事情收点利息，对得起她大老远地跑过来吗？

初筝从另一边下楼，在人群中看见李家二小姐。

如果说李小鱼如烈火骄阳，妩媚妖娆，那李家二小姐就是一朵出水芙蓉，清新淡雅。

初筝拦住一个侍者："有纸笔吗？"

侍者有些诧异初筝的面貌，这是角色扮演吗？面前的女生，金发金眸，五官精致如陶瓷娃娃……这样耀眼的颜色，还能如此好看，可是很难见的。

"有、有的，您稍等。"侍者回神，很快拿着纸笔过来。

"二小姐，这是有人给您的。"侍者将字条交给李家二小姐。

李家二小姐有些疑惑："谁给我的？"

侍者指了一个方向："那个……咦……"

"谁？"

"一个金发金眸的姑娘。"侍者道，"刚才还在那里，突然不见了。"

"金发金眸？"李家二小姐柳眉轻蹙，今天来的人里，她没瞧见有这么一个人。

李家二小姐挥手，示意侍者下去。

她展开字条，如果不是还有笔墨痕迹，这字迹就跟印刷出来似的。

"你姐姐要害你。"

她姐姐……李小鱼吗？

"宝贝，怎么了？"李母拉了二女儿一下。

李家二小姐将字条收起来："没事，母亲，就是有些累了，可能是鞋子不太合脚，站得有些脚酸。"

"哎，那你先上去休息休息，一会儿正式开始再下来。"李母顿时担忧地出声。

"嗯嗯，谢谢母亲。"

"快去吧。"李母满脸宠溺。

妖塔的现任掌管者姓钟离。

但是这个人……初筝瞅着面前身高只到自己腰间的小不点，认真的吗？！

"你姓钟离？"

小不点乌溜溜的眸子转得飞快，鼓着腮帮子："纪哥哥说了，不和陌生人说话。"

"你点头和摇头，就不算说话。"初筝一本正经地哄他。

小不点思索下，似乎觉得初筝说得有道理。

“你姓钟离？”

小不点点头。

“你家里有妖塔？”

小不点歪一下头，忘了他纪哥哥的嘱咐，有些好奇地问：“妖塔是什么？是像八宝塔那样的塔吗？好玩儿吗？姐姐你真好看，像天上的太阳。”

小不点说到后面，突然冒出来一句夸初筝的话。

初筝看他，他就咧嘴笑，露出好看的笑容，整个人都暖洋洋的。

初筝有些语塞。

初筝质问王者号，确定没有找错人？

王者号给了肯定的答案。

初筝无语。

小不点一问三不知。

就一个劲地夸初筝好看。

“你家大人呢？”初筝问他。

小不点抽了抽鼻子：“纪哥哥让我在这里等他。”

“小少爷！”初筝身边刮过一阵风，一个年纪不大的少年，将小不点抱了起来，警惕地盯着初筝。

“纪哥哥。”小不点抱住少年的脖子。

少年教训小不点：“我不是告诉过小少爷，不可以和陌生人说话？”

小不点鼓着腮帮子不说话，乌溜溜的眸子里满是委屈。

少年拍拍小不点的背，让他趴在自己肩膀上，随后才看向初筝：“这位女士，请问您有什么事？”

“你们是钟离家的人？”

“是的。”少年非常绅士。

“你们钟离家，有能主事的吗？”这一个小孩一个少年，搞什么呢？！

少年不说话了，他从初筝身上感觉到一股危险气息。他抱紧小不点，心中警惕戒备的弦绷紧，不敢松懈：“您有事吗？”

“我想问……”

初筝话还没说完，就听楼上响起阵阵喧哗声。初筝不过是转头的工夫，那个少年和小不点就没了踪影。

初筝再次往二楼的方向看去，上面吵吵闹闹的。初筝很快就听到消息，是有猎妖师发现妖气，追寻过去，结果发现不堪的一幕——正是在和妖厮混的李小鱼。

普通人当那妖是人，只是传李小鱼竟然在这样的场合还如此不慎重，太不把她父亲放在眼里，这是想气死她父亲。

可在猎妖师眼里不一样。

那可是妖！

李小鱼还想竞选副主席，这让猎妖师心里怎么想？好歹联盟和妖是敌对阵营，见妖必杀是规矩，岂能容你与妖苟且。

“李小鱼，你看你干的好事！”李父在生日当天收到这么一份大礼，气得差点昏厥。

明天新闻上还不知道怎么写，更别说猎妖师那边……

李父越想越气，恨不得掐死李小鱼这个孽障。李小鱼一声不吭地坐在沙发上，身上的裙子有些凌乱。

“我李家怎么有你这么一个女儿！”

李父气得摔门而去，李母也是失望地摇头，追着李父离开。

房间只剩下李小鱼和李家二小姐。

李小鱼缓缓抬头，看向李家二小姐：“妹妹好手段。”

李家二小姐语气温柔：“姐姐说的哪里话，不过是托姐姐的福。”

“贱人！”李小鱼抓起沙发上的靠枕砸向李家二小姐。

靠枕被李家二小姐挡开：“姐姐，今天这出戏的当事人如果不是你，出丑的就是我，妹妹还得谢谢你。”

李小鱼双手握拳，怒目而视，仿佛要将妹妹生吞活剥。

“姐姐不要这么生气，今天这出戏，不是你导演的吗？我只不过是换了一下女主。”李家二小姐浅笑一下，“姐姐好好休息。”

在李小鱼爆发式的怒吼声中，李家二小姐不紧不慢地离开。

李小鱼本想让她出丑，没想到她会提前知道，还反过来让自己着了道。

这件事只有李严知道……李严不可能背叛自己。

是谁……是谁告诉她的？！

“大小姐，”李严匆匆进来，“媒体那边已经处理好了。我查了，是有一个侍者给二小姐传了一张字条，随后二小姐就离开了。”

李小鱼声音低沉：“带过来。”

“是。”

侍者被带进房间，整个人显得拘谨紧张，不知道发生什么事了。

“大……大小姐？”侍者咽了咽口水，都不敢看那边的人。

刚才发生的事传遍了整个山水庄园，虽然上面下令不许人将这事往外传，但是不妨碍他们内部讨论。这事儿原本也没什么，但是对方是妖……侍者不敢再想，低下头。

“是谁让你给我那个好妹妹传的消息？”

“什么……什么消息？”侍者茫然，急急地解释，“我没有给二小姐传过消息。”

这些大家族之间钩心斗角，他哪敢随便掺和。

李严提示他：“之前你交给二小姐一张字条，那张字条是谁让你交给二小姐的？”

“是……是一个金发金眸的女生，长得很好看……”面对李小鱼，侍者压根不敢撒谎。

金发金眸这个外貌特征，让李小鱼一下就想到初筝。

“初筝，又是她。”李小鱼手里的玻璃杯应声而碎。

侍者吓得双腿一软，直接跪在地上，瑟瑟发抖。

大……大小姐力气这么大？

而此时，始作俑者正给媒体打电话。

李小鱼把这件事压下来，王者号怂恿初筝败家，让媒体大肆报道。能花钱的时候，当然不能放过。

一些媒体和李家关系不错，到底是不敢，怕得罪李家，初筝也不强求。

但总有媒体敢报道。

更何况媒体不敢，还有网络上的那些大V营销号，有的是人愿意将这个消息闹大。

于是这件事还没过多久，网络上铺天盖地都是李小鱼的新闻。

初筝安排好之后，打道回府。

刚出山水庄园，一个小不点就撞了上来。小不点小脸通红，本来整洁的衣服上隐约沾了血，乌溜溜的眸子里沁着泪花。他从旁边的灌木丛跑出来，想往山水庄园里面跑，结果径直撞上了初筝。小不点抖了一下抬头，待看清对方是谁之后，“哇”的一声哭了出来。

初筝：“……”这是碰瓷啊！跟我没关系！！

正巧山水庄园里有离开的人出来，此时正拿古怪的眼神打量初筝，似乎在无声地谴责她竟然对一个小孩子这么冷淡。

小不点哭得上气不接下气，软糯的声音满是祈求：“漂亮姐姐，救救纪哥哥……”

初筝不想救，毕竟和她没关系。她虽然需要妖塔的管理权，可她是光明正大地交易，救不救人是她的自由。

初筝绕开小不点，走了两步又倒回来，冷着脸问：“你纪哥哥怎么了？”

“受……受伤了。”小不点哽咽，“流了好多血，好多血……”说到后面，小不点似乎吓坏了。

“带我去。”

小不点忙不迭地擦了擦眼泪，拽着初筝衣摆往旁边跑。

庄纪躺在冰凉的地上，腹部被什么东西刺穿，此时正往外渗着血，青草地都被染红。头顶是灰蒙蒙的天，庄纪有些无力地想，要下雨了吗？小少爷应该跑出去了吧。他要是死了，小少爷怎么办呢。

他不能这么死了。

庄纪想要爬起来，奈何伤太严重，试了几次都没办法站起来。

“纪哥哥……纪哥哥……”

庄纪觉得自己好像听见了小少爷的声音，可惜那声音太遥远，遥远得像来自另外一个世界。

“纪哥哥。”小不点扑到庄纪跟前，不顾地上的血。

初筝站在半米远的地方，声音冷淡地提醒小不点：“你别压着他，等会儿出血更快。”

小不点白嫩嫩的手慌张地压着庄纪的伤口，一张小脸满是泪痕：“漂亮姐姐，你救救纪哥哥。”

初筝沉默地看着他。

“纪哥哥你不要死，呜呜呜，我听你的话，我再也不和陌生人说话了。对不起，都是我不听话，你不要死，漂亮姐姐你救救纪哥哥……求你救救纪哥哥……”

余苏赶到的时候，只见自家老大正坐在一块石头上，怀里抱着个满身血的小不点，旁边还有个流着血不知死活的少年。

你能想象常年面无表情、秉持着“生人勿近，熟人勿扰”、满脸都写着冷血无情的初筝抱一个孩子的画面吗？

余苏不能。即便现在看见，他都觉得自己是眼花了。

“老……老大？”余苏上前。

初筝示意躺在地上的那个：“看看还有救没有？”

余苏咽了咽口水，上前查看庄纪的情况——失血太多，但还有口气。

余苏在庄纪胸口发现一颗内丹，他嘴角抽了抽。

老大就不能先给他止血吗？就算有内丹吊命，这样失血，最后也会死的啊！

庄纪醒过来的时候已经是第三天了，小不点趴在他的床边睡着了。看见小不点没事，庄纪总算松了一口气。

这里是……医院？

庄纪不明白自己怎么会在医院，有些疑惑地打量房间。

病房里只有他和小少爷，是小少爷找人救了自己吗？

就在庄纪疑惑的时候，病房的门被人推开，一身小混混打扮的余苏从门外进来，对上庄纪的视线，脸上露出一丝诧异：“你醒了呀，还以为你醒不过来呢。”

余苏可能发觉自己说错话，赶紧改口：“我不是那个意思，只是你伤太重了……”

“你是……”妖？

余苏丝毫没有身为妖的自觉，笑眯眯地自报家门：“余苏。”

对方虽然是妖，但似乎没有恶意。

庄纪礼貌地回：“我叫庄纪。”

“嗯，你家弟弟跟我说过了。”

“他不是我弟弟，”庄纪皱眉，“他是我家小少爷。”

“啊？”余苏有点蒙，可这小不点不是一直“纪哥哥”“纪哥哥”地叫吗？

庄纪沉默了一下：“是你救的我吗？”

“不是。”余苏可不敢乱揽功劳，“是我家老大救的你呢。”虽然她只是把我叫了过来，自己并没有动手。

庄纪不明所以，刚想问他家老大是谁，就听见一个软糯的声音：“纪哥哥……”

“小少爷。”庄纪立即看向小不点。

小不点一边脸蛋被压得通红，此时正揉着双眼，视线清晰起来，他立即拉着庄纪的手：“纪哥哥，你疼不疼呀？”

庄纪摇头。

“纪哥哥，我以为你也要离开我了。”小不点说着说着就红了眼眶。

庄纪摸摸他脑袋："好了，别哭了，我这不是没事吗。"

小不点用肉嘟嘟的小手擦了擦眼泪："我不哭，我很坚强。"

"小少爷真棒！"

余苏见两人说话，转身出去给初筝打电话，告诉她庄纪已经醒过来。

初筝一个小时后到了医院，庄纪此时已经从他家小少爷那里了解到他没有意识后发生的事，但是看见初筝，还是有点意外。

"是你……"之前在山水庄园，她和小少爷搭过话。

余苏搬了把椅子过来，初筝顺势坐下，二郎腿一跷，气场十足。

"你们的大人呢？"这么多天，初筝就没见过有谁来，她问小不点，小不点也只是摇头，一声不吭。

庄纪沉默了一下，道："钟离家就剩下小少爷，我是钟离家的管家，感谢女士这次出手相助……"

"钟离家就剩下你们了？"这两个未成年掌管妖塔？王者号在逗她吧？

庄纪点头。

"那妖塔是你们在管理吗？"

庄纪猛地抬头，对上初筝的视线。

女生坐在那头，眸光清寂如月下的寒潭，凝结着薄冰，望进去，就像是突然跌入寒冰中，令人浑身发寒。

庄纪能看出余苏是妖，但是他看不出初筝是妖还是人。

"抱歉，我听不懂您在说什么。"庄纪极快镇定下来，"您的救命之恩，庄纪铭记于心，会找机会报答您。"

"纪哥哥……"

"小少爷！"庄纪捂着小不点的嘴，看向初筝和余苏，"两位，抱歉，我想休息一会儿，能否请你们出去？"

"你这人怎么这样……"余苏皱眉，"要不是我们老大用内丹救你，你现在早就是尸体了。"

庄纪愣了一下，他以为初筝只是把自己送到了医院，没想到还用了内丹……

内丹有多珍贵，庄纪很清楚。

但是……

庄纪态度坚决地下了逐客令。

王者号给的时间是一个月，初筝就猜这次的任务不会那么容易完成，所以她也不着急，起身离开病房。

初筝离开之后，庄纪才松开小脸憋得通红的小不点。

"小少爷，妖塔的事，谁也不可以说。"他握着小不点的肩膀，神态严肃，"你一定要记住。"

小不点似乎被庄纪严肃的样子吓到，半晌才嗫嚅一声：“我知道了。”

庄纪摸摸小不点的脑袋，往房门的方向看去，眸光渐沉。

三天后，余苏将钟离家的资料放在初筝面前。

“老大，钟离家现在确实只剩下一个钟离洛和那个叫庄纪的。钟离家人丁一直不旺盛，到现在就剩下一根独苗苗和一个管家。”钟离家也没别的人，就是钟离洛和庄纪两个人生活在空荡荡的老宅里。

初筝语气平静地问：“他们出院了？”

“出了。我今天去的时候，已经没人了，不过给你留了一封信。”

余苏将信交给初筝。

信是庄纪写的，又感谢了初筝一番，许诺以后有机会再报答她的救命之恩。

初筝放下信，头疼得很，我不需要你以后报答，把妖塔让出来不就好了！

初筝让余苏先回去，她在前院坐了一会儿，又回到后面。她刚走到院子里，就闻到浓郁的血腥气。

初筝往祠堂的方向看去，寻隐站在门内，负手望着她，神情有些莫名的凉薄。

初筝在荒草丛里找了一圈，找到血腥味的来源。

妖？上次是人，这次竟然是妖……误闯吗？

初筝收拾好回到房间，寻隐躺在摇椅上玩手机，游戏背景音充斥着整个房间。

寻隐聪明，用极短的时间就了解到外面的情况，对一些东西也有了认知。而自从寻隐学会玩游戏后……他就整天沉迷于此。

初筝把手里的文件袋扔在桌子上，撑着摇椅两侧：“有人在找你？”

“嗯。”寻隐手指飞快地操控着人物，笑着回，“小妖，你可要好好保护我，要是有人闯进来，我可就死定了。”

“你不是挺厉害的吗？”

寻隐放下手机，抬了一下手，铁链“哗啦哗啦”响：“我就算再厉害，也被限制着。”这很影响他的发挥。

所以……给我解开吧？

初筝才不上当，收回手，往旁边走去：“什么人在找你？”

寻隐含着恶意的声音从后面传来：“小妖，这个问题，你得去问外面那些尸体。”

晚上，初筝的梦里又出现那些旖旎的画面。

自从寻隐开始学外面的知识，初筝就没做过这样的梦，谁知道今天又开始了。

真是欠收拾。

初筝从床上坐起来，微微喘口气，拉着衣襟扇了扇风。

她往美人榻的方向看去。

初筝醒过来，梦境就中断了。寻隐此时正清醒着，不过脑中在想些什么，就只有他自己知道。

寻隐忽地感觉光线一暗，本来狭小的美人榻挤上来一个人。寻隐身体僵了一下，还没反应过来，就被人抱住。

“寻隐，我警告过你，不许再让我做那种梦。”初筝低沉阴郁的声音自黑暗中响起。

寻隐将心底的情绪压回去，在黑暗里扬起嘴角：“我在这里，你不想试试和梦里一样的感觉吗？”

“我想。”初筝没有掩饰，坦荡过头，让寻隐都有点接不下去。

“那你放开我好不好？”寻隐深呼吸，主动靠过来，暧昧地吐气，“只要你放开我，我就是你的，嗯？”

寻隐感觉腰间被人扣住，接着身上就是一重，他的手腕被她双手扣住，放在脑袋两侧。

屋里的光线微弱，寻隐看不清初筝的神情，但是能感觉到她的气息，清幽的冷香缓缓侵袭过来。

寻隐的手指被她握住，以十指相扣的姿势。她的气息忽地逼近，恍惚了他的意识。

不知从哪儿吹来一股凉风，让寻隐倏地清醒过来。寻隐脑袋偏了偏，避开初筝的接触。

“小妖你做什么？”

“让你体验下梦里的感觉。”

梦里的感觉他很清楚，可是现在完全不一样。

这是真实的。

寻隐的眸子微微眯起，警告般地威胁道：“小妖，你不要玩火。”

“哪儿有火？”初筝反问得认真。

寻隐挣扎起来，他以为自己应该可以轻易挣开初筝的钳制。然而事实是，钳制他的力道明明没有多大，可就是挣脱不开。

“唔……”寻隐喉咙里发出一声闷哼，初筝的动作忽地一顿。她撑起身体，往身下的人瞧去。男人似很痛苦地皱着眉，身体也忍不住蜷缩起来。

“寻隐？”

“离我远点……”男人从牙缝里挤出几个字。

寻隐此时感觉像是置身火中，被不断炙烤。那种感觉，是痛……生不如死的痛。

“离我远点。”寻隐再次出声，“滚啊！”

初筝一言不发地翻身下去，将灯打开，站在离寻隐稍微远一点的位置。

寻隐整个人蜷缩在美人榻上，脸色煞白一片。

初筝立即退回到安全距离。

寻隐像是无法呼吸一般，喘息得厉害。他的痛苦完全呈现在脸上，初筝指尖微微蜷缩，缓慢地握紧。然而她脸上没有任何情绪，只是冷漠地看着。

“寻隐，要我做什么？”

“离我远点……”寻隐声音有些弱，“别让我感受到你的气息。”

初筝转身离开，站到门外去。

夜风拂过荒草，漾起如海浪般的波浪。初筝望着外面的那棵参天古树，月光落在她眉宇间，凝成寒霜。

“嗖——”初筝视线忽地转向旁边。

墙外有黑影闪过，初筝往阴暗处退后一步，盯着那边。

几道黑影逐渐出现，凭空立在虚空中……是妖？猎妖师可没办法就这样立在虚空中，只有妖可以。

几只妖在外面交头接耳，一分钟后，几只妖迅速散开，出现在院子不同的角落。

这座院子四周的防御突然开始减弱，好像那层防御被人破开了一般，可是初筝没感觉到任何波动……

几乎是同时，刚才那几只妖落在院子里，他们迅速穿过荒草，在中间会合，其中一只妖打了一个手势，几只妖迅速往祠堂的方向前进。

“啊！”一只妖突然被拽到空中，在空中翻转几圈后，砸在院子荒草中的石灯柱上。这一变故成功地逼停了另外几只妖。

初筝缓慢地从黑暗中走出来，几只妖同时后退几步，警惕地喊了一声：“什么人？”

“你们是什么妖？”女生清冽的声音缓慢响起，“谁让你们来的？”

“上！”

初筝捏了一下手腕。

“嘭！”一只妖砸在地上，还没来得及爬起来，感觉胸口就是一重，被人踩回去。

初筝身体微弯，手肘放在膝盖上，一系列动作行云流水，一气呵成，姿势帅气潇洒。

“谁派你们来的？”

妖被踩着胸口，动弹不得，却也没打算说。

“你从我这里问不出来什么。”妖冷笑，“劝你最好放了我，不要多管闲事。”

“闲事？”初筝语气平静，“你是指里面的那只？”

妖忍着痛道：“我们不是冲你来的，所以你现在放了我们，我们井水不犯河水。”

“你们指谁？”竟然敢觊觎我的“好人卡”。

妖心底发毛，总觉得初筝看他的眼神古怪又冰冷。再想到刚才自己的同伴死得无声无息，这只妖心底就更加恐慌起来。

他一咬牙，身上的妖力暴涨。

吓唬谁呢！初筝冷漠地一脚踩下去，妖力如同气球放气，“唰”一下干瘪下去。

初筝看着断气的妖，有些郁闷，居然这么不经踩？我才踩一下……

“小姐姐，人家刚才是想利用内丹自爆吧。”王者号无语，“你一脚给人家踩回去，他这是被自己内丹的力量憋死的。”

初筝假装没听见。

初筝在妖身上搜了搜，没搜到什么有用的东西，只有一个罗盘样式的东西。罗盘很复古，上面刻着乱七八糟的图案，初筝也看不出刻的什么，但是这罗盘像是很久远的东西。

初筝试着拨动下罗盘，她的后脊忽地升起一阵凉意。

她迅速转头看去，祠堂上空全是妖气，正迅速往外扩散。

初筝心底“咯噔”一下。院子四周的防御似乎正在恢复，可是比起祠堂上空扩散的妖气，这速度太慢了。

初筝迅速甩出银线，银线飞舞，在空中交织出一个防护罩。妖气在进一步扩散之前，被银光闪烁的防护罩拦下。

猎妖师联盟。

联盟里的人正在开会，讨论副主席竞选一事。

“此次竞选，我认为猎妖师本身的素质教养也很重要。”

“一直以来都是实力为上，这一届突然要增加规则，怕是会引起一些人的不满。”

“副主席不是儿戏，岂能随随便便一个人就能当？我就说竞选这个规则就不对。”

“怎么不对？这不是最公平的办法？”

“公平什么？底下谁不是拉帮结派？”

会议室里的人说着说着吵了起来，有少部分的猎妖师觉得，联盟不能再这么下去，否则迟早会成为那些有钱人的附庸品。但这个提议危及这些有钱人推举上来的人的利益，自然遭受阻碍。

就在双方吵得不可开交的时候，突然有人指着窗外某个方向：“主席，有妖气！”

中年男人也瞧见那边冲天而起的妖气，不过瞬间就消失得无影无踪。但是众人还是感觉到那股妖气强大，令人恐惧，他们从没见过这样的妖气。

原本在争吵的众人瞬间转移话题。

“那不是春夏街的方向吗？老鲁就是在那附近失踪的，我就说那只大妖怪肯定还在那里。”

“过了这么长时间，那只大妖恐怕已经彻底苏醒过来了。”

“我当时就说一家一家地找，总会找到，你们不肯，现在好了。”

“你说得容易，那里住着那么多普通人，怎么找？”

“老鲁最后不是发了信息？”

“老鲁最后发的短信也说得不清不楚……”

主席沉着脸拍桌子，如菜市场的会议室终于安静下来。

“派人去那边看看。”主席道，“不要轻举妄动，先观察。”出现这样的妖气，贸然行动，就是送死。

“是！”

同时发现这股妖气的，还有其他的猎妖师和妖。只是那道妖气消失得太快，大部分猎妖师和妖还没清楚地分辨，妖气就已经没了。

不过仅仅只出现了那么一下，就足以让全市的妖精胆战心惊。

而此时发出那道妖气的主人正蜷缩在美人榻上，俊美的容颜依然有些惨白，但眉宇间已经没有痛苦之色。他漆黑的眸看着屏风，并未聚焦，浑身都透着一股邪气，令人望而生畏。

初筝从屏风后转过来，她停在屏风边，没有过去。

美人榻上的男子缓缓抬眸，唇瓣微启：“小妖，我现在信你不是枭月了。”

我就说了我不是嘛！那么问题来了……原主身上怎么会有那个什么枭月的气息？

初筝压下这个疑问，问他："刚才怎么回事？"

寻隐移开视线，撑着美人榻坐起来，繁复华丽的衣裳散开，他又是那个满含邪恶的俊美大妖："这东西锁住的不仅是我的身体，一旦我动情，就会像刚才那样……"

寻隐顿了一下："痛苦难耐。"那是真正的仿如火烧，灵魂都像是在被炙烤。

当初他以为枭月骗自己的，没想到是真的……

初筝语气凉飕飕的："那个狗……枭月喜欢你？"

寻隐睨了初筝一眼，夸她一句："小妖还挺聪明。"

"你喜欢她吗？"

寻隐冷嗤："我喜欢她，现在就不会在这里。"

"那就好。"

寻隐看着初筝，后者平静地回视，看什么看？

初筝想了一下，问："枭月死了吗？"

"不知道，我被关在这里的时候，她受了伤。"寻隐道，"你身上有她的气息，你和她接触过，如此看来，她应当没死。"

"哦，快了。"没死的话，等我找到她，那她就死定了，先给她预订个豪华套餐。

初筝试着往前走，见寻隐没反对，这才走到他跟前，手指挑起铁链："这东西要怎么解？砍断？"

"你要帮我解开了？"寻隐有些意外。

"你很难受。""好人卡"可以关起来，但是不能让他难受，要做一个宠"好人卡"的好人！

初筝语气平静，面部表情更是丝毫不变，寻隐琢磨不出她是什么意思。想到自己会因为她动情，寻隐心底又有些古怪。

之前的梦境，他只是感觉有些难受，但完全没有陷入其中……

他那么勾引她，不过是想骗她替自己解开束缚自己的铁链，根本就没想过真的要和她做点什么。然而现在……寻隐敛下乱七八糟的念头："我之前以为你是枭月，但你不是她，你解不开的。"

没什么事是我做不来的！

初筝握着铁链，试着用妖力将其震碎。可是妖力一覆上去，瞬间就被铁链吸收。

寻隐靠着美人榻，声音有些低："没用的。"如果只是这样就能弄开，他何必需要别人帮忙。

初筝哥俩好似的拍拍他的肩，一脸"包在我身上"的自信表情："别怕。"

寻隐："……"

初筝顺着铁链走到墙那边看了一下，四条铁链都没入墙里，铁链上附着一股妖力，没感觉那股妖力多厉害——至少表面上给人的感觉是这样。

"唯一的办法，就是找到枭月……"

寻隐的话还没说完，就听"轰隆"一声，后面那面墙整个倒了下来。

初筝回头看寻隐："你说什么？"

寻隐语塞，这小妖有点暴力啊。

墙里有一根石柱，铁链就是拴在石柱上。

墙虽然倒了，但是铁链还是没断。初筝手中银光闪现，银色的剑出现在她手中，直接往铁链上砍下去。

寻隐摇头，哪有那么容易，然而下一秒他目光顿住，露出惊诧之色。

那一端的铁链已被剑砍断了。

初筝回头看寻隐，见他除了震惊没有别的反应，确定这样不会给他造成太大的伤害后，拎着那把剑走了过来。

初筝绷着小脸，认真地道："我可以砍断。"示意他把手腕上的铁链露出来。

"小妖，你这把剑……"寻隐双手藏在袖子里，不肯拿出来。

确定不会连着他的手整个砍下来？

初筝疑惑："怎么了？"刚才不是已经看见效果了，还这么婆婆妈妈干什么？

寻隐还想说什么，初筝已经拽着他的手，放在旁边的桌子上。

初筝扬剑就砍，那速度快如闪电，寻隐压根阻止不了。

"咔嚓——"寻隐手腕上的铁链应声而碎，初筝拉着他另外一只手，极快地砍断，然后是脚下的。前后一分钟不到，寻隐就恢复自由。

"好了。"

没有铁链的束缚，寻隐手脚都轻松起来，他有些古怪地看着初筝手里的剑。

刚才她切的仿佛是豆腐……

寻隐很快就将这个想法抛之脑后。

他自由了……

他握着手腕转动下，脸上的笑容逐渐扩大，墨瞳里红光浮动，邪恶的气息逐渐萦绕在他身体四周。仿佛地狱之门打开，魔鬼即将降临人间。

就在寻隐兴奋激动的时候，面前忽地放大一张脸，初筝一口亲在他脸上。

大妖怪僵在那里，犹如发怒的大狗得到主人的安抚。

"我们得离开这里。"

寻隐下意识地问："去哪儿？"

"这地方不安全，换个地方。"初筝收拾东西，"你有什么东西要带吗？"

大妖怪还有点蒙，摇了摇头。

"嗯，那走吧。"初筝拉着他的手，往门外走去。

初筝和寻隐刚离开，猎妖师联盟的人就找到这里。好不容易想办法进到祠堂里，他们却发现这里除了残留的妖气，哪里还有人影。

联盟的人气得跳脚，他们之前怎么没发现这里还有这么一个地方。

联盟发布紧急通知，所有人的首要任务都是先找到那只来历不明的大妖。

就在这群人满大街找大妖的时候，初筝已将寻隐安置好。

寻隐在网络和电视上了解过外面的世界，但是亲眼所见，那感觉又不一样。透明玻璃外，高楼林立，霓虹灯璀璨，犹如天空的繁星。

寻隐看得有些出神。

“寻隐，你不能离开那扇门，明白吗？”初筝不知何时站在旁边，指着玄关。

“小妖，你关不住我的。”寻隐眸子里映着璀璨的碎光，笑起来就如万千烟花绽放，让人想将一切都捧到他面前。

“你现在出去试试。”初筝双手环胸，目光平静地看着他。

寻隐静静地与她对视。片刻后，他推开窗户，翻身往下跃去。

然而还没下去，他脑门就撞到什么东西，整个人从窗台上掉下来。

初筝接住他。

寻隐推开她，瞪了她一眼，再次跳上窗台。他在窗台上站了片刻，突然又跳下来。

“不跳了？”

“我现在需要恢复，没必要出去。”寻隐噙着一抹恶意的笑。

他为什么要走呢？他对外面的世界一无所知，现在待在这里更安全不是吗。

寻隐伸出手：“小妖，你有内丹吗？”他要得理所当然。

初筝也给得理所当然。

寻隐拿着内丹回了刚才初筝给他准备的房间，他关门的时候，冲初筝露出一个笑容。

寻隐第二天从房间出来，发现初筝在门口给他放了衣服。现在的世界，所有人都是这样穿的，除非是电视剧里，否则没有人会穿成他这样。

不过，大妖怪完全不想换，他就喜欢这么穿。

寻隐走到客厅，桌子上放着一些点心，他随手挑了一个放进嘴里。桌子上除了点心还有几份文件，寻隐没瞧见初筝，拿起来翻了翻。

“钟离洛……”寻隐眸子微微深了几分。

初筝回来的时候，寻隐正躺在沙发上玩游戏。

“小妖。”寻隐主动叫她。

“我叫初筝。”

寻隐抬头看一眼：“小妖，你查妖塔做什么？”

初筝无声地吐口气：“弄到手。”

寻隐眉峰微扬：“小妖理想不错。”

寻隐的视线又落在手机上：“你知道妖塔有诅咒吗？”

王者号又没跟我说，我当然不知道。

“你不知道？”寻隐佩服，干掉游戏里的一个对手后，缓缓道，“小妖勇气可嘉。”

“谢谢。”

寻隐手指顿了一下，这小家伙可真有意思，听不出自己在嘲讽她吗？

“你对妖塔很了解？”

“还行。”寻隐明明是自信的语气，“你想知道？”

“说来听听。”妖塔的资料太少了。

他结束一局游戏，坐起来，随手抚下头发：“我能得到什么好处？”

初筝摸出几颗内丹给他，刚从黑市高价弄来的，还没焐热。

“小妖，这内丹的质量……”

“不要还给我。”

寻隐立即将内丹收起来：“在妖盛行的那个时代，人类渺小却又不容小觑，妖塔就是那个时候建立起来的。妖塔曾在几个大家族中流转过，最后落在钟离家。自此妖塔由钟离家的人管理，里面都是些上了年头的大妖……”寻隐说到这里的时候，眼底明显掠过一缕红光，“这些大妖自然不愿意被人关在这里，所以发起一场暴动。那次暴动，导致钟离家损失惨重，也是从那次后，钟离家人丁凋零，生下来的孩子，几乎都活不过二十。就算活下来，也会因为接管妖塔，备受煎熬，生不如死。妖塔的诅咒就此流传下来，没想到，钟离家到现在还没死绝。”

“有时候人类的生命力真是顽强。小妖，你说对不对？”寻隐尾音很轻，便显得有几分撩人。他眉梢眼角都沾着点笑意，但只觉得那笑意邪气十足。

那是一种明知危险，却还是忍不住被他吸引的邪气。

“小妖，你这么看着我做什么？”

“过来。”初筝伸手。

寻隐盯着那只素白纤细的手，扯了一下嘴角：“你在命令我？”即便是枭月那个女人，都不敢这么和他说话。

叱咤风云的大妖怪心底十分不满意，这个小妖简直是目中无妖。

初筝收回手，起身，在寻隐危险的注视下，将他压倒在沙发上。

你不过来，我过去行了吧！山不就我，我就山！

寻隐瞳孔紧缩：“小妖，你……”后面的话被初筝堵了回去。

手机掉在地上，“啪”的一声，繁复花纹的衣裳垂落到地面，挡住手机上还没退出的游戏界面。

沙发上，两人衣衫不整，但并没有过于暧昧的画面。寻隐侧躺着，初筝就躺在他旁边，脑袋抵着他胸膛，她金色的头发与他的墨发纠缠在一起。

寻隐指尖挑起一绺，轻轻地捻了一下。

他曾经见过那么多妖，可是没有哪只妖能让他有特别的感觉，更别说令他动情。

小妖看着有点讨厌，但是他的心底却很欢喜她的靠近……

每次她的触碰、亲吻，都能让他阵阵心悸，仿佛是从灵魂深处带来的感觉，那么清晰。

寻隐放下那绺头发：“妖塔，你最好不要去碰。小妖，你可不要死了，我现在想试着喜欢你一下呢。”

寻隐感觉初筝抱住了他，脸埋在他怀里，他听她道：“不会死，我还要保护你。”

寻隐什么时候被人抱过，还被许诺说“我还要保护你”。

他的心尖都跟着颤了颤，半晌，寻隐憋出两个字：“逞能。”

初筝半晌没出声，寻隐推她一下，发现她似乎睡着了。

寻隐忍不住笑了一下：“也不怕我杀了你。”

钟离洛穿着小西装，锃亮的小皮鞋能照出人影来，站在走廊上，犹如一个小王子。但此时小王子显得有些焦虑，白嫩嫩的脸蛋都快皱在一起了。

“小少爷别担心。”庄纪蹲下身子。

“他们都好凶……”钟离洛道，“我不喜欢他们。”

“没事，我在。”

“纪哥哥。”钟离洛抓着庄纪，仿佛将全部希望都放在庄纪身上。

庄纪深吸一口气。

今天是公司股东大会。钟离洛的父母离世后，唯一的继承人就是钟离洛，可是钟离洛年纪太小，这种股东大会，他根本不会参加。不知道为什么这次突然通知他，说是有很重要的事，需要钟离洛参加会议。

庄纪猜测可能出了什么事，但是他没想到，这群人竟然联合起来，想要吞掉整个公司。

这群人连面子功夫都不做，明目张胆地逼他们。

也是……现在的钟离家就剩下他和小少爷了。小少爷还那么小，自己在他们眼中，也是个半大的孩子。这群人想做什么，还不是为所欲为，根本不需要遮掩什么。

钟离洛虽然不太懂，但也知道那群人没安好心，没有同意。

钟离洛不同意，这群人撺掇公司员工罢工辞职，各种事情都往钟离洛这里报。

公司不过几天就陷入混乱之中。

庄纪对公司的事也不是很熟悉，他以前在钟离家学的东西都是和妖有关的。

“纪哥哥……”钟离洛睁着朦胧的眼，见庄纪伏案写东西，跑了过来，往他身上爬，“纪哥哥，我做噩梦了。”

庄纪放下笔，耐着性子问：“小少爷做什么噩梦了？”

“我梦见你死了，好多血……”钟离洛抓着他的袖子，“纪哥哥，你不会死的对不对？”

庄纪想到上次的事，有些郑重地道：“小少爷，如果有一天我真的死了……”

“不，纪哥哥不会死的。”钟离洛抱住他。

庄纪说不出那些过于残忍的话，他拍拍钟离洛的背：“嗯，我会保护小少爷。”

庄纪将钟离洛哄睡着，将人抱回卧室，回到书案前，看着这些几乎看不懂的文件，揉了揉额头。

怎么办啊……失去公司，小少爷以后的生活该怎么办？

庄纪接连几天都没合眼，整个人都有些飘忽。

“庄纪！”

庄纪转头看去，余苏正冲他招手。他旁边停着一辆昂贵的豪车，和他那身低廉的打扮形成诡异的对比。

“余先生。”庄纪保持着贵族式的礼仪。

“叫名字就成，叫什么先生别扭得很。”余苏摆手，“听说你们公司出事了？”

余苏递过来一张卡片：“我老大说，你要是同意和她谈谈妖塔，公司的事，她帮你解决。”

余苏也不管庄纪什么反应，直接将名片塞他手里：“我还有事，先走了，你想清楚就打上面那个电话。”

初筝不确定庄纪会不会给自己打电话，毕竟庄纪和钟离洛都是未成年人，想法和常人不太一样，谁知道他们会不会孤注一掷。

但是不过两天，初筝就接到庄纪的电话。

电话那边有很大的风声，像是一个人奔跑在繁华的大街上。庄纪焦急又破碎的声音随着那些风声传过来："救小少爷，妖塔的事，我和你谈。"

"位置。"

庄纪极快地报了一个位置。

初筝挂断电话，准备出去，寻隐的房门忽然打开："你去哪儿？"

"出去。"

"我也想去。"

"我很快回来……"

"我想出去看看，你不带我去，那让我一个人出去……"

初筝抬手："跟上。"

寻隐心满意足地跟上，初筝想让他换身衣服，可是这么多天，她准备的衣服，寻隐就没碰过。

算了，他不喜欢就不换，被人看见，顶多以为是拍戏的。

"你要去救谁？"

"你听见了？"隔着一个房间他都能听见，顺风耳吗？

"小妖，我听力很好的。"

初筝感觉寻隐叫自己小妖的时候，多了一点别的韵味，像一个很特别的昵称。但细瞧他的神色，依旧是那带着邪气的笑，邪恶就藏在他那双墨瞳里。

"救个小孩儿，你安静点。"

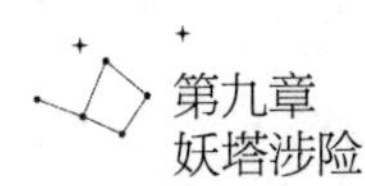

第九章
妖塔涉险

初筝找到钟离洛的时候，他藏在一个垃圾桶旁边，庄纪不见踪影。钟离洛受了伤，整个人都在发抖。

“寻隐……”初筝转头，刚才还走在她后面的妖哪里还有影子。

这大妖怪够可以的啊！

初筝把钟离洛抱起来。

“纪哥哥……”钟离洛声音微弱，初筝几乎听不清他说的什么。

“你纪哥哥在哪儿？”初筝语气不太好，满心满眼都是自己的“好人卡”跑路了。

钟离洛颤抖着小手，指了一个方向。但是过去后，又是岔路，钟离洛这下也不知道了。

就在初筝打算放弃的时候，旁边的巷子里有声音响起。

初筝往那边过去，最先看见的是站在中间的男子，复古的华丽长衫，墨发随意散在脑后，露出一半侧脸，夜色掩不住他的风华绝色。而此时那个男子手里拎着一只妖，他的手从妖身体里生生取出内丹，最后似有些嫌弃地扔掉了妖，目光扫向角落的少年。

男子舌尖探出，轻轻舔了一下唇瓣。黑暗里滋生的邪恶和恐惧在空气里游荡。

“寻隐！”

男子伸向少年的手微微一顿，他轻“啧”一声，缓慢地收回手，拢进袖子里。

初筝抱着钟离洛过来，将人直接塞给寻隐。

寻隐突然被塞了一个小娃娃，整个人都僵了一下，片刻后露出笑容：“小妖，这是给我吃的吗？”

“抱好，不许吃。”

寻隐松手，钟离洛往地上甩去。庄纪瞳孔放大，刚想扑过去，却见男子突然又将小孩抱住。钟离洛受了伤，此时又受到惊吓，乌溜溜的大眼里蓄满泪水。

“小少爷。”庄纪一瘸一拐地上前。还没靠近，寻隐一个眼神扫过去，庄纪便僵在原地。

这个男人身上的妖气浓郁，站在他面前，就能感觉到压力。

他身上还有一股邪气，和普通的妖不一样，那是一种犹如能感觉到的实质的邪恶……像极了妖塔里面关的那些大妖怪。

初筝捏着一只妖的手腕，他的手腕上文着一个图案。

初筝越瞧越眼熟，脑中灵光一闪，摸出罗盘，罗盘中间的图案，和这个文身一模一样。

“那是枭月的东西，怎么会在你手里？”寻隐的声音响起。

“这个？”初筝掂了一下手里的罗盘。

寻隐盯着罗盘，周身溢出的妖气快要压得庄纪站立不稳。

“我抢的。”初筝那语气仿佛是在问“你有什么意见”。

初筝起身，对上寻隐阴沉沉的视线：“所以枭月还活着。”

寻隐还没出声，初筝就蹦出来一句：“那太好了。”

“那个文身我见过，”庄纪撑着旁边的建筑，“在山水庄园的时候。”

初筝转头看他，庄纪却不说了，目光紧盯着自家小少爷：“能不能把小少爷还给我？”

那个男人太可怕了，他不知道小少爷在男人手里，能否安全。

寻隐作势要松手，不怀好意地笑着：“这个小家伙掉下去，可就没命了……”

庄纪心都提到嗓子眼，浑身发寒，急急地道：“上次袭击我的人手上也文着这个图案，我记得那个人，我在李家大小姐身边见过他。可以把小少爷还给我了吗？”

庄纪声音发抖，生怕寻隐一个不满意把小少爷丢在地上。

初筝没开口，寻隐可不打算将人还回去。

李家大小姐……李小鱼吗？原主确实是和李小鱼接触过，所以寻隐才说她身上有枭月的气息。

“他们为什么追杀你？”

“不是追杀我，”庄纪握紧拳头，“是追杀小少爷。”

“为什么？”我不是问追杀你。

“我不知道。”庄纪脸色铁青，“他们想要抓小少爷。”

山水庄园那是第一次，这是第二次。庄纪明显感觉到，他们不是要杀小少爷，他们是想抓住他。

初筝压下这个疑问：“谈谈妖塔。”

庄纪有点后悔跟初筝求救，明知道她不是什么好妖，可自己实在是走投无路，他咬咬牙道：“你问妖塔做什么？”

妖塔……小少爷……那些人难道也是冲妖塔来的？！

初筝直白地道：“我要妖塔的管理权。”

庄纪愣了一下。须臾，他有些古怪地问：“你要妖塔的管理权？”

初筝颔首。

庄纪脑子有点乱，深吸一口气：“这里不是说话的地方，我们换一个安全的地方。”

庄纪将初筝他们带回别墅，钟离洛需要处理伤口，庄纪想把人要回去，可寻隐抱着不撒手。

“还给他。”

寻隐瞪初筝一眼，将钟离洛放在沙发上，身子一闪，出现在窗边，撑着身子，一跃坐到窗台上。

初筝腹诽：瞪我干什么啊？这是别人家的娃，你还想吃了不成？！

庄纪扑到钟离洛跟前：“小少爷？”

钟离洛意识模糊：“疼……”

庄纪手忙脚乱地找药：“马上就不疼了，小少爷最坚强，坚持住……”

他一边安抚钟离洛，一边给钟离洛清理伤口，完全不在乎自己身上的伤。

初筝自力更生，给自己倒了杯水，坐在沙发上看着他们。

等庄纪处理好钟离洛身上的伤，他才松了口气一般，坐在地上。他双手撑着额头，声音低沉地道：“钟离家就只剩下小少爷了，如果可以，我也想将妖塔给你，可是不能，妖塔与小少爷息息相关……”

当年妖塔里的一只大妖，用钟离家的血下了诅咒，自此钟离家就与妖塔再也分不开。钟离家不管生几个孩子，最后都只有一个人能活下来。钟离家的血脉越来越少，到现在，整个钟离家，就只剩下钟离洛一个人。

“既然这样，为什么还要生下孩子，让后代经历这样的折磨？”直接断子绝孙，一了百了啊。

庄纪声音里带着沉重：“钟离家的人死绝，便是妖塔破时。钟离家有使命，即便知道生下来的孩子会经历这样的事，他们也得留下后代，确保妖塔不会破。”

“使命？”初筝语气凉薄，“谁给你们的使命？自己给自己吗？”

使命是钟离家一代一代传下来的，这不是庄纪能解释清楚的。

初筝也没深入讨论“使命”的意思，她琢磨了一下，简单粗暴地提出解决办法：“杀了那只下诅咒的妖不就行了。”解铃还须系铃人，下诅咒的妖死了，诅咒自然就破了。

庄纪苦笑：“您没进过妖塔，不知道里面都是些什么样的妖。”真的那么容易，钟离家的先祖们早就那么做了。

“所以外人是可以进去的？”

“可以是可以……”

“那就行，我进去杀了那只妖。”初筝胸有成竹，说干就干，“从哪里进？”

庄纪震惊。

“小妖，妖塔里的妖有的可以追溯到几千年前，你进去就是送死。”寻隐的声音幽幽传来。

“你怎么知道我进去就是送死，也许我比他们厉害呢？”几千年怎么了，不也被关在塔里出不来吗？

“小妖，你的自信到底是哪里来的？”寻隐好奇地问。

“天生的。”

无敌就是这么厉害呀。

初筝就算想进去也不行，能开启妖塔的只有钟离洛。可现在钟离洛受伤了，根本无法开启妖塔。

初筝扔给庄纪一颗内丹。

用内丹修复，确实很快就能好起来，但是……钟离洛压根不知道妖塔怎么开启。他对妖塔的认知，就只是认识而已。好在开启的方法并不是很复杂，对于原本就承担使命的钟离洛来说，学会方法并不是太难。

“小少爷能力有限，你只有半个小时……或者更短。”半个小时都十分乐观了，庄纪道，“如果你没能在小少爷关闭妖塔之前出来，你就只能被困在里面；如果可以撑到小少爷下次开启妖塔，还有机会出来。”

“嗯。”初筝表示知道了。

庄纪将一张纸交给初筝：“这就是当初下诅咒的那只妖。”

初筝看着纸上非常抽象的图案……她绝对不相信这妖长这个模样！

“小妖，”寻隐倚在旁边，目光落在她身上，“你真的要进去？”

“嗯。”

寻隐嘴角勾了一下：“你死在里面的话，我可就走了。”

初筝严肃脸：“我不会死。”就不能盼我点好吗？

“我也不想你死，毕竟我刚喜欢你一点……”寻隐顿了顿，“我和你一起进去。”

初筝还没答应，庄纪就否决了：“小少爷只能支撑住让一个人进去，他年纪太小了。”

“乖乖在外面等我，”初筝拍了下寻隐的肩，“不要想着跑。”

“我就算跑了，你出来后还能找到我吗？”寻隐自认这点本事还是有的。

初筝甩给他一个冷漠的眼神：“你大可试试。”

到底谁给了这只小妖如此大的自信。

“小少爷，按照我教你的，不要害怕，你是妖塔的主人，妖塔会听你的。”

庄纪不知道自己的决定是否正确，可如果真的能打破诅咒……小少爷就能和普通人一样平安无忧地生活。

小不点乖巧地点头：“纪哥哥，我记住了。”

庄纪摸摸他的脑袋：“那……开始吧。”

钟离洛冲庄纪咧嘴笑，将脖子上挂着的塔状吊坠拿出来，放在房间中间。

钟离洛闭上眼睛。

初筝一开始没发现什么不对，但随着时间流逝，房间的光线似乎减弱了不少。虚空里有虚影出现，那是一座塔，和钟离洛的吊坠一模一样，只不过放大了无数倍……

寻隐没骨头似的瘫在沙发上，他抱着手机，游戏背景音响亮。

庄纪在旁边走来走去，见寻隐还在玩游戏，硬着头皮问：“你……你不担心吗？”

“担心什么？”寻隐扯了下嘴角，“她自己要去寻死，我还要拦着她吗？你看我像那么好的妖吗？再说，她死了，我就自由了。”

庄纪无语。

寻隐的手机界面上，游戏人物静止不动，他看的也不是游戏，而是旁边不断跳动的数字。

过去十分钟了……十五分钟……

钟离洛有些撑不住，小脸煞白，身体也摇摇晃晃。

庄纪急得不行，又不敢打扰钟离洛。

十八分钟……

钟离洛身体晃动的幅度加大，虚空里塔的虚影弱了不少。寻隐余光瞄着钟离洛，那眼神阴森森的，好像要将钟离洛吃了似的。

庄纪下意识地挡住寻隐的目光。

二十分钟……

钟离洛有些撑不住了，虚影中妖塔的大门正在缓缓合拢。

寻隐坐了起来。

庄纪紧张地看着自家小少爷，没有注意到寻隐的异常。

妖塔的门只剩下一条缝，即将彻底合拢。寻隐的身体化作一缕光，在妖塔大门关闭之前，猛地进入其中。

妖塔大门合拢，虚空里有无形的力量往外扩散，波及钟离洛。钟离洛身体一软，倒在地上。

“小少爷！小少爷……”

妖塔。

妖塔内部，和普通的塔差不多，中间中空，四周则关押着妖。这些妖被粗壮的铁链锁着，有的正在嘶吼，有的蜷缩一团正在沉睡。

空中还有没被关押的妖，他们肆无忌惮地在空中飞掠，发出嬉闹的笑声。

一束光芒落在妖塔中间，整座妖塔瞬间陷入安静中。繁复华丽的衣衫自光芒中缓慢出现，修长挺拔的身形迈出，影子投在地面，拉得纤长诡异。

光芒逐渐散去，面如皎月的男子负手站在中间。他微微抬眸，看向空中的妖，墨瞳里红光浮现，强大的妖气横扫而过。

“啊！”空中的妖尖叫着往四周逃窜。

寻隐脚尖轻点地面，飞身而上，落在妖塔四层的走廊上。

他不紧不慢地顺着走廊走，那些沉睡的妖纷纷惊醒，低吼着往里面退缩，铁链“稀里哗啦”地响着。

他所过之处，妖物退散。

寻隐停在一只妖面前：“看见刚才进来的那只小妖了吗？”

被问话的妖缩在角落，一双眸子盯着寻隐，那是对强大妖怪的畏惧。

“不知道吗？”寻隐抬手，角落的妖被一股力量吸到前面，被寻隐隔着栏杆抓住，“那真是可惜……”

寻隐连杀好几只妖，内丹被他当成糖豆吃。这里果然是个好地方，比外面那些货色高级多了。

“她上去了，八层，她去八层了！”寻隐手里的妖咆哮着指路，求生欲极强。

寻隐挑眉道：“谢谢。”

妖脸上的表情定格，寻隐取出内丹，身体一跃而上，高空的妖纷纷避让。

等寻隐的身影消失，他们落在寻隐刚才站的地方，往里面看去，大妖已经死了。

众妖吓得发抖。

“他、他是什么妖？”

“太可怕了，被他看一眼我都觉得死定了。”

“刚才进来的那个女妖精也好可怕……”

“对啊，对啊，现在外面的妖都这么凶了吗？”

寻隐落在第八层。和下面不一样，第八层格外安静，放眼望去，看不见一只妖，牢房里都是空的……但是有一股浓郁的腥气在空气里飘荡。

寻隐抬脚往前走。走廊上有打斗的痕迹，走廊地面遍布抓痕，像有一个庞然大物从走廊上走过。

走廊上不时能看见一些粉末状的东西。

寻隐加快速度。可能连他自己都没意识到，自己此时的行为是为了什么。

当他看见躺在走廊上喘气的庞然大妖时，仍旧无法松口气，反而更加提心吊胆。

大妖拦住他的去路，寻隐只能飞过去。余光扫到那抹金色，寻隐心底微微松口气。

初筝就坐在地上，靠着走廊的栏杆，地面摆着几颗内丹，她似乎在数内丹。

听见声音，她回头看过来。

寻隐落在地上，似惋惜地道：“小妖你还没死呢。”

初筝心底不爽：“你很可惜？”就这么想我死吗？我就不死！

“没有。”寻隐笑道，“我在这里，不是正好证明我担心你吗？怎么会想你死呢？”

“担心我没死？”“好人卡”总想我死怎么办？

寻隐忽地弯腰，在她唇瓣上轻啄一下：“你要是死了，我喜欢谁去？”

初筝拆穿他：“刚才是谁看见我没死，一脸惋惜？”小骗子！

寻隐丝毫没有被拆穿的尴尬，反而问她：“你没事吧？”

初筝坐在地上，神色正常，看不出她有没有受伤，但是她几乎不会这样坐在地上……至少寻隐很少看见。

“没事。”初筝神色自若地抓起地上的内丹，直接放到他手里，“给你。”

寻隐手里一共八颗内丹。

越是厉害的妖，内丹就越小，浓缩才是精华。而初筝给他的这八颗内丹，修为至少是千年……

寻隐看向横躺在走廊上的妖。

“这一层的妖……你都杀了？”妖塔一共就八层，第八层的，应该是最厉害的。

“我找不到是谁，所以都杀了。”

不知为什么，寻隐从初筝那冷冰冰的语气里听见一丝委屈。

他看过庄纪给的图……让他来，估计也找不出来，太抽象了。

“尸体呢？”

初筝沉默，抬头问他：“重要吗？”

“想知道。”

初筝抬手，寻隐疑惑地挑眉，墨瞳里忽地看到有银光闪现朝着旁边的尸体奔去。不过瞬间，尸体便在银光中化作粉末。

他应该庆幸，没有惹怒过她吗？

初筝收回银线：“还有问题吗？”

“你把这些都给我？”这可能是世界上，为数不多的千年修为的大妖内丹。

初筝板着小脸点头：“你不是要吗？都是你的。”

寻隐张了一下唇，却半天没发出声。他冰冷的身体，此时仿佛有了暖意。

寻隐深呼吸，压下躁动的情绪，坐下来：“这些内丹可以提升你的修为，你没必要全部给我。”

“修为对我没用。”

身为妖，最重要的就是修为，她竟然说，修为对她没用。

寻隐想想刚才看见的，她手里的那些银光也不知道是什么。没感觉到妖气……不仅仅如此，一点气息都没有。如果不是看见，他根本发现不了。

他有些释然，将内丹收起来，随口问了一句：“那什么对你有用？”

初筝目不转睛地看他，灿金的瞳孔倒映着他的身影，那个世界仿佛只剩下他。

女生唇瓣轻启：“你。”

寻隐心尖颤了颤，声音微微嘶哑：“我对你有什么用？”

初筝示意他过来一点。

寻隐迟疑了下，然后朝着初筝靠近。

初筝的吻落下，她的声音也随之响起：“这样。”

寻隐突然失笑：“小妖，你想不想要更多一点？”

初筝迟疑，有些严肃地道：“这里不好吧。”

寻隐搂着初筝的腰，将她拉进怀里亲吻。初筝睁着眼，认真地琢磨任务还没完成，这样真的好吗？

一吻结束，寻隐暧昧地笑：“其余的我们留着出去再说。”

初筝有些无语，你说得那么暧昧做什么，有毛病啊！

很快两人就发现另外一个极其重要的问题：他们现在要怎么出去？寻隐进来的时候，妖塔的门就已经关闭了。

“破塔。”初筝提议。

“妖塔破了，这些妖就放出去了。”

这是妖塔，若是那么好破，里面的妖早就出去了，还能留着让你来破。即便是寻隐，也不一定能破开这座塔。

“杀妖，再破。”初筝不假思索地更正方案。

“小妖，”寻隐下巴搁在她肩膀上，“你就不能温柔一点吗？”

“温柔一点能出去吗？”

“不能。”

“所以温柔有什么用？”

寻隐亲她一下：“可是我想你温柔一点。”

初筝坚定地拒绝他：“你做梦比较快。”

初筝可能是想到自己还要妖塔的管理权这茬儿，没再提破塔的事。

“那就等钟离洛再次开启妖塔。”

寻隐笑得嘲讽：“你觉得他还会再开启吗？”

换成是他，也不会再开启。毕竟放他们两个出去，谁知道会发生什么。

“这里也挺好的。”初筝突然蹦出一句，不用出去败家，“好人卡”也在自己身边，妖又饿不死，妖生巅峰了，还出去干什么啊。

王者号抓狂。小姐姐你需要注意下，你还在任务中，会倒带的！真的会倒带！

“小少爷，你真的要再次开启妖塔？”庄纪担忧地看着面前的小不点。

钟离洛点头：“漂亮姐姐还在里面。”

“小少爷，他们来者不善。”庄纪提醒。

不管是那个女生，还是那个实力强大的大妖怪，庄纪都无法对付。庄纪知道自己有些自私，可是为了小少爷，他做什么都可以。

“纪哥哥，漂亮姐姐救过你。”钟离洛用稚嫩的声音教育庄纪，“爸爸教我们，不能忘恩负义，那是不好的。”

“小少爷，我知道。”庄纪垂下眼，“但是小少爷，在这个世界上，没有任何东西比得过你在我心里的重要性，不管是背弃什么，我都要首先保证你的安全。”

“纪哥哥，我们不能这样，漂亮姐姐是因为我才进去的。”

“她不是因为你，”庄纪摸了摸他的脑袋，“她有别的目的。”哪个陌生人会为别人出生入死，不过是正好与她利益相关罢了。

钟离洛似懂非懂，有些纠结地看着庄纪。

庄纪抱了下钟离洛：“小少爷，我去给你准备一些吃的，你吃饱才有力气开启妖塔。”

“纪哥哥，你最好了。”

庄纪站在厨房，半晌都没有动。他深吸一口气，开始熟练地处理食材。

“哐当——”楼上发出一声重物砸在地上的声响。庄纪表情微变，顾不上还在锅里的菜，飞奔上楼。

“小少爷！小少爷出什么事……”

钟离洛被一个男人挟持着，小小的人儿，因为害怕，紧咬着唇。刚发出的声音是一个摆件砸在了地上，应该是钟离洛挣扎的时候弄下来的。

除了挟持钟离洛的男人，房间里还有好几个人，此时站在房间四周。有人，也有妖，奇怪的组合。

庄纪看向沙发的方向，那里坐着一个女子，背对着他，看不见正脸。

庄纪瞧见其中一个男人手上有文身，就是之前见过的那个……又是这群人。

钟离洛被挟持着，庄纪不敢妄动，用眼神安抚小不点，强撑着镇定："你们想干什么？"

"请小朋友帮个忙。"说话的是坐在沙发上的女子。

庄纪觉得这声音有几分耳熟，可一时间又想不起来在哪里听过……绝对不是李小鱼。

"帮什么忙？"庄纪问，"小少爷还是孩子，他能帮你们什么？"

"小朋友年纪是小了点，不过……替我开启妖塔足够了。"女子声音很轻柔，像是在和他闲聊。

庄纪心底沉了沉，果然是冲妖塔来的。

庄纪手心里直冒冷汗，脑中极快地思考怎么完好无损地救下钟离洛，还能带他离开这里。他和女子搭话，拖延时间："钟离叔叔去世的时候，小少爷什么都不懂，如何开启妖塔，他也不知道……"

女子抬起手，伸出食指，在空气里摇了摇："之前你们已经开启过一次，骗人可不是乖孩子。"

庄纪背脊升起一阵寒意，她竟然知道他们已经开启过一次妖塔。

庄纪一边和女子说话，一边往钟离洛那边挪。可是还没靠近，他的意图就被人发现。

对方这么多人，庄纪一个半大的孩子，哪里是他们的对手。

庄纪被人压在地上。

"小朋友，有话好好说，对客人动手是很不礼貌的。你放心，你家小少爷是妖塔的主人，我不会伤害他……"

庄纪脑袋被按在地上，他有些艰难地看向沙发。那个女子缓慢起身，转过头来。

庄纪微微瞪大眼："是你……"

妖塔中间有光出现，光芒不断扩大，比上次寻隐出现的时候，要大得多。

光芒里隐约有影影绰绰的人影，不止一个。有人直接从光芒中跳出来，他第一时间打量四周。妖塔里极其安静，本该在空中乱飞的妖，此时一只也看不见。

光芒没有散开，里面的人不断走出来。这些人明显没来过妖塔，不知道什么情况，此时见妖塔这么安静，也只是警惕地看着四周，等着光芒里最后一个人出来。

最后出来的是一个女子。那是一个面容温柔的女子，容貌与李小鱼有几分相似，不是别人，正是李家二小姐。

"小姐，这里怎么这么安静？一只妖都没看见。"

"这里是妖塔吗？那两个小兔崽子不会把我们弄到别的地方去了吧？"

李二小姐柳眉轻蹙，视线扫过四周。

妖塔不应该这么安静。

妖呢？怎么会一只都没有？

“上去看看。”这儿是底部，没有妖并不奇怪，也许都关在上面。

“是。”

他们找到上去的路，从那边上去，但是第二层也没看见妖。

第二层有关妖的牢房，有些门打开了，有些关着，唯一的共同点是，里面都没有妖。

第三层、第四层、第五层……都没有，一只妖都没有，仿佛他们进来的不是妖塔。

“小姐，这里有点奇怪。”

“我们走了这么多层，怎么一只妖都没遇见？”

“这是妖塔，不是传闻妖塔里关着很多妖吗？”

“对啊，怎么一只都没有？不会是时间太长，都死了吧？”

他们停留在第五层，不愿再往上走，七嘴八舌地讨论着。这里给他们的感觉很不好，有些阴森森的……

“继续。”李二小姐面不改色道。

众人对视几眼，只能继续往上走。

第六层也没有妖，第七层没有，第八层……

李二小姐将那些踌躇着不敢往前的人拂开，率先上去。

李二小姐踏上第八层时，一股毛骨悚然的感觉贯彻全身，像突然踏入一个大妖的领地，令她有一种退缩的冲动。

“枭月，好久不见。”

李二小姐抬头看去，那身华丽至极的衣裳闯入视野。

男子站在走廊上。李二小姐仿佛看见时光变迁，可那个人毫无变化，依然是那么完美。

“寻隐……”她低喃一声，眼底有迷恋之色，“你出来了……”那声音似感叹，又似欢喜纠结。

“我以为你早就知道，”男子嘴角勾起恶意的笑，“我会来找你算账。”

在妖塔里碰见寻隐，是枭月意料之外的事。但这结果，却令她惊喜。

枭月笑起来：“我知道，这样你能记住我，也挺好的。当年你不是连我的名字都记不住，现在你却能第一时间叫出我的名字，证明我的计划有用不是吗？”

枭月非但不害怕，反而挺开心。

寻隐眸光阴沉地看着她。

“现在已经不是当年群妖盛行的时代，寻隐，你需要我。”枭月朝着寻隐伸出手。

寻隐嗤笑：“当年你算计我，现在你竟然觉得我会跟你一伙，谁给你的自信？”

“这个世界上，如今只有我能配得上你。”枭月言语间皆是自信，“你知道外面发生了什么吗？你知道现在所剩的妖，都是什么样吗？寻隐，不要急着否认我，你可以先随我出去看看再做决定。”

她之前派去的人都没回来，本想等妖塔的事解决后，再去找寻隐，没想到，会在这里遇见。

寻隐就是意外之喜。

寻隐看着那只悬在空中的手，没有小妖的好看。

寻隐伸出手，旁边突然插进来一只手，将他握住："干什么？"

女孩冷冰冰的声音响起。

寻隐嘴角弯了一下："我看看你会不会出来。"

初筝将他的手拽回来，视线扫向对面。

枭月因为初筝的出现，表情都变了。特别是看见初筝握着寻隐的手，寻隐还一脸宠溺地任由她握着，甚至是回握。

他什么时候……有这样的表情，有这样的行为……

"你就是枭月？""好人卡"心心念念的人，怎么有点眼熟呢？

初筝在原主记忆中搜索了下——李小鱼的妹妹，原主曾经和她打过几次照面。这位李家二小姐，永远都是温婉淑良，十足的大家闺秀。

她身上也没有妖气啊。

听寻隐的意思，他的仇人枭月明显是个妖精，怎么现在变成人了？妖精转世？妖精能转世吗？

都有妖了，能转世似乎也不是稀奇事……

"初筝啊。"枭月直接叫出她的名字，目光盯着她和寻隐交握的手，渐渐有了锋芒。

"你认识我？"原主的记忆中，可从没和这位二小姐说过话。

枭月愣了一下，自然地道："你在我姐姐那里待过，她身边的人，我当然认识。"

初筝冷漠脸："我不觉得一个千金小姐会关注一个无关紧要的人。"

"我姐姐那么看重你，怎么能是无关紧要的人？"枭月语气听不出变化，"看来，我姐姐也没看错人，你确实很不一样。""不一样"三个字她咬得有些重，明显是另有所指。

但是枭月压根不将初筝放在眼里："寻隐，你可以考虑下，跟我走。"

寻隐舔了下嘴角："可是我更想杀了你。"

枭月表情僵了一下，眼底划过一缕受伤。她还来不及说什么，站在寻隐身边的女生忽然动了。

枭月反应迅速，避开初筝的攻击。

"小妖，你可不是我对手。"枭月警告初筝，"别找死。"她不计较谁出现在寻隐身边，但是最后寻隐身边站的人，只能是她。

"你说得很对。"初筝同意枭月的话。

说得很对，你还攻击！！

越和初筝交手，枭月越觉得心惊——这个看上去没有多厉害的小妖竟然这么难对付。

一开始，枭月身上没有任何妖气，随着打斗升级，逐渐开始有妖气泄漏。那股妖气和寻隐的几乎一样强悍，排山倒海地压向初筝。

如果是普通的妖，仅是这样的威压，就足以压得对方起不来。

可初筝没有，她仅仅是后退几步，脸上没有任何表情。

枭月心底逐渐凝重起来。

“小妖。”寻隐拉住初筝。

“干什么？”打架呢！搂搂抱抱干什么！

寻隐低声道：“她的妖气里有你的气息。”

什么叫她的妖气里有我的气息？说得我好像和她有什么似的……

“你拿了我的内丹？”初筝看向对面的枭月，灿金的瞳孔里犹如凝结着一层薄冰。

枭月浑身透着妖气，脸上虽然还带着温婉的笑意，可给人的感觉完全不一样了。

“你的感知力倒是不错。”枭月语气也有些许变化，更加有上位者的威严，“当年为了取你的内丹，可费了我不少劲。没想到你竟然没死，还醒过来了。我见到你的时候，还以为你是来找我复仇的……”

初筝失去了那段记忆，自然不可能来找枭月复仇。枭月发现这点后，就没再关注她。

失去内丹的妖，就算还有点能力，也不过是个半吊子，不足为惧。

只是没想到……再次见到初筝，她会和寻隐站在一起，还这么亲密。早知道，当初就应该下手，以绝后患。

“看在你的内丹分儿上，我本想饶你一命，但是你动了不该动的人。”枭月露出可惜的神色，“所以，这次你必须得死。”

初筝认真地提问：“你要我内丹干什么？”

枭月没想到初筝会问出这么一个问题，沉默了一下，还是道：“你的内丹可以让我完全隐藏妖气，借用人类的身躯。”

初筝：就为这个，你就挖我内丹？！

“放开，我弄死她。”

“小妖，我来……”这是我仇人。

寻隐的话还没说完，初筝已经冲了过去。

枭月的实力在巅峰，传说中可以当妖王的那种存在。但在初筝手里也没讨到好，不过初筝也没立即把她怎么样。

两人的对战有些僵持。

枭月这妖狡猾得很，反应力也快。她几乎不怎么靠近初筝，全靠远程攻击。

枭月知道这么和初筝耗下去不是办法，她撑着栏杆，跃上虚空。

初筝刚想上前，却忽地停住。

枭月手里多了一颗内丹。

“初筝，我劝你不要过来。”枭月手心上悬浮的正是初筝的内丹。刚才那气息很弱，但现在初筝感觉到了。

枭月得空喘口气：“我捏爆这颗内丹，你也会死，你不想就这么死掉吧？”

初筝与枭月无声地对视，两人心中琢磨的大概是一样的——怎么能弄死对方。但是她们没有发现，刚才站在走廊上的寻隐不见了。

当枭月发现的时候，已经晚了。寻隐突然出现在她面前，冲她诡异一笑，快如闪电地抢回内丹。

枭月试图阻拦，却发现寻隐身上的妖气比自己更强大……

“你……实力怎么会增长这么多？”枭月脸色微变，心底惊骇。他被囚禁了那么长时间，实力不可能会增长这么快，不对，一定有不对的地方……

寻隐没有给枭月时间弄清楚怎么回事。

枭月被寻隐踹下虚空，砸在妖塔的最底层。寻隐从虚空落下，居高临下地俯视着略显狼狈的枭月。

“你不觉得妖塔过于安静吗？”他的实力提升了，自然是因为吸收了那些妖的内丹。

“你……”枭月似乎也反应过来，“怎么可能……”

妖塔里的许多妖关进来的时候比他们都厉害，他怎么能将那些妖全部杀了？

寻隐举着内丹观察片刻，墨瞳里暗光浮沉：“枭月，我本来只想杀了你的，但是……”

寻隐顿住，她竟然敢取初筝的内丹。

“你喜欢初筝？”枭月手肘撑着地面，捂着胸口，“你喜欢她哪里？”

“关你什么事。”

“我喜欢你那么久，当然关我的事，你凭什么喜欢她？”枭月不服气。

“喜欢我？”寻隐冷笑，“喜欢我，就用下三烂的手段将我囚禁那么多年？”

枭月咬了一下唇，为自己辩解：“当初我没想真的囚禁你，但是后来发生了太多的事，我来不及将你放出来……”

当年她囚禁寻隐后，本想隔一段时间就放了他。谁知道后面会发生那么多事，整个妖族的妖都开始陷入沉睡，谁也无法抵抗那股神秘的力量。

直到三十年前她苏醒，可是整个世界天翻地覆，她一时间根本无法找到当年囚禁寻隐的地方。

“你认识初筝才多久？”枭月仰头看向上方的初筝，质问寻隐，“你为什么喜欢她？明明是我先遇见你的！”

寻隐的目光敛了一下，片刻后缓缓笑起来，声音里有些温柔：“喜欢一个人，跟时间没有关系。”

初筝被寻隐抢戏，很是不爽，所以枭月带来的那几个人就倒了霉。

初筝下去的时候，枭月已经被卸掉两条胳膊，脸色惨白地趴在地上。

“寻隐，你怎么能这么对我！”枭月咆哮，爱恨交织在她眸底。

寻隐无辜地摊了一下手：“当初你就是这么对我的。”

被囚禁的愤怒此时已经所剩不多，但是……想到枭月竟然敢取初筝的内丹，寻隐就忍不住生气，想要将面前这个人碎尸万段。

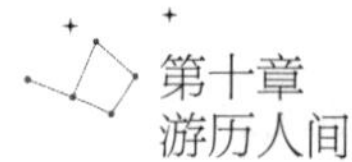

第十章
游历人间

客厅里光芒闪烁，初筝和寻隐的身影缓慢出现。守在这里的男人见出来的是陌生人，顿时警惕起来，浑身肌肉紧绷。

他还没来得及说话，寻隐扬手扼住对方的脖子，只听“咔嚓”一声，人就软软倒了下去。

庄纪被人绑着，随意地扔在地上。而小不点趴在血泊里，也不知道是死是活。

钟离洛力量太低微，枭月想要一次性带进那么多人，普通办法不行，所以就有了现在初筝看见的这一幕……

初筝将钟离洛抱起来，按住他流血的手腕。

寻隐阴沉着脸看着，不帮忙也不阻止。

房间里充斥着妖气，横冲直撞，像无法停歇的暴风雨，压得人喘不过气。

初筝给钟离洛止血，将他放在床上，然后给庄纪解了绑。

庄纪顾不上初筝和寻隐，扑到钟离洛那边。

初筝转头看着依旧阴沉沉的寻隐，走过去，拉着他的手。

寻隐一下甩开她。

初筝再次拉住，寻隐这次没甩开。

“我杀她你不高兴？”初筝趁寻隐不注意，先动手解决枭月，说好要给她一个豪华套餐的，不能食言！

但是没想到，寻隐会生气。

初筝逼近寻隐：“你在乎她？”

寻隐目光微垂，语气里隐隐有些不屑和轻蔑：“谁在乎她。”

“那你气什么？”

“那么死，太便宜她。”

“你一个男人不能大度点？”死了不就行了，搞那么多形式主义做什么，浪费时间。

搞形式主义的结果就是——被反杀、被反杀、被无限反杀！

“她取你内丹……”寻隐脱口而出，说到一半又顿住，改了口，“她囚禁我那么长时间，我折磨她怎么了？还不许我出口恶气？”

初筝沉默了一下，伸手抱住寻隐，拍拍他后背，安抚道：“好了，别气了。”

寻隐拉着初筝离开这个房间，出去后将她压在墙上，直接亲了过来。

初筝感觉有东西被他推了过来，她还没感受到是什么，便化作一道暖流滑落进丹田。她脑中胡乱地闪过一些片段。

那是……原主失去的那些记忆。

三十年前她苏醒过来，当时已经有许多妖苏醒，在各地闹出不小的动静。原主还没来得及加入他们，就被枭月找上。当时原主刚苏醒，对这个世界十分陌生，枭月的突然出现，让原主没有防备，直接被枭月取走了内丹。

原主失去内丹，在那样的混乱中，枭月以为她死定了，所以就没有再补一刀。

原主不知道被谁捡走——初筝怀疑捡走原主的妖，是想吃了她，结果发现她内丹已经没了，便将她随手扔在了一个地方，那地方后来因为打架塌了。

等大战结束，原主就一直在那里沉睡。直到三十年后，她才再次苏醒过来。

这个故事告诉我们，补刀的重要性。

这些记忆片段闪现而过，也不过是瞬间的事。

初筝被寻隐禁锢在臂弯与墙壁之间，发狠一般地亲她。

初筝看着近在咫尺的俊颜，勾着寻隐脖子，将两人间的距离彻底清除。

钟离洛失血过多，好在没有生命危险。庄纪守在钟离洛病床前，整个人看上去都瘦了一圈。

一大早，公司那几个股东纷纷挤进病房。

这些人可不是来看望钟离洛的，但是庄纪阻止不了他们。

“小少爷没什么事就好，听说小少爷住院，还真是吓了我们一跳。”

“小少爷，你看你现在这样子，公司的事，恐怕也无法兼顾，不如就交给我们，我们一定会将公司打理好。”

庄纪铁青着脸：“小少爷还需要休息，请各位股东改日再来。”

“唉，我们是能等，但公司等不得啊。”明晃晃的威胁。

庄纪握紧拳头：“你们一定要这么逼小少爷吗？”

“我们这是逼吗？”

“哈哈哈，小家伙，我们这可都是为小少爷好。”一群人无耻的嘴脸就这么呈现在钟离洛面前。

钟离洛坐在病床上，苍白着小脸。面前围着他的人仿佛就是一群魔鬼，张牙舞爪地要对他下手。

“小少爷，你也不想你父亲的心血毁于一旦吧？”

病房里的众人，手机铃声先后响起。接通电话，还没说两句，几个股东的脸色就变了。

“什么？等着，我们马上回来！”

几个股东看钟离洛一眼，沉着脸急匆匆离开。

“纪哥哥……”

庄纪搂着钟离洛的肩：“没事。”

一个小时后，庄纪才知道公司出事了，有人拿着小少爷的授权文件接管了公司。不过半天时间，公司的混乱就被处理好，恢复正常。

翌日。

初筝将文件放在钟离洛面前，言简意赅：“换妖塔。”

庄纪错愕地看着她，公司的事……

“小少爷什么时候给过您授权？”他整天和小少爷在一起，小少爷做过什么，他再清楚不过。

“伪造的，”初筝语气平静，还补充一句，“不难。”

妖塔里面已经空了，留着也没什么用，钟离洛还能解脱。

“要一个空了的妖塔有什么用啊！”王者号心累得很。

钟离洛将妖塔交给初筝。

初筝又摸出几份文件：“赠品。”

初筝拿着妖塔离开，庄纪这才翻开所谓的“赠品”，片刻后，他合上文件。

“纪哥哥？”

庄纪深呼吸，再次打开文件，“股权转让书”几个大字映入眼帘。

公司几个股东的股权都转让给了钟离洛。

这是赠品？

庄纪有点无法理解初筝，更无法理解“赠品”这两个字。

李家二小姐突然失踪，李家上下疯找，还高额悬赏，但都没有消息。

唯有李小鱼高兴。

“李小鱼，你笑什么？！”李母进门就看见李小鱼笑吟吟的样子，怒气不打一处来。

李母指着李小鱼质问：“是不是你对你妹妹做了什么？”

李小鱼将一绺发别在耳后，轻蔑地勾了下红唇：“母亲，我能对她做什么？”

“你成天看不惯你妹妹，不是你是谁？你把她弄到哪儿去了？！”

李小鱼：“你的好女儿哪儿去了我怎么会知道，我又不是她的跟班？母亲，我还要参加副主席竞选，就不和你多说了。”

“你妹妹都失踪了，你还有心情参加副主席竞选！李小鱼你站住！李小鱼！！”

李小鱼当然有心情参加竞选，她不仅有心情，支持她的人还不少。

当初李小鱼闹出那样的丑闻，大家都很好奇，她是怎么拉到这么多票数的。

副主席竞选有两轮投票：第一轮是联盟的猎妖师都可以投票，票数最多的前五位进入第二轮投票；第二轮投票则是由联盟的核心成员投出。

李小鱼现在正打算去参加第二轮投票。

“李严呢？”李小鱼上车，发现司机不是李严，皱了一下眉。

“大小姐，李严先过去了。”司机回答。

李小鱼点头：“那走吧。”

车子开出一段距离，李小鱼越想越不对劲：“我之前怎么没见过你？”

“大小姐，我以前就在公司。”司机不卑不亢地回答。

李小鱼摸出手机给李严打电话，然而手机竟然没信号。明明还在市中心，手机竟然没信号，这要是还没鬼，李小鱼觉得自己也是白活了。

“停车！”

“大小姐，还没到呢，这里也不能停车。”司机仿佛没有发现李小鱼的异常。

“我叫你停车！”

司机不说话了，继续往前开着。

“你听见没有，停车！！”李小鱼急了，身子往前探，试图阻止司机。然而她的手还没伸过去，指尖忽地刺痛，前面有看不见的屏障。

她被困在狭小的车厢里了。

联盟竞选大会即将开始，李小鱼一直没出现，李严焦急地给她打电话，可是怎么都打不通。

竞选大会，竞选人迟到，视为自动放弃。李严想尽办法拖延时间，然而最后竞选大会还是开始了，李小鱼自动放弃这次机会。最后竞选成功的，竟然是他们一直不放在眼里的猎妖师。

那个猎妖师在接受完庆贺后，走到李严面前：“郊区 306，找你家主子去吧。”

李严眸光一凝：“你抓了我家大小姐。”

刚上任的副主席笑道：“你太看得起我了，你家大小姐得罪了谁，她不清楚吗？”

副主席被人叫走。

李严握紧拳头，赶紧去找李小鱼。

那边，副主席与人寒暄之后，避开所有人，前往后面的休息室。

休息室里。

金发女生坐在沙发上，修长的腿搁在茶几上，姿势霸气又帅气。

“初筝小姐，我都按照你说的做了。”副主席有些心惊胆战地上前，他怕初筝，也怕联盟的人发现这里有一只妖。

初筝点头，拿下巴点了一下桌子上的信封。

副主席迟疑了一下，才走上前，小心地拆开信封。信封里的东西非常多，副主席看得冷汗直冒，这……这都是些什么啊！

李小鱼那么多的选票，是因为她手里有不少人的黑料，那些人受胁迫，不得不选她。

副主席有些哆嗦：“我……我要做什么？”

“物归原主。”女生清冽的声音在房间流转，“李小鱼威胁这些人，你觉得李小鱼没有选上副主席，还没了他们的把柄，他们会做什么？”

副主席胆寒，那还不得把李小鱼撕了。

妖真的可怕，这种歹毒的计策都能想出来。

但是看看手里这些人的黑料，副主席觉得人也挺可怕。

李小鱼与副主席失之交臂。

这对李小鱼来说，就是晴天霹雳。

明明只差一步，她就可以成为联盟二把手，为什么……为什么最后会变成这个样子？

“他说后面有人指使，大小姐，暂时还不知道背后是谁……”

李严的话还没说完，就被李小鱼一脚踹翻在地：“我不管是谁，都给我找出来！我要弄死他！！”

“李小鱼，”李父从门外进来，威严的脸上满是怒容，“你要弄死谁？”

李小鱼看李父一眼，完全没有起身的意思，她压下怒火：“父亲大人，你怎么想起到我这里来了？”

李父负手站着：“联盟选举失利，你知道对李家来说，是多大的损失？”

“父亲，你不是不支持我的吗？”李小鱼道，“你支持的是妹妹。”

“你还敢提！”李父怒火“噌噌”地往上冒，“你把你妹妹弄到哪儿去了？！”

“你也觉得她的失踪跟我有关系？”李小鱼握紧拳头。

“平时你针对她还少吗？”李父道，“我告诉你李小鱼，你妹妹要是有个三长两短，你看我怎么收拾你，你赶紧把人给我弄回来！”

李父扔下这句话，气冲冲地离开。

李小鱼怒极反笑，指着大门的方向：“李严，你看见没，他们都觉得她失踪跟我有关系。”

“大小姐……”李严嗫嚅一声。如果不是李小鱼没有吩咐自己，李严也觉得这件事是她做的，因为这是她做得出来的事。

“小姐姐，你怎么这么坏呢？”王者号道。

初筝一脸问号。

你疯了吧！不是你让我干的吗？

“我让你败家，让你干这些事了吗？”败家不好吗？！谁让你暗戳戳地整人了？！

初筝冷漠脸：我不是在败家？

“败家是你这么败的吗？”

初筝：钱花出去就行，你还要管我怎么花？

王者号深呼吸……微笑服务，不能对小姐姐发脾气。

初筝继续刺激王者号：“对付李小鱼是逆袭任务，我完成了，钱也花了，你还有什么不满意的？”

王者号气得下线，它无法苟同小姐姐的败家方式，却又拿她无可奈何。

初筝把王者号气走，舒舒服服地躺在沙发上眯了一会儿，觉得不太对。

“好人卡”哪儿去了？

初筝起身找了一圈，寻隐不在这里。

跑了？

初筝顺走桌子上的水果刀，往门口走去。刚打开门，寻隐就出现在门外，他挑眉：“小妖知道我回来了，特意来迎我？”

初筝手里明晃晃的刀折射出寒光，落在寻隐眼底，他退了一步。

“我以为你跑了。”

寻隐扬了一下手里的袋子：“给你做晚餐。”

“你会做饭？”小东西还有这个技能？但是妖……一般不吃也可以啊。

“嗯哼。”寻隐侧身进来，避开那把刀，“我跟着电视里学的。”

他凑到初筝耳边：“小妖，我做好之后，你要吃完哦。”

初筝不置可否，关上门，想到一个很重要的问题：“你哪里来的钱？”她记得没有给过寻隐钱这种东西。

寻隐眨下眼：“要钱吗？”

“不要钱，这些东西哪里来的？”初筝顿了一下，“你抢的？”

“下面超市老板送我的。”寻隐得意道，“说我长得像明星……就是电视里的那种。小妖，你说我去当明星，会不会比他们更受欢迎？”

初筝随口问：“男的女的？”

寻隐视线转了一圈：“小妖吃醋了？”

初筝下意识地摇头：“没有。”

寻隐装模作样地嗅了嗅：“那怎么这么大一股酸味？”

初筝嗅了一下：“没有啊。”

寻隐失笑，直接将初筝抱了起来，一口亲在她脸上：“小妖你怎么这么可爱。”

寻隐抱着她亲一会儿：“男的。放心，我不会和别的雌性来往，我是你的。”

“嗯。”我的。

寻隐和初筝腻歪了一会儿，去厨房倒腾晚餐。毕竟是第一次做，初筝坐在餐桌上的时候，看着那些被倒腾得已经失去食物本质的食材，默默放下筷子：“我去打个电话，你先吃。”

寻隐将她按回来：“我亲手做的，你不吃一口？”

初筝深呼吸，诚恳地挣扎：“寻隐，我觉得这个不能吃。”会毒死妖的！

寻隐看一眼，虽然和他想的有点不一样，但是看着也没那么差啊，他劝道：“你试试，也许好吃呢？”

“不……”一看就不好吃好吗？你眼神有问题吗？！

“我亲手做的。”寻隐的脸色阴沉下来。

他堂堂一个大妖怪，这双手是用来杀生的。人类都说君子远庖厨，他不在意，愿意为她亲手下厨，她竟然嫌弃……

初筝见寻隐有点黑化的趋势，拿起筷子，夹了一块肉。

寻隐见此，脸上的阴郁顿时烟消云散，期待地看着她。

初筝认命地放进嘴里。

寻隐还没来得及问她，初筝拉着他的衣襟，凑过去亲他，在寻隐微愣的时候，顺势将嘴里的食物推给他。

初筝迅速起身："味道挺好的。"她往客厅的方向走，伸了伸舌头，咸死了。

寻隐嚼了嚼，片刻后吐了出来。

初筝在那边喝水，寻隐腮帮子鼓了一下，将桌子上的东西几下倒进垃圾桶，又一个人在厨房捣鼓好久，这期间还出去过一次，抱回来好多东西。

初筝准备去睡觉的时候，寻隐还在厨房待着。

"寻隐，我们是妖，不需要吃这些东西。"初筝站在厨房门口叫他，"睡觉了。"

"我一会儿睡。"他还就不信，搞不定这么简单的事！

初筝看着寻隐的背影，脚尖已经转向另一边，但最后还是转回来，进了厨房。她抽走寻隐手里的筷子，端起旁边他刚做好的食物往嘴里放。

"小妖……"寻隐阻止她，"你吐出来。"

初筝嚼了嚼，直接咽了。

寻隐僵在原地。

初筝速度极快，不过片刻盘子就见了底，她放下碗筷："好了，睡觉。"

寻隐从后面抱着初筝，两人的身体紧紧地贴在一起："明明那么难吃，你为什么要吃？"

"我不吃你会睡吗？"

寻隐嘴角抽了一下："你就是想睡觉？"

"不然呢？"

"其实也不是很难吃，"初筝以为寻隐是觉得自己做得难吃，琢磨半天琢磨出这么一句，还没安慰到寻隐，她又蹦出一句，"比第一次好多了。"

寻隐用了一周时间，看了不少美食攻略，总算做出还算可以的食物。

初筝很心疼楼下的超市老板。初筝偷偷跟寻隐去看过，那哪里是送……分明就是抢。

也不知道他用了什么办法，超市老板都没报警，寻隐每次去过之后，超市老板就默默垂泪。

初筝拿寻隐的手机绑了卡，叮嘱他："以后记得付钱，前面的也给人家补上。"

于是当天被抢习惯的超市老板，听见这个穿着奇怪的俊美男人说要付款的时候，整个人都吓坏了。

这个男人第一天来的时候，就是这么一副样子。这么长时间，就没见他换过衣服，但是那衣服看上去又很干净……

"不……不用……"超市老板摆手，冷汗"唰唰"地顺着脸颊往下滴，"都送您，都送您。"

寻隐冷着脸道："小妖说要付。"

超市老板：小妖是谁？你家监护人吗？总算有监护人来管这个神经病了吗？

寻隐举着手机，亮出付款二维码。那架势不像是付款，更像是要人命。

寻隐虽然觉得直接拿挺方便，但小妖说一定要付钱，那他只能勉为其难付一下。

超市老板哆哆嗦嗦地扫码，将寻隐送走，浑身都发虚。

他要搬店！

初筝回来的时候，寻隐已经做好饭，跷着腿坐在餐椅上玩游戏。听见开门的声音，他抬头看一眼："小妖，你今天比昨天晚回来五分钟。"

初筝换了鞋，心平气和地回答："堵车，晚了一点。"

寻隐"唰唰唰"地干掉几个敌对方，放下手机，起身去厨房端菜："我今天做了新菜，你试试。"

初筝认命地坐下："你有付款吗？"

"付了。"

"嗯，没事少做饭，多花钱。"天天都当小白鼠，我好慌啊！

"不做饭，钱往哪儿花？"大妖怪对花钱的概念还不是很深刻。

初筝瞄向他手机："游戏'氪个金'什么的，都行。"你一个叱咤风云的大妖，不干点高档的败家活动，整天沉迷做菜是怎么回事啊！

寻隐不懂就问："'氪金'是什么？"

"花钱。"

"游戏有什么好'氪金'的。"寻隐瞬间学会这个词，"我厉害，小妖你玩儿吗？我带你，我现在可是大神。"

初筝拒绝了寻隐，挑着看上去还不错的新菜吃。可能是大妖怪已经得了要领，即便是新菜也算能吃了。

初筝吃完立即离开餐桌，怕寻隐又端什么奇怪的东西出来。

初筝窝在沙发上看电视，寻隐收拾好，也挤了上来："小妖，你看我长得好看吗？"

"好看。"

"你都没看我。"

初筝敷衍地看他一眼："好看。"

"那你说，我要是去演戏，就是像电视里这样，会不会火？"

"你想演戏？"初筝若有所思。

"看着挺好玩儿的。"寻隐把玩着初筝的头发。

"嗯，那就去。"

初筝大手一挥，将寻隐送进娱乐圈。余苏摇身一变，成了经纪人。

"老大，你认真的吗？"余苏哭丧着脸，"我就是一个小混混，哪里会当经纪人？你让我……让我给……给……当经纪人，我会被吓死的。"

老大身边这只大妖怪，眼神都能杀妖了，余苏每次过来都是心惊胆战。

初筝一开始有些可怕，可是熟悉之后，余苏发现初筝其实就是看上去凶，并不会无缘无故就动手。但寻隐不一样……不管接触多少次他都害怕。

“你就看着他，别让他乱跑就成。”初筝道，“其余的事，有人会处理。”

余苏腹诽：就算是这样，我也很害怕！

余苏再怎么抗拒，最后还是得走马上任。

初筝发现“好人卡”真的是一个替她败家的好对象。为防止“好人卡”在圈子里被欺负，初筝大手一挥，直接买了个娱乐公司。

很快娱乐圈的人就发现突然有个人火了，火得让人莫名其妙。娱乐圈从来没这么一号人，不知从哪儿蹦出来，上来就是斥巨资的大剧组。虽然不是男一号，但也是许多人抢破脑袋都得不到的角色。

关键是这位新人也奇特，整天就穿一身古装，走哪儿都是这身。

但是不得不承认，人家穿那身衣服，比戏里的那些好看、有气质多了。

这样的动静引起不少人的注意。寻隐那张脸放在娱乐圈，就算当个花瓶，只要给他曝光率，一样能火。

但是有脸不行，你还得有背景。

娱乐圈的人对这个突然闯进来的新人，表现出最大的恶意。但是众人很快发现，这位模样惊人的新人，背后有人捧着，也深挖不到他的背景，就好像是凭空出现的一般。任何敢和他作对的，都不会有好下场。

一开始有人不信邪，然而不管出什么事，这位新人都能独善其身，渐渐地就没人敢再招惹他。

“他长得真好看。”

“我听说他背后的金主势力很大。”

“是吗？是谁啊？”

“不知道，最近娱乐圈发生的事，你看只要和他沾上关系，哪个得罪他的好过了？这来头绝对不小。”

“那也不一定是金主吧，也许人家本身就有这个实力呢？不是说都查不到他的背景吗？”

“也是，有些富二代就是喜欢玩这种游戏……”

这样的议论数不胜数，这些人只是八卦寻隐的背景身份。

但是有那么一群人……他们每天都觉得自己快要心肌梗死。

为什么会有这么强大的妖整天在屏幕上瞎晃！！！

猎妖师联盟的人召开紧急会议。

“这就是上次那只大妖。”有人道，“他竟然混成了明星，太招摇了！太不把我们放在眼里了！”

“我们派人去试过深浅，这只大妖……不好对付。”

“什么不好对付，根本对付不了。”有人嗤笑。他们派去的人，连人家的身都没近。

副主席眼观鼻鼻观心，不参与这些人的讨论。主席则沉着脸，等这些人吵得差不多，这才拍桌子。

会议室安静下来："宋青，你怎么看？"

副主席被点名，抬起头，推了一下鼻梁上的眼镜："目前来看，这只大妖并没有伤人的意思，他刚苏醒过来，对这个世界陌生，我觉得不宜立即动武。"主要是也打不过啊。

宋青可是亲眼看见，这只大妖和那个初筝在一块。

"那就这么放任他？"旁边的人反驳，"他想杀人，我们根本发现不了。"

"那你觉得你去和他打，能打赢？"宋青目光凌厉起来，仿佛刚才那个主张以和为贵的人不是他一般。

那只妖，他们都去围观过——当然是暗地里。隔着老远都感觉气不顺，那压根不是他们能对付的。

也难怪他不再藏着掖着了，就这实力哪里还需要……

"按副主席说的办，先派人去谈，"主席拍案，"不要惹怒他。"

如果这只妖真的没有恶意，人家只是单纯地想当明星，他们就这么打过去，那不是自讨苦吃吗？

这个活儿，推来推去最后还是落在宋青头上。

宋青可没敢去找寻隐，而是辗转找到初筝。

宋青找到初筝的时候，她正在黑市上跟人竞拍一颗内丹。听着拍卖师一声高过一声的价格，宋青的心都在颤抖。

这还是钱吗？是水吧？！

不过，她还需要这么一颗内丹吗？

最后，初筝拿着内丹出来，宋青立即上前："初筝小姐。"

初筝左右看看："你怎么认出我的？"她进来的时候用妖气遮掩了容貌。

宋青诚实脸："我跟着您来的。"

猎妖师联盟的人，经常跟踪妖，所以跟踪技术那是一绝。

"找我干什么？"

"是这样的……"宋青道，"那位叫'寻隐'的大妖，和您关系匪浅对吗？"

初筝盯着他，不说话。

宋青被盯得很不舒服，硬着头皮继续道："我想和您谈谈他。"

初筝有种自家的熊孩子在外犯了错，人家找上门告状的感觉。

宋青主要是和初筝谈寻隐，想问问这位大妖什么意思。他们这群人天天看着一个大妖在电视屏幕上招摇，真的会被吓到昏厥。

"你们猎妖师……"初筝的视线在他身上转一圈，宋青下意识地站直身体，宛如等待首长检阅的士兵。初筝继续道，"不是直接杀的吗？怎么现在走和平路线了？"以前看见哪里有妖，先杀了再说。

宋青抹汗。那只大妖一看就来头不小，他们想杀也得打得过才行啊！

宋青满脸尴尬道："初筝小姐，您对我们可能有些误解。当然我也不否认，确实有那样的情况，但是您放心，我以后一定会约束联盟成员，尽量避免这样的事发生。”

宋青确实觉得联盟的做法有些欠妥。不过，这都是因为那些有钱有势的权贵插手，导致联盟现在的情况。

宋青心底暗暗下决心要整治这样的乱象。不过短时间内，肯定是不会有成效，只能给初筝先画个饼。

“别招惹他，我会管好他。”初筝也给宋青画了个饼。

寻隐拍戏就是图好玩儿，压根就不是为了火，所以他拍戏就是三天打鱼两天晒网。初筝也由着他，剧组那边有意见就砸钱。人家愿意拿钱耗着，剧组也不好说什么。

但寻隐的爱好并不长久，他瞄上了另外一个活动。

“小妖，你觉得我游戏玩得怎么样？”寻隐躺在沙发上，脚搭在初筝腿上。

初筝一只手放在他腿上，一只手拿着书，闻言稍稍抬眸：“还行。”

寻隐起身，坐到初筝旁边，将手机举给她看：“我去给你捧个冠军回来怎么样？”

初筝扫一眼手机——×× 电竞大赛。

“这是电竞赛。”初筝提醒他。

寻隐认识字：“嗯，怎么样？”

“需要组队，你一个人上去干什么？站台？”

寻隐玩游戏喜欢独来独往，所以他玩的大部分都是不需要组队也可以玩的游戏，如果非要组队的话，他也是单独行动，完全不听人家指挥。

寻隐捧着手机：“我喜欢。”

千言万语抵不过我喜欢。

“真想去？”

“嗯。”

“亲我。”

寻隐扔掉手机，将初筝扑倒在沙发上：“小妖，亲你怎么够……”

寻隐精力旺盛，初筝觉得，很有必要让他去别的地方消耗一下精力。

“小妖看着我，”寻隐见初筝走神，不满地将她的脸扳过来，“叫我名字。”

“寻隐。”

寻隐声音低哑：“再叫……”

“寻隐。”初筝的声音微微嘶哑，带着几分低沉。

初筝早就不想动了，任由他压着自己，手穿过他腰间，将人抱着。

“小妖……”

“嗯。”

“你好香。”寻隐有一下没一下地亲着初筝脖颈，“想吃了你。”

初筝拉开一点距离，谨慎道：“明天我去给你报名。”

初筝说到做到，第二天就给寻隐报了名，还在极短的时间里组建了一支队伍。听闻他们的任务只是陪玩，有人高兴有人愁。当然钱给得多，他们也就没人愁了，整天陪寻隐玩游戏。

于是娱乐圈的人发现，他们刚粉上的那个“活在海报里”的古装美男子突然没了消息。

“活在海报里”这个形容是因为他总不换衣服，长得又好看，所以大家给了他这么一个称号。虽然他在娱乐圈没了消息，但很快就有人在电竞比赛上看见了他。

“这突破次元了吧！”

“我差点以为自己看错了，这就是那个神仙小哥哥啊！”

“神仙小哥哥不演戏，跑去玩电竞了？”

“为什么要不务正业？！”

“被演戏耽误的电竞选手。”

各种消息开始出现在网络上，正面的、负面的都有。

许多人猜测寻隐只是玩玩，人家都是职业选手，你一个演员凑什么热闹？

但是寻隐还真就一路高歌猛进，进了前十。

每次有寻隐的直播都会爆炸，许多不关注电竞圈的人，开始关注这个圈子。

李小鱼最近很倒霉。

李小鱼之前威胁过的那些人，突然开始针对她。一开始李小鱼还想用把柄威胁他们，结果发现自己保存的黑料都不见了。而李家找不到李家二小姐，就把这过错归结到她身上，彻底不管她，收回她名下的所有产业。

李小鱼自己倒是也有产业，可是在联盟那些人的针对下，很快就被搞破产，最后只剩下一套房子。

“这群浑蛋！”李小鱼气得神情狰狞。

“大小姐，我们现在情况很不妙……”

“用你说？”李小鱼瞪了李严一眼，她至今都不知道自己沦落到现在这一步，到底是谁在背后搞鬼。

“大小姐，我们要不先避下风头……”李严提议，这是目前最好的办法。联盟那些人能放过大小姐吗？

李小鱼不肯听李严的建议，两人还为此吵了一架。

李严离开后，李小鱼拿着东西就离开了家。

她现在要提升实力，而提升实力最好的办法，就是吞妖的内丹。

李小鱼开始四处猎杀妖。

联盟很快就接到这个消息，李小鱼得罪的那些人立即将这件事上报，并通知李家。

李家表示李小鱼已经和他们没有关系。

副主席已经提出不能滥杀妖的提案，虽然还没有通过，但是联盟里那些本来就看不惯联盟滥杀作风的猎妖师已经开始主动执行。加上被李小鱼得罪的那些人，李小鱼很快就上了联盟黑名单。

李小鱼被联盟追捕，她东逃西窜，最后还是被抓回去。

初筝再次听见李小鱼的消息，已经是一年后。此时神仙小哥哥寻隐已经涉猎好几个行业，每个行业都是昙花一现，便再也不关注。偏偏就是这样的态度，人家每个行业都能玩得溜。

一群粉丝追得十分心累。

“爱豆”太优秀怎么办？

为了“爱豆”，他们都得努力学习，不然都配不上这么优秀的“爱豆”。

初筝是在动漫节上再次碰见执行任务的宋青，宋青主动提到了李小鱼。

李小鱼被抓回去后，被关了一段时间，但是她想办法说动了看守的联盟成员，逃了出去，之后他们一直没有她的消息。

直到前不久，宋青追捕妖的时候发现李小鱼。李小鱼四肢都被人废了，生活在一个不足十平方米的房子里，生活凄惨。

宋青有些唏嘘，当然他也并不同情，李小鱼当初竞选副主席的时候做过些什么，他还历历在目。

“初筝小姐，这……寻隐先生还没玩够？”宋青看向台子上的男人……不对，妖。每次在网上毫无防备地刷到这只大妖时，真的很考验他们的心脏。幸好这只大妖后来真的没搞什么事。

“不知道。”“好人卡”高兴就好。

宋青叹了一口气。

底下爆发出来的欢呼声将宋青那声沧桑的叹息淹没。

寻隐换回自己那身衣服，出来的时候，被几个粉丝堵住要求合影。

男人笑得有些恶意，丝毫不顾及粉丝的感受：“不行哦，我们家小妖会吃醋的。”

粉丝们失望不已。当然对妖来说，他们特立独行，压根不在乎有没有粉丝。

“寻隐大大，你家小妖是谁呀？”有粉丝大着胆子问。

寻隐不止一次在公开场合说过，他是有对象的。但是粉丝们扒了半天，都没有扒出来这个小妖到底是何方妖精。

“不可说。”这个回答在粉丝的意料之中。

“大大，那能签个名吗？”

这个寻隐倒是可以满足她们，给她们签名之后，粉丝被后面的安保人员发现，将她们请出去。

“我有那么见不得人？”寻隐转身，见初筝站在转角，目光冷飕飕，十分不善地看着他。

她什么时候站在后面的？

寻隐上前，拉着初筝的手，补救道：“我听说粉圈里有些人很极端，我是怕她们伤害你。”

“她们能伤害我？”大妖怪把她当什么了，她有那么脆弱？

“小妖当然厉害，可是在我心里，小妖你需要保护。”寻隐说得认真。

他才不想小妖暴露在别人眼中，小妖当然要藏起来自己慢慢欣赏。

“你就是觉得我见不得人。”初筝固执地道。

每次都偷偷摸摸的，她到底哪里见不得人了？！

这个问题被寻隐暂时糊弄了过去，但是晚上，初筝又提了出来。

寻隐再次糊弄过去，谁知道初筝睡一觉起来，还没忘。

寻隐躺在床上：“我明天就公开好了吧！”

初筝这才满意。自己的人，就是要宣布主权，偷偷摸摸算怎么回事！

寻隐公开自己藏着掖着的小妖，瞬间掀起千层浪。

具体背景不知，只知道她特别有钱。

“小哥哥真的有对象，嘤嘤嘤，要哭了。”

“神仙小哥哥和这位小姐姐很般配啊，祝福。”

“这两人是什么神仙颜值啊，粉了粉了。”

“听说寻隐背后有人捧，应该就是她吧？长得好看还有才华，要是我有钱，我也想捧了。兄弟姐妹们，众筹吗？！”

“完了，我失恋了，还是一天两次。”

网上的消息闹得沸沸扬扬。

初筝此时有点忐忑，她站在沙发后面，看向正在看电视的寻隐。

电视里放的是航空纪录片。

寻隐已经看了好几天了……依照惯例，他很快就会提出要求。

他想要艘火箭，初筝觉得自己还可以想想办法，去给他偷一艘回来。可他要是想上天什么的，初筝觉得这就太为难她了！

“小妖……”

初筝“唰”一下闪身回房间，趁寻隐没进来，跳窗跑了。

等他冷静冷静，过几天他就会对别的感兴趣了。

卷三

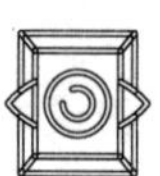

网红头牌

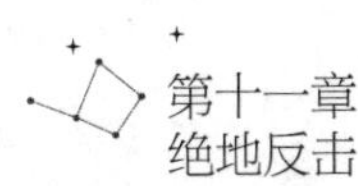

第十一章
绝地反击

“嗡嗡嗡……”手机振动个不停，初筝被吵醒了。她从凌乱的床上爬起来，摸到振动的手机，看一眼屏幕，未知号码？初筝挂断并关机。

房间昏暗，窗帘都拉上了，空气有些闷。

初筝随意地打量了一下房间。

乱——这是初筝的第一反应。房间不算小，除了床，旁边还有一些空间被隔出来，放了画架和透写台。地面散落着一些纸，有的被揉成一团，扔在各个角落，有的则随意地铺在地上。一台电脑掉在地上，已经碎了。

初筝下床，突然有些头晕，扶着旁边的东西站稳。缓过来之后，初筝去拉开窗帘，外面的阳光顿时倾泻进来。

也不知道这身体多久没见光，初筝感觉自己快瞎了。她赶紧转身，走到稍微暗一点的地方，适应这样的光线。

原主姓艾，大学毕业后，没有找到正式的工作，平时就接点稿子，画个画，稿费足以支撑她的生活。

为了节省房租，原主与人合租。

原主的室友叫沈涵秋，一开始原主觉得沈涵秋是个很不错的人，出手大方，也不往宿舍乱带人，只是有点不爱干净。不过她每周都会请人来做清洁，所以这一点小瑕疵也没什么。

最初两人相处还算不错。

沈涵秋也是刚毕业，在一家公司里做文员，朝九晚五的工作，说不上好，也说不上坏。

但是沈涵秋还有一个职业——职业黑粉。就是哪里有需要黑的人，她就是谁的黑粉，专业扒人、写软文、抹黑，一条龙服务。明星的圈子够不上，她主要混迹那些网红圈。

当然原主并不知道这件事，平时只以为沈涵秋比较喜欢上网。不过现在的人，哪个不喜欢上网？

沈涵秋对原主这个舍友大概也没怎么在意，反正只是一个舍友。

但是……沈涵秋惹上了麻烦。她扒了一个网红，没想到，这个网红有背景，沈涵秋反被扒了。沈涵秋做的那些事被人放在网上，职业黑粉，逮谁黑谁，劣迹斑斑，诬陷造谣……

沈涵秋干这行自然知道风险，平时都很小心，但是这次她是真的得罪了有背景的。

一开始沈涵秋还想硬扛一下，可是随着扒出来的东西越来越多，沈涵秋慌了。

她要是被扒出来，不说网红身后的人，就是网红的那些粉丝也会让她陷入绝境。

这个时候，沈涵秋就想到了原主。

网络嘛，谁知道后面的人是谁呢。

沈涵秋也有些犹豫，她见过太多的网络暴力……然而正是因为见识过，沈涵秋想到自己也许会经历那些，她害怕了。

于是，沈涵秋开始策划。

沈涵秋一开始就很谨慎，账号是买来的，注册信息不是她。绑定的手机号也不是她身份证注册的，是一张没有实名的卡。她只需要说几件外面不知道的事，再加上原主的信息，这篇文就算完成，后面的事，会有广大网友来帮她完成。

所以沈涵秋栽赃陷害得很成功。

沈涵秋将自己摆到爆料人的位置，说是这个"黑粉"的室友。因为在晚上刷到帖子，正好又看见室友的行为，这才爆料。

沈涵秋栽赃完，就等着事情发酵。

原主不怎么关心这些，平时上的网站也是一些比较冷门的。因此原主接到那些陌生谩骂的电话，只是莫名其妙。

但是随着手机进来的短信越来越多，电话也一直响个不停，原主看着那些谩骂和电话，总算顺藤摸瓜找到网上的信息。

原主根本不知道这些事。她注册账号解释，然而这些人除了骂她，公布她的信息，完全不听她说什么。

原主所有信息被曝光，成为一个没有隐私的人。

一个没有做过这件事的人，被无数人指责。她的解释没人听，她说什么都没用，是个人都会被气得崩溃。

这些脏水泼到原主身上，网络暴力开始朝她露出獠牙。

原主试着投诉，然而网络暴民太多，封了一批号，很快就会有新的一批。还有一些疯狂的粉丝，为自己的"爱豆"报以前被黑的仇找上门来。

原主被吓得不轻，不敢住在那里，准备搬家。

原主是在收拾东西的时候，发现这件事和沈涵秋有关系。

当时原主在收拾桌子，正好沈涵秋的手机放在桌子上，原主不记得沈涵秋当时为什么没在，但是她当时看到沈涵秋的手机屏幕了，那上面正好登录着账号，原主拍了下来。

她没想到，自己遭遇的一切都是因为沈涵秋。

原主去找沈涵秋，沈涵秋直接承认了，还让她去说，看看谁会信。

原主说要去起诉她，然而沈涵秋说就凭这么一张照片，不足以当证据，谁知道这手机是谁的。当初那个账号也早就被封了，注册信息跟她没关系，登录地址，也是她们的宿舍，能证明什么？

沈涵秋将自己摘得干干净净。

原主万万没想到，毁掉自己的会是沈涵秋。几次和沈涵秋交锋，原主都以失败告终。

原主的情况却越来越糟，身体和精神的双重折磨，让原主身体很快就垮掉。

一直到死，原主都没让沈涵秋付出代价。

初筝摸了下胸口，指尖在锁骨上敲了敲。她脚尖点着地面，椅子转个圈，面对外面的阳光。刺目的阳光，令她微微闭上眼。

现在的时间线，已经是沈涵秋栽赃陷害原主之后，原主正接受广大网友的骚扰……

也难怪原主的房间是这个鬼样子。

沈涵秋现在估计正为自己的计划成功而窃喜吧。

这就是你在房间哭成狗，她在房间笑成花。

唉。可怜！

初筝保持这个坐姿思考了一会儿人生，然后慢吞吞地把电脑捡起来，试了试，电脑已经坏掉，根本开不了机。

初筝把手机卡取下来，然后开机，连 Wi-Fi 登上网络。原主新注册用来澄清的那个账号，全是骂她的垃圾信息，卡得她手机都黑屏两次。

初筝等重启的时候，漠然地想：网友真是闲得慌，看来是作业和工作还不够多。

初筝翻着手机上的那些信息，漫不经心地扫了一遍。她先把评论功能关掉，然后打开某个直播软件——沈涵秋得罪的那个主播就是在这个软件上直播的。

初筝进直播间的时候，主播正好在直播。初筝看了一眼，并不是想象中的那种穿得清凉的辣舞，而是一个挺好看的女生，正在直播弹古筝。

主播不知道是用的真名还是艺名，挺好听的，叫程知落。

初筝翻了翻，程知落的直播都和音乐有关。沈涵秋之前黑她作秀，表面清纯，背地里其实浪到骨子里。

沈涵秋做这些有没有钱拿原主并不清楚。但是原主知道，沈涵秋很喜欢做这种事，她从骨子里就喜欢去扒人隐私。

“有病。”初筝吐出一口气。

“主线任务：请小姐姐在一个小时内花掉五十万。”

花钱能治病！王者号见缝插针。

初筝一脚踹在旁边的桌腿上。桌子晃了晃，上面的东西摇摇欲坠。

初筝发泄完，看着手机里收到的转账信息，又切换到刚才那个直播平台。

她记得直播平台有打赏功能，完成任务这不是分分钟的事！

平台上单次最高打赏有限制。

初筝心道，这有点费劲了啊。没有一次性打赏五十万的吗？！这不是限制人家发挥嘛！

初筝充值好，随手点了个主播，进去就是一通刷，屏幕上瞬间被礼物消息和弹幕占据。

“天啦！有土豪！”

“第一次和土豪如此近距离接触。”

“这刷的都是豪华城堡啊！”

豪华城堡换算成平台的虚拟币就是单次最高打赏金额。

“我要窒息了。”

“主播快哭了吧。”

可能初筝挑的这个主播没有多少粉丝，因此她这一拨刷下来，弹幕都炸了。

“恭喜小姐姐完成任务，五十万块奖励已到账。”

初筝停下刷礼物的手，有不少人关注她，还有几条私信。

初筝无视掉这些乱七八糟的东西。

她现在要做的是，怎么才能为原主澄清。

初筝撑着下巴琢磨了一会儿，起身走出房间。

她刚打开房间门，对面的房门也被打开。沈涵秋从房间出来，瞧见初筝，还露出关心的样子：“初筝，你没事吧？”

初筝从头到脚扫视了一遍沈涵秋。

这人长得还挺好看的。

沈涵秋是那种知性的精英型女性，职业装穿在她身上更显漂亮。这样一个人，背地里却有不为人知的癖好……

初筝打量沈涵秋的时候，沈涵秋也在打量初筝。对面女生身上的衣服皱巴巴的，头发也没怎么打理，显得凌乱，本来还算精致的容貌，兴许是因为没休息好，有了黑眼圈。

这本来是一副不太好的形象，然而此时女生气定神闲的模样，多了几分颓废美，顿时显得不一样。

“初筝？”沈涵秋叫了一声，狐疑地观察她。

怎么觉得不太对……

“小姐姐请你冷静点，不要想那些乱七八糟的事，我们有的是钱，请用钱解决问题好吗？！”

小姐姐动不动就是直接上手，你不嫌累得慌吗？

初筝：这样比较方便，麻烦一时，方便一世。

“我信了你的邪。”

初筝被王者号阻止，无视掉沈涵秋，往客厅走。

沈涵秋要去上班，虽然觉得奇怪，但是想到最近的事，又觉得没什么问题。

“初筝，你别多想了，这事说不定是误会，那个我上班要来不及了，先走了。”沈涵秋假意安慰她两句，然后风风火火地离开。

初筝看着乱糟糟的客厅，心情更烦躁。

这人怎么这么不爱干净。

“小姐姐你也不爱收拾。”王者号吐槽。

初筝：可是我没这么脏。

她的东西只是乱而已，跟脏不沾边好吗！

想想沈涵秋每周都请人打扫，房租、水电、生活费，还有那些化妆品、衣服、包包……这绝对不是一个公司文员能够负担的。也就是说，沈涵秋黑人，应该是有收入的。

想要反转说难不难，说简单也不简单。

初筝出门重新办了一张卡，又买了新电脑。

王者号发主线任务败家，初筝转头就给自己找了一个专业的公关团队。

公关团队就在本市，领头的是个男人，瘦得跟猴似的，留着两撮小胡子，乍一看有点猥琐，不是什么好人。

“艾小姐是吧？”财神爷来了。

初筝进来，男人立即迎上来，笑得不知是谄媚还是真诚：“您好您好，我是负责人关仓，您叫我小关就可以了。”

初筝面无表情地颔首。

关仓也不在意财神爷什么态度，他有钱拿就行。

关仓请初筝进去坐。

初筝将之前整理的资料扔过去：“我是谁，你应该了解过了。”

“咳咳……”关仓立即变得严谨许多，“艾小姐的事，我们团队已经做过简单的分析，根据您所说，您是被人诬陷，这件事不是什么难事，我们是专业的团队，您放一百个心。”

他之前已经和初筝做过简单了解，加上网上的信息，基本明白整个事件的来龙去脉。

初筝扬了扬下巴：“里面有沈涵秋的资料。”

“有明显证据吗？”

初筝看关仓一眼，喝一口茶，慢条斯理地道：“你说有就有。”

关仓秒懂，没有证据就造嘛。

关仓和初筝商量细节。初筝基本不会提什么要求，都是你们自己看着办，拿钱办事，别什么都问我。

临走的时候，关仓问了个问题：“艾小姐不是圈子里的人，怎么会想到找我们？”普通人出了这种事，估计除了报警就没别的办法了。

“专业的事，交给专业的人，”初筝抄着手，“有问题？”

“没有，没有。”关仓赔笑，“艾小姐说得没错，您放心，我们绝对是专业的。”

关仓打包票。

初筝幽幽地道一声：“最好是。”

初筝拦车离开。

“艾小姐慢走。”

关仓目送“财神爷”离开，摸出手机拨通工作室的电话：“干活了，还在外面的人都叫回来，一个小时后开会。”

那边的人明显不满："就之前说的因为网红被黑的那个？那点小事能有几个钱，老大你……"

关仓冷笑："你懂什么，一个小时后，还没回来的人，扣奖金。"

关仓挂掉电话，往工作室赶。

初筝上了车，司机问她去哪里。初筝想了一下，礼貌地问："有什么出名的律师事务所吗？"

司机知道一些，跟初筝说了两个，初筝让他将自己随便拉去一个。

初筝从律师事务所出来的时候已是傍晚。

律师事务所的负责人将她送出来："需要派车送您吗？"

"不必。"初筝望着一个方向，拒绝负责人的提议。

"那您慢走。"

初筝踩着台阶，不紧不慢地往街对面过去。

此时，沈涵秋和一个男人进了咖啡厅。初筝没看见男人的脸，当然就算看见脸，估计也不认识。

沈涵秋和原主同居……不是，合租的时间里，别说男性朋友，就连女性朋友都没带回来过。

沈涵秋没多久就从咖啡厅出来，她还特意戴了副墨镜，左右看看，有些谨慎，似不想让人看见。

初筝躲到后面，沈涵秋离开后，男人随后出来，上了一辆车离开。

初筝拍到一张照片，将照片发给关仓，让他查下这是谁。

"初筝，你去哪儿了？"

初筝一开门，沈涵秋的声音就响起来，很是关切，但眼神明显带着打量和探究。

"你最近还是不要出去的好，万一那些疯子真的找到这里来怎么办？"沈涵秋忧心忡忡地提醒，仿佛真的是为她着想。

初筝不吭声，只冷冷地看她一眼。那一眼仿佛让整个空间的温度都下降好几度。

沈涵秋被看得十分不自在。那种仿佛被看穿的感觉让沈涵秋心虚，不敢和初筝对视。她撇开头："也不知道是谁陷害你，你有怀疑的人吗？"

"你不清楚？"

"我？"沈涵秋惊讶，双手交叉放在胸前，脚也缩紧，"我清楚什么？"

沈涵秋已经将所有东西都处理掉，包括登录账号用的手机。所以沈涵秋虽然心虚，却也不是很担心。

"这房子我不租了。"初筝没接话，而是突然换了个话题，"你今天搬走吧。"

"什么？"沈涵秋"噌"一下站起来，"你让我现在搬走？"

"对。"初筝双手环胸，靠着墙，"你有一个小时时间收拾东西。"

“我交的房租还没到期，你凭什么让我搬走？”大晚上的，让她搬家？

“房租退你，违约金也会赔给你。”初筝很讲道理。

房子虽然不是原主的，但是房子是原主从房东那里租来的，沈涵秋是后来者。

沈涵秋不知道为什么刚才还在说网上的事，转头就跳到了退租上，一时有些蒙：“你为什么要让我搬走？”

“你不清楚吗？”心里有点数就行，为什么还要说出来，这样让我更想收拾你。

自己清楚什么？这话是什么意思？

沈涵秋心底有些慌。

初筝知道什么了？不可能啊，她根本不可能知道这件事……

沈涵秋冷静下来，脸色不太好地道：“初筝，就算你受了委屈，也不能把怒火发在我身上吧？我又没得罪你！”

初筝眉眼间满是冷淡：“一个小时后，你还不搬的话，我就请人帮你搬。”

“你是不是疯了？”

初筝看沈涵秋一眼，转身进厨房，摸了把刀出来。

沈涵秋被那刀吓一跳，惊叫道：“你别乱来。”

“搬吗？”

“搬、搬，我搬！”沈涵秋吓得花容失色，哪里敢刺激初筝，怕初筝真的用刀砍她。

沈涵秋迅速回房间收拾东西。

一个小时其实根本收拾不完，沈涵秋还在收拾，房门被人拍得“砰砰”地响，她吓得脸都白了，不敢开门。

“砰”！房门被人踹开，两个文着左青龙右白虎的肌肉大汉站在门口，门一开，两人就走进去。

“你们干什么？！”沈涵秋尖叫，捂着自己胸口，“你们不要过来！我报警了！！”

左青龙右白虎的大汉白沈涵秋一眼，开始搬她屋子里的东西。

沈涵秋往外看去，初筝倚在她房间门口，神情平淡地看着。

这两个人明显是她找来的。

——一个小时后，你还不搬的话，我就请人帮你搬。

沈涵秋被吓得浑身虚脱，后背全是冷汗，此时靠着窗边，握紧衣摆。

这个艾初筝怎么回事？这两个人，她哪里找来的？

两个大汉很快就将屋子里的东西搬出去，就剩下沈涵秋。

两人朝着沈涵秋过去，沈涵秋已经退到边缘，无路可退：“你们想干什么？艾初筝你疯了，你让他们住手！！”

两个大汉一左一右架着沈涵秋，将她扔出门外。大汉将门边的东西踹出去，将门拉过来。

沈涵秋跌坐在走廊上的一片狼藉中，抬头看来，惊魂不定的眼底正好映着踱步走出来的女生。

那双黑沉沉的眸子正冷冷地看着她。

走廊里似有阴风吹过，背脊和胳膊起了一层鸡皮疙瘩。

“砰”！房门关上，沈涵秋身体跟着抖了抖，头皮阵阵发麻。

到底发生了什么？

沈涵秋还在蒙着，房门忽地又被打开，迎面就是一堆东西砸过来，“稀里哗啦”地掉在走廊上。

沈涵秋好一会儿才爬起来，靠墙壁站着，似乎这样能给她一些安全感。刚才的事给她的冲击太大了。

那是艾初筝吗？那不是！

良久，沈涵秋拨通一个号码。

“喂，我这里出了点事，你能不能来接下我？我没办法……你就不能过来吗？我……喂？喂？”

“嘟嘟嘟……”忙音在空寂的走廊上响起，沈涵秋捏紧手机，手背上青筋暴起，又气又怒，还带着些怨。

沈涵秋好不容易先找地方安顿好，也顾不上什么，又累又气，倒床就睡着了。

翌日。

沈涵秋起床第一件事就是刷微博，然而她发现事情有点不对劲——

“春易尽”事件大反转

艾初筝、沈涵秋

谁才是“春易尽”的真正主人

“春易尽”就是沈涵秋用来黑人的那个账号。

这是一个大V的爆料，说“春易尽”真正的使用者其实叫沈涵秋，艾初筝是她室友，被她推出来做挡箭牌而已。沈涵秋陷害人家，你们扒错了人。

这种爆料网友自然不会信，谁知道是不是为了转移注意而放出来的烟幕弹。但是那个大V很快就爆出一些细节，比如“春易尽”某次找他合作，因为一些合作时的需要，他要到一个手机号，这个手机号的机主就是沈涵秋。

沈涵秋看着那些聊天记录完全蒙了，她怎么不记得有这事？但是那个号码确实是她的……

大V说出来的事件内幕，又与真相完全吻合，真真假假，让吃瓜群众搞不清楚“春易尽”的主人到底是谁。如果“春易尽”的主人真的是沈涵秋，那就说明之前他们扒错了人。

“这要是扒错人，那可就尴尬了。”

“她们是室友，说不定是同谋。”

“同谋可能性很大，‘春易尽’这个号真的是恶心死了，必须把它背后的人找出来。”

沈涵秋用“春易尽”这个号黑过不少人，这些人的粉丝数量虽然不像明星那样庞大，可是合在一起也很吓人。

“‘春易尽’的主人到底是谁？”

“吃瓜需慎重，反转说来就来。”

这个瓜还不太熟，大家都还在观望。但是接着有个自称卖家的网友晒出交易图，正是“春易尽”的原主人。上面有注册信息，确定是“春易尽”原本的主人。而他们交易是用微信，那个微信则是沈涵秋正在用的那个。

这个号确实是这样买来的，但她早就把人删了。这也是几年前的事了，怎么可能还有记录？

可是那图看着很真实，不像是假的……

这个瓜出来，已经有人开始信了，沈涵秋才是“春易尽”这个号的真正使用人，艾初筝是被无辜波及。

关仓这个时候带人下场，给初筝洗白造势，很快收割第一拨墙头草。

沈涵秋刷着这些消息，整个人都快气炸了。她想到初筝之前的异常，可是现在想这些也没用，怎么把自己给摘出去最重要。

她不能被扒出来。

然而沈涵秋很快就体验到被扒的感觉，她的信息很快就出现在网络上，她经常用的社交账号、公司工作等也一一暴露……

开始有人给她打电话，沈涵秋不敢接，直接将手机关机。

就在沈涵秋焦急地想办法的时候，“春易尽”这个账号突然发了一条道歉——

春易尽：对不起，我是沈涵秋，在这里给我的室友道个歉，是我陷害她，请你们不要再骚扰我……

“不……”沈涵秋看着那条微博，一个字一个字地看。

怎么可能！这不是她发的。“春易尽”的密码只有她知道……这是谁发的？！

这个道歉完全坐实了爆料，网友瞬间就炸了。

沈涵秋拿手机想登录账号，又猛地想起什么。

沈涵秋出去找了网咖，登录账号，密码错误。

沈涵秋以为自己输错了，再次输入——仍旧密码错误。

不管沈涵秋输几次，都没有登录上。

不管之前爆出来的事是真是假，只要速度够快，放出来的东西够多，沈涵秋想洗白，就没那么容易。

沈涵秋开小号质疑，“春易尽”这个时候发微博明显不对劲，嚷嚷着让人查“春易尽”的登录 IP，于是有同样疑惑的人立即呼应她。然而“春易尽”的常用登录 IP 还是那几个，并没有什么变化。但是有人顺着这几个查到其中除了住处还有一处是沈涵秋的公司。

沈涵秋自己送了一个人头，她却怎么都想不通。

艾初筝……是她！

沈涵秋一拍桌子，动静很大，网咖四周的人朝她看过来。

沈涵秋立即垂下头，用头发挡住脸，匆匆离开。

初筝跷着腿，坐在沙发上玩手机，两个左青龙右白虎的大汉正收拾屋子。

这是初筝请的保镖，干什么的不知道，初筝看他们挺能打，还唬人，就请了。

一个叫吴法，一个叫吴天，两人是亲兄弟——合起来就是“无法无天”。

吴法不太爱说话，大概就是那种让干什么就干什么，只要在他承受范围内，绝不问为什么的那种。

吴天就活泼一些……

吴天在收拾沙发，扫到初筝的手机：“老板，您还看直播？”还看这种小美女？！

“嗯。”初筝冷淡地应了一声，目光平静地盯着手机里跳着辣舞的小姐姐。

“砰砰砰”！

房门被人敲得直响，吴天的视线从小美女上挪开，往门口看一眼，再看看没什么反应的初筝，起身过去开门。

沈涵秋站在门口，气势汹汹的样子。

沈涵秋接触到吴天那庞大的体格，气势顿时弱了几分，吓得往后退了一步。

敲门的时候，沈涵秋就后悔了。

刚才她是气得冲昏了头。

可是门都开了，她不能落荒而逃。

于是，沈涵秋又挺直腰板，往里面看，瞧见坐在沙发上的初筝，立即质问：“艾初筝，网上的事是不是你做的？！”

“什么事？”

“你说什么事？”沈涵秋怒道，“你背后这么整我？亏我还把你当朋友，你……”

朋友？哪门子朋友？原主有你这样的朋友，活该死得早啊！

“你有证据吗？”初筝打断她，语调平缓冷淡，“没证据别乱说。”

整？我这算什么整，不过是把你栽赃给原主的还给你罢了。

我还没开始整你呢，着什么急。

“除了你，还能有谁？”沈涵秋已经确定，初筝肯定知道“春易尽”就是她。可是初筝到底是怎么在这么短的时间有能力联系那么多人，将事情反转过来的？

“不是我，别乱说。”初筝一口否决，坚决不承认。

“艾初筝你……”

初筝抬手，示意吴天关门送客，沈涵秋的声音被关在门外。

初筝刷了一下手机上的消息，关仓的团队正在运作后续事件。

她之前被栽赃的事情现在已经差不多澄清了，网上关于她的信息和照片也都处理干净。

“小姐姐，有钱是不是很好？”王者号语气欢快。

之前骂她骂得起劲的人少了许多，消息都没有之前多了。这就是墙头草，风往哪边吹，就往哪边倒。

初筝将编辑好的微博发出去，这条微博一发，顿时就炸了。

微博的大意就是：之前对她进行人身攻击、诽谤、传播她隐私、损害她形象等的人，都将接到律师函。不用担心收不到，也不用担心她没那个时间，她最不缺的就是时间和钱。

“牛啊！这个妹妹，上来就是律师函。”

“沈涵秋将锅甩给她，也是挺倒霉的，我要是这个被陷害的人，早就崩溃了。”

“这瓜说不定还有反转，我看你们还是不要太快站队，免得被打脸。”

“之前扒人家隐私扒得厉害的，现在怎么不跳了？”

初筝这条微博不是说说而已，律师很快就整理出一批人，挨个发了律师函。

估计很多人都觉得律师函只是警告他们，大家道个歉就算完了。然而没想到，没过多久人家就起诉了。

大部分人都会觉得维权困难，只要消除影响，事情就不了了之。于是那些已经触犯法律的人会因此肆无忌惮。他们会想：反正又不会有什么影响，顶多被教育两句，公开道个歉，什么代价都没有，下次我还来。

“路人一个，不知道发生了什么，不过对于这种暴露人家隐私，还以此传播、侮辱别人的网络暴民，就应该这样惩治。”

“这个艾初筝是干什么的？律师反应这么快？”

“之前不是说，她就是一个没有正经职业的画手吗？”

“画手怎么不是正经职业了？”

“这些流程走下来，得花多少钱啊？”

“不就是说几句，怎么还不依不饶，有病吧。”

“我看楼上才是有病，我要是把你全家都扒出来，放在十几亿人面前，任人品头论足，最后我也只是说几句而已，没做什么，你什么感觉？”

“天啦，怎么还会有楼上那种言论，大开眼界，现在网络暴力已经很严重了好吗！新闻上那些因为网络暴力抑郁甚至导致悲惨后果的不计其数，劝你们善良点，说不定哪天就发生在自己身上。”

这件事的热度并没有保持多久，很快就被娱乐圈的消息盖过去。

至于沈涵秋那边，她也想找机会再反转一下，然而沈涵秋几次都反转失败。

关仓时时刻刻关注她的动态，哪里能让她反转成功。

财神爷的钱不能白拿，他们是专业的！

于是本来在初筝这边闹事的那些粉丝，现在都追到沈涵秋那边去了。

沈涵秋心理素质够好的话，估计得潜一段时间了。

心理素质不好……那也就沦落到和原主差不多的下场。

初筝这个拥有不正经职业的画师，登上好久都没登的工作账号。

这个工作账号因为几乎没什么关联性，所以没有被人扒出来。不过，初筝登上去后，还是有不少人发来消息问她。

她那件事或许比起明星那种大事件来说不算什么，但是现在是信息时代，她画画用的名字都被扒了出来，圈子里的人肯定知道了。

之前她没上这个账号，这些询问消息就积压在一起了。

初筝把这些消息过滤掉，最后只剩下两个人的消息——

一个是催她交稿子。

一个是想跟她谈合作。

合作那条消息是在出事前发的，之后再也没发过消息，估计看见她出事，已经打消这个念头。

所以初筝只回复了催她交稿的那个。

原主在出事前接了一个插画商稿，已经完成得差不多，可惜的是……电脑被她摔坏了。

也就意味着初筝要自己来。

画画是个枯燥的活儿，初筝好不容易把这个稿子交了。

“小苏：你还接吗？”

“艾初筝：不！”

“小苏：你不缺钱了？”

小苏手里总会有各种资源，原主的活儿大部分都来自她，因此两人聊得比较多。

“小苏：网上那个……打官司你应该很需要钱吧？我给你几个大单子……”

“艾初筝：不用，谢谢。”

初筝立即下线，把软件都卸载了，她呼出一口气。

“嗡嗡嗡——”

“喂。”初筝随手点了手机免提。

关仓的声音传过来：“艾小姐，之前你让我查的那个男人，我查到了。”

“嗯。”

“是易言礼。”

初筝的脚往旁边一搁，气势顿显：“谁？”

“纵云直播平台的易言礼。”

易言礼，是第一批做直播的，他迅速将纵云直播做大，这个平台也成了目前三大直播平台之一。

其中还有两家，分别是魔秀直播和山海直播。

沈涵秋为什么会认识易言礼？

“查一下沈涵秋和易言礼的关系。”初筝道。

“好的。”

初筝点开手机里的那个直播软件。

这不是纵云直播，而是山海直播。

魔秀和纵云一样，属于第一批吃螃蟹的。但是山海不是，它是后期下场，在所有直播平台都已经成熟的时候，突然冒出来，并迅速占领市场，到如今和另外两家平起平坐。

“主线任务：请在一个小时内，花掉一百万。”

初筝只好随便点个首页的主播，将一百万打赏出去。

“财神爷赠送主播豪华城堡 ×1。”

初筝一出手，屏幕就炸了。

“这个财神爷是谁啊？”

“哪个土豪的小号吗？”

“上次我也看见他了，直接在那个主播房间刷了五十万，五十万啊！这次又要打赏多少？”

平台上有个粉丝土豪榜，一共有一百名。消费前一百，就可以上那个榜。出手这么“壕气”，又是个没听说过的名字，不少人都觉得是小号——平台不支持粉丝改名。

“财神爷……这是平台的托吧？”

这个平台上总有一些土豪，出手阔绰。打赏个主播一两万，甚至十万二十万也是有的，再往上也有百万……

但是这些打赏都是累计来的，而不是这样，一次性就打赏这么多。

“请问我现在去整个容，做主播来得及吗？”

“财神爷还缺小弟吗？”

“官托！”

“拒绝官托！”

“不是，哪个官托这么刷的？动点脑子。”

平台主推的那些主播有官托的事，大家都心照不宣。

但是官托不是这么打赏的啊！

初筝觉得这个平台很不合理，竟然没有更大数额和一次性打赏多少个的设定，只能一个一个点。

主播在屏幕里估计是吓到了，好一会儿都没反应。等她回过神来，就只剩下感谢了。

主播给初筝发了私信，感谢她，然后邀请她加群和加她微信。

初筝一根手指在屏幕上戳，不想理她。

初筝用极短的时间，刷到山海粉丝榜前五，而“财神爷”的名字也在这个圈子渐渐传开。

这些花钱花得多、出手大方的粉丝，总会有人议论。不过因为初筝不回应任何人，导致大家猜测不断。

山海直播粉丝榜第一名花了一千万，第二名接近八百万，第三名和第四名差不多，都是五百多万。

这些粉丝都这么有钱？一千万啊！不是一千块。

这才是平台的托吧！

“小姐姐，我们要做第一！！”王者号喊口号。

初筝：不，我不想！

“你想。”

我不想！

“你想！”

初筝把王者号屏蔽掉。

就在她准备放下手机的时候，有私信进来。

客服001：您好，我是山海直播的工作人员，由于您充值数额巨大，我们这边邀请您加群，以后有什么福利，好第一时间通知，不知道您愿意吗？

客服……初筝琢磨了一下。

财神爷（初筝的平台账号）：我可以提个建议吗？

客服 001：您说。

财神爷：你们能把打赏的数额调高一点吗？

打赏太费劲了。初筝这么高冷，怎么能趴在桌子上，一个劲地戳打赏？！

这像话吗？！

客服 001：啊？

负责和初筝沟通的客服很是蒙圈。

“这话什么意思啊？”他拉着旁边的同事问。

同事瞅一眼，猜测：“他可能是嫌打赏金额太低？”

“但是我们没设其他限制啊。”目前设置的也不低了，又没有上限。

“土豪的心思你别猜。”同事哼了两声，“这就是之前那个财神爷？”

“嗯。”

“啧，人傻钱多吧。”

客服 001 决定无视同事的吐槽。

客服 001：是这样的，这是平台统一的设置，不能随便调整。

初筝不理会他了。

等了几分钟，客服再次发消息。

客服 001：您看，您愿意加群吗？

客服 001：亲，您还在吗？

聊天框显示出一行字：“用户不在线”。

一周后。

网络上关于初筝的事已经彻底没有踪影，极少的人问着关于起诉一事的进展，初筝让律师那边实时更新。

关仓看了一下门牌，敲门。刚落下，门就开了，一个一脸严肃的大汉面无表情地看着他。

大汉声音有些嘶哑：“找谁？”

关仓吓得后退好几步，艰难地咽了咽口水。

“这是艾小姐家吗？”这是艾小姐家吗？为什么会有这么吓人的大汉？关仓感觉自己在他面前就是一只小鸡仔。

吴法将艾小姐和自家老板对上号，让关仓等一下，他进去跟初筝说。

初筝很快走了出来，她穿着一件家居服，漫不经心地走到客厅，扫了关仓一眼，示意他进来。

关仓走进来才发现，里面还有一个大汉，同款的文身。

“艾小姐，这两位是……”关仓咽了咽口水。

“保镖。”

“哦哦。”这保镖也太吓人了，那身肌肉哦！关仓都不敢看，他将手里的东西给初筝，

“这个是我查到关于易言礼和沈涵秋的资料，那个……没什么事，我先走了。”

关仓往门外挪，走到门口，他扒拉着门框：“艾小姐，那我们团队接下来做什么？”

“等我消息。”

“好……好的。”关仓一溜烟地跑了。

关仓死命地按电梯，但是电梯一直不上来。他一转头，就看见刚才给自己开门的大汉往这边来了，气势汹汹的样子，吓得关仓抱紧自己。

吴法双手交握放在身后，身体站得笔直，非常有范儿——如果他不站在自己旁边的话。

“你……艾小姐还有什么事吗？”

“没。”

“那你……想干什么？”

吴法扫他一眼：“买菜。”

直到走出小区，关仓都还有点蒙。

就他那左青龙右白虎的，去买菜？卖菜的怕是以为来收保护费的哦！

初筝翻开关仓给的资料。

关仓还有些本事，查到易言礼和沈涵秋是高中同学，而且高中的时候，沈涵秋还喜欢易言礼。不过两人没有上同一所大学，这期间也没什么联系。而且易言礼已经结婚，妻子是他大学同学，两人生了一个可爱漂亮的儿子。

易言礼和沈涵秋为什么见面，关仓没有查出来。

关仓在最后还附上一份易言礼最近的行程。

“老板，您的电话。”吴法将手机从房间里给初筝拿出来。

初筝看了一眼，是个陌生号码：“喂。”

“小艾，是我。”

“你是谁？”这个号码是她新办的，之前就只有给原主家里报平安的时候打过，所以应该只有原主家人知道，旁人都不知晓。

“我啊，美美！不记得了？初中同学，坐你前面那个！！”

我还丑丑呢！

“有事？”

“哈哈哈，没什么特别的事啦，就是我们下周末要在樱花温泉山庄举行一个初中同学会，你有时间吗？”

樱花温泉山庄，顾名思义，这里种满了樱花。樱花盛开的季节，再泡个温泉，那就是人间仙境。所以每年这个时候，樱花温泉山庄就成为各路妖魔鬼怪的打卡胜地。

原主和那些初中同学没什么联系，班级群永远都是屏蔽的。

“现在我们已经到樱花温泉山庄门口咯……”举着手机直播的女孩从侧面走过来，可能是一直看着手机，所以没有注意到初筝，直接撞了过来。

初筝侧身避开，手机镜头扫到她。

初筝穿得十分简洁，双手都放在兜里，冷淡地看着镜头，樱花在她身后绽放，构成一幅绝美的画面。

直播间的弹幕瞬间就开始刷“漂亮小姐姐”。

主播也注意到镜头里的人，转头看过来。

主播一开始只以为是个长得好看的女生，准备回过头看镜头，下一秒又转回来。

“你是……艾初筝！”

初筝不动声色地打量她，不认识。

“我是美美，之前给你打过电话。”女孩子惊喜地道，“记得吗？”

“哦。”

初筝态度冷淡，但丝毫不影响女孩子的热情，而此时女孩子直播间的弹幕正刷着屏。

“天！主播认识她。”

“请主播不要放过她！”

“这个小姐姐好帅啊！”

“正面，正面，上正面啊！”

“这是哪里？我也想去，啊啊啊！！”

美美扫了一眼直播间，和直播里的人说了一声，然后不顾直播间观众的哀号，关掉直播。

她一边收东西，一边问初筝：“你刚到吗？”

“嗯。”

“我带你进去吧，有些同学已经到了。这次同学会来的人还挺多的……”美美一路走进去时嘴就没停过，“就在前面了。”

美美领着初筝上去，那边正好有三个女生走了下来，她们化着精致的妆，打扮得时尚漂亮。

“哟，这不是我们的红人吗？！”

那几个女生堵在上去的地方，一点让开的意思都没有。初筝以为她们在说美美，结果发现她们看的是自己。

“没想到啊，咱们班还能出这样一个红人。”

“可不是，以前读书的时候，谁能想到，人家以后这么牛，热搜都能霸占好几天。”

“所以怎么说人不可貌相呢。”

这三人的语气阴阳怪气，听得人很不舒服。

“你们烦不烦？”美美有些看不下去，“那件事都过去了，还有必要拿出来说吗？”

网上曝光了原主的信息，这些所谓的同学会刷到也不奇怪。

初筝现在怀疑，这次聚会叫她估计都是因为这件事。

“哎，怎么不能说？”

“就是，她自己做的还不能说了。”

“美美，你可长点心吧。你看她黑的那些人可都是你这样的网红，你也不怕自己被黑。”

美美翻了一个白眼：“那件事又不是初筝做的，都澄清了，你们是‘村网通’？”

“那可说不定。”

初筝懒得听她们废话，直接往上走。

三个女生抬头挺胸，挡在中间：“都是同学，走什么，聊聊呗。”

初筝随手拽开一个女生，那女生直接摔在旁边的栏杆上。

“艾初筝！”女生气得大叫。

初筝站在高两级的台阶上，回过头来。她唇瓣轻启，冰冷地吐出几个字：“不熟，不聊。”

美美看着上方的初筝，只恨自己现在没开直播。

太帅气了吧！

美美瞪了她们两眼，追着初筝离开。

果然和初筝猜的差不多，她这些初中同学，大部分都会过来问她网上那件事，有好奇的，有想八卦其他网红的，也有不怀好意的。

初筝态度冷淡，这些人发现问不出什么，还会甩脸色。

“咳咳咳！！”麦克风传出声音，房间顿时安静下来。

一个穿着红裙的女人站在上面，拿着麦克风：“大家都是老同学，别的话我也就不多说，今天你们玩好吃好啊……”

美美坐在初筝旁边，指着那个红裙女人：“那是咱们班以前的班花，记得吗？”

“不记得。”

美美顿了一下：“听说她现在很有钱，嫁了一个好老公，这次同学聚会，就是她先提出来的。”

“哦。”初筝没什么兴趣。她来这里，是有别的事要做。

美美想和初筝说八卦，奈何初筝一脸冷漠的样子，美美也不好继续说。

那边班花已经说完，走了一圈后，摇曳生姿地走到初筝面前：“初筝，好久不见呀！”

初筝腹诽：我们很熟吗？！

班花笑得妩媚，坐在初筝另一边，手搁在扶手上，指尖轻轻抵着太阳穴：“前段时间，你可有点风光。”

“你想说什么？”

“呵……”班花低笑一声，“你没和他在一起啊？”

谁？

“当年我那么喜欢他，结果呢？他告诉我，他喜欢你。”班花上下打量初筝，“也不知道你有什么好，值得他那么喜欢你？不过也得谢谢他，不然哪有我今天啊。”

班花摆弄着手上的钻石戒指，炫耀的意思明显，然而初筝完全听不懂。

初筝：你在说什么！原主记忆中可没有什么爱恨情仇。

“你要是有什么麻烦可以找我，要是能帮你，看在老同学的分上，我一定会帮你。”班花将一张名片递给初筝。

初筝不接，就放在桌子上。

等班花扭着小蛮腰离开，初筝转头问美美：“她刚才在说什么？”

“啊？”美美眨巴下眼，“就以前班花喜欢隔壁班的那个学霸，跟他表白被拒，班花就问他为什么，学霸就说喜欢你来着。”

初筝蒙了，原主怎么不知道这事？

“那个时候你都不怎么关注这些，你不记得有段时间班花特别爱针对你吗？”

初筝只好仔细搜寻了一下原主的记忆，好像是有这茬。

初筝琢磨了一下：“所以那个学霸利用我做挡箭牌？”

美美语塞。不是，你的关注点是这个吗？难道不应该是学霸竟然喜欢你吗？

不过……仔细想想，还真有可能。毕竟那个学霸，到毕业都没见他对初筝有什么动静。

这种聚会，大部分人都是来炫耀的。

“你现在都是总经理了？”

“哪个公司的？”

“我现在创业呢，难啊……”

“这是你老公给你买的？好漂亮啊，这多少钱？”

“你这钻戒肯定很贵吧……”

男人炫工作，女人炫老公，不过大部分人都还是围着班花转。

班花现在比以前更好看了，更别提还这么有钱。

班花中途接了个电话，先行离开。这些人这才各自散开，三三两两地聚在一起聊天。

“哎，看那边。”其中一个女人指了指角落。

“艾初筝啊？她被人扒成那样，我要是她，我都不好意思来。”

“你们说网上那事到底是不是她做的？”

“我看八成是她干的。那个叫沈涵秋的，说不定只是给她背锅的……会叫的狗不咬人，咬人的狗不叫。”

“走，过去看看。”

几个女人交换下眼神，迅速朝着这边围拢过来。

角落位置不大，几个人围拢过来，瞬间变得狭小起来。

“美美，听说你做主播了啊，你一个月赚多少钱啊？”

“养家糊口吧。”美美含糊道。

“我听说主播都很赚钱的啊。”有人道，“看那些主播都穿成那样，跳个辣舞，唱个歌，男人就乖乖打赏了，月入几十万……”

“我还听说那些主播都很色情的，是不是真的？”

“你给我们说说内幕呗。”

美美脸色不太好。

好在这群女人的主要目标不是她，说了两句，就将目标转移到旁边的初筝身上。

“初筝呀，你现在在做什么？”

初筝跷着二郎腿，气场十足。

“你们不是都在网上了解过我了吗，还问我做什么？”祖宗十八代你们怕都已经了解完了，现在来问我在做什么，是不是有病！

场面有瞬间的尴尬，初筝的回答显然都没在她们任何一个设想里。

“哈哈哈……那个……你现在是画画吧？那个能赚钱吗？”

初筝冷漠脸：“赚不赚钱，跟你有什么关系？”又不给你花！

对方噎了一下。

旁边的人接话：“肯定赚钱啊，你没看初筝都请律师要起诉那些人呢，这流程走下来，肯定不是小数目。初筝你也太较真了吧？起诉那些人有什么用。”

初筝：“我乐意。”

“得花不少钱吧？”

初筝瞟她一眼：“没花你的钱，你这么关心做什么？”

被怼的那个女人立即奓毛：“艾初筝你什么态度啊，我们跟你聊聊天，你有必要这样吗？”

“我不觉得你们是在跟我聊天，”初筝微微一顿，冷淡的目光扫向浓妆艳抹的几人，格外诚实地道，“只觉得你们是想来看我笑话。”

美美在旁边抽了抽嘴角。这事谁都能看出来，可是你这么说出来，合适吗？好歹也是同学呢！

初筝都这么说了，几个女人要是再继续问下去，那就是自己丢脸了。所以她们阴阳怪气地说了两句，便离开这边。

“神气什么。”

“行了，别气了。”

“你说她哪来那么多钱？她就一个画画的，能赚什么钱啊？”

“说不定人家有人包养呢？”

几个女人像是找到兴奋的话题，又嘀嘀咕咕地讨论起来。

美美默默地给初筝竖起大拇指：“你不怕得罪她们？”

初筝拿了杯水，抿一口，语气冷淡：“如何？”得罪又如何，她们首先就没安好心，难道还要去讨好她们不成？以后的生活，谁还要靠她们吗？

所以，这种人当然是得罪更好，免得仗着同学的身份来找她麻烦。

初筝在里面待得烦，独自离开。她在外面转了一圈，这里人流量很大。她靠在走廊上，漫不经心地望着人来人往的樱花道。

手机铃声响起，初筝接通电话，放在耳边。

“老板，易言礼和沈涵秋到了。”

“嗯。”

初筝挂断电话，顺着走廊出去。她没走多远就看见沈涵秋戴着大墨镜，挡住了大半张脸，行色匆匆，完全不像是来看樱花的。

她一个人，身边没有易言礼的身影。

沈涵秋穿过樱花道，一路走到最里面。里面有一堵墙，墙上开着门，沈涵秋敲门，门开之后，沈涵秋递了张类似请帖的东西过去，然后就被放了进去。

初筝顺手拉住一个工作人员："那里面是什么地方？"

工作人员吓了一跳，初筝刚才站在旁边一直没什么动静，现在突然就拉住他问话。

工作人员看了一眼初筝，有些惊艳她的容貌，片刻后，礼貌地回答："那是我们这边的高端私人会所。"

"怎么进去？"

"这个……是会员制的。"

"会员制？"

"是的。"

"怎么办会员？"

被围墙圈起来的会所，环境优美安静，里面分布着不同的建筑。大片的樱花，将这些建筑层层围绕起来。

风起，樱花落。温泉烟雾缭绕，犹如仙境。

初筝漫不经心地走在樱花道上，视线扫过四周，搜寻沈涵秋的身影。

"隐藏任务：请小姐姐获得傅迟'好人卡'一张，阻止傅迟黑化。"

初筝停下。

阻止傅迟黑化？阻止？

不是……不需要我拯救吗？我更喜欢……

"小姐姐，这个位面不需要呢。"王者号保持微笑服务，努力不打死它家小姐姐。

"你这样是不行的，怎么能随便更换模式！"初筝谴责王者号。

我的地盘我做主！深呼吸！不要和小姐姐一般见识！

"请小姐姐前往三号温泉别墅区。"

"我不去，他是不是就会黑化？"

"是的。"

"那我不去了。"初筝当机立断。

"小姐姐，你要想清楚，你不去的话，你的'好人卡'就会被玷污了。"就你是个小机灵鬼哦！

初筝气极，什么破游戏，你凭什么玷污我的"好人卡"？

"所以需要小姐姐在还没发生之前阻止呢。"王者号脆生生地提醒，"毕竟那是你的'好人卡'，不是吗？"

王者号你个狗东西！你最好别让我逮住！

王者号瑟缩了一下。小姐姐这么凶干什么，抱紧小尾巴，才不会被逮住，哼！

三号温泉别墅。

"你叫我来这里做什么？"

女人抬眸看去，美眸里落进一道剪影。那是一个极为漂亮的男人，身上只穿着简单的白衬衣和西裤，袖子挽起几圈，露出小臂和手腕。他的肤色比正常人要白许多，像上好的凝脂白玉。一个男人能白成这样，不知道多少女人嫉妒。

女人道：“姐姐有件事，想请你帮忙。”

男人皱眉，眼底有些不耐烦：“我能帮你什么忙，我也没你这样的姐姐。”

“话不能这么说，傅迟，你别忘了，当初我是替谁挨的那一刀。”

傅迟的表情顿时阴沉下来：“那是你自找的！”

“那又如何，能改变我救你的事实吗？”女人红唇轻勾，顿了一下，继续道，“放心，这是最后一次，我保证，只要你帮我，以后我再也不找你了。”

傅迟盯着女人，眼神阴郁：“这是最后一次。”

女人笑起来：“没问题，好歹我们也是亲姐弟，姐姐不会害你的。”

“呵。”傅迟冷笑。

女人也不在意，让傅迟过来坐，给他倒了杯水：“你先坐一下，我马上回来，回来跟你说。”

三号温泉别墅 302 房间。

“哐——”房间里传出一道声响。隔音效果不错，之前的声音一直有些模糊。刚才那一声估计是声音太大，才显得清晰一些。

初筝捏了下手腕，将银线放出来。银线顺着门缝进去，初筝听见“咔嚓”一声，房门直接开了。

“别给脸不要脸！”

初筝进去就听见这么一声，“好人卡”不会挨打了吧？

然而当初筝走进里面，看见的却是一个只穿着四角裤的男人站在房间里，正指着角落里的人呵斥。地面有碎裂的瓷器，刚才应该就是瓷器摔在地上发出的声音。

初筝：我是不是走错了？

男人似乎还没发现有人进来，但是角落里的傅迟看见了，他眼神“唰”一下亮起来，像看见希望。

男人朝着傅迟走过去：“傅迟，我告诉你，今天你最好给我乖乖听话！”

傅迟咬紧牙关，蹭着角落站起来，在男人靠近他的时候，猛地朝着初筝那边冲过去。

四角裤男人见此，伸手要拦他。

傅迟用尽力气撞向四角裤男人，男人身体没站稳，让傅迟冲了过去。

傅迟跑了那么一段距离，已经用尽力气，直接跌入初筝怀里。

初筝下意识地扶住他，突然间就像抱住一个火炉。

“好人卡”见面就投怀送抱呢。

“快走。”傅迟从牙缝里挤出两个字，灼热的气息落在初筝颈间。

四角裤男人转过身，显然也看见了初筝：“你……你谁啊？！你怎么进来的？”

初筝平静地答：“走进来的。”我又不会穿墙术。

四角裤男人气得怒火“噌噌”地往外冒：“我问你怎么开门进来的？！”

“你没关门。”初筝瞎扯。

“放屁！”

“我没有。”

四角裤男人拿看神经病的眼神看初筝：“我不跟你瞎扯，把人给我放下，滚出去！”

“人？”初筝看一眼几乎将所有力量都压在自己身上的男人，“你想对他做什么？”

“滚出去！”四角裤男人语气阴鸷地威胁，“今天你看见的事，要是敢说出去，你给我小心点，我想查你，轻而易举。”

“我不说。”

初筝扶着傅迟往床边走。

四角裤男人看初筝这么懂事，脸色缓和下来。

傅迟抓着初筝的胳膊，通红的眼里有几分祈求。

“我帮你打他，”初筝低声道，“等着。”

“行了，你赶紧走。”四角裤男人出声，“你……”

四角裤男人的声音变了调子。

傅迟撑着床边，看着四角裤男人被那个女生放倒。

女生打开沙发上的那个箱子，从里面找到绳子。她往傅迟这边看了一眼，然后冷着脸将四角裤男人绑了起来。四角裤男人脸色煞白，被揍得不轻，脸都肿了。

初筝在浴室找到男人的手机和名片，搜索了一下这人的名字，出来的资料还不少。

初筝拿着手机和名片出去，用四角裤男人的指纹解锁，全方位地拍了照，看相册的时候，没想到还看见了惊喜。

初筝看了四角裤男人一眼，他哆嗦得快尿了。这个女生的眼神比他在商场上见过的那些女强人还要凌厉冰冷，像是锋利的刀刃，能剖开他的灵魂。

“你爱好还挺多。”初筝幽幽地说一句，“你老婆知道吗？”

四角裤男人摇头，不过嘴被封上，只能发出“唔唔”的声音。

初筝在通讯录上找到备注老婆的人，当着男人的面将照片发了过去。

“唔唔唔！！！”四角裤男人气得目眦欲裂。但是他又害怕，怕初筝伤害自己。

刚才这个女人打自己的时候，他真的感觉自己要被打死了。

“这次是发给你老婆，你敢做什么，我就不保证下次发给谁。”初筝将手机放在四角裤男人手里。

初筝将傅迟带到一个干净的房间。

傅迟脸上通红，眸子里带着迷离的光，唇瓣咬得失了血色。不知道是他身上的温度太高，还是房间的温度过高，初筝觉得有些热。

初筝将人扔到床上，傅迟拉住她的手腕，声音嘶哑：“我难受。”

“你被下药了。”初筝道，“忍过去就好了。”

“热……”傅迟抓着初筝不放，另一只手拉扯自己衣领。

初筝越发觉得热，口干舌燥。她扫一眼床上的傅迟，男人的衬衣扣子已经扯开两颗，白皙的皮肤都透着淡淡的粉。

床上的人处处都透着诱惑。初筝深呼吸，可是那感觉越发明显。

燥热、难受。

初筝俯下身："药下在哪里的？"

傅迟感觉到初筝的气息，只觉得凉快，手立即缠上来。

初筝掰开他的手："药下在哪里？"

傅迟不满，想要往初筝身体上靠。可是初筝压着他，他不能动。他难受地哼了哼，仿佛知道自己不回答，初筝便不会松开他，只能憋出两个字："香薰……"

那个房间里确实有很浓的香味。

初筝压着傅迟的手腕，心情复杂。

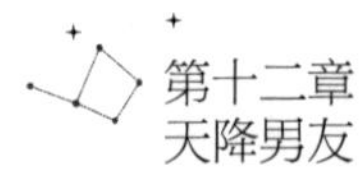

第十二章 天降男友

樱花从窗外落进来，有风，吹得轻纱拂动。床上的男人翻了个身，手往旁边一搭，触感柔软。

男人静止几秒，“唰”一下睁开眼，女生平静的容颜在瞳孔里放大。

傅迟“噌”一下坐起来，动作过大，直接摔到地上，身体暴露在空气里，有些凉。

床上的女生被惊醒，她缓慢睁开眼，眸光清亮平静，完全不像是刚睡醒的状态。

“你干吗？”

“你……”

傅迟抓着地上散落的衣服，挡住自己身体，脸色略显阴沉：“你对我做了什么？”

傅迟完全不记得昨天发生过什么。

初筝单手支着脑袋，平静地道：“该做的都做了。”

该做的都做了……男人坐在地上，皱巴巴的衣裳挡住大半个身子，隐约还能瞧见白皙皮肤上暧昧的痕迹。

“你凭什么……”

“讲道理，是你先动的手。”初筝拿起手机，点了几下，扔过去，“我有证据的。”可别冤枉我！

傅迟看着掉在地上的手机，迟疑地拿起来。他看了几分钟，关掉手机：“你竟然录像。”

初筝理直气壮道：“不然怎么证明我的清白，你看见了，是你先动的手。”

视频虽然晃动得厉害，但是可以看出来，确实是他先动的手……

傅迟无法否认，昨天……

傅迟不知道想到什么，他抓着衣服进了浴室，很快就穿好出来。

“我是第一次，你呢？”傅迟站在床边，俯视床上的人，他问得很坦荡。

他刚洗了脸，脸上沾着水珠，顺着线条流畅的下巴滴落在白色衬衣上，整个人看上去有些令人捉摸不透的阴郁。

初筝往里面挪了一下，白色的床单上有落红。

傅迟的脸色稍微好转一些：“你有男朋友吗？”

“没有。”

“现在你有了。”

初筝语塞，这台词是我的吧！“好人卡”凭什么抢我台词？

傅迟将地上的手机捡起来：“我删了。”

“我叫傅迟。”傅迟问过初筝的手机号，输入后将手机放到床边，“既然我们已经发生关系，我会对你负责。”

男人睫羽低垂，上面的水珠落下，砸在他手背上，带起一片凉意。

“你喜欢我？”“好人卡”对我这是一见钟情吗？！

男人抬头，精致的面容上露出几分嘲讽：“我和你都不认识，我为什么要喜欢你？”

初筝冷漠脸：“不喜欢我，为什么要做我男朋友？”

男人皱眉道：“这是我的责任。”他顿了顿，目光落在初筝脸上，似有些迟疑，最后还是道，“我会努力喜欢上你。”

“如果今天和你……发生关系的是别人，你也会这样？”

“如果昨天你遇见的人不是我，你也会这样？”傅迟反问。

“不会。”

“那我也不会。”

初筝打量傅迟，傅迟坦坦荡荡，任由她打量，甚至是敢和她对视。

两人无声无息地看着对方。

这次的“好人卡”是个什么性格？怎么感觉有点奇怪。

他难道不应该跟我要死要活吗？

初筝犯愁，这个“好人卡”一看就不好搞。

初筝绷紧小脸，掀开被子。女孩子柔软又完美的身体暴露在空气里，细长的腿踩在地毯上。

傅迟平静地看着，没有避开，但也没有别的情绪，像看一件橱窗里展示的艺术品。

“你不转过去？”

“昨天我们什么没做过？”傅迟顿了一下，转过身。

“我也不介意你看。”初筝在他转过去后，幽幽地道。

傅迟听见后面“窸窸窣窣”的声音，思绪有些放空。昨天晚上后面发生的事，他记不起来了。但是在那个房间里，他还记得……

直到初筝的声音响起：“昨天那个男人，跟你什么关系？”

“不认识。”傅迟道。

“不认识？”

“嗯。”傅迟脑袋微微垂着，低垂的睫羽，挡住了眼底的暗芒，“我姐姐把我卖了而已。”

“你姐姐？”

傅迟冷呵了一声，没有接话。

房间陡然间安静下来，窗外的樱花被风吹得“沙沙”地往下坠落。

“你叫什么？”

“初筝。”

傅迟在通讯录上备注上“初筝”两个字，片刻后又删除，改成了“老婆”。

初筝走过来时正好看见。

这也太快了点吧！我有点承受不住。

初筝装作没看见，越过傅迟进了浴室。

水声“哗啦哗啦”响起。

傅迟靠在墙边，低头按着手机，按了些什么他自己也不清楚，思绪有些乱。

大家都是成年人，他也可以一走了之。

但是……他不是那种人，既然事已至此，他就应该负责。

手机屏幕亮起，傅怡的名字出现在屏幕上。傅迟看着屏幕，在来电快要自动挂断的时候，修长的手指滑过屏幕。

“傅迟，你在哪里？”电话那头的女人声音急切还带着怒火，“你昨天干了什么？”

傅迟望向窗外的樱花：“傅怡，我是你弟弟，亲弟弟。”

傅怡沉默片刻，声音放低：“我知道……”

“你知道什么？”傅迟语气玩味，“你眼里除了钱，还有什么？亲弟弟都能拿去卖，你说你还有什么做不出来的？”

“傅迟你怎么这么说话，我是为了……”

“傅怡，别再用那些话来搪塞我，我不是十几岁的孩子了，你还当我那么好骗？别再给我打电话，不然下次我会做出什么事来，我也不知道。”

傅迟挂断电话。他后背抵着墙，微微闭上眼。

一个连自己亲弟弟都能骗来卖的女人……真是可笑。

“咔嚓——”浴室的门打开。

傅迟收敛脸上的情绪，偏头看过去。

女生站在浴室门口，遥遥地看他一眼：“你姐姐对你不好？”

“偷听别人讲话不好。”傅迟皱眉。

初筝走出浴室：“浴室隔音效果不好，你应该找这里的负责人。”

傅迟不知该怎么回。

“我能和你有这事，都得感谢她。”也许初筝是个陌生人，傅迟反而愿意说出口，“昨天你看见的那个男人，也是她找来的。”

“那不是你姐，是你仇人吧？”

“也许吧。”

在他们念高中的时候，傅怡替自己挨过一刀，导致傅怡不能怀孕。傅怡便一直拿这件事说事。

但是那件事一开始就是傅怡拿了别人的钱，将自己设计骗到那里。

当时是有一个女生想跟傅迟表白，谁知道那个女生有一个社会上的追求者。那个追求者带着人过来找场子，当时动了刀子。

傅怡也不是为了保护他，只不过一切都那么巧合……

傅迟到这里来，就是因为傅怡。但是他没想到，傅怡这次做得更过分。

初筝和傅迟离开时碰见了班花。班花扭着小蛮腰，倚在一个男人怀里，看上去很是腻歪。

班花瞧见初筝，微愣，立即和那个男人拉开了一些距离，似不想让初筝看见。她目光扫到傅迟时，眼底露出几分惊艳。

班花和那个男人说了什么，男人一个人离开，班花朝着初筝这边过来。

“初筝，你怎么在这里？”班花问得随意，好像只是碰巧遇见，但实际她很在乎。

这里和外面可不一样，不是谁都能进来。

初筝是怎么进来的?

“是有人带你来的吗？”班花意有所指地看向傅迟，“这位是？”

傅迟并没看班花，而是看着手机，仿佛手机上有什么东西十分吸引他。

初筝和傅迟站得不近不远，看不出是什么关系。

“你有事？”初筝没有介绍傅迟的意思，也没什么好介绍的。她现在除了知道他叫傅迟，也不知道别的东西。

班花挑眉：“打个招呼而已，初筝你这都不乐意？”

初筝神色冷淡，那种表情像是不认识她似的：“没事让开。”

班花的面子已经有些挂不住。她往旁边错开一步，初筝和傅迟一同离开。

初筝把傅迟送出去。

此时已经有不少游客，地面铺着一层浅浅的粉色落花。傅迟站在一株樱花树下，漂亮得有些不真实，引得路人频频回头观望。然而这位宛如漫画里走出来的男神语出惊人：“你搬过来和我住，还是我搬过去和你住？”

初筝差点被口水呛到。她侧过头，快速恢复过来。

“你说什么？”

傅迟重复一遍：“你搬过来和我住，还是我搬过去和你住？”

“为什么？”

“培养感情。”

初筝内心慌得很。

不对啊！这不对！“好人卡”是换人了吗？！

不可能换人，真要是换人，她绝对无法接受得这么自然。

初筝压住心底那些乱七八糟的念头，强作镇定，刚想说话，傅迟又道：“算了，过段时间再说吧。我住的地方太小了，等我找到合适的房子，你再搬过来吧。”

一锤定音，完全没有过问初筝的意思。

初筝无语。

傅迟迟疑了一下，最后还是在她额头上亲一下，一触即离，疏离礼貌，不含感情：“我先走了，有事给我打电话。”

初筝目送傅迟离开。

傅迟这个人……从一开始就掌握了节奏，有很强的侵略性。

在初筝的记忆中，“好人卡”的性格大多数都是软绵绵的，就算在外人面前强硬，在她面前也不会拿出那一面。

他突然这么主动和强硬，初筝有点不适应。

下次再收拾他！

初筝是来看沈涵秋的，谁知道把自己的“好人卡”给睡了。

初筝在里面找了一圈，也没找到沈涵秋。都一个晚上过去了，沈涵秋估计早走了。

初筝琢磨了一下，挑了个看上去能管事的人，将人给拦在偏僻处。

“我们有规定，不能泄露客户的隐私……”

“十万。”

“这真的不行。”

“二十万。”

“不行……”

“三十万。”

那人还是摇头，他是一个有原则的人。

然后，他就看着面前没什么表情的女生，身上突然有了凶悍的气势。

初筝拿到资料时还不忘和王者号炫耀——看吧，这就是拳头的好处。

沈涵秋不是樱花温泉山庄的会员，但易言礼是。而且每隔一段时间易言礼就会来。

易言礼过来的时候，沈涵秋必定会来。

“易言礼下次什么时候过来？”

捂着脸的男人惨兮兮地道：“易先生预约了下周六。”

“主线任务：请买下樱花温泉山庄。”王者号贱兮兮地发布任务。

初筝按着男人的肩膀，男人哆嗦：“我知道的就这么多，其余的都不知道了，真的！”

“别紧张，我想见下你们老板。”

“见、见我们老板做什么啊？”老板那是能随便见的吗？

初筝讳莫如深：“谈个买卖。”

这次初中同学聚会一共是两天。

樱花温泉山庄外面也有住宿的地方，大家都住在这里。初筝昨天晚上没回去，只有美美给她打过电话。初筝当时没法接电话，事后才给她回的短信。确定初筝没事，美美也就没多问。

今天初筝回去，其他人看见她，气氛有点微妙，不是昨天那种好奇的打量。

而是另外一种……

美美见初筝进来，起身迎了过去，拉着她去旁边。

“你干什么去了？我刚才听人说，你……”美美似乎不太好说。

“我怎么？”

“那个……”美美含糊其词，“她们说你昨天晚上其实和别的男人……”

因为初筝没回来，今天一早不知道从哪儿传来这个消息，说初筝其实是被人包养了。

这樱花温泉山庄里头还有一个会所，她就是到那里头去了。

总之传得有些难听。

这事是谁传的，已经不重要了。不少人现在看初筝的眼神，都透着几分异样。

“你也别想多了……”美美安慰初筝。

“我没想。”初筝语气平静，看不出任何动怒的迹象。

“大家都在了吗？”就在这时，班花从外面进来。

“都在了，今天怎么安排啊？”有人嚷嚷。

班花意味不明地看初筝一眼，然后招呼人去里面的会所。

“这里面真的有个会所？”有人好奇。

“嗯，不接待外人的。”班花撩下头发，潜台词就是你们能进去，都是我的功劳。

班花带着大家进去，兴许是早就打好招呼，没人阻拦他们。

“还是我们的大美女厉害啊！”

“这样的地方也能让我们进来……里面好漂亮啊！”

班花接受一群人的吹捧，心情颇好。

“大家随便玩儿，”班花大手一挥，“今天的费用都算我的。”

大家低呼一声，各自找地方去玩了。

“初筝。”班花等人都散得差不多时，将初筝拦住，脸上虽然带着笑，但那笑不达眼底。她身边还站着两个女生，应该是班花的跟班。

“我听人说，昨天晚上你在这里面过的夜？”女生甲笑得有些恶意，“谁带你进来的啊？”

初筝扫她们一眼，冷淡地道：“关你们什么事？”

“哎，你不会真是被人包养了吧？”女生乙轻笑，“不是被包养了，怎么能进来这里，她以为自己和蔓蔓一样呢。”

蔓蔓就是班花。

班花端着端庄典雅的姿态，一直没有出声。女生甲和女生乙一人说一句，简直就是相声现场。

初筝平静地听着，琢磨着怎么给自己找个收拾人的理由。

“老公。”蔓蔓突然冲远处招手。

一个男人正朝这边过来，西装革履，社会成功人士的标准打扮，容貌还算不错。

男人笑着走过来，搂着蔓蔓的腰："这就是你同学？"

"嗯。"蔓蔓点头，转过头来给大家介绍，"这是我老公。"

男人目光扫过女生甲和女生乙，没做什么停留，落在初筝身上的时候，微微停顿几秒。

蔓蔓眸色一沉，娇滴滴地叫了一声："老公。"

男人立即收回视线："你们好好玩，今天的消费都算我的。"

"老公你真好。"

"这不都是你同学嘛。"男人宠溺地笑起来。

蔓蔓有意炫耀自己帅气多金的老公，特别是想给初筝看看，然而初筝连眉毛都没抬一下。好像这样优质的男人，对她来说，就和陌生人一样。

蔓蔓关注着自己老公，没看见初筝什么时候离开，等她发现，现场早就没了人影。

晚间，蔓蔓的老公特意让人腾出一个别墅来，给他们办了一场晚宴。

"你看她那得意的样子，"美美站在初筝旁边吐槽，"不就是嫁了一个好老公。"

"嫁得好不如生得好。"初筝慢条斯理地接话。

"这话有道理。"美美赞同地点头，"嫁得再好，也是婆家的，又不是她的。"

美美突然想到什么："我开个直播。"

美美将自己的装备拿出来，很快就打开直播。她也算一个小有名气的主播，不过片刻，直播间就陆陆续续有人进来。

"主播这是在哪里浪呢？看上去好高档。"

"主播还在樱花温泉山庄吗？"

"主播旁边是不是有个小姐姐！背影好好看，求正脸！！"

有人注意到背对着镜头的人，美美故作幽怨："你们看我还不满足，还要看别的小姐姐，你们真调皮。"

"哈哈哈哈！别吃醋，我们还是爱你的。"

美美："今天我带你们看看土豪的生活。"

美美直播的时候，注意力在镜头上，没注意到四周的人群。有个女生朝着她走过来，可能是裙子过长，不小心踩到裙摆，身体顿时歪了过来。

观众的视角正好可以看见，纷纷提醒美美。然而已经来不及，美美被那个女生撞到，身体往前一扑。

初筝就站在她侧面，美美这一扑，再次撞到初筝。

"哗啦——"玻璃展柜倒下，玻璃和里面的瓷器同时碎裂。

现场瞬间安静下来。

初筝站稳，望向地上的玻璃碎片。

场面安静了一会儿，慢慢地响起窃窃私语。

"怎么回事？"

"不知道，突然响了一声，吓我一跳……"

"那好像是个古董吧？刚才蔓蔓好像说过……"

"不会吧，那这些得值多少钱？"

“具体多少不清楚，反正很贵。”

负责人匆匆过来，看见地上的东西，脸色沉了沉，道：“怎么回事？”

蔓蔓和她老公也过来了。

蔓蔓捂嘴，惊讶道：“这东西怎么碎了？”

玻璃展柜里放置的是一件古董，价值一百多万。这样的高档会所，放置这样的东西，也只是为提升格调。

一百多万，对到这里来的有钱人来说不算什么，但是对于现在这群人，一百万，可能就是很大的一笔钱。

“谁撞的？”

“艾初筝吧……我好像看见是她。”

蔓蔓和负责人都看向初筝。

“初筝，你怎么这么不小心？”蔓蔓一脸担忧。

初筝看向美美，美美脸色苍白，见初筝看过来，摆手：“不是我……是有人撞我。”她回头看去，后面哪里还有人。

蔓蔓道：“老公，这事怎么办啊？”

蔓蔓的老公和负责人沟通几句，最后有些无奈地摊手：“这个古董价值一百万，必须照价赔偿。”

负责人面色不豫，似和蔓蔓的老公抱怨：“在这里举行那么多宴会，还从来没有人弄坏过里面的东西。”眼神扫过众人的时候，带着几分不屑。

在场的人被他那眼神看着，多少有些不自在。

他们不蠢，看得出来那是什么意思——人家看不起他们。

“实在是抱歉。”蔓蔓的老公礼貌地问，“你看，还有没有别的解决办法？”

负责人看在蔓蔓的老公的面子上压着火气，但语气很不好：“能有什么别的解决办法，这东西都打碎了，必须照价赔偿，不然就报警！”

“东西是你打碎的吧？”负责人问初筝。

“不是，是我撞到她……”美美抢先解释，“但是有人撞我，我不知道是谁，这里应该有监控，看一下监控就明白了！”

美美说到后面，眸子都亮起来。放着价值一百万的东西的地方，怎么会没有监控。只要看见是谁撞她的，就能找到真正的罪魁祸首。

“这里没有监控，你当这是什么地方，怎么会装监控！”负责人看向初筝，“我不管这些，最后撞到玻璃展柜的是你对吧？这一百万你来赔？”

初筝眸子微微一亮。

赔钱！好啊！东西确实是我撞的，也不算背锅。

蔓蔓担忧不已：“初筝，一百万你拿得出来吗？不然我和老公帮你想想办法？”

“不用。”初筝拒绝蔓蔓的“好意”。

围观的人立即讨论起来。

“一百万，她能拿出来？”

“蔓蔓好心帮她，她还给人家脸色看，真是狗咬吕洞宾不识好人心。”

“也许人家背后有金主呢，一百万算什么。”

负责人端着狗眼看人低的姿态：“这点钱都没有，到这里来装什么，当这里是什么地方。”

这句话其实把不少人都得罪了。毕竟这群同学中，百分之九十九点九都只能算小康，和富搭不上边。

蔓蔓的老公似过意不去，主动对初筝道：“不然这样吧，我替你出一部分……”

蔓蔓的表情有些挂不住，狠狠地掐了他一把。

蔓蔓的老公不解，压低声音：“怎么了，她不是你同学吗？”

蔓蔓努力维持着笑脸，贴心地道：“是啊老公，可是一百万呢……不是小数目，你最近不是需要资金，我是担心你公司……”

负责人没听见蔓蔓和她老公的对话，只是盯着初筝：“刷卡还是付现？”

初筝刚想掏卡，外面杀进来一个人，微胖，气喘吁吁，可见他是跑过来的。

“总经理，您怎么来了？”负责人赶忙迎上去，是有人给总经理说了这里发生的事吗？

负责人怕这件事连累到自己，赶紧指着初筝道：“总经理，东西就是她打碎的，我正让她赔款……”

总经理看都没看他，直接走到初筝跟前，极其恭敬：“艾总，你没事吧？”

我能有什么事，我好得很！

而这一声“艾总”让所有人都茫然了。

艾总？什么艾总？这是会所的总经理，叫初筝“艾总”是个什么情况！！

总经理抹了抹汗，看着新任老板，小心翼翼地道：“事情我已经了解了，这下面的人都还不认识您，得罪之处，请您海涵。”

整个会所都是初筝的，别说砸个古董，就算把整个会所砸了，那也得随她高兴。

“我可……”

总经理指着发蒙的负责人：“你愣着干什么，还不过来给艾总道个歉。”

“我有……”

“艾总，您放心，这种事绝对不会发生第二次。”

“我能……”

“艾总，都是我工作不到位，不知道您带朋友在这里……”

初筝语塞。

我有钱！可以赔！不要因为我是老板就例外好吗？咱们要做到一视同仁！

“总经理，她……”负责人还没弄清楚状况。

“她什么她，你指什么呢！”总经理恨铁不成钢，“快给艾总道歉。”

负责人：不是说她是个连会员卡都没有的普通人吗？

总经理压着，负责人不敢再有异议：“艾总，对不起。”

蔓蔓脸色难看，她做梦都没想到事情会是这么一个发展。而其余人也脸色各异，不知道初筝这些年到底发生了什么。

“你们都是艾总的同学吧？”总经理自以为安抚好初筝，转头看向大家，“大家玩好，今天算我个人请大家。另外一会儿我让人给大家在里面安排住处。”要讨好新老板！

大家面面相觑，之前他们说了初筝那么多坏话，现在大家脸上都有点臊得慌。

蔓蔓心里郁结，她可以让大家进来，但是不能让会所腾出这么多房间。

蔓蔓垂在身侧的手忍不住攥紧。

初筝现在怄得很，这是用血的教训告诉大家，花钱得快！

“艾总？”

艾什么总，艾你个大头鬼！

初筝冷冰冰地看了总经理一眼，然后离开。

总经理额上冒出冷汗。

他安排得不好吗？艾总哪里不满意？

您说啊！您给我一个眼神，我理解不了！

总经理摸下圆乎乎的肚子，扫到旁边的负责人：“明天你不用来上班了。”

负责人瞪眼：“总经理，我……”

“艾总，您等一下。”总经理不听负责人辩解，追着初筝离开。

蔓蔓的老公拉住总经理：“刚才那位是？”

蔓蔓的老公是客人，总经理看看已经快没影的初筝，只得停下来：“那是我们艾总。”

“我怎么不知道，有一位艾总？”

“艾总刚接手咱们这里，您不认识是正常的。”他手底下的人都不认识呢！你说气人不气人！

初筝躺在床上，气成河豚。她点着手机上的直播软件上的直播室，点进去又退出来。

前十的土豪粉丝，进出都有提示，于是——

“财神爷进入直播间。”

“财神爷退出直播间。”

“财神爷进入直播间。”

“财神爷退出直播间。”

初筝这拨操作，引起不少人的热议。

“财神爷怎么了这是？”

“卡了吗？”

“他能换直播间，肯定不是卡了。”

“求财神爷照顾下弱小无助的我。”

“为了追财神爷，我也是累得慌。”

初筝看不见那些讨论，依然在胡乱地进着直播间。

这次，初筝盯着屏幕上的人，没有再退出去。屏幕上，男人安静地坐在桌子前，微微垂着头，镜头大部分集中在桌子上，但还是可以看见男人的脸。

暖色的光勾画出男人漂亮得不似真人的轮廓，一双骨节分明的修长的手拿着刻刀，正雕刻一个木雕。

有轻缓的音乐声缓缓流淌，配上男人那张盛世美颜，和那些不是唱歌跳舞就是打游戏的直播间，很不一样。

这个直播间观看的人数不算多，但是弹幕不少。

“主播今天雕的什么？”

“我觉得是兔子。”

“啊——男神开直播了！”

“老公，求你看看镜头好嘛！深情凝视。”

“马上就要到证明手速的时候了，各位情敌准备好了吗？”

“老公好帅！”

弹幕大部分都是“好帅”，其中夹杂着这种“老公求抱抱”“为什么老公还不来娶我”……

初筝面无表情地看着。

她停留的这会儿，一直跟着她的一些人也进来了。

“财神爷是不是在这里？出去了吗？”

“财神爷不看美女了吗？”

“哇！这个男生好好看啊！”

而直播间的土著观众们有些蒙。

“这是哪里冒出来的情敌？”

“财神爷来了？财神爷是谁？”

“就之前打赏很多的那个……财神爷是要资助我们老公吗？”

屏幕里的男人一直没抬头看屏幕，自然不知道发生了些什么，他专注地刻着手里的木雕。本来还看不出什么形状的木雕，在他手里渐渐有了形状。

“好人卡”现在靠卖艺求生吗？

没错，这个主播就是初筝的“好人卡”。亏她还以为那么牛的“好人卡”是个什么不得了的职业，结果就给她看这个。

他们分开后，傅迟就没联系过她。好像之前说的那些话，都是他为了安抚住她而已。

初筝搓搓手，点开充值页面。

自己的崽，自己养！氪金！

“财神爷赠送主播豪华城堡 ×1。”

“财神爷赠送主播豪华城堡 ×2。”

……

于是追了初筝大半天的网友们发现，初筝终于开始败家了。

可是……这败家对象好像有点不对劲啊！

之前财神爷看的可都是肤白貌美大长腿的美女小姐姐，现在怎么突然开始看小哥哥了？

虽然这个小哥哥看上去很好看……

傅迟刻完一个木雕，将它放在离镜头最近的地方，让大家可以看见他今天刻的是一个小兔子。

傅迟展示完木雕，看向屏幕。

以前屏幕上弹的都是以“老公”开头，今天的弹幕却大多数以“财神爷”开头。

傅迟皱眉，弹幕太快，没看出个所以然来，他开了麦：“十分钟后上链接。”

“嗷嗷嗷！！老公保佑我网速不‘嗝屁’！”

“只有一个吗？今天还有吗？！”

“今天只有一个。”

傅迟看着屏幕，他脸上并没太多表情，甚至都没开滤镜，镜头下，依然是神仙颜值，令人怦然心动。

“老公，我今天能拥有你吗？！”

“你们谁都不要跟我抢！今天的老公是我的！！”

傅迟没有再看屏幕，用电脑登录上某平台，开始上链接。

傅迟退出来，就看见直播屏幕上不断闪现的特效——

“财神爷赠送主播豪华城堡 ×26。”

“财神爷赠送主播豪华城堡 ×27。”

……

财神爷？这就是刚才他们在刷的那个？

傅迟即便是直播这种看上去很没劲的东西，但就这张脸也有不少人打赏，丝毫不比那些女主播少。豪华城堡是所有礼物中价值最高的，傅迟自然见过，不过……他还没见过这么刷的。

傅迟点开财神爷的资料看一眼。除了性别男、金灿灿的消费等级，以及一个初始头像外，就没别的东西。

傅迟私发一条感谢过去，对方很快回复。

财神爷：没有福利？

惊鹤寻（傅迟的平台账号）：？？？

财神爷：别的主播都有额外福利，你没有？

惊鹤寻：没有。谢谢。

傅迟关掉私信，不打算再回复。他以为这个财神爷会生气，谁知道对方又连着刷了十几个豪华城堡。

“完了完了，财神爷肯定是看上我们家崽崽了。”

“啊！我不允许，这么好看的崽，必须单着！！”

“啊啊啊，我抢到了，哈哈哈哈！！今日份的精神支柱！”

大家在围观土豪败家的时候，傅迟刚才雕的那个小兔子已经被人拍到。弹幕上一嚷嚷，大家又开始刷，让傅迟再雕一个，一个完全满足不了他们。

“今天还有事，不雕了。”傅迟不紧不慢地道，“店里有别的，你们可以挑，都是我自己雕的。”

“那不一样！我要看着老公雕的！”

“老公，你别走！”

傅迟关直播的时候，正好看见屏幕上跳出来的“财神爷赠送主播豪华城堡 ×52”，不过下一秒就不见了。

傅迟没将这件事放在心上，打开手机，在联系人那里找了一下。

初筝在床上翻滚两圈，心情更加郁闷。

“好人卡”竟然连个福利都不给我！白疼他了！怎么不学学别的主播？

不过，他要是真的给了，初筝觉得自己会更生气。

“叮咚——”初筝点开短信，是傅迟发过来的。

还以为他跑路了呢……

傅迟：睡了吗？

初筝：没。

傅迟：聊聊？

初筝：聊什么？

傅迟：你对未来的伴侣有什么要求？

要求？

初筝的指尖在手机上点了点，慢吞吞地打字。

初筝：我的未来伴侣不是你？

那边的人有近一分钟才回。

傅迟：嗯。

傅迟：你对我有什么要求？有什么喜欢的、不喜欢的，我会尽量按照你的要求来。

傅迟换了个问法。

初筝：听话。

我就这一个要求，没有别的要求了。你只要乖乖帮我花钱，你就是一个好人！

“小姐姐，你没有发‘好人卡’的权利。”

初筝：都是人，凭什么歧视我？！是我太优秀了吗？！

傅迟问一句，初筝就答一句。

傅迟大概是真的将初筝当成未来要过一辈子的人，询问得非常仔细。

她喜欢什么，不喜欢什么。

他也不是那种拐弯抹角地问，就是很直白坦荡的询问。他话里话外的意思就是：我现在不喜欢你，但是我会把你当成老婆对待，会慢慢了解你，喜欢你。

傅迟：时间不早了，你早点休息。

初筝：嗯。

傅迟：那天晚上……我没有做防护措施吧？

初筝不知道为什么傅迟突然问这个。

初筝：嗯。

傅迟：有宝宝的话，你愿意生下来吗？

初筝：……

傅迟：不愿意？

初筝：我觉得，你可能不会拥有宝宝。

初筝的视线从屏幕上挪开，水晶灯细碎的光芒铺进她眼底，犹如散落的星光。

这个地方也许真的只是游戏世界，不然她为什么从来没怀孕过？

初筝很不习惯这个位面的“好人卡”。

当然她不在怕的！没有她搞不定的“好人卡”！

翌日。

同学聚会结束，大家纷纷离开。初筝没有出现，不过微信上收到不少消息。大部分人说了似是而非的话，也有一些突然变脸套近乎的。

初筝将这些全部当成垃圾信息处理掉。

蔓蔓和她老公据说昨晚就走了。之前蔓蔓在初筝面前那么炫耀，昨天晚上丢那么大的脸，她能待下去才奇怪。

初筝离开的时候，总经理赔着笑送她。

“那个谁……”初筝不记得蔓蔓的老公叫什么，“昨天那两个，不许他们再到这里来。”

“您是说取消他们的会员资格吗？”总经理揣测地问。

“嗯。”

“好的。”虽然不懂为什么，但是老板的话准没错。

初筝开了会所的一辆车离开，中途搭了美美一程。美美在郊区下了，说有约，初筝绕个圈准备回市里。

刚进市里没多久，就看见路边有个熟悉的人不紧不慢地走着。

这条街人不多，车子也没几辆。那个男人像一个发光体，让人能一眼看见他，被他吸引。

“好人卡”怎么这么好看呢。

初筝发现傅迟后面还跟着一个人，此刻路上人不多，所以那人的跟踪显得十分明显。

初筝将车速降低，摸出手机给傅迟打电话。电话刚拨出去，初筝就瞧见跟在后面的那个人突然加速，朝着傅迟奔过去。

而傅迟正好摸出电话，他低头看屏幕，初筝看不见他的表情……

初筝迅速将车停下，后面的车子减速不及时“砰”的一声撞上来。而傅迟也听见声音回过头来。

“去死吧！”

带着寒光的刀子，在傅迟眼里不断放大。傅迟似乎被这变故吓到，一时间没有反应，眼睁睁看着那把刀朝着自己刺过来。

感受到刀子的冰冷，傅迟才回神，然而此时闪避已经来不及。

傅迟下意识地闭上眼。

有风从旁边拂过，疼痛并没有像想象中那般到来。

“哐当——”傅迟睁开眼，持刀的歹徒摔在地上，刀子滚到一旁。

素白的手将那把刀捡起来，傅迟顺着那只手往上看——是个女孩。女孩的白色衬衣扎了一角在裤子里，黑色休闲裤，白色的鞋。她五官精致，一双眸清澈平静，无波无澜。

她正看着地上的人，像是看一件冰冷的死物，令人害怕。

可是傅迟不觉得，反而觉得有几分熟悉，仿佛他曾经见过这样的眼神。

初筝转了下手里的刀，市面上常见的水果刀，还很劣质，不知道在哪个路边摊买的。

就用这玩意来杀我的“好人卡”？配得上我“好人卡”的身份吗？

初筝面无表情地一脚踹在准备爬起来的歹徒身上，姿势帅气，歹徒双眼一翻，差点昏厥过去。

傅迟吐出一口气，看一眼地上的歹徒，最后凝视初筝：“你怎么在这里？”

“路过。”真的是路过，谁知道就这么巧合遇见了。

“这人你认识？”初筝指着地上的人。

傅迟摇头：“不认识。”

“他刚才想杀你。”为什么杀你，你都不知道吗？！

“我不认识他。”傅迟皱眉，他不认识这个人。

“叭叭叭——”初筝往那边看去。刚才撞上她车子的主人正站在车外，不断按着喇叭，按一下抬一下头，看初筝注意到自己没有。

初筝把刀塞给傅迟：“看着他。”

初筝先去把事故处理了。

对方本来已经做好吵架的准备，谁知道初筝上来就问：“多少钱？算我的。”

初筝这么爽快，对方也不愿意浪费时间，愉快地和解了。

初筝搞定这边，回到路那边。

幸好这条路人不多，有人看见都远远绕开，不敢给自己惹麻烦。

“把他弄上车。”初筝指挥傅迟。

傅迟皱眉：“不应该报警吗？”

初筝沉默了一下，有些不愿意，还没打他呢！

可是当着“好人卡”的面……算了，谁让他是我的“好人卡”呢！

于是初筝严肃地点下头：“有道理。”

三个人抵达公安局，被分开问话，初筝没什么好说的，她只是一个救人的热心民众，重点就在傅迟和那个歹徒身上。傅迟不认识歹徒，歹徒进去后，完全不承认，最后挨不住询问，还是说了。

原因很奇葩——因为傅迟长得太好看了。歹徒偶然刷到傅迟的直播间，看到他人气这么高，再联想到自己失败的一生。歹徒被刺激，就很生气，结果他越想越生气，然后就有了今天这出。

——经鉴定，这歹徒疑似有精神病。

傅迟录完口供，确定没什么问题，就放他们走了。

两人走出公安局，傅迟看着初筝：“你不问我做什么的？”俊脸上就差写上“问我”两个字。

“我……”知道。

初筝不知道想到什么，顿了一下：“你做什么的？”

傅迟没有隐瞒的意思，将自己的职业说了。

他原本开了一家网店，因为生意不好，所以就做了主播。在他开直播后，店铺的营业额直线上升。

傅迟的那些木雕卖得并不便宜，就昨天晚上那个小兔子，售价就是三百多。那还是最便宜的，因为不需要太费事，他在直播上都会选择这样的物件雕刻。不过因为这玩意儿费时，所以其实一个月也赚不了多少，有时候还没有打赏分成的五分之一。

“你要是不喜欢我做直播，以后我就不做了。”傅迟很在意未来媳妇儿的意见。

初筝没什么意见：“你喜欢就好。”

“你不介意？”

“我为什么要介意？”直播也是一个行业，又不犯法，她应该介意什么？

傅迟有点看不透初筝，她和别的女孩儿不一样。他们发生关系后，她没有任何反应，看那架势，如果他不主动承担责任，她是打算就那么了了。

分开之后，她也没联系过他。

“你不介意就好。”傅迟道。

“你去哪儿，我送你？”初筝拉开车门，示意傅迟上车。

傅迟也不客气：“我去看房子，正好一起去，你看看满意不满意，不满意我们再找。”

初筝心道：还真打算要跟我住啊！

傅迟选的房子在一个安静的小区，中介和他约在门口见面。中介跟傅迟介绍房子，初筝站在门口，没有参与的意思。等傅迟转一圈出来，邀请初筝进去看看，初筝这才进去。

傅迟陪在她身边，比陌生人靠得近，但又比爱人离得远。

“喜欢吗？”

“你真打算和我培养感情？”初筝有点好奇，这个“好人卡”的脑回路到底是怎么回事？

“嗯。”傅迟往外面看一眼，中介识趣地站在门口，等他们自己看，傅迟这才压低声音，“我本来没打算结婚的，但是……既然都已经发生了，我不能逃避。”

“我可以拒绝吗？”这人压根就没问过我的意见！

傅迟眸光幽深地看着初筝，他突然抬手，撑在她旁边的椅子上，身体贴近初筝，初筝一下子就跌进椅子里。

傅迟的气息逐渐浓郁起来。

“不可以。”傅迟的唇瓣落在初筝唇上，他轻咬两下，微合的眸子透出一缕暗光，“你可以不喜欢我，但是不能离开我。”

傅迟的手掌压着初筝的胸口，他唇瓣微微远离一些，留出一条缝，绵长灼热的气息打在她脸上。他手指微微用力，压住她的心跳，低沉的声音落在她耳边：“当然，你也不能喜欢别人，不然我会生气。”

“你变态吗？”

傅迟的嘴角扬了一下，没有否认，坦然地道：“也许吧。”

他本来没打算拥有一个妻子，可是他们用最亲密的行为完成了这个仪式。

那么他只能努力去维护了。

当然傅迟也并不讨厌初筝，他觉得她……很有意思，想到她的时候，可以让自己心情愉悦。

傅迟手掌一翻，慢条斯理地整理初筝的衣领，指腹不时蹭过初筝露出来的锁骨。他低沉的话语里带着几分宠溺："别怕，我会好好待你，只要你别招惹别人，你好好听话，我也可以听你的。"

初筝语塞。

王者号你告诉我，他已经黑化了对不对？！

"没有呢。"王者号还故意拖长音调，十分欠扁。

这都还没黑化，那黑化是个什么鬼样子！吓死个人！

初筝犯愁了，心底嘀咕：看来得找个办法刺激下他，然后再名正言顺地关起来，不能让"好人卡"抓到她把柄。

"小姐姐，我请你做个人。好好对'好人卡'不行吗？你整天都在琢磨些什么！"

初筝推了傅迟一下，面色平静，仿佛他们刚才没有经历过那诡异的谈话："我觉得这里不错。"

傅迟顺势松开她："那我们就定这里。"

初筝"嗯"了一声，起身离开房间。

傅迟抬起手，指腹上似乎还留有刚才碰到她皮肤的细腻感。片刻后，他摇摇头，垂下手，跟着初筝出去。

傅迟定下了这套房子。房子有简单装修，不过傅迟不打算就这么将就，仔细询问初筝的喜好，打算按照她的喜好来。

初筝不管这个，让他自己看着弄。

傅迟似乎压着情绪："好。"

初筝将傅迟送到他住的地方，地方有些老旧，根据资料显示，这里应该是他父母以前住的地方。

大概是两年前，他父母双双离世。傅怡早就不住在这里，所以就只剩下傅迟一个人。

"你开车小心。"傅迟像一个合格的男朋友，站在车窗外，叮嘱初筝，"到家给我报平安。"

"嗯。"

初筝启动车子，准备关车窗，傅迟突然将手搭在玻璃上。

初筝侧目看他："手不想要了？"

傅迟往下压了压，初筝只好把车窗降下去。

傅迟探身进来，亲在她额头上。在他准备退开的瞬间，初筝拉住他衣领，微微仰头，亲在他唇上。

傅迟呼吸微微一滞。

初筝撬开他唇齿，傅迟如梦方醒，试图夺取主动权，初筝却松开了他。

傅迟愣了一下，身体缓慢退开，平静地看着她。

傅迟目送初筝的车离开，他指尖搭在唇瓣上，心想，看来他得有一辆车了。

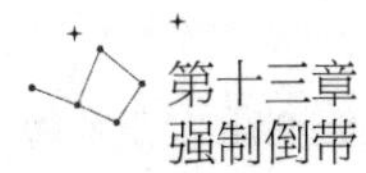

第十三章
强制倒带

周六。

初筝抵达樱花温泉山庄，总经理屁颠屁颠地过来迎她。吴法和吴天一左一右地跟在初筝后边，总经理看着人高马大的两人，有点犯怵。

“人来了吗？”

“易先生到了。”总经理道，“您说的那个沈涵秋，还没到。”

“嗯，到了通知我。”她倒要看看沈涵秋和这个易言礼在搞什么鬼。

“好的。”总经理将初筝迎进去。

初筝等了大概一个多小时，总经理过来通知她，沈涵秋来了。

沈涵秋直接去了易言礼的房间。

“能看见他们在干什么吗？”

总经理抹了一把汗：“艾总，他们在房间里面，没有监控，没办法知道啊。”

“你就不知道装一个？”

“这不好吧。”他们这儿是正规的高档会所。

要你有什么用！

初筝让吴法想办法去看看他们在干什么。

“艾总，我们有房卡啊。”总经理提醒初筝。

“你拿着房卡开门进去，说我来看看你们在干什么？”初筝睨着总经理，“你傻还是他们傻？”

吴法没多久就回来了，脸上有些窘迫：“老板。”

初筝示意他说。

吴法嗫喏下，没出声。

“怎么回事，你说啊？”吴天用手肘戳他两下。

“就……”

吴法面对初筝没办法说出口，在吴天耳边低语两句，将手机交给他。

吴天看下手机，翻个白眼，这有什么不能说的。

“他们在房间办事。”吴天把手机给了初筝，上面拍到了两人，还挺清晰的，沈涵秋和易言礼的脸都看得清清楚楚。

“老板，这个易言礼不是有老婆吗？”吴天出声，“他这是出轨啊！”

“嗯。”可不就是出轨吗？渣男！

房间里，沈涵秋躺在易言礼怀里：“言礼，你什么时候和她离婚啊？”

“现在还不是时候。”

沈涵秋有些不高兴：“那还要多久我才能光明正大地和你在一起？”

和易言礼维持这样的关系，沈涵秋已经有些厌倦。她想和易言礼光明正大在一起，而不是偷偷摸摸。

“快了。”易言礼哄着她，“等时机成熟，我就和她离婚，到时候就娶你，你现在可别跟我闹腾。”

沈涵秋的不高兴写在脸上。

易言礼哄了沈涵秋好一会儿，最后答应给沈涵秋买她看上的珠宝首饰，沈涵秋这才高兴起来。

“砰——”

“易言礼！”女人惊诧错愕的声音平地炸开。着装得体的女人站在门口，脸上有失望、愤怒、震惊……各种各样的情绪交织在一起。

沈涵秋尖叫着拽被子，将自己身体和脸挡住。易言礼就光溜溜地暴露在空气里，只能用手挡住某处。

被人捉奸在床，易言礼和沈涵秋都没料到。女人带着人大闹一场，会所里还有别的人，女人也不怕被围观，堵着易言礼和沈涵秋，就让大家看。

沈涵秋被打了好几巴掌，好不容易才脱身，匆匆离开房间，一路狂奔下楼。

在大门处，沈涵秋遇见带着那两个左青龙右白虎大汉的初筝。沈涵秋狼狈地和初筝对视一眼，表情略显狰狞。

初筝怎么会在这里？

可沈涵秋顾不上这些，垂头快速离开。

易言礼出轨的消息很快就在网上传开。

易言礼和他老婆在公众面前本来是十分恩爱的形象，一夜间崩塌，完美老公变成渣男。

而让网友大跌眼镜的是，出轨对象还是沈涵秋——之前那个闹得沸沸扬扬的职业黑粉“春易尽”。

“渣男！真是人不可貌相，就这个天天吹捧完美老公的总裁竟然出轨了！男人果然都是‘大猪蹄子’。”

“沈涵秋是有毒吗？她和易言礼是怎么认识的啊？”

“不是我阴谋论，易言礼是纵云总裁，但是你们发现没有，沈涵秋以前黑过的网红，基本都是魔秀和山海这两家。”

“楼上真相了，所以其实是易言礼在背后指使沈涵秋？”

“这种竞争手段，有点下作了吧？”

“这没证据的事，你们不要说得跟真的一样。”

网上各种言论都有，通过他们的推论，大家都发现，沈涵秋黑过的人，确实只有另外两家的网红。只要哪个网红冒头，沈涵秋就会披挂上阵。

“春易尽”的存在，就是为了平台竞争。

易言礼第三天才联系上沈涵秋。

这几天易言礼的日子可不好过，网上全是他劈腿出轨的消息，他老婆还闹得厉害。

“我和你见面的事，你和谁说了？”易言礼说的第一句话就是质问。

“你怀疑我？”沈涵秋错愕，“易言礼，我疯了吗？这种事会乱说吗？”

“我不是那个意思。”易言礼为自己辩解一句，又安抚沈涵秋，“那这件事是谁泄露出去的？”

易言礼很清楚，他老婆根本不会发现，除非是有人告诉她……

“我不知道……”沈涵秋脑中蓦地闪过那双冰冷的眼眸，“我……”

易言礼追问：“你想到了什么？”

沈涵秋有些不确定，但是在那里看见初筝，太奇怪了。

怎么就那么巧合？

“可能是艾初筝。”

“艾初筝？”易言礼对这个名字不是很陌生，“就是你之前那个室友？”

“嗯……”

两人就初筝的问题进行了分析，可最后也分析不出来什么。在沈涵秋的印象中，初筝就是一个只会画画，连社交都极少的人，怎么有本事策划出这些事。

“行了，最近你躲好。”

这种时候，沈涵秋能说什么，只能按照易言礼的吩咐躲好。

另一边，初筝翻着网上的评论。

按照这些人所说，沈涵秋一开始就是替易言礼做事，那确实能说通很多事情。

不管这件事是真是假，只要别人相信，那就是真的。

易言礼这下是直接得罪了两家平台……

“老板，易言礼老婆打算和他离婚。”吴天将最新的消息告诉初筝，“听说要分割资产。”

初筝抬眸：“怎么分割？”

吴天道：“这纵云直播，听说以前是三个人一起创立的，易言礼、易言礼老婆，还有一个好像是山海直播的创立人，后来不知道怎么闹崩了，反正山海直播的创立人就离开了。

“当初的资金基本都是易言礼的老婆想办法弄来的，听说还卖了家里的房子。她还有一个儿子，现在要分财产，估计比易言礼分得多。

“我从关仓那里听来的消息，易言礼转移了不少财产，要是再晚一点发现，易言礼老婆可能最后什么都没有。”

关仓认识一些奇奇怪怪的人，有点小道消息不奇怪。

初筝单手托着下巴：“易言礼出轨，不应该净身出户？”

吴天耸耸肩：“易言礼的老婆抓到他出轨，但是没有留下证据，易言礼不承认……”

“吴法不是拍了。”初筝幽幽地道，“送给她。”

秦真抱着儿子匆匆从别墅出来，她没想到易言礼这么不要脸，偷偷转移资产就算了，现在还好意思和她争儿子的抚养权。

当初她怎么就这么眼瞎，看上他这么一个人。

“请问，您是秦真女士吗？”

秦真刚把儿子放好，旁边就响起一道声音。她有些神经质地抬头，对面站着一个西装革履的男人，秦真警惕地将车门关上：“你是？”

“这是我的名片。”男人将名片递上去。

“律师？”秦真皱眉，“易言礼叫你来找我？”

“秦真女士误会了。”男人笑道，“您的案子我们律师所很有兴趣，秦真女士想聊聊吗？”

“我有律师……”

男人递上一个信封：“您再看看这个。”

秦真看完信封里的东西，表情变了变。

“秦真女士，这东西足以让您胜诉，孩子的抚养权和公司的股份，都会是您的，我们律师所团队，近期都会为您服务，您看？”

秦真心底的警惕不减反增：“你们为什么要帮我？”

男人语塞。

我怎么知道为什么！老板让怎么做，我们就怎么做呗！

“大概是因为……我们老板不喜欢渣男吧。”

秦真和易言礼打官司，一时半会儿不会有结果。沈涵秋也跟人间消失一般，再也没听到过她的动静。

初筝每天就进直播间打个赏，败家后收获了各种主播的小名片。

当然，去得最多的还是傅迟的直播间。

但是傅迟逢双日直播，其余时间都不直播。所以傅迟不直播的时候，初筝就没法“氪金”，只能去看看肤白貌美的大长腿小姐姐们。

初筝翻了翻平台的各大榜单。

傅迟的排名不算高。

这个排名主要是靠关注人数，没有曝光度，自然就没人关注。

傅迟的颜值再能打，看不见也没用。

初筝发私信联系上次那个客服。

财神爷：你们有什么套餐卖吗？

客服 001 蒙了一会儿，迅速反应过来。

客服 001：您是问充值套餐吗？您要进群吗？里面定期有福利呢，您这样的用户，福利力度会很大的。

财神爷：多少钱能让主播上首页推荐？

平台的 APP 首页推荐，大部分都是按照用户喜好关键词刷新，但有几个固定推荐。那几个推荐位置，就是流量最大最好的位置。

可惜普通主播上不了。

能上这个位置的，都是平台主推的那些主播。

客服 001：我们暂时没有这个服务……

财神爷：这个可以有，你做不了主，让你们负责人跟我谈。

客服 001 搞不定这个，赶忙去找上司。上司也拿不准，毕竟这个财神爷，在他们网站的排名已经挤进前三。照他这个撒钱的姿势，要不了多久，第一就是他了。

所以上司报到更高层。

初筝给傅迟谈推荐的时候，她家傅迟正忙着装修房子。

房子已经做过装修，要动的也只有家具。

傅迟付完款，看着账户余额，眉头轻蹙。

傅迟呼出一口气，回家去开直播。

“老公来了！”

“老公好，今天好早哦！”

“第一次来得这么早，老公今天又帅了。”

“财神爷呢？来了吗？”

每次傅迟开直播，财神爷必定捧场，也不说话，就刷礼物。

令人羡慕嫉妒，恨不得生成财神爷的挂件。

“财神爷对我们老公绝对是真爱，去别的主播那里逛一圈就走，绝不再去第二次。”

“你们不要乱配对，OK？！老公是我们的，拒绝！”

粉丝吵架的戏码瞬间拉开帷幕。

傅迟对这些弹幕从来不关注，偶尔看一眼，也只当作没看见。

他有条不紊地做着准备。

“新人打卡。”

“这是什么神仙主播！我怎么现在才发现？”

“妈呀，我又要恋爱了。”

“新来的，请问这个主播是直接夺还是要走流程？”

“小哥哥好好看。”

“什么情况？”

直播间人数“噌噌”地往上涨，这让老粉们很慌。

突然多了很多情敌，能不慌吗？这些人哪里冒出来的？！

“我看见老公上主页推荐了！官方终于发现我老公了！”

“完了，我预料到接下来的血腥场面，姐妹们，拔刀吧！！”

傅迟也发现了。他这种小主播能上主页推荐，让他有些不解。

傅迟完全不知道怎么回事，他拿起手机看了一眼。按理说，这样的推荐位，应该会有人通知他才对。

不过，傅迟也是疑惑片刻，很快就调整好姿势，开始工作。

不少新来的对他的颜值惊讶完，就开始问这是在干什么，主播怎么不说话。老粉丝们害怕新来的情敌抢老公，但是又怕他们跑了，兢兢业业地开始解说。

“财神爷打赏主播梦幻星球 ×1。”

屏幕上巨大的星球滑过，伴随着流星，特效光唯美。

“这是什么礼物，我怎么没见过？”

“新出的吗？好好看！”

众人拉开礼物页，下面增加了好几档礼物。最高的就是梦幻星球，价值十三万多人民币。

豪华城堡五千二百元很多人都买不起，更别说这种十三万的……平台疯了吗？

有人很快发现，这期增加的礼物，大部分用户都是灰色的，无法使用。只有那种在平台的消费和等级都达到要求的用户，才可以和官方申请之后使用这些礼物。

“什么意思？看不起我们是不是！”

“官方这是为防止那些小学生打赏什么的吧。”

“反正我也打赏不了，看看就好。”

“这玩意好像会全平台弹消息。”

“真的吗？”

梦幻星球确实可以全平台弹消息，财神爷后面给他们示范了一次。当然后面各路土豪都出来为自己支持的主播花钱，一时间全是滚动的消息。

好在全屏观看直播的时候，滚动的消息是半透明的，不影响用户正常观看。

傅迟刻完木雕，才看见这些礼物。他给财神爷发私信。

惊鹤寻：谢谢，但是你不用打赏这么多。

财神爷：有福利吗？

惊鹤寻：没有。

财神爷：为什么？

惊鹤寻：我有老婆。

我就是。

初筝琢磨了一下。

财神爷：没有老婆就可以了？

惊鹤寻：不行。

傅迟毫不留情地拒绝初筝，并不再理会她。

初筝只好去刷礼物。

傅迟可能是怕了她，最后本来预留给观众的互动时间被他直接掐了，关了直播。

初筝还差几个星球没刷完，只好去隔壁直播间用掉。

傅迟下了直播，却没退软件。看见首页上滚动的消息，他呼出一口气，翻开通讯录，给初筝打电话。

初筝那边有一会儿才接。

他问："吃饭了吗？"

"吃了。"

傅迟沉默了一下："我还没有，陪我吃？"

"我吃过了。"

"我只是想约你。"傅迟不拐弯抹角，"这样有利于我们培养感情。"

初筝沉默片刻道："我不想出去，你过来。"出门就意味着王者号会随时随地冒出来。

"嗯，好。"

傅迟应下来，问了她地址，挂断电话，换衣服出门。

此时天色已经黑了，傅迟驱车到初筝楼下。他在小区外的超市里买了一些食材，拎着上去。

开门的是吴法，他面无表情地盯着傅迟。

傅迟皱眉，往门牌上看一眼，没有走错……初筝家里怎么会有男人？

"找谁？"吴法生硬地问。

"初筝。"傅迟平静地道。

吴法打量傅迟几眼，似乎在衡量他有没有危险。半晌，他才侧身朝里面喊："老板，有人找您。"

老板？雇佣关系吗？

傅迟垂下眸，换上吴法给的鞋进屋，客厅还坐着一个男人，正好奇地看着这边。

傅迟的脸色沉了几分。

初筝从房间出来，倚在门边，漫不经心地看着傅迟。

吴天很有眼力见儿，起身拽着吴法往外走："老板，我们有点私事要处理，晚上就不回来了。"

"砰"！房门关上，房间里顿时安静下来。

半分钟后，初筝"啪嗒啪嗒"地走过来："你拎的什么？"

"食材。"傅迟将袋子放下，手掌握住初筝的腰，将她压在旁边的餐桌上，"刚才那两个人，和你住在一起？"

初筝的腰抵着桌子，不得不仰头看傅迟。

"好人卡"上来就动手动脚！怎么回事？

初筝努力保持镇定："我请的保镖，怎么了？"

傅迟盯着她的眼睛，唇瓣轻启："只是保镖？"

初筝突然握住他的手腕，两人位置瞬间交换。初筝按着他肩膀，傅迟没有防备，直接倒在餐桌上。初筝压住他双腿，俯身凝视他："不然你以为是什么？"

傅迟动了下手腕，初筝压得更紧，有一种完全无法挣开的感觉。他稍稍抬眸，就闯入女孩子清冷如冰雪覆盖的眸，看见自己清晰的倒影。傅迟垂眸，纤长的睫羽在他白皙的脸上投出小片的阴影，线条流畅的轮廓有了几分柔色。

"别和别的男人走太近，我会生气。"

"你又不喜欢我。"还管那么多！

男人漂亮的脸上露出几分认真："我在努力喜欢你。"

让她进入自己的生活，了解他的一切。他在努力接纳她，成为自己生活的一部分。

也或许……他并不需要太努力。

因为只要看见初筝，傅迟就有一种……只要她说出来，刀山火海他都愿意为她奔赴的感觉。

"是吗？"

初筝低头含住傅迟的唇。

傅迟倒是配合，主动迎合她。

一吻结束，初筝松开他，傅迟喘口气，唇瓣殷红犹如涂了胭脂，让他看上去更添几分诱人的性感。

傅迟自然地撑着桌子起来："你还喜欢吗？"

初筝指尖压着裤缝，慢慢地挪到后面，双手在背后握紧，佯装镇定："厨房在那边。"

傅迟做得不多，正好两个人的分量。初筝也确实吃过，不过傅迟非得拉着她一起，就算不吃，也得在旁边陪他吃。

"房子已经装修得差不多，找个时间就可以搬了。"傅迟和初筝说话。

"嗯。"初筝漫不经心地应了一声。

傅迟抬眸看她："你并不期待？"

"傅迟，你只是把我当成一个责任。"初筝的语气有些冷淡，"我为什么要期待？"

从一开始，他就说得很清楚。因为他们发生关系，所以他们必须要在一起。

这是傅迟的价值观，他要为这件事负责。

她不想去问，如果遇见的是别人，他是不是也会这样？

她很清楚，没有这样的如果，他遇见的人只能是自己。

傅迟沉默，似乎想说什么，但最后只是动了一下唇瓣，目光在初筝身上定格几秒，垂下头继续吃饭。

傅迟收拾好东西，站到初筝面前，垂眸看着她："你介意跟我在一起？"

她一直没有反对过，他以为她是愿意的。

"我为什么要介意？"初筝看他，"你本来就是我的。"虽然你有点奇奇怪怪，但是不妨碍我得到你。

傅迟语调微微迟疑："你的？"

"我的。"女孩的表情认真又严肃。

初筝抬手，落在傅迟腰间："去我卧室吗？"

"什么？"傅迟没反应过来。

初筝不解释，直接起身，拉着他去卧室。

傅迟被推到床上，微微回神："你……"

"不愿意？"初筝坐在傅迟身上，将他手腕分别压在两侧，神色平静，"那也没办法，你忍忍吧，我想……"

傅迟："？"

傅迟沉默地穿上衣服，眸子里还氤氲着雾气。

初筝的视线毫不避讳地落在他身上，肆意地打量，像猎人观察自己的猎物。

冰冷，却极具占有欲。

傅迟能感觉到，就像刚才……

傅迟不能去回想，想到那些，他就有点控制不住自己乱想。

傅迟极其理智地抛开刚才的记忆，他整理好衣服，打开手机看，刚才有人不断给他打电话。

看见熟悉的号码，傅迟便退了出来，看向初筝："你录像了？"

"你对我这是有什么误解？""好人卡"对我有什么误会？我是个正直的好人！

"上次你……"

"我那是怕你找我麻烦。"

怕自己找麻烦？傅迟想想，初筝的想法和正常人往往不太一样，也就觉得没什么不对。

"那我走了。"

初筝看下时间："很晚了。"这么晚出去，又遇上歹徒怎么办？最后还得我去救。

傅迟似意外道："你要留我？"

"不行？"初筝理直气壮道。

"可以。"傅迟仿佛就等着初筝这句话，应得非常快。

初筝翻身躺下去，手指在枕头上挠了挠："衣柜里有衣服，自己换。"

傅迟看一眼房间，走到衣柜拉开，里面有不少衣服，其中包括男性的："你房间里准备着男人的衣服？"

"给你准备的。"

傅迟心底的小火苗"吱"一下灭了。

他拿了衣服，去浴室洗了澡，清清爽爽地躺在初筝旁边。他扭头看看初筝，踌躇下，还是伸出手，从后面抱住初筝。

吴天开门进来，先探个脑袋看了看，没看见人，才松口气。

吴法挤开吴天，先一步进去。

吴天不满道："你挤我干什么！"

吴法看他一眼，一言不发地拿着东西去厨房，片刻就发出"乒乒乓乓"的声音。

吴天哼一声："你要不是我哥，早就被我打死了。"

吴法从厨房探出一张脸，吴天瞬间没声，转头就看见卧室的门开了。男人穿着家居服出来，瞧见他们，平静地点了一下头。

傅迟进厨房，吴法很快出来，拿了个饼，一屁股坐在沙发上。

"他进去干什么？"

"做饭。"

"他？"这小白脸看着完全不是做饭的料啊！也不知道老板哪里找来的……

傅迟很快做好早餐，吴天等傅迟端着早餐进了卧室，才屁颠屁颠地跑进厨房。结果看见空荡荡的厨房，吴天十分郁闷，他出来望着沙发上啃饼的亲哥："哥，继续。"

"饱了。"吴法非常冷漠。

"我还饿着呢！"吴天猛地捂住嘴，往卧室的方向看一眼，压低声音吼，"你想饿死你弟弟是不是！"我是你亲弟弟！亲的！就这么一个！

傅迟半个小时后离开。

吴天觉得这个男人没有昨天看见的那么令他不舒服了。

昨天男人那眼神……吴天现在想想都觉得起鸡皮疙瘩。

吴天问："老板，他是谁啊？"

初筝卡了一下，慢吞吞地道："老板娘。"

"啊？"老板……娘？娘！

吴天看了眼自家亲哥，亲哥正玩着小游戏，压根不在意他们在说什么。

吴天望天，要不是他，亲哥能活过几天啊！！

"最近搬家，你们收拾下。"初筝给了吴天一张卡和一个地址，"你们去这里找个地方住下。"

"老板您要与人同居啊？"吴天下意识地道。

"有问题？"

"没有，没有。"吴天摆手。

傅迟是个行动派，和初筝说搬家没几天，果然通知她搬家。

初筝没多少要带的东西，那边傅迟也都准备得非常齐全，生活用品都有。所以基本就是带几件衣服，过去个人就成了。

但是初筝让吴法和吴天把原主的那些东西搬过来了。傅迟许是知道，特意留了一个房间给她放这些东西。

初筝翻着原主的一些稿子，很有灵气的作品。

"这是你画的？"

初筝没搭话，傅迟撑着旁边的透写台："你做什么工作？"

初筝扬了一下手里的稿子。

“这个赚不了多少钱。”傅迟道，“你请的那两个保镖，要不少钱吧？”

初筝将稿子放下，转身看着他：“现在才想问我的底细，是不是晚了？”

傅迟的语气自然轻松：“只是了解一下，不想说也没关系。”

他不管她有什么样的过去，他只知道她的未来在哪里，与谁度过。

初筝目光幽深地落在他身上，傅迟保持一贯的坦然，与她对视。

“傅迟，你让我有点……”

“如何？”

初筝捏着手腕，神色寡淡：“没什么。”想把他关起来！好想！！

傅迟勾了一下嘴角，带她去另外一个房间：“这是书房，我平时会在这里工作，直播。你要用的话，我可以先让你。”

初筝看见房间里堆着的那些小玩意。精雕细琢的摆件，每一件都栩栩如生，丝毫不比那些大师的差。

“你怎么会学这个？”这种活儿，年轻人很少有能沉下心来学的。年轻人都喜欢稀奇、刺激的东西。

“家里传承的，”傅迟靠着书架，手里拿着一个雕刻品摆弄，“傅怡不愿意学，所以我学了。”

“哦。”还是家族手艺，厉害厉害。

初筝顺着架子看过去，目光落在最角落的一个摆件上。那是一个麒麟，和其余的比起来看上去没那么好看，甚至可以说有点丑，上面还沾着血。

傅迟顺着她的视线看过去。

“那是我的第一个成品。”傅迟解释，“最后的时候，不小心划到手，沾了血。”

第一个，总有一些纪念意义，所以他把它保留下来了。

傅迟和初筝说了不少关于雕刻的事，初筝是个很好的倾听者，不发言，却细细地听着，偶尔回应，让人知道她在听。

傅迟以为自己和初筝同居，需要一段时间来适应，可是他发现并没有。多一个人，对他的影响并不大。

和初筝在一起的时候，有一种从骨子里透出来的熟悉感。

如果不是傅迟确定自己记忆完整，他都会怀疑自己是不是失忆过。

初筝大多数时候都是安安静静的，要么躺在沙发上看电视，要么在房间待着。偶尔在他直播的时候，她也会进来，但不妨碍他，就安静地坐在旁边玩手机。

傅迟有些分心，总忍不住看她。

“那边是不是有人啊？老公都往那边瞄好几眼了！”

“嘤嘤嘤，老公你看看我们啊！！”

“老公又帅了！你到底在看什么呀？”

“抓心挠肝，镜头为什么不会转？！”

观众们很着急。

以前傅迟直播，从开始到结束，几乎不会分心，更别说这样屡次看别的地方。

“财神爷赠送主播梦幻星球 ×1。”

傅迟开着声音，特效音响起，在安静的房间里显得有些突兀。

初筝抬头看他，同时看向她的傅迟被抓个正着，有些慌张地挪开视线。初筝这个时候才从他身上看到一点“好人卡”该有的样子。

傅迟心底有些慌，下刀的时候没注意，直接划到手指，鲜血顿时往外冒。

“啊——划到手了！老公怎么这么不小心，快止血啊！”

屏幕上瞬间炸了。

傅迟捂住流血的手指，抬眸看向镜头：“我没事，只是小伤口，谢谢大家关心。”

傅迟听见椅子挪动的声音，脚步由远及近。一双白皙的手出现在镜头里，将他的手掰开。

“有人！这绝对是个女人的手，老公谈恋爱了？！”

“不可能，也许是未来婆婆呢？！”

“看这手，明显是个年轻女孩子的手，你们就不要自欺欺人了，刚才男神直播的时候，分心了多少次？”

初筝松开傅迟，去找了酒精过来，给他消毒止血。

伤口不大，贴个创可贴就好了。

“小心点。”初筝提醒他一句，然后坐回了椅子里。

傅迟刚才说了话，开着麦，直播间里的观众都听见了初筝那句话。

“我我我……我听见了！是个女孩子的声音！好好听啊！”

“所以老公是真的谈恋爱了？”

“我要生气了！哄不好的那种！”

“一分钟，我要这个女人的资料！”

傅迟看向手机屏幕，上面弹出来的评论多得他看不过来。

傅迟看一眼垂着头不知道在点什么的初筝，再次转向屏幕：“我有老婆，希望大家以后不要再叫我老公，谢谢，今天的直播就到这里。”

傅迟不顾观众的反应，直接关掉直播。

他起身，大步走向初筝。

初筝把手机往身前一扣，抬眸看他。

下一秒眼前就是一暗。

傅迟经过平台的推荐，不管他直播什么，就冲他这张脸，粉丝数量也是直线上涨。

然而就在这天晚上，山海直播新晋网红男神有老婆的消息长了翅膀似的传开。

刚粉上这个神仙小哥哥的粉丝们泪奔了，纷纷霸道地扬言，一分钟要看到这个女人的全部资料。

然而……一个晚上过去了，他们依旧连这个女人叫什么都不知道。

此时两个当事人完全不知道发生了什么。

傅迟早上起来收拾好的时候，初筝已经吃上了早餐。

“哪儿来的？”傅迟皱眉，他还没做。

“吴天送来的。”初筝道，“吃吧。”

傅迟有些无语，虽然他们是她的保镖，可还是不舒服，她就应该吃自己亲手做的。

好在傅迟将那点偏执压回去，沉默地吃早餐。

“你上热搜了。”初筝突然抬头和傅迟说话。

“嗯？”

“喏，自己看。”

傅迟就着初筝的手机看。热搜就是关于昨天晚上的直播，他说自己有老婆的事。

傅迟看了一眼那些评论，有些后悔：“抱歉，昨天晚上是我冲动了。”

勺子轻轻磕在碗上，发出清脆的声音。

初筝语气有些幽怨：“我见不得人？”“好人卡”总觉得我见不得人是什么意思！

傅迟心“咯噔”一下：“我不是那个意思……”

“你什么意思？”

“我只是怕有人伤害你。”上面有些评论说得太难听了。

初筝看傅迟一眼，垂下头将剩下的粥喝完。她将勺子一扔，背靠着椅子，双手环胸，气势全开。

“傅迟，我比你想的厉害，你做什么我都能罩着你。”在王者号的咆哮声中，她补充一句，“犯法的事情不行。”像我这样的好人，你打着灯笼都找不到的！珍惜吧！

“你可拉倒吧！‘好人卡’那是倒了八辈子霉，才被你给看上。”王者号。

初筝冷不丁地冒出一句：“你知道‘好人卡’的真实身份？”

王者号陷入了无尽沉默中。

初筝暗忖，看来王者号是知道了……可是“好人卡”到底是谁呢？

傅迟脑中总能想起初筝说的那句话，每次回想，心底都会产生悸动。

那种感觉很奇妙……

傅迟用微博回应了这次事件，证明他有对象，但是希望大家不要打扰到他对象。

脱粉的倒没多少，不过骂初筝的人不少。但傅迟都不再回应，也没有新的东西爆出来，热度一天天就减下去。大家心里再怎么不舒服，最后也得接受傅迟有对象的事实。

傅迟直播的时候，刷的也是这些。

初筝一如既往地“氪金”。

“我觉得财神爷才是男神的真爱。”

“我也这么觉得，财神爷这样都没抛弃我们男神，绝对是真爱了。男神啊，你不要谈恋爱了，谈恋爱有什么好的！！”

“最难过的应该是财神爷吧！”

财神爷表示自己一点也不难过，甚至想为她家傅迟多“氪”一点金。

“好人卡”果然是个花钱的好对象。

初筝喜滋滋地点着礼物，屏幕都快被礼物给挡住，看不见傅迟的脸了。

初筝刷完礼物，退到主页，主页上有很大一个封面年度网红投票活动。

初筝撸起袖子就要“氪金”。

等等！“好人卡”没报名啊！

初筝给傅迟发私信。

财神爷：官方投票，报名。

惊鹤寻：谢谢，我不参加那个。

傅迟刚才已经在弹幕上看见有人刷，但是他没兴趣。

财神爷：我送你上去。

惊鹤寻：不用了。

财神爷：……

我才不管！

初筝拿着手机溜达到书房门口，傅迟已经快结束直播，正一边和观众互动，一边收拾东西。兴许是看见初筝，他收拾东西的速度快了不少。

傅迟关掉直播。

初筝一本正经道：“我用下书房。”

傅迟愣了一下，这么长时间，她可从没说过要用书房，他让开位置：“嗯。”

初筝看着他。

傅迟指了指外面：“要我出去。”

“不然呢？”

傅迟有些奇怪，但还是拿着自己的东西离开书房，顺手关上房门。

初筝立即拉开椅子坐下。

傅迟只关了直播，其余的东西都没关，初筝直接点到报名那个页面，提交资料报名。

傅迟正奇怪初筝用书房干什么，手机突然收到报名成功的提醒短信。

他没有报名……

傅迟起身走进书房，女孩儿坐在电脑前，目不转睛地盯着屏幕。他狐疑地走过去，所有网页已经关闭，她正在看一个国外的网站。

“怎么了？”见他进来，初筝神色镇定地看向他。

傅迟目光在电脑上停留几秒：“你给我报名了？”

“什么报名？”

傅迟将短信给初筝看：“直播平台官方的那个投票活动，你给我报名的？”

初筝摇头，否认得坚决：“没有。”

“不是你？”他刚才出去的时候，可没关掉网页，上面登着他的账号，唯一能操作的只有她。

“不是。”初筝严肃脸，“我骗你有什么好处？”

“不是你……”傅迟略微皱眉，狐疑道，“那是谁？”

“官方吧。”初筝毫无压力地把锅甩给官方，“这活动参加没什么不好的，你肯定拿第一。”第一能“氪”好多金！

官方？官方会帮别人报名吗？

傅迟点开联系人列表，问了一下直播平台工作人员。官方工作人员表示有这回事，榜单上前三十名主播，官方都会自动报名。

“你还有事？”

“没。”傅迟总觉得哪里怪怪的，但又说不出来，“晚上我们出去吃饭。”

初筝点头表示知道了。

傅迟退出房间，初筝立即伸手拍下胸口，将桌子底下的手机拿出来，界面还停留在和客服001的聊天界面。

得亏她反应快，不然就露馅了。

“小姐姐，这有什么不能说的？”

你懂什么，“好人卡”要是知道我在给他“氪金”，他不直播了怎么办？这“好人卡”又不拜金。

“好像有点道理。”

傅迟的粉丝打榜十分积极，遥遥领先别的主播，当然其中财神爷的功劳最大。其他主播的土豪粉，完全比不过初筝。

就在这个活动进行得如火如荼的时候，网络上突然有人爆傅迟的料。初筝看见这个爆料时，事件已经发酵过一段时间，热搜都已经上了——“新晋网红男神真面目”。

有个人爆出一张照片，上面是傅迟和一个人进入酒店的画面。不知是拍摄角度还是别的原因，总之照片上的傅迟和那个人看上去极其暧昧。

“难怪他突然火了，原来是有人捧。”

“长得好看的人都免不了被人潜。”

“这照片一看就是假的，老公才不是那种人！”

“你们不要瞎说！污蔑我们家男神，你们的良心不会痛吗？”

“事实都摆在眼前，这还有什么好洗的？”

“一张照片能说明什么？”

网友大致分成四拨人：为傅迟说话的粉丝、看见图就开骂的键盘侠或者浑水摸鱼的别家粉丝，最后就是闲得没事的吃瓜群众。

这几拨人很快就将热度炒起来，居高不下。

初筝盯着那张图看了半晌，退出去给关仓打电话。

“艾小姐？”关仓很快就接通电话，语气里带着讨好，“您有什么事吗？”财神爷来送钱了，能不高兴吗？

“傅迟的事，你们处理下。”初筝道。

“傅迟？”关仓有些疑惑，脑子里过一遍，娱乐圈里没这号人啊！

但是关仓聪明啊，他立即在网上搜一圈，网红……还长得这么好看。啧。

“艾小姐，您想怎么处理？”

“他是我的人。”初筝言简意赅。

“好的，艾小姐，我明白了。”关仓给初筝吹一拨他是专业的，初筝懒得听，让他赶紧弄。

关仓：我怎么弄？就网上这些资料？

关仓吹自己是专业的，那也是有点本事。

关仓让团队先分析下。

“艾小姐，这里面有水军啊……”关仓给初筝打电话。

“你也找水军。”先把局面稳住！

“艾小姐，这钱……”

初筝拍案：“钱不是问题。”

“好的，那我立即去办。”

关仓很快就带着水军下场，混在那些粉丝里，迅速将战局扭向傅迟这边。

这张照片爆出没多久，那个博主又开始爆傅迟其他黑料。说傅迟初中的时候因为打架进过少管所，高中时差点闹出人命被开除，还曾经在酒吧和一群不三不四的人鬼混，有照片为证。

照片虽然有些模糊，可是能看出来，是少年时期的傅迟。

甚至还有知情人出来透露傅迟私底下多么不堪，说得十分详尽，甚至连傅迟身上的一些特征都能说出来。

在网络上傅迟的人设就是一个高冷话不多的神仙小哥哥，突然被人爆这么多古怪的料，人设瞬间就崩塌了，粉丝们哀号着不信。

初筝看着这些东西，脸色越来越冷。

初筝让吴天去查一下最先爆料的这个账号。她给傅迟打电话，电话通了，但是没人接。

初筝眉心微蹙：“吴法，你看见傅迟没有？”

“傅先生出去买东西了。”吴法一板一眼地回答。

“什么时候出去的？”

“有一阵了。”

初筝继续打，这次傅迟倒是接了。

“抱歉，刚才在开车，怎么了？”

“你在哪儿？”

“我去买一点东西，晚一点回来。”傅迟语气很正常，好像还没发现网上的事。

“有什么事吗？还是需要我带什么东西？”傅迟问初筝。

“你发个定位给我。”初筝道。

“好。”他顿了一下，“我马上就回来。”

傅迟没什么迟疑，挂断电话，就给初筝发了一个定位，在一个商圈附近。

初筝摸不清傅迟看见网上的消息没有，他要是没看见，自己问了，就是提醒他；他要是看见了，现在装作没看见，又是什么目的？

"好人卡"令人难以琢磨。

吴天很快回来："老板，查到了。那张图是有人让那个博主发的，给了钱。"

"什么人？"

"不知道，他们在网上联系，是个没什么信息的小号。"

"老板，那些爆料……"吴天有些担心，"您信吗？"

初筝神色冷淡，瞧不出喜怒："信什么？"

吴天弱弱地问："您信傅先生……"那张图看着很真实。

初筝抬眸，清冽冰冷的目光落在吴天身上，像冰天雪地中有寒风渐起。

她一字一顿地道："我从来没怀疑过他。"

那张图不管是怎么拍的，傅迟肯定不知情。至于那些黑料……他不是那种人。

自己的"好人卡"，对他这点信心还是有的。

初筝冷静地问："钱是怎么交易的？"

"现金。"吴天继续道，"那个博主就是本市的，现金交易，直接放在一个地方，让他去拿，他根本就没看见是谁。"

"是人就会有痕迹，哪个地方交易的，查监控。"她倒要看看，是哪个狗东西整她的"好人卡"。

吴天有些为难，但为老板排忧解难就是他的职责："我去想想办法。"

初筝按照傅迟给的定位在商城的地下车库找到他的车，可是没看见人。初筝再次拨打电话，手机在车里响，他没带走，所以定位一直停留在这里。

他去哪儿了？

初筝想到什么，直奔商场监控室。

"你找……"

初筝拍下一沓钱："地下车库的监控，调给我看看。"

两个保安对视一眼，经过一分钟的心理挣扎，将监控调给初筝看。

初筝在监控上找傅迟的车。傅迟的车停进车库，正好在监控范围内，他下了车，低头看着手机，片刻后将手机扔回车里，往商城电梯的方向走了。但是调电梯的监控，却没发现傅迟，任何一个地方都没有。

初筝问保安："他可以从什么地方离开，完全不出现在监控里？"

保安想了一下，指着一条路："从这里出去，有一个通道，那边没有监控，平时是用来运送垃圾的。"

初筝从那条路出来，外面是一条巷子，没有监控。

初筝叫王者号，王者号装死不理她。需要它的时候，完全没用，要它何用！

傅迟失踪了。王者号没动静，那至少证明傅迟现在还没什么危险，也没有黑化。

初筝内心烦躁，在屋子里走来走去。吴法双手负在身后，笔直地站在一旁。

有关仓在网上压着，爆的那些料倒没有再继续发酵。

问题是傅迟去哪儿了？

“砰——”吴法朝着初筝看过去，初筝又踹了一脚桌子。

就在初筝暴躁的时候，吴天回来了，他带回来一份监控。

“老板，您看，应该就是这个人。”吴天指着视频里的人。

交易的地方没有监控，但是出来后有，前后就这么几个人进出，其中有个人戴着帽子和口罩，一路低着头，一看就不正常。

仓库。

灰尘遍布，空气里满是难闻刺鼻的霉味，仓库中间躺着一个男人。男人被蒙着眼，嘴里发出惊恐的“唔唔”声，转着脑袋想弄清楚自己所处的位置。

“唰——”眼睛上的布被取下。

光线刺激到眼睛，男人好一会儿才睁开。面前站着一个女生，女生看上去很漂亮，脸上没什么表情，冷若冰霜的样子，她身后站着两个大汉。

“呜呜呜……”男人眼底满是惊恐，不断摇头，不知道自己怎么招惹了他们。

初筝看下吴天，吴天将男人嘴上的封口胶撕掉。

“你们什么人？你们抓我想干什么？我没钱，既要还房贷，还要养家糊口，欠了银行一屁股债，我真的没钱！”

“嚷嚷什么！”吴天凶神恶煞地威胁道，“闭嘴！”

男人被吴天吓到，不敢再吭声，身子抖得很有规律。

初筝将监控截图出来的照片扔到他面前：“谁让你去的？”

男人低头看照片，哆嗦着，脸色惨白，十分惊恐：“我……我只是去看病啊。”

“看病打扮成这个样子？”

男人哆嗦得更厉害：“我……怕被熟人看见，这样也不行？”他打扮成这样，招谁惹谁了！

那里有家小诊所，据说可以治男人那方面的病。这男人就是去看病的，他根本不知道什么交易。

初筝摸下头发，镇定地转身走到另一边。

吴天搭着男人的肩膀，非常“友好”地把他送出去，男人屁滚尿流地离开。

“不是他，那是谁，就他最可疑。”

初筝让吴天再把监控调出来看。

监控里一共有五个人进出，除了刚才那个男人，还有四个人。

一个老人，杵着拐棍，路都快走不稳。一个小孩，应该够不到放钱的那个地方。

还有一个青年和一个女人。

“这个青年很有嫌疑！”吴天指着青年。

初筝没理会吴天，继续盯着监控，直到最后一个女人出现，初筝觉得这个女人有点面熟……傅怡！

她之前看过资料，不过资料上的傅怡打扮得跟个明星似的，不像监控里这么朴素，加上有个更可疑的男人吸引目光，没有注意到傅怡。

初筝点了点那个女人："去查傅怡在什么地方。"

"傅怡？"吴天对这个名字有点陌生。

"傅迟的姐姐。"

老板娘还有姐姐？

吴天去查傅怡，初筝坐在仓库里，也没挪窝，跷着一条腿，一只手搭在膝盖上。

"老板，傅迟的姐姐也不见了，失踪的地点……就是那座商城。"

傅怡是和姐妹去逛街的，可是傅怡去洗手间后，就一直没再回来。她们还以为傅怡先走了，打电话也不接。不过因为傅怡那么大个人，她们也只以为傅怡有什么急事。

"所以……网上的事，都是这个傅怡爆出去的？"

"能知道得这么详尽，应该是她。"傅怡这个恶毒的女人，她真的是傅迟的亲姐姐吗？害傅迟一次不够，还要这么诬陷他。

"为什么啊？她不是傅先生的姐姐吗？"吴天十分不解，你要说他哥要害他，吴天打死也不信的，最亲近的人，不就是兄弟姐妹了吗？！

初筝端着冷漠脸：我也想知道为什么！

"傅先生和傅怡同时失踪，不会出什么事吧？"

初筝甩给吴天一个冷漠的眼神。

这还用说，肯定是出事了。

初筝眸光微微一转："查傅怡的车。"

在商城里他们只看到了傅迟的车，可要是傅迟在监控死角上了傅怡的车呢？

空荡荡的房间，窗帘拉了一半，只有少许的光能透进来。房间中间放着一把椅子，椅子上绑着一个妆容精致的女子。

就在此时，女子动了一下脑袋，似乎清醒过来。

落进眼底的是熟悉却又陌生的环境，这是……以前的家。

"傅迟！"她叫了一声，空荡荡的房间没人回应。

身体被束缚，女子下意识地挣扎，椅子在地面摩擦，发出难听刺耳的声响。

"吱呀——"房门被人推开，身姿挺拔的男人站在门口，整张脸都掩在阴影里。

"傅迟！"傅怡大叫，"你疯了，放开我！"

傅迟抬步，缓慢地走进来，光芒逐渐将他的脸勾勒出来。俊美的脸上没有丝毫表情，纤长卷翘的睫毛低垂，挡住他眼底的所有情绪。

"傅迟，你想干什么，你把我绑在这里做什么？你放开我，我是你姐姐。"

"你还知道你是我姐姐？"傅迟抬眸，眸底盛满阴郁的暗芒，四周的温度似乎都开始下降。

傅怡被傅迟的眼神吓到，四肢冰冷麻木，变得沉重起来。

"你做的那些事，是一个姐姐能干出来的吗？"

“我都是为你好！”傅怡强撑着道，“你刻那些东西能赚几个钱？你听我的话，要什么没有？”

傅迟声音低沉阴森：“出卖你弟弟得来的东西，你用得也安心？”

傅怡只感觉有阵阵阴风从后颈扫过，冷得她起了一身的鸡皮疙瘩。

傅怡咬紧牙关：“我又不会真的害你。”

傅迟摸出手机，翻着上面的消息。

“这就是你说的不会害我？”傅迟将手机给傅怡看，“这些事，除了你，还有谁能知道得这么清楚？你要彻底毁掉我才开心，对吗？”

傅怡之前几次给傅迟打电话，他都没理会。没想到……她会送自己这么大一份礼。

“傅迟，只要你听我的，我保证你没事。”

傅迟嘴角弯出一个嘲讽的弧度：“你就是想用这个来逼我低头？我这么有价值，不知道是不是该高兴。”

傅怡变脸变得极快，哄着傅迟：“你先放开我，傅迟，我是你姐姐，我真的是为你好。”

“你这样的姐姐，我可不敢要。我没你那么不要脸。”

“傅迟！”傅怡像是被踩中尾巴，“我想过得好一点，有什么错？”傅怡完全不觉得自己有错，“你有这么好的条件，为什么不知道利用？”

傅迟开始放狠话：“我告诉你，今天你不听我的，你就别想混下去！”

傅怡目光突然一缩，声音拔高不少：“你想干什么？”

傅迟缓慢地展开手里的折叠刀：“姐姐，你不是想帮我吗？”

傅迟在笑，可那笑容让傅怡害怕。在傅怡的印象中，他几乎没有这样笑过，她记得最清楚的一次，还是在念书的时候，有一个人惹恼了他，他就是这样笑……

那个人隔天就转学了，再也没出现过。

“傅迟，你别乱来，我是你姐姐！！”

他不紧不慢地靠近傅怡，冰冷的刀子贴着傅怡的脸。

傅怡心惊胆战，怕那把刀子毁了自己的容貌，又怕傅迟真的对自己下手。

“弟弟，有话好好说，你先把刀放下，我不找你，我再也不找你了，真的！！”

“你害怕？”傅迟微微俯身，与傅怡对视，“你是我姐姐，你怎么能怕我，你不是还想让我帮你吗？”

“不。”傅怡不敢摇头，刀子贴着她脸颊，她仿佛能感觉到那把刀子的锋利，“我再也不敢了，弟弟，你放过我。”

傅迟笑容加深，眸子里像氤氲着化不开的浓墨，看不见半点光芒，压抑阴森。

他唇瓣微启：“晚了，姐姐。”

傅迟将“姐姐”两个字咬得格外重。

初筝看一眼停在下面的车，迅速上楼。

这是傅迟没有搬家之前住的地方，没有电梯，初筝一路跑上去。

到傅迟家门口的时候，她听见里面有女人的叫声。初筝想都没想，直接踹门进去。

寒光一闪而过。

傅迟站在傅怡面前，一只手按着她脖颈，另一只手拿着刀，往她心脏的位置刺下。

初筝踹门的同时，刀子刺下去。鲜血渗透傅怡的衣裳，她瞪大眼，生机一点一点抽离，归于死寂。

初筝脑中有半秒的停顿，随后飞快地转动起来。下一秒，她朝着傅迟掠过去，按住他的手，抽出傅怡身体里的刀，就着傅迟的手，反手刺进他身体里。

傅迟震惊又意外地看着初筝。

初筝面色平静，与傅迟对视，没有任何迟疑地将刀子往里送一些。

傅迟身体软下去："为……"

初筝抱着他，随着他滑落的身体坐在冰冷的地上。

"恭喜小姐姐完成本位面第一次倒带，读档中……"

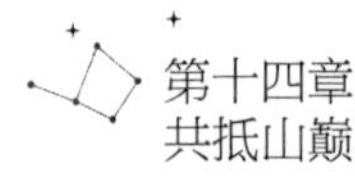

第十四章
共抵山巅

初筝眼前一花，再次站在门外，里面是女人的叫声。没有任何多余的时间让她停留，她踹门而入。

同样的寒光闪过，刚才的画面在初筝脑海里闪过，手腕微微一翻，银线飞出，将绑着傅怡的椅子拉开，刀子刺空。

椅子倒在地上，女人放声尖叫。初筝按住傅迟的手腕，将人往后一压，夺走他手里的刀。

“傅迟，我警告过你什么？”

傅迟看过来的眼里，依然有犹如化不开的浓墨，阴沉压抑。

可是他眼里有了初筝的影子，先是模糊，随后慢慢清晰起来。

吴法和吴天后一步上来，站在门口，挡住大半的光。

傅怡倒在地上，惊恐得已经失了声。

“出了什么事……”外面有脚步声和谈话声。

“关门。”初筝扭头看吴法、吴天。

吴法反应很快，立即推着吴天进门，将门关上。

傅怡似乎想叫，被吴天捂着嘴。

初筝压着傅迟，身体贴在他身上，傅迟本来紧绷的身体突然松懈下来，缓慢地伸手抱住她，将脸埋在她发间。

“刚才是有人叫吧？”

“这上面的人不是搬走了吗？”

“听错了吧……”

“是不是隔壁放电视？”

交谈声和脚步声远去。

“把她嘴堵上。”初筝冲吴天说。

吴天朝四周看看，找了块破布，揉成一团塞进傅怡嘴里，他还很好心地把椅子扶了起来。

傅怡眼泪稀里哗啦地掉，妆早就花了，此时看着有点吓人。

初筝没理会她，伸手将抱着自己的人拉开，按在旁边没有搬走的沙发上。

傅迟垂着头，束手束脚地坐着，破旧的沙发此时看上去格外狭小，他哪里还有刚才持刀气势汹汹的样子。

“傅迟，你差点就回不了头了，知道吗？”

“知道。”傅迟捏着手指，掐出一个又一个月牙痕。

初筝拉着他的手：“好了，没事了。”

傅迟突然抬头：“我很清醒，我知道自己在做什么。”

你当然知道自己在干什么！你清醒到王者号都没觉得你在黑化！

“知道你还干，你让我到时候怎么办？！”初筝没好气道。

傅迟又像做错事的孩子，垂下头。

傅迟这样子，初筝想骂他，又觉得骂不出口，这口气只能她自己憋着。

初筝半晌才憋出几个字：“你当自己是超人啊。”

傅迟莫名觉得初筝有点凶：“你怎么找到这里来了？”

“我倒是想问你，跟我说买点东西，你买什么，人命？”初筝语气又冷又凶。为了找他，她容易吗？！

“网上的事，你看见了？”傅迟压着声音，“都是我这个好姐姐干的。”

傅怡逼着他，他就像踩着一条线，傅怡在线那头，不断地晃动，他随时都会掉下去，落进傅怡精心准备的陷阱里，最后陷入泥里。

初筝坐到沙发上：“你打算杀了傅怡之后怎么办？

“杀了她，网上的那些东西就会消失吗？

“杀了她，你能解决所有事情吗？”

初筝一连几个问题，傅迟都回答不上来。

“不能，你什么都不能改变，你还会成为杀人犯。”初筝语气冷淡，“我不想跟你一起去住监狱，所以我会想尽办法陪你，结局就是我们两个都会成为通缉犯，这就是你要的结果？”

不说严重点，“好人卡”不知道天高地厚。

傅迟看向初筝：“我没那么想……”他也没想过，初筝会为自己做到这种地步。

初筝身体往后一靠，也不管沙发上的灰尘，就这么坐着。

房间里除了傅怡的呜咽声，突然安静下来。

傅迟小心地拉了拉初筝的袖子，哑着嗓子解释：“我当时也不知道怎么了，就是很生气，我觉得傅怡会毁了我的一切，包括你……”

小时候，傅怡是一个合格的姐姐，对他很好，会帮他出头，会给他留好吃的……

可是不知道从什么时候起，傅怡就变了。她变得眼里只剩下钱，物质、肤浅、庸俗，再也不是小时候的那个傅怡。

为了钱，他这个弟弟都不算什么，只是一件货物，随时可以拿出去估价。

傅迟不知怎么有些委屈，越说心里越难受。在这个女生面前，他的任何盔甲都没用，他可以将所有软弱摆在她面前。

傅迟拽着初筝袖子，初筝把袖子抽回去，傅迟有些失落。

傅迟身体忽地一歪，整个人倒进初筝怀里。他僵了一下，随后也不顾房间还有人，像孩子似的抱着初筝。

“她为什么要在网上爆你的料？”

傅迟看向傅怡。

“她说，有一个人……先把我名声搞臭，我无路可走的时候，自然会听从他们的安排。”

“这么厉害。”我的人也敢动。

傅迟也算公众人物，名声没了，确实比什么都严重……

到底是谁这么狠毒！必须收拾他！

“小姐姐，我觉得你丧心病狂得有些可怕啊。”王者号冒了出来。

初筝冷漠地问：“你刚才去哪儿了？”

有问题！王者号很少在这种关键时候缺席。

王者号转移话题：“小姐姐，你不觉得自己很可怕吗？”

初筝呵呵一声：“我哪里可怕？”

“你刚才捅死了你的‘好人卡’！”这还不可怕吗？

初筝理直气壮道：“要不是我反应快，‘好人卡’现在就是杀人犯。”

合理利用规则，避免不必要的麻烦，这是一个好人应该做的。

你怎么下得去手啊！你是什么好人啊！王者号日常咆哮一番。

她还敢理直气壮地利用倒带规则，简直是不要脸！

初筝不以为意。要不是倒带，“好人卡”现在指不定就黑化了。

都是为了任务！为了“好人卡”！我没错！

“就是想说最后这三个字吧。”王者号暗暗地想：小姐姐就继续作吧，总有一天，她会发现，现在作的死，是会要还的。

“小姐姐，问你一句，‘好人卡’对你来说重要吗？”

我喜欢他，当然重要啊。

“那你还这么对他？”

那你说，我要怎么对他？让他黑化，看他痛苦？这不是更麻烦？

我只是选择一个最有效的办法，这也是对他最好的办法。现在皆大欢喜，有什么不好？

一时痛，总比一直痛好吧。

就你矫情。

初筝还没忘最初的问题：“所以你刚才去哪儿了？”

王者号避而不答，给初筝扔了个上亿的败家项目，然后就匿了。

初筝让吴法先带傅迟离开。

“她……”

“后面的事，我来解决。”

“这是我的事……”傅迟有些迟疑，“我可以自己解决。”

动手是下下策，傅迟也清楚，他之前只是没控制住。

“嗯。”初筝让吴法带他走。

吴法那力气，傅迟还没反应过来，就被拽出门。吴天立即将门关上，配合得天衣无缝。

初筝走到傅怡跟前，垂眸看着她。初筝微微弯腰，对上傅怡惊恐的眼神：“你是傅迟的姐姐吗？”

“呜呜呜……”

初筝将她嘴里的布取下来。

“你是谁？”

“救你命的人，”初筝语气冷淡，“你应该谢谢我。”

刚才要不是初筝突然出现，她现在估计已经没命了。

傅迟是真的想杀自己，想到这里，傅怡就有些后怕。

傅怡没有反驳：“你和傅迟什么关系？”

“他是我的。”初筝起身，双手负在身后，“上次你动他，我没时间去找你，这次你又送上门。”我不对你做点什么，有点说不过去。

傅怡眸子微微瞪大，想到什么，脱口而出：“上次是你搞的破坏。”

初筝冷飕飕地扫她一眼。破坏？那叫好人？

傅怡被初筝那眼神瞅得心里发毛，花了妆的脸蛋微微发白：“你想如何？我告诉你，你敢对我做什么，你也跑不掉。”

初筝视线从上到下，仔仔细细地将她打量一遍。

傅迟长得那么好看，傅怡身为他亲姐姐，自然也不差。她模样漂亮，比一些明星还好看。

初筝撑着下巴，在傅怡紧张的眼神下，问她：“你想要钱，为什么不进娱乐圈？”

傅怡愣在原地，大概没想到，初筝会和自己说这个。这和她想的完全不一样，怎么接话？

当然初筝也不准备和傅怡细聊，她就是随口一问：“你背后那个人是谁？”

“我为什么要告……”

冰冷的刀子压在傅怡脖子上。傅怡都没看清初筝是如何动作，只感觉脖子一凉，刀子已经贴着她。

持刀的女孩儿缓慢地弯下腰，与她平视。

“我阻止傅迟杀你，只是因为不想他为你这样的人犯下大错。”阴暗的环境中，女孩儿的声音阴森森的，恍如来自地狱，“至于我……你不会想知道我会怎么做的。我不想问第三遍，你背后的人是谁？”

“你……你敢。”傅怡哆嗦着道。

初筝侧了下刀子，锋利的刀口立即在傅怡的脖子上划出一道血痕。傅怡感觉到温热的血液顺着脖子缓缓流淌。

“我说，我说，别杀我！”

刚才被傅迟吓了一次，现在又被初筝威胁，傅怡早就承受不住，将她后面的人供了出来。

初筝从房间出来，用干净的帕子擦了擦手。

“老板，这女人……”吴天往里面看一眼，“怎么办？”

初筝将帕子放进吴天侧面的兜里：“你已经跟了我这么长时间，要学会自己处理事情。”成熟的保镖，怎么能什么事都问我呢！

吴天眼睁睁地看着初筝下楼，一筹莫展，老板您别走啊！您先给我指导下，这人怎么处理啊！

初筝坐进车里，傅迟立即坐过来：“你把傅怡怎么了？”

吴法把傅迟拉下来，直接关进了车里。吴法的想法很简单，他这么做一定是初筝指使的。

“你还担心她？”

傅迟也说不清，血缘上的那点关系，总会有一些奇妙吧。

初筝漫不经心地问：“如果我对她做了什么，你会怎样？”

傅迟看她，眸光澄澈，没有特别的波澜。

车厢里有些安静，彼此的呼吸都能听见。

须臾，初筝拉着他亲了一下：“她没死，别乱想。”

“你是为了我，我知道。”傅迟低声道。

他都知道的。就算她真的做了，也是替他做的……她不一样，她很不一样。

这就是他要找的人。

傅迟心底有一个声音在疯狂地喊着这句话。

车子启动，缓缓离开这里。傅迟透过车窗，往那栋房子看去。生活过无数年，前半生的记忆都在这房子里，此刻它们正缓缓消失。压在他身上的某些东西，也随着这栋房子消失。

车子迎着夕阳的余晖离开。

傅迟拥住初筝，他以前从来看不见前路，现在仿佛能看见了。

“某集团董事车祸昏迷不醒”这则新闻，迅速将网上关于傅迟的热度压了下来，因为报道里说这有可能是一起蓄意谋杀。

说是这么说，但是没有确切的证据，最后只能按意外来处理。

“出了一点意外……”

初筝靠着窗户，望着飘在远方的白云。

“算了，就这样吧。”初筝打断对方的解释，挂断电话。

敢欺负她的“好人卡”，活该！

初筝拿着手机站了会儿，给关仓拨去电话。

“老板？”关仓似乎有些忙，那边杂音很大。

“傅迟的事怎么样了？”

“您放心，我们可是专业的团队，这点小事，肯定能解决好，保证让您满意。”

关仓打包票保证，他们可是专业的。

初筝之前看了一下，那些证据都已经被一一反驳，证明傅迟是被人诬陷。

初筝没觉得有哪里需要自己指导：“好好干。”

“好的好的，一定一定。”

“你不问问我，网上那些消息？”傅迟不知何时站在初筝后面。

他一直等着初筝来问，可她没有开口。

“我信你。”

傅迟愣了一下，随后低下头笑了笑。

“那张照片，是傅怡第一次骗我，想让我……”傅迟没明说，但两人都懂是什么意思，“当时傅怡只说是她朋友，让我跟他一起去找她，我不知道她在骗我。”

那个时候，傅怡和他的关系还没那么僵。

上楼之后他就发现不对劲，第一时间离开了，但是没想到傅怡还拍了照。

照片的角度有问题，当时他和那个人根本没有任何接触。

傅迟举手发誓：“我绝对没有被任何人碰过。”

“嗯。”初筝点头。

傅迟看着她，女孩儿周身镀上一层柔和的光晕，整个人看上去少了几分凌厉冰冷，多了几分柔色。

傅迟上前，抱住初筝，下巴抵着她颈窝：“你为什么这么信我？”

“因为你是‘好人卡’……”

“小姐姐，你可闭嘴吧！”王者号抓狂。

“嗯？”傅迟疑惑，是什么？

初筝：这让我怎么圆过去？

初筝拉着傅迟，两人位置转换，傅迟被初筝抵在透明的玻璃上。

完全透明的玻璃，虽然有二十多层高，可还是让傅迟很不适应。傅迟有一种悬空感，后面的玻璃仿佛会碎开，他随时会掉下去，只能从初筝身上摄取安全感。

傅迟出了不少汗，头发黏着额头，脸上还带些许绯色。两人躺在狭小的沙发上，听着彼此的呼吸声。傅迟从后面拥着初筝，盖在身上的薄毯随着他的动作滑落下来。

“你还没回答我，为什么那么信我？”

“没有为什么，就是信你。”初筝声音低低的，依然清冷，却有几分异样的韵味，听得傅迟心尖发痒。

“就这么信我？”

“嗯。”初筝翻个身，脸贴着他胸膛，手环过他腰间，紧紧抱着他，“别吵我。”

傅迟唇瓣张了一下，最终将薄毯往上拉了拉，没有再出声。

直播平台上的投票活动，傅迟也是一路领先。粉丝涨得非常快，短短时间已经挤进平台主播前十。

“为什么我现在才发现这样好看的男神，我要嫁给他！”

“做梦吧！老公有对象的。”

“嘤嘤嘤，说到这个就好生气，到底是哪块小饼干把我们男神给勾搭走了。”

“财神爷砸钱都拉不回老公的心，唉。”

傅迟对网上的风云变化有些迷茫。他知道一些网红都请了专业的公关，可是他没有。他也没想过自己会这么红，但现在明显是有人替他善后……

还有不少人打电话来，问他要不要进娱乐圈。

傅迟完全不想，他对娱乐圈没兴趣。

礼貌地婉拒后，傅迟又接到一些公司的电话，看中他的雕刻技术。经过这些品牌的加持，他的作品将会成倍上涨。

傅迟没有立即答应，而是问初筝的意见。

“你自己决定。”初筝没什么意见，侧身挡着手机，“你高兴就好。”

初筝瞄一眼傅迟，见他去回电话，这才将手机拿开。

她还有一个亿没花呢！好慌啊！

“怎么回事！这个人怎么突然变成第一了？”

“昨天还差那么多，是不是刷榜了？”

“不是吧，好像是有土豪。”

傅迟的排名突然掉到第二名。第一名变成了一个肤白貌美大长腿的主播，对方砸了不少礼物，直接将这个主播捧到第一名。

初筝看了几眼，立即撩袖子开干。于是大家看见的榜单就是一会儿傅迟排第一，一会儿对方排第一。

“我怎么觉得有些不对劲？”

“我还是觉得她刷票了。”

“没有证据的事，不要乱说。”

“财神爷加油啊！扛到底！”

初筝刷得正起劲的时候，有人私聊她。

朝朝暮暮：兄弟，我们这么争下去，赚的可是平台，说个解决方法吧。

朝朝暮暮就是那个主播的土豪粉。

财神爷：？

朝朝暮暮：你把第一让给我，条件你开。

朝朝暮暮这霸道总裁的气势，吓得初筝赶紧给他复制过去。

谁还不是霸道总裁啊！

财神爷：你把第一让给我，条件你开。

朝朝暮暮：……

朝朝暮暮：兄弟，我这泡个妞，你不能让我血本无归吧？

财神爷：谁是你兄弟？

朝朝暮暮：你捧个男的，有什么意思？

财神爷：关你什么事。

朝朝暮暮那边安静了一会儿。

朝朝暮暮：你确定不同意这个方案？

财神爷：我有的是钱。

朝朝暮暮：好，那我们走着瞧！

朝朝暮暮找初筝商量，大概是觉得这么争下去麻烦。初筝当然不会同意，自家男朋友，怎么能排在第二呢！那必须第一才符合我“好人卡”的配置。

初筝以为这个朝朝暮暮要正面刚。谁知道没多久，她的号就出现异常被冻结了。

初筝愣了。

这是什么操作？！有这样欺负人的吗？

初筝给客服发私信。

财神爷：我账号怎么回事？

客服 001：亲，我们这边检测到您账号异常，暂时做冻结处理哦。您可以提交申述，没有问题之后，会给您解封。

财神爷：我账号哪里有异常？

客服 001：亲，这是系统判定的，数据出现异常哦。

财神爷：整我呢？

客服 001：亲，没有呢。

客服 001 很害怕。这个财神爷财大气粗，得罪他真的好吗？

然而这是上面给的话，客服 001 只能执行。

朝朝暮暮找自己谈判，谈判失败，自己的号就被封了。

这绝对不是巧合。

初筝账号被封，朝朝暮暮捧的那个主播，立即飙升到第一名。

初筝气得要死，是不是玩不起啊！跟我来这手！

初筝打开傅迟的个人主页，在下面找到一个官方粉丝群，点击申请。对方拒绝了她，但是有管理人员亲自加她，让她截图后台账号。

初筝把账号截过去，对方好一会儿没声，半晌突然“啊啊啊”起来。

群里很热闹，正在讨论榜单的事。

鹤鹤家的老婆粉：啊啊啊，猜猜进来的是谁！快！！！

老公今天开直播了吗：谁啊？

鹤鹤真可爱：这是谁？

一群人猜了一圈，没有一个人猜对。

鹤鹤家的老婆粉：财神爷啊！！！

最后拉初筝进去的管理人员公布正确答案。

老公今天开直播了吗：谁？财神爷？真的假的？

鹤鹤真可爱：摸下财神爷，是不是能发财？

我是鹤鹤的老婆粉：财神爷哪儿呢？

群里沸腾得厉害。

鹤鹤家的老婆粉：财神爷，你是要追我们家老公吗？

财神爷：？

我还用追？你们家老公天天都在我身边，这还用追吗？

鹤鹤真可爱：财神爷，你死心吧，我家男神已经有女朋友了。

是我啊！

鹤鹤今天直播了吗：财神爷你也别灰心，我还是喜欢你和鹤鹤的配对！

也是我啊！

我是鹤鹤的老婆粉：财神爷，你快看看榜单，我们家老公掉到第二了！！

初筝还以为她们已经忘记这茬了。

朝朝暮暮觉得这次稳赢，然而就在朝朝暮暮和自己女神说话的时候，榜单再次发生变化。第二名很快就追了上来，且一路飙升。

“怎么回事？！”

他不是已经让人封了那个财神爷的账号吗？为什么还飙升得这么快？

朝朝暮暮拉开详情页，刷礼物的不是财神爷，是那个惊鹤寻的粉丝……

粉丝突然有钱，这怎么可能？！

那就是有人赞助……

朝朝暮暮立即反应过来，是那个财神爷！封了他的号，就让这些粉丝来。

封一个人可以，但是封这么多人，会出乱子。朝朝暮暮就算想，人家也不会再帮忙了。

私聊频道——

朝朝暮暮：你为了这个男人，还真是不择手段啊！

财神爷：比不得你。

朝朝暮暮：神经病！

朝朝暮暮突然开骂。

财神爷：有空在这里骂我，不如赶紧刷榜，不然你家女神就没了。

朝朝暮暮一开始没明白初筝那句话的意思。可是很快他就发现，底下的那些主播也开始上涨。速度虽然没有第一名的惊鹤寻快，可也比之前快了不少。

下面可以看见评论，是财神爷赞助了他们。

朝朝暮暮气得差点砸电脑。

朝朝暮暮：你疯了？

那么多钱拿去赞助别的主播，脑子有坑吧！

财神爷：没疯，有钱。

有钱也不是你这么花的吧！朝朝暮暮气得吐血。

财神爷：你不继续？没钱了？要赞助吗？

初筝还刺激他。

赞助？自己需要他的赞助？朝朝暮暮感觉脸被人打了一巴掌，怒火“噌噌”地燃烧起来。

朝朝暮暮看看女神发过来的消息，又看看初筝那近似挑衅的话，咬咬牙，继续刷榜。

他要是现在认输，岂不是太丢脸了！

不仅是在女神面前丢脸，还在这个财神爷面前丢脸！

这个活动截止到今天晚上十点结束，现在距离结束还有四个小时。

朝朝暮暮就算有钱，手速也比不过别人。

初筝不知道赞助了其他主播多少，朝朝暮暮的女神排名不断往下掉，下面的主播一个一个升上来，很快前十的榜单上就看不见朝朝暮暮的女神。

“财神爷到底砸了多少钱？”

“财神爷你缺秘书吗？会花钱的那种？”

“你看惊鹤寻的粉丝排名，已经第一了，是第二名的两倍多。这还不加财神爷赞助别的主播和惊鹤寻现在粉丝刷的那些。”

“不是，我没搞懂，财神爷为什么要赞助别的主播？”

“有钱人的世界，你不懂。”

大部分人都有这样的疑问，但也有知晓内情的。

“我知道，我知道！之前不是有个叫‘朝朝暮暮’的土豪和财神爷争，结果财神爷的账号莫名其妙被封了，财神爷气不过啊！不但要捧惊鹤寻上第一，还要让朝朝暮暮的女神掉出榜单。”

“朝朝暮暮现在大概要气死了吧。”

“这脸打得牛啊。”

不找官方，也不找后台。你封我一个号，我还有千千万万个号。你能封吗？

除非这平台不想干了，否则那是绝对不可能封的。

朝朝暮暮最后还没放弃，一直努力砸钱，然而就是砸不过初筝。女神最后只拿到十一名，和第十名只差一点点。

这个活动前十才有大资源，第十一名啥都捞不着。女神大概是气得吐血，如果不是朝朝暮暮，她就算不拿第一，也还能拿个前五，现在却连第十都没拿到。

公安局。

有人举报山海直播洗钱。

作为最大的消费者，初筝被请来喝茶了。

初筝觉得自己很无辜。

山海直播也觉得自己很无辜。

他们就是举办个活动，怎么就洗钱了？

当然，这次的活动确实出乎他们的意料，涉及的金额太大了。

但他们是无辜的啊！！

初筝的资金来源一直是王者号处理的，因此初筝自己也不知道她在游戏中有什么合理的身份。

气不气！我自己都不知道自己是谁！

所以初筝只能端着高冷范儿让他们自己去查。

王者号在后面盯着，自然查不出什么问题。

初筝签字出来，傅迟那边也正好做完笔录。傅迟对这个活动基本不怎么关注，接到电话的时候，他也是一脸蒙。得知财神爷是自家对象，傅迟更是愣了半天。

傅迟仔细回想，初筝有时候不太乐意他看她手机，之前不怎么在意的小细节，现在都是证据。

傅迟微微吸口气，走到初筝面前："你是财神爷？"

初筝捋下头发："你的。"惊喜不惊喜！高兴不高兴！

傅迟脸色有些沉："你在包养我？"

"你不乐意啊？"

他身为一个男人，被人包养，这事让人怎么乐意？

初筝可不管傅迟乐意不乐意，拉着他往外面走，直接塞进车子里。

傅迟可能有些想不通，加上自尊心作祟，全程沉默。回到家里他也没吭声，一个人进了书房，还把门反锁了。

初筝在门外转悠两圈就回了房间，片刻后又出来，把大门给锁上，然后就放心地回去睡了。

财神爷 惊鹤寻

山海直播

山海直播 洗钱

山海直播被请去喝茶的事不知道被谁给抖了出来，网上铺天盖地的新闻。

"那个财神爷是男的吧？！啊……我闻到了奸情的味道。"

"作为一个全程参与的人，我只想说……朝朝暮暮好惨。"

有人将山海直播那场看不见硝烟的战斗迅速科普给广大"吃瓜"群众。

"朝朝暮暮是真惨，想要炫富被打脸，最后脸都捡不起来，女神估计也飞了。"

"爆料爆料！！财神爷是女的！"

爆料的这个人，称自己也去录了口供，不仅能证明财神爷是女的，还有照片。

"这不是……之前那个艾初筝吗？"看见照片，有人认出来了。

"艾初筝？谁啊？挺漂亮的啊，有没有高清的？"

"就是之前沈涵秋事件中被沈涵秋推出来做替罪羊的那个，后面她不是还请律师起诉那些污蔑诽谤她的人。"

"啊，对，想起来了……难怪之前那么财大气粗请律师起诉那些人。"

"艾初筝和惊鹤寻什么关系？惊鹤寻不是有老婆吗？"

"我已经脑补几十万字的爱恨情仇了——富二代败家追男神，男神却心有所属！惨！真惨！"

初筝作为当事人，直接在网上晒了结婚证。

她在原主那条微博后缀上加了一个财神爷，这是间接承认她是财神爷！

“结婚证？是我眼花，还是假的？我看见了我老公啊！！！”

结婚证上，赫然是初筝和傅迟。

大家并不知道惊鹤寻的名字，但是结婚证件照一眼就能看出来。

“老公拍证件照都这么好看。这不是重点，重点是，老公为什么结婚了？！”

“等会儿，我有点乱，让我捋一下。”

“财神爷就是艾初筝，惊鹤寻就是傅迟。艾初筝和傅迟领证了，所以……财神爷和惊鹤寻领证了？！”

“这是今年最恐怖的故事。”

“不要啊！艾初筝是谁，放开我老公！”

傅迟看见这条微博的时候，下面的评论已经一万多了。结婚证？他一直在书房，就没离开过。这结婚证哪儿来的？！

傅迟想起来，昨天初筝进来过一次，拉着他拍了照，还强行……傅迟想到初筝昨天粗鲁的行为，心情就不是很美妙。身为一个女孩子，她怎么一点都不知道矜持是什么？

这就算了。现在她一个人就把结婚证拿回来了？经过他的同意了吗？！哪有一个人去领结婚证的！

傅迟看着那张结婚证，脸上没什么情绪。初筝到底多有钱，傅迟不知道。自己和她在一起，经济上的差距……傅迟揉了揉眉心，自己会因为这件事就和她分开吗？

傅迟知道不可能，他不可能放开她。

手机屏幕黑下去，傅迟再次点开，点了转发。

傅迟这一转发，粉丝们就疯了。傅迟要是不转，她们还能欺骗自己，这是假的。可傅迟转了，那就尘埃落定，这事是真的。

粉丝们一片哀号。

“咚咚——”

傅迟放下手机，起身去开门。女孩子穿着松松垮垮的家居服，倚在门口，手里拿着两本红色的结婚证，抬眸看过来，眸子里仿佛有微光。

“我可以问你一个问题吗？”傅迟看着初筝。

“问。”

“当初在温泉山庄，你是意外碰见我，还是蓄谋已久？”

如果当初她是蓄谋已久，那自己才是她的猎物……

初筝极小幅度地偏下脑袋：“重要吗？”

傅迟抿下嘴角，伸手将初筝拉进房间，房门“砰”的一声关上。

精神病院。

“你们放我出去！我没病！放我出去！”女人蓬头垢面，不断拍着病房的门。

门外医生和护士交代两句，护士打开门。女人叫嚷着往外跑，护士将女人压回去，直接绑在床上。

“放开我，我没病，你们放开我……”

护士将她压得死死的，女人压根挣不开。

“我不吃药，我没病！放开我，你们这群魔鬼！”

女人叫嚷得十分惨烈，然而这样的地方，这样的叫嚷声再平常不过，无人关注。

“那是我弟弟……”女人突然指着墙壁上的电视，情绪激动，“那是我弟弟，你们看见没，你们看见没有！我没病，我有钱，你们让我弟弟来接我！”

电视画面上正播放娱乐新闻。男人白衬衣黑西裤，手指搭在衣领处，两颗纽扣未扣，露出白皙的锁骨。他看着镜头，眸光深邃如浩瀚星空，完美矜贵。

“那是我弟弟，你们给他打电话，他会来接我的！！我没病！”女人指着电视大吼，“放开我，我不吃药！！”

医生摇头，招呼护士：“镇定剂！”

镇定剂打下去，护士缓慢地松开她。

女人躺在病床上，眼珠子不断往上看着电视。她眼角似有泪滑落，最后慢慢闭上眼。

医生“唰唰”地在病历上写几笔。

病历的姓名栏写着——傅怡。

傅迟有初筝砸钱捧着，迅速成为平台网红一哥，年底还捧回来几个奖杯。

现在傅迟开个直播，碰上节假日，直播间都能挤爆。

所以为避免出现这样的情况，傅迟节假日都不开直播。

粉丝：？？？他们到底粉了个什么“爱豆”？！节假日这样的流量，他竟然不蹭！你还是不是一个网红！

平台那边要给傅迟配一个公关团队，傅迟还没答应，初筝就将关仓领到他面前。

“老板好。”关仓点头哈腰，狗腿子十足，“我是关仓，关闭的关，仓库的仓。”

“他……”

“你的公关团队负责人，”初筝言简意赅，“挺厉害的。”

“艾小姐过奖了。”关仓虽然这么说，但是表情很骄傲，明显认同初筝说的。

他们专业的团队就是这么厉害！

傅迟好一会儿才出声：“之前的事……”

关仓抢话：“之前的事就是我们团队做的，不知道老板有没有不满意的地方？”

他一直不怎么关注网上的事，不管别人说什么，对他都没什么影响。

之前傅怡爆他的料，那么多的事，却几天时间就被澄清……

自从知道初筝是财神爷，傅迟就怀疑是初筝在背后策划的，可是初筝从来不会主动提及这些事……

傅迟冲关仓友好地点下头：“谢谢。”

关仓搓着手：“那以后请老板多多关照。”

“她才是你老板。”傅迟抬下巴指了一下初筝。

“呃……”虽然给钱的是初筝，可是初筝说傅迟才是他老板啊，到底要叫什么？

“叫老板娘也可以。”初筝冷不丁蹦出一句。

关仓和傅迟见过之后，有事他们就可以直接对接，不用在中间传话，给初筝省下不少的麻烦。初筝没过两天又把律师也划拉到傅迟那边去。初筝本来想把保镖也给傅迟，可傅迟不要。他们天天待在一块，有什么区别啊！

“我去开直播了。”傅迟和初筝说一声，初筝点头后，他才进了书房。

还是要努力赚钱的！

初筝躺了一会儿，估摸着傅迟应该打开直播，摸出手机点进去——“财神爷进入直播间”。

初筝的账号已经解封，官方给她的说法是系统异常，非常有诚意地给她道歉。初筝就很不给面子，直接戳穿他们。

明明是那个朝朝暮暮走后门。

但是朝朝暮暮已经匿了，听说连账号都弃了。

朝朝暮暮和初筝也不是一个城市，上次也让他丢这么大的脸，初筝懒得再去折腾，所以这件事就到此为止。

初筝一进直播间，刚才还刷着“老公”开头的弹幕立即变了。

“又来查房！过分！就不能给我们一点私人空间吗？！”

“男神，你家媳妇儿看你看得这么紧，你不会觉得窒息吗？”

屏幕里的男人缓声道：“不会，她很好。”

“嫉妒使我举起手里的刀叉！‘柠檬精’就是我。”

“今天老公分手了吗？没有！”

“嘤嘤嘤，沉迷失恋不能自拔。”

“财神爷赠送主播豪华城堡 ×1。”

初筝刷了两个豪华城堡，傅迟似乎看见了，冲屏幕笑了一下，屏幕上的观众瞬间陷入疯狂。但傅迟很快就垂下视线，嘴角的弧度也收敛下去，有条不紊地整理东西，开始今天的直播。

傅迟直播刻的都是比较简单的东西。直播又没有互动，所以大家看的就是弹幕和傅迟那张脸，但是大家依然看得津津有味。

总有不了解的新人进来，然后被各种粉“安利”。

私聊频道——

惊鹤寻：要福利吗？

初筝换个姿势躺，单手打字。

财神爷：什么福利？

惊鹤寻：等会儿给你。

初筝切回直播间，傅迟在做最后的收尾，粉丝们号叫着让他再直播一会儿，但是傅迟毫不留情地关掉直播。

初筝往书房看去。

房门关着，只能从门缝看见透出来的光。

约莫五分钟后，手机“叮咚”几声，傅迟用微信给她发了图。

男人衬衣半开，衬衣下是匀称具有美感的腹肌，人鱼线隐隐约约露出一点，引人遐想。明明是有些清冷的男人，此时看上去多了几分野性的性感。

下面几张，每一张都十分诱惑。

初筝面无表情地打字。

初筝：就这？

傅迟：……什么叫就这？你之前不是天天问我要福利？

她还不满意？

初筝：我天天摸，有什么好看的。

房间里拿着手机的男人，脸颊微微发烫，但他镇定地回复。

傅迟：现在想摸吗？

初筝：不想，我饿了。

傅迟：我也饿了。

初筝：那出去吃饭吧。

他以为她懂的。

初筝说饿，傅迟就算想做点别的，也没那个心思，很快从书房出来，熟练地取了初筝的外套走过来：“走吧。”

初筝跳下沙发，在傅迟的伺候下穿好外套。

走出公寓大门，初筝的头发被寒风吹乱。她镇定地扒拉下，扭过头，认真地和傅迟道：“我不应该放吴法和吴天的假。”

傅迟刮她鼻梁一下：“那我去给你买，你回去吧。”

初筝差点就一口答应下来，王者号咆哮着阻止了她这种丧心病狂的决定。

为小姐姐谈个对象，操碎了心。

餐厅里有暖气，初筝脱了外套，坐在位置上。

傅迟低声和服务员点餐：“先这样吧。”

服务员拿着单子下去，傅迟看初筝一眼，起身坐到她那边。

“干什么？”

“想坐你这边。”

初筝起身：“我坐那边去。”

傅迟把她拉回来：“我想和你坐。”

不挤吗？！

虽然位置很宽敞，可是一个人坐和两个人坐完全不一样。初筝是无法理解傅迟，但最后也没强迫他坐回去。

“那照片你自己拍的？”

傅迟“嗯”了一声才抬头，对上初筝的视线，坦然地点头：“喜欢吗？”

“衣服挡住了。”初筝更坦然。

傅迟低笑：“有遐想空间的照片更让人喜欢。”

初筝撑着下巴：“哪儿学的？”

“关仓。”傅迟毫不迟疑地把关仓卖了。

“他还教了你什么？”

傅迟靠近初筝，暧昧的气息扫过初筝耳畔，痒酥酥的，他的声音也慢慢响起：“晚上和你交流。”

傅迟不知是有意还是无意，柔软的唇瓣扫过初筝的耳垂。

服务员过来上菜，傅迟立即端坐好，好像什么事都没发生过一般。

“我们没有叫酒。”傅迟看着送上来的红酒，微微皱眉。

“是那位女士请的。”服务员指着不远处的一桌。

衣着得体的女人微微一笑，起身朝着这边过来。

“艾小姐。”女人只是冲傅迟点了一下头，朝着初筝打招呼，“我是秦真，你应该知道。”

“嗯。”

秦真有些诧异初筝的冷淡，但脸上一直挂着得体的笑容：“可以坐吗？”

“随意。”初筝靠着椅背，看着对面的女人。

秦真也打量着初筝。

那家律师事务所背后的老板，要查也不困难。秦真不知道艾初筝为什么要帮自己，不过受人之恩，碰上了怎么也得表示下。

“我和易言礼已经离婚，能和他这么顺利地离婚，还得多谢艾小姐的帮助。”

初筝依然没什么表情：“嗯。”打扰到我吃东西，怎么还不走？

秦真也有眼力见儿，说了两句，和初筝交换了号码，说好有时间再约后，便起身离开了。

“她是谁？”

“无关紧要。”初筝语气淡然，“吃东西。”

傅迟往那边看一眼，收回视线：“你认识的人还真多。”都是些他不认识的，且看上去都不似普通人，这让他有一种深深的挫败感。

“可是我身边只有你。”

傅迟愣一下，深邃的眸底有微光闪烁。

是啊。不管她是谁，她身边都只有自己。

傅迟伸手握住初筝的手。

“你有多动症？”初筝不耐烦道。

“没有。”

“坐好。”

“我喂你。”

“我又不是小孩，我不……”

秦真和易言礼离婚，因为出轨的证据，孩子判给了秦真。公司在他们经过几轮拉锯战后，秦真依然持有公司股份。不仅如此，易言礼还要分出一部分给孩子，暂时由秦真掌管。

纵云之前是由易言礼说了算，是因为秦真和易言礼是夫妻，两人手里持有的共同股份较多。但现在易言礼手里的股份变少了，公司的格局自然也得变一变。

纵云直播这段时间流量下滑得十分厉害，易言礼在公司也不是很好过。

现在离婚了，沈涵秋想光明正大地和易言礼在一起。易言礼以他刚离婚、现在公司个个都盯着他为由，让沈涵秋再等等。

然而让沈涵秋没想到的是，她等来的是，易言礼和另外一个股东的女儿勾搭在一块的消息。

沈涵秋去找易言礼，易言礼让她再等等。他和那个女人在一起也是为公司，没有感情。

沈涵秋一开始能忍，但是看见的次数多了，沈涵秋哪里还能忍，找上门去闹。

易言礼和股东的女儿勾搭，自然是有他的用意。沈涵秋这一闹，可以说是打乱他的计划。为平复股东女儿的怒火，易言礼当场扇了沈涵秋两巴掌。

“易言礼……你打我？”

易言礼护着新欢：“还不滚！”

沈涵秋浑身冰凉，她付出这么多年的青春，替他办事……他就是这么对自己的？说好和秦真离了婚，就和自己在一起，现在呢？骗子！都是骗子！！

沈涵秋哭着跑了。

易言礼打算安抚好新欢，再去哄沈涵秋。

易言礼到底喜欢谁……也许还是沈涵秋，只不过沈涵秋比不过他的野心。

但是易言礼没有找到沈涵秋，不仅没找到，第二天网上“春易尽”那个号又冒出来了。

沈涵秋用这个号，将自己为易言礼做过的事通通曝光。她黑那些网红，都是易言礼指使的，主要针对的就是山海直播。魔秀的只是附带，怕被人发现猫腻，这才拉魔秀下水。

山海直播是后起之秀，但是易言礼也不至于这么针对。

果然，大家在沈涵秋接下来的爆料中找到真相。

山海直播的创立人曾经也是纵云的创立人之一，和易言礼是大学同学也是兄弟。后来因为易言礼的陷害被迫离开纵云，易言礼就是个小人。

易言礼和山海直播之间的恩怨被曝光，立即就有人站出来说内幕。

当年易言礼为独吞公司，可没少做坏事。也是山海直播的创立人够宽宏，换成别人，估计早就要和他同归于尽了。

易言礼暗地里打压山海直播的事也被人翻出来。

山海直播一直稳扎稳打，从不和易言礼硬碰硬。人家在这样的环境下依然走到如今的位置，可见山海直播的创立人心境绝不是易言礼可比的。

易言礼名声扫地，网上全是讨伐他的。而纵云直播也因为他受到魔秀和山海两方平台的制衡。

易言礼去找沈涵秋：“为什么要这么做？”

沈涵秋咬牙，带着恨意：“你先逼我的。”

易言礼义正词严：“我那是为了我们以后，现在这样，你还能得到什么？”

“你以为我跟你在一起，就是为了钱吗？我为你付出那么多，喜欢你那么多年，我只是想和你光明正大地在一起！”沈涵秋的情绪有些激动。

“你知道我想要什么，你这是毁了我！”易言礼也被激怒，“你怎么这么自私！”

“我自私？”沈涵秋不可置信地指着自己。

“这些年我对你还不够好？”易言礼质问，“你要什么我没给你？”

沈涵秋气得发抖：“滚，你给我滚，我不想再看见你！”

沈涵秋和易言礼谈判失败，两人心底都生了不可化解的怨恨。

女人狠起来，男人算什么。

沈涵秋要毁掉易言礼，这么多年，她手里的证据可不是一星半点。

沈涵秋亲自举报，将易言礼送进监狱。

初筝这次的任务算是完成了。

没有其他乱七八糟的事，初筝的生活就两点一线：完成任务，宠“好人卡”。

私聊频道——

客服001：亲亲，您在吗？

财神爷：干什么？

客服001：是这样的，我们这边有一个颁奖活动，您看要不要来参加？

财神爷：颁奖关我什么事？

客服001：公司这边邀请您作为嘉宾呢。

财神爷：不去。

初筝刚拒绝，傅迟那边就告诉她，要去参加一个颁奖活动——不能带家属。

初筝：“……”玩我呢！

初筝整理下心情，点开客服001的私聊。

财神爷：我去。

客服001：……

女人就是善变。

客服001：那您给我一个地址，我这边将邀请函给您寄过去。

财神爷：跟傅迟一个地址。

客服001：好的呢。

初筝和傅迟结婚的事，平台肯定是知道的。客服001那么问，只是正常流程。

颁奖典礼并不是局限一家平台，而是全国有名气的网红都会前来参加。

当然也会有一些别的嘉宾。比如初筝这样平台消费额极高的用户，还有一些公司的高层等。

偶尔也会有明星，不过明星只是作为颁奖嘉宾被邀请来的，主角还是各路网红。

“这是开豪车展吗？”吴天看着外面的豪车，忍不住咂舌。

吴天刚把车子开进去，就有挂着山海直播工作牌的人过来：“请问是傅迟先生和艾初筝小姐吗？”

“嗯。”
工作人员给了他们入场顺序，一会儿得按照这个安排入场走红毯。
等车子离开，旁边才有人问：“那就是惊鹤寻？”
“嗯。”
“好帅啊！比视频里还要帅！！”
“要是能合影就好了。”
“听说他不合影的……”
“他旁边坐的是不是他老婆？”
“是吧，听说他们一起来的。”
“太幸福了……”
几个工作人员激烈地讨论起来，那架势比见到明星还要激动。
走红毯的时候，傅迟的关注度比前面一些明星还高。初筝作为女伴，只要安安静静地当个花瓶就够了。
红毯的照片很快就被发到网上。
女孩子穿着淡色的曳地纱裙，男人一身修剪得体的西装，两人站在聚光灯下，简直就是天作之合。
活动有直播，直播上有守着看傅迟的粉丝，在他们出现的时候，粉丝就已经控制不住自己的洪荒之力。
“这也太好看了吧！”
“老公今天又帅了。”
“老公是什么小可爱下凡啊，怎么会有这么好看的人。”

初筝挽着傅迟进场，此时里面密密麻麻地坐着人。
“傅迟。”有人拦住傅迟和初筝的去路。是个挺好看的男孩子，初筝没什么印象，但傅迟认识，也是个网红。
之前参加活动，这个网红就一直找他麻烦。
那个男孩子睨初筝一眼，语带不屑：“你就是靠她出名的啊？”
傅迟皱眉：“我……”
“你嫉妒？”初筝截断傅迟，目光平静地看着那个男孩子。
“我嫉妒什么？”男孩子顿时爹毛，“靠出卖自己得来的，有什么好得意，我才没他那么不要脸。”
初筝冷飕飕地道：“你想卖也没人要。”
男孩子微微瞪大眼，他自认自己长得很帅……呸！谁要卖！
初筝拉着傅迟离开，那男孩子心怀不甘，视线扫到旁边似有记者在拍照，心底不知生了什么计策，立即追上去。然而刚走两步，他脚下不知踩到什么，身体突然一滑，直接从阶梯上滚了下去。
初筝似早有预料，揽着傅迟的腰，将他拉到旁边，目送那个男孩子一路滚下去。

底下响起一阵接一阵的低呼，场面一度失控。

傅迟觉得有些好笑。

他现在怎么就能接受得这么坦然了呢？看见她维护自己，自己不觉得丢脸，反而觉得高兴。

他真是疯了……

“不高兴？”初筝见傅迟不说话，问他一句。

“没有。”傅迟道，“你在我身边，我就很高兴。”外人怎么说，都不会影响到他。

初筝往下面混乱看去，声音不轻不重地道：“我会在的。”

会场人声嘈杂，傅迟并没听见。

傅迟有些疑惑：“他怎么忽然摔了？”

初筝语气冷淡道：“这么大个人，走路都不会，得学学。”

当时这个男孩在他们后面，傅迟虽然觉得他摔得有些奇怪，可也没有怀疑的地方。

等那边的工作人员将男孩带走，初筝才带着傅迟下去。

第一排都是明星，傅迟和初筝的位置在第二排。

会场里的人渐渐多起来，四周陆陆续续坐了人。

“那就是傅迟？”

“是吧……真好看啊。”

“去打个招呼？”

有人过来打招呼，傅迟礼貌疏离地应着。初筝就懒得应付这些人，她又不混这个圈子。

“听说傅迟是他老婆一手捧起来的。”

“吃软饭啊？”

“他长得那么帅，不管谁捧，都得红吧。”

“他老婆很有钱……”

初筝回头，看说话的那两人一眼。

两人说得正起劲，忽地觉得有些冷，一抬眸就对上初筝的视线。被当事人抓到，两人神色一窘，慌张地移开视线。

主持人和现场准备就绪，典礼正式开始。大大小小的奖项加起来也不算少，傅迟的颁奖在最后，初筝靠在傅迟身上昏昏欲睡。

“我去下洗手间。”傅迟在初筝耳边低声道。

“我陪你。”

“不用了，我很快回来。”傅迟笑一下，起身从旁边离开。

初筝靠着椅子，后面一个女孩子突然拍了她一下：“小姐姐。”

初筝回头看她，那女孩子笑容灿烂：“能不能给我签个名？”

“咳咳……”女孩子似有些不好意思，“方便的话，可以让惊鹤寻也给我签个名吗？”

女孩子双手合十，满眼都是期待。

初筝回过神来。

找我要签名是假，要傅迟的才是真的吧！

“他不一定签，”初筝道，“你可以自己问他。”

傅迟很少签名，这跟她可没关系，是他自己的习惯。

“求你啦，我好喜欢你们的。”女孩子撇着嘴，“你们是我见过的最好看的一对了。”

“我帮你问下。”

“小姐姐你真好。”女孩子立即在身上掏出个小本子递过来。

初筝粗略一翻，前面全是签名……这是集邮吗？

“嗡嗡嗡——”来电人显示美美，她给自己打电话干什么？

“喂。”初筝压低声音接电话。

此时台上正放着音乐，有些吵。初筝好一会儿才听清，她放下手机，将小本子还给后面的女孩子，匆匆离开。

“欸，小姐姐……”

后台。

不少工作人员围在这里，还有两个人拿着相机在拍，一看就是狗仔。

傅迟长身玉立，在这群人中格外显眼。

“初筝。”美美在外围，见初筝过来，赶紧跑过来，“那个女的说你老公非礼她，正闹呢。”

美美后进场，没有和初筝撞上，但是她知道初筝也来了。她过来上洗手间，正好碰上傅迟，所以立即给初筝打了电话。

人群里有一个女生，一只手捂着要往下掉的礼服，一只手掩面哭泣，一副被人欺负的样子。

这里靠近洗手间，旁边又是一个角落，相对比较偏僻。

初筝给吴法和吴天发了一条短信，接着收了手机，这才挤进人群。

傅迟见到初筝，表情微微难看，低下头和她解释：“我没有，她突然拦着我，说些莫名其妙的话，然后就开始叫。”

他从洗手间出来时，这个女人就站在外面，拦着他不让他走，还动手动脚。

傅迟为避开她，不得不往后退。然后这女人突然就开始叫，还自己扯坏身上的礼服，正好有工作人员路过。

这里没有监控，女生一口咬定他非礼她。

女生衣衫不整，又哭得梨花带雨，怎么看都会倾向于她。

“嗯。”初筝握着傅迟的手，看向那个哭得伤心的女生，“你说傅迟非礼你？”

女生瞄一眼初筝，哽咽道：“就是他，我没想到……没想到他是这样的人……”

“非礼你哪儿了？”

“他……”女生伤心委屈，不好意思说的样子，“你们是不是人，他非礼我，还要让我说，我以后还怎么见人……”女生捂着礼服哭得伤心，立即引起一些人同情。

“没看出来，他竟然是这种人……”

“长得这么好看，还干这种事。”

“真是人不可貌相，衣冠禽兽就是用来形容这种人。”

四周工作人员低声议论。

“你不说他非礼你哪儿了，我怎么帮你做主？”初筝语气冷淡。

女生一口咬定：“他就是非礼我！”

“你有证据吗？”

“这还不是证据？”女生指着自己的礼服，“我还能拿自己的名誉开玩笑吗？”

这话一出，四周的人又觉得有道理。

初筝不咸不淡地扫她一眼：“礼服有可能是你自己扯坏的，你说傅迟非礼你就是非礼你？你有什么证据能证明，不是你诬陷他？那我是不是可以说，你先勾引他，勾引不成，反过来污蔑他？”初筝眉宇间冷意渐起，“没有证据的事，想怎么说就怎么说，不是吗？”

女生抬头看向初筝，可能是被初筝说中，眼神有些慌。

仅对视一秒，她就将视线移开。她抖着手指，指着初筝：“你……你胡说什么，你是他老婆，你当然帮着他说。我一个清清白白的女孩儿，怎么会做这种事？”

“他长得好看。”初筝理直气壮道。

四周围观群众有点蒙，这和他们想的完全不一样。

“你们……你们……”女生指着初筝和傅迟，宛如受了天大冤屈一般，眼泪不要钱地往下掉，“是不是今天要我以死证清白？”

初筝做个请的手势。

不过是夸张的说法，她哪里敢撞。

围观的人看不下去，纷纷出声支援女生。

“不要太过分吧，人家一个女孩儿呢。”

初筝看向这群人：“被污蔑的不是你们，你们站着说话不腰疼。我说你杀人，你愿意认吗？”

就因为这个女生先出声，她又是弱者，所以这群人就先入为主相信她。

也不动动脑子，傅迟脑子的坑是月球表面吗？在这样的场合非礼女生？

当然初筝料定傅迟是没那个心思的。

“那怎么一样，”有人反驳，“说不定就是他非礼人家。”

初筝镇定地反驳：“那说不定你就是杀了人。”

初筝过于镇定冷静，反而让其余人有些不知所措。这发展和他们想的不一样啊！

“你们在拍什么？”

初筝突然扭头看向一直在外面拍照的狗仔，那两个狗仔下意识地想跑，却不想后面不知什么时候站了两个大汉，看着很是唬人。众人主动给他们让开，两个瘦不拉几的狗仔被推到里面。

初筝将相机拿走，狗仔想护，吴法拉着他的手往身后一拧。

“啊……你们干什么，放开我！”吴法出手有些重，那狗仔转眼就不敢嚷嚷，只敢求饶。

四周的人纷纷退开一些。

初筝翻看相机里的照片：“前面颁奖典礼不拍，到这里来拍什么？”

狗仔被吴法、吴天吓到，眼神往女生那边飘：“我们……上厕所……”

“一起上厕所？”你们当自己是女生，还要手拉手一起。还这么巧合就遇见这事，骗鬼呢！

“不行？谁规定不能一起上厕所？”

初筝手指微微一松，相机在狗仔惊诧的视线中，掉在地上。

吴法面无表情地一脚踩上去，相机顿时四分五裂。

两个狗仔同时吓得一哆嗦。

“谁让你们拍的？”

狗仔下意识地看那个女生，但极快地收回视线：“没人……我们就是碰巧遇见……”

“哦。”

初筝微微扬了扬下巴，吴法抓着人就往地上摔。

“啊……”围观人群惊叫出声。

“打人了……打人了……”狗仔惨叫出声，“救命，打人了，救命啊……”

然而吴法和吴天这两个壮汉看着就吓人，没人敢上前。

“别打了，别打了，我说，是她……是她让我们来的。”狗仔指认女生，“她告诉我们有大新闻，我们这才来的。”

女生脸色瞬间惨白，大家落在她身上的眼神顿时变了。

傅迟本身就是流量，和他扯上一点关系，曝光度就有了。就算是不太好的曝光度，也会让她火上一阵。

女生设计得挺好，但是没想到半路杀出个初筝。

初筝让关仓过来解决这件事，两个狗仔包括在场所有人的手机都要检查清理干净。

吴法和吴天镇场，就算有人不愿意，最后也只能交出来。

“你们太霸道了吧！”

“未经本人录像拍照，我可以起诉你侵犯隐私权。”

“我也没发到网上啊……”

初筝一本正经道：“我在阻止你犯法，你应该谢谢我。”今天也在努力做好人。

这些人拍了照，录了像，难道会不发吗？

傅迟全程都没机会说话，不是他不想说，是完全没机会。

傅迟此时才能拉着初筝：“你就不怀疑我真的像她说的那样？”

初筝摇头。

“我是说如果，我真的……”

初筝扭头，拍在傅迟腿上，抬起又缓慢地拍一下：“如果你真的干了，这条腿就别要了。”

傅迟裤子很薄，初筝的手有些凉，隔着那薄薄的布料，能感觉到她指尖上的温度。

傅迟后背都跟着升起一阵凉意。

以后还是离女的远点吧。他不想失去腿，哪条腿都不想失去。

“初筝，你好帅啊！”美美从旁边冲过来，一双星星眼，“我的妈呀，你怎么这么帅！”

初筝刚想说话，美美手里就多了一个本子，递到傅迟面前：“男神可以签个名吗？”

初筝有些无语，你不是夸我帅吗？！怎么转眼他就是你男神了？！

叛徒！

初筝带着傅迟回到前面，正好到他领奖的时候了。追光灯打过来，傅迟起身，却没立即上去，而是在镜头下吻了初筝一下。

轮廓俊美的男人微微俯身，在光芒下，亲吻女孩儿。

画面唯美梦幻，是无数女孩儿梦中的场景。

“哇哦！”底下一阵起哄声，傅迟随着光走上台。

傅迟话不多，基本是主持人说，他回答。互动虽然不多，但是直播上的弹幕却是最多的。

“听闻傅先生的妻子也在。”主持人大概是得了导演的示意，突然将话题转到初筝身上，“傅先生还很年轻，为什么要这么早就结婚呢？”

不管是网红还是明星，单身发展总比结婚后要好。

傅迟往初筝的方向看，灯光适宜地打在她身上，他嘴角微微勾了一下：“我是被结婚的。”

主持人夸张地惊呼一声：“这是什么意思？”

底下的人跟着沸腾，开始脑补各种霸道女总裁和实力男明星的本子。

傅迟缓声道：“不过，我很乐意与她度过余生。”

傅迟的真诚告白粉碎了不知多少少女心，又顺便圈了一拨粉。

傅迟下来后，将奖杯给了初筝。

初筝不乐意。这么重的东西，竟然给我抱？我哪点对不起你，你要这么对我！

颁奖典礼结束后，傅迟还要接受采访，初筝郁闷地抱着奖杯在一旁等他，最后还要让她给那个一直等着的女孩儿签名。

“祝你们白头偕老、早生贵子……”拿到签名的女孩儿，高兴得要疯了。

好不容易结束可以回酒店，初筝把奖杯扔在床上，一屁股坐下去，茫然地想，我为什么要帮他抱一路啊？

还没来得及喘口气，面前的阴影就压了下来。

初筝被傅迟推在床上，表情微微凝固：“傅迟！”

“宝宝怎么了？”

初筝微微吸口气，将身下压着的奖杯拽出来，捂着自己的腰：“你是想谋杀我？”

傅迟替她揉了揉：“抱歉，没看见。”

“起开。”

“宝宝……”傅迟目光灼灼地盯着初筝，灼热的温度似能将人点燃。

人生就是一座山，我在年轻的时候，抵达山巅，何其荣幸。

——傅迟

卷四

未知生物

第十五章 灵值波动

屋子里响起女孩子一声低骂，接着就是一声闷响，玻璃球骨碌碌地滚向角落。

小短腿和细胳膊慢慢地伸展开，小机器人有了模样，憨厚地左右摆动脑袋，玻璃珠子似的眼睛看着倒在地上的纸扎人。

纸扎人脑袋着地，屁股撅着，以一个扭曲的姿势露出它的高原红大脸和红唇，笑容诡异。

“我都告诉你，不要离主人那么近了。”机器人“咔嗒咔嗒”地走两步，小短手背在身后，老干部似的教育它。

纸扎人一动不动，保持那诡异的笑容。

初筝盘腿坐在床上，冷静地抹了一把脸。真是吓死个人，一睁眼就看见凑到眼前的纸扎人。

初筝眸子扫过房间，又回来了。王者号一个系统，竟然这么厉害？

初筝看了一眼地上的机器人：“过来。”

机器人扭头看初筝：“主人，你叫我？”

“这里有别人？”

机器人指着还保持那个诡异姿势的纸扎人。

一人一机器人默默对视。

初筝懒得和它耍宝，冷着脸道：“过来，快点。”

“来了。”机器人“咔嗒咔嗒”地往初筝那边走，抱怨道，“你不要催嘛，人家脚短，走得慢……欸欸欸……主人，人家怕高！！”

初筝抓着机器人，将它拎到半空。机器人两条腿在空中乱晃，嘴里大叫。

“监控调出来。”

“就知道指挥人家做事，讨厌。”机器人嘴里碎碎念，空气里已经有了全息投影。正是她这个房间，时间是那天晚上她从庄园回来之后。

她当时在查看未知生物档案，X346 有些奇怪，等级 5，波动却那么微弱，这是她没有遇见过的……

后面她实在是想不明白，上床睡觉。

然后……就没有然后了，时间一直在跳动，但是她没有任何动静，就像一具尸体安安静静地躺在那里。

初筝快进时间，直到此时此刻，没有任何异常。

“我死了？”

“主人，你怎么咒自己死？”机器人歪着头。

“有人找我吗？”

“没有呢。”机器人道。

时间差不多有两天，胡硕竟然没来找自己。

“有单子吗？”

“也没有呢。”

生意惨淡。唉，生活真是艰辛。

初筝下床，踩着人字拖，大裤衩在空气里甩过潇洒的弧度。她弯腰拽着纸扎人的冲天辫，将它拖下楼，机器人“咔嗒咔嗒”地跟着她下去。

初筝看一眼灯架，上面的纸扎人没了。她打开柜子，打算把它俩放一个地儿，结果柜子里空荡荡的，哪里还有纸扎人的影子。

初筝叉腰，举目四顾，没发现纸扎人的踪影，不知道藏哪儿去了。

“叮咚——”雕花铁门前，站着一个少女。她踩着人字拖，到膝盖的大裤衩，T 恤随意扎在裤子里，戴着大墨镜，双手插在裤兜里，典型的不良少女。

少女的脚边还跟着一个迷你机器人，这组合怎么看都觉得怪异。

胡硕跑着出来开门，门外的人让他很意外：“初筝小姐？您……您来干什么啊？”

“上班。”

上……上班？您还知道上班啊？！他下意识地看了一下天，今天太阳打哪边出来的？

初筝推下墨镜，径直往里面走。

胡硕下意识地给她让路，只觉得少女身上有一股阴风，路过他的时候，他都能感觉到一股子寒意。

“这两天没发生什么意外，”胡硕领着初筝进去，“所以我也没去请您。”

他一天有很多事要做，繁星集团那边，他也要兼顾。

初筝转了一圈，坐到游戏舱前。

胡硕有电话进来，他看一眼初筝，拿着手机离开。

初筝不知道在想什么，整个人都像是定格在这里，一动也不动。

“嘀——”刺耳的声音响起，房间的警报灯依次闪烁起来。初筝吓了一跳，目不转睛地盯着游戏舱。

胡硕从外面冲进来，极快地检查房间里所有的仪器："初筝小姐，您动了什么？"

"我什么都没动。"跟我没关系！它自己响的！

胡硕检查完仪器，没发现异常，似想到什么："糟了！"

胡硕立即往外跑。

初筝将机器人放在游戏舱上："在这里看着。"

她跟着胡硕出去。

胡硕一路下楼，直奔一楼最角落的一个房间，下面似乎还有地下室。地下室好几道金属门，胡硕输入密码耽搁了一会儿，金属门打开后，一股烟雾从里面飘散出来。

"咳咳咳……"胡硕捂着口鼻。

地下室里是一排连着一排的服务器，颇为壮观。此时靠近最外面的两台服务器正冒着烟，地上有水渍，像是被人用水泼过。

胡硕熟练地将那两台服务器关闭，又启动隔离板，将其余服务器隔开。

胡硕撑着台子喘口气，后面冷不丁地响起一道声音："这是什么地方？"

胡硕一个激灵，他转过身，看见少女站在门口，晦暗的光将她的身影镀得虚缈。

"你没告诉我有这个地方。"

这是机密，胡硕选择隐瞒这里，不带初筝来看，也是情理之中。

"我说过，任何地方。"少女声音有些冷，还有些凶。

胡硕抹一把冷汗："对不起，初筝小姐，不是我故意隐瞒，只是这里太重要……我一会儿再和您解释可以吗？"

初筝没吭声，胡硕就当她答应了，开始检查那两台服务器。

初筝踩着人字拖进来，视线扫过四周："地上的水哪里来的？"

胡硕也正在看那些水渍，皱着眉："不知道，这里的灭火设施不是用水，水管没有通过这里，不应该有水。"这些水是哪里来的？

"有问题吗？"初筝看着那两台被关闭的服务器。

胡硕看一眼："那两台服务器没什么用，损害程度也不大，修一下就能重新启动。"

"调虎离山！"胡硕一拍桌子，拔腿就往外跑。

初筝抬手抓着胡硕的衣领，胡硕顿时跑不动："初筝小姐，您干什么，先生还在上面！"

女生冰冷的声音在闷热的机房里流转："你现在跑了，才是调虎离山。"

胡硕被初筝提点，立即反应过来。

地上的水并不多，只是刚好能触发警报，进来的门也没有遭到破坏，应该不是人为的。

"这水……"胡硕指着那些水，怎么来的啊？不是人为，那就只有……

初筝打量下机房："这里灵值气息浓郁，那玩意带进来的吧？不过因为能带进来的水不多，也就能造成这样的后果。"

未知生物没有实体，但水是有实体的。除非一些特殊能力，否则想携带水凭空进入这里，得花些功夫。

说不定那些水都还是一点一点，不停攒下来的。

初筝也挺替幕后黑手可惜的，好不容易积攒到这么多水，足够触发警报……

胡硕觉得后背发寒，汗毛全部竖了起来，这里有那种东西啊。

胡硕左右环顾："那……那东西还在吗？"

"不在。"

胡硕松了一口气，吓死他了。

"这里很重要？"

胡硕有些踌躇："这里……连接着先生的游戏舱，也是《繁星》游戏的总服务器。"

为了先生的安全，整个《繁星》游戏都还在运行中。如果这里出什么差错，后果怎么样，胡硕都不敢想。

胡硕将机房锁好，又加了几层密码，和初筝一起回到上面。

果然上面什么事都没有，只有机器人自己放了非常有节奏的音乐，正在游戏舱盖上左右摆动，跳着魔鬼机器舞。那细胳膊短腿的，有点蠢萌。

胡硕看初筝，您的机器人都这么有个性啊？

初筝在空气里点一下，全息屏幕隐藏下去，音乐声停止。

"咳咳……初筝小姐，刚才的事，您有什么想法吗？"胡硕在这里经历的诡异事件已经够多，现在脑子一团乱麻，理不清头绪。

初筝按着想蹦跶的机器人，严肃又认真："首先你要弄清楚一个问题。"

"什么事？"

初筝看向胡硕，胡硕立即站直，拿出百分之百的认真。

"什么时候开饭？"

初筝过来的时候是早上，现在已经中午，该吃午饭了。

胡硕让家政机器人去准备午餐。

家政机器人的午餐都是严格按照食谱做，每一克都掌握得十分严格，味道是不用说的。

初筝吃饱喝足，靠着椅子休息。胡硕基本没怎么吃，戳着盘子里的东西，等初筝放碗，他立即跟着放下。

"首先你要弄清楚一个问题。"初筝重复之前的那句话。

胡硕没敢随便搭话，怕又像刚才那样，只能看着初筝。

初筝将擦嘴的帕子扔到桌子上："对方的目的是什么？"

"之前我觉得他是冲咱们先生来的，可是今天这事……我又不是很确定了。"

破坏机房的服务器，当然也是能让先生陷入更危险的地步。

可是……为什么挑了两台不重要的服务器？难不成是那东西不知道哪台服务器重要？

"初筝小姐……"

初筝抬手阻止胡硕说话："这不在我的职责范围，它出现了我会帮你解决，其余的事，你自己解决。"

胡硕想想刚才初筝说的那句话……首先"你"要弄清楚一个问题。

她压根就没把自己算进去。

当然她最初也说得很清楚，职责范围外的事跟她没关系，胡硕也不好继续跟初筝讨论。

初筝慢悠悠地晃回游戏舱那个房间。机器人还在游戏舱上左边扭扭，右边扭扭。

“主人，我跳得好不好？”

“老年健身操？”

机器人哼了一声：“人家跳的是华尔兹。”

“华尔兹得罪你了？”

“没有啊！”

“那你干什么侮辱华尔兹。”

机器人叉腰，气呼呼地道：“主人你这样会失去我的！”

“哦。”初筝不再关注它，目光放在游戏舱上。

机器人不高兴，要找存在感，“咔嗒咔嗒”地走到初筝视线可及的范围。

“主人你在干什么？”

“思考。”

“思考什么？”

“怎么把你拆了。”

机器人还是怕初筝的，它委屈巴巴地走到旁边蹲着画圈圈。

初筝在思考王者号和《繁星》这个游戏到底有没有关系。如果有关系，那个游戏里现在就只有一个玩家……也就是面前这位繁星公司的总裁，星绝先生。

那她的“好人卡”是不是他？

王者号肯定知道。可这人嘴巴紧得很，不肯说。

肯定有阴谋，至于什么阴谋，初筝暂时还没想到，线索实在太少了。

“主人，下班时间到了。”机器人提醒初筝。

初筝看了一下时间，时间竟然不知不觉就过去了……

初筝拿着机器人离开，她走到门口，回头看一眼游戏舱，又走回去，在游戏舱下方摸索一下，随后大步离开。

胡硕刚从外面回来，初筝走到大门口时，他正好进来：“初筝小姐，您要走了？”

“下班了。”

胡硕郁结。真的好不适应，头一次见干保镖还有八小时工作制的。

可是他还不敢说什么。

“初筝小姐慢走。”

初筝走了一段距离，胡硕突然追了出来，叫住她：“初筝小姐，那种东西……”胡硕谨慎地问，“它能被人指使吗？”

“可以。”初筝道。

胡硕觉得四肢发寒，他目送初筝离开，推了接下来的行程安排，去京南科技大学找苏缇月。

“胡先生？”苏缇月略显意外，“是出什么事了吗？”

“能找个地方说话吗？”

苏缇月看看四周的人，点头，领着他去自己的办公室：“出什么事了？”

“今天初筝小姐过来了，发生了一件事。”胡硕将机房的事，和苏缇月说了一遍。

“我觉得那东西是被人指使的。”胡硕将自己的猜测也说出来，“先生虽然几次都差点出事，可最后都化险为夷。按照苏教授您和初筝小姐说的，那东西如果真的要杀掉先生，应该轻而易举，为什么要做那些无意义的事？”

“被人指使……”苏缇月金丝边眼镜下的目光有些凝重，“这事我还没听说过。”

苏缇月接触的事件中还从没听说未知生物可以被人驱使。

“我问过初筝小姐，她说……可以。”

“她当真这么说？”

胡硕沉重地点了点头。

苏缇月沉吟片刻：“如果真的是这样，那幕后黑手就是另有所图。”

华灯初上，问仙路繁华热闹，初筝慢吞吞地走回黄泉路。

“丫头。”隔壁店铺的大叔站在自家店门口，见初筝回来，叫了她一声。店铺没开门，大叔大半个身子隐在黑暗中，手里的烟一明一灭，声音嘶哑难听，“出事了。”

初筝转身，几步走上台阶，大叔侧身让她进去。

店铺里已经有好几个人，空气里透着凝重。

初筝进来，本来坐在主位上戴小丑帽的少年起身坐到旁边。

初筝拉开椅子坐下，语气淡漠：“什么事。”

小丑帽少年往店铺角落努了努下巴：“死了一个人。”

初筝侧身看去，角落里用黑色的布盖着一具尸体。她指尖搭在桌子边，轻轻地敲了一下：“怎么死的？”

大叔抽着烟：“身体没有伤口，也没有疾病，应该是被寄居了。但是比较奇怪的是，我们都没发现任何灵值波动。”

初筝扫了在场的人几眼，平静地起身，走到尸体前，掀开黑布。

初筝伸手：“刀。”

小丑帽少年去拿了把刀出来，递给初筝。

初筝将尸体的上衣撩起，刀子剖开尸体的肚子。鲜血横流的场景并没有出现，这具尸体里一点血都没有。不仅如此，本该存在的脏器也不在了，肚子里空荡荡的，像一个人形模具。

“果然是被寄居了……”有的未知生物寄居人体，是将人类当成食物。人体的血液、五脏六腑，都会被未知生物吞噬，当什么都没有的时候，未知生物就会抛弃这具躯壳，寻找下一个。

初筝眉心微蹙，拉着尸体的胳膊看了片刻。

初筝将黑布盖上，起身，接过递过来的帕子擦手，慢条斯理地坐回椅子上：“这是谁家的？”

“老亚家的。”

“人呢？”

“我这就去叫他。”

老亚是个中年男子，看上去有些憨厚。他被大叔带进来时，明显有些拘谨。

初筝垂眸，没有说话。

大叔拍下老亚的肩：“死者身份说一下。”

老亚搓下手：“是……是前两个月新聘的帮工，身份没有问题，我都查过……”

有人质疑："他被寄居了，你没发现？"

老亚错愕，摇头："没……没有。"

初筝抬眸，看着老亚，语气平缓："有什么异常之处，都说说。"

"没……没有什么异常……"老亚回想这两个月的事，"他不太爱说话，但是手脚勤快，来这儿两个月，也没出过什么差错。"

老亚说不出更多的线索，初筝让他先回去。

大叔又点了一支烟："丫头，你说这事……"

初筝沉默，其余人低声讨论。

"最近我总觉得问仙路不太对劲。"

"我就说，不能招外面的人，现在出事了吧。"

"寄居这么长时间，竟然都没被发现，它是怎么做到的？"

"是不是别的什么能力？"

别的……能力。

初筝想到 X346 也是这样……她指尖敲着椅背："这件事知道的人有多少？"

"老亚发现死了人，第一时间通知了我，暂时就我们这些人知道。"大叔道。

初筝颔首道："把尸体处理干净，查问仙路所有外来人口。"

其余人对视几眼，先后离开。

初筝也没离开，就坐在大叔店铺里。外面喧嚣声渐渐消停下来，安静的夜里，什么声音都没有。

翌日。

小丑帽少年先回来，将一个本子扔到桌子上："查到两个被寄居的，不过……"

小丑帽少年将透明的小瓷瓶放在初筝面前，里面有光芒闪烁："都死了，只抓到它们的灵魄。"

灵值是用来辨别未知生物的，灵魄是未知生物死后凝聚成的一种能量。

初筝拿起一个小瓷瓶。

"进去！"女人的声音从外面响起，接着就是一个人被推进来，他鼻青脸肿，狼狈地摔在地上。

小丑帽少年挑眉："苏尧姐，你抓到个活的？"

进来的女人一身皮衣皮裤，手里还拿着一条皮鞭，一头酒红色的鬈发，十足的御姐范，她一撩头发："你姐又不是吃素的。"

初筝垂眸看着地上的人："你们这段时间都在干什么？"

苏尧和小丑帽少年表情微微一变。问仙路里混进来这么多未知生物，确实是他们的失职。

问仙路是什么地方？

问仙路里，除了招进来干活的普通人，其余人都和未知生物打交道，问仙路比官方的未知生物管理处历史更久远。

但是他们这些人，并不是生来就在问仙路。而是某一天，突然能看见未知生物，被问仙路的人称为灵能觉醒。

然后……初筝就会出现。

如果他们同意入住问仙路，就会得到一份契约；如果他们不同意，他们就会失去看见未知生物的能力，还会失去关于这一切的记忆。

契约时间一般是五十年到一百年。时间到了之后，可以解除契约。

解除契约之后，要么回归正常人生活，当然，会失去关于问仙路和未知生物的所有记忆；要么留在问仙路，守着那些记忆，在这里安度晚年。

而初筝，谁也不清楚她的来历。据问仙路一些已经解除契约留在这里的老人说，很久以前，她就在这里了，似乎一直是这个样子，没有变过。

他们只知道她的名字叫初筝，脾气不太好，没正事的时候，除了面无表情，倒也没什么架子——看问仙路那些老人吼她的架势就知道了。

大叔也带了一个人回来，剩下的人带回来的都是灵魄。

十几个瓶子在桌子上排开。

初筝单手环胸，一只手撑着下巴，望着桌子上的瓷瓶。

“你们跑到问仙路来，有什么目的？”苏尧甩着小皮鞭在旁边问话。

被抓住的那两个，怎么都不肯开口。

初筝拉住想要动粗的苏尧。

“我们什么都……”说话的那个，眼睁睁地看着和自己做伴的同类化作粉末。

星星点点的灵魄飘散出来，初筝抬手，灵魄自动汇聚在她手心里，她摸出一个小瓷瓶装好，放在桌子边缘。

女孩子缓慢地回过头，冰冷的视线落在他身上。

小丑帽少年拽了拽自己的耳钉。

“姜三盏，你有没有觉得她比以前更凶了？”

小混混青年姜三盏摸了一下胳膊：“有点。”

苏尧抱着自己的小皮鞭，眼底带着几分畏惧：“她这能力到底是什么？”

苏尧旁边站着一个皮肤苍白得近似病态，但容貌极其漂亮的男人。他翘着手指，打量自己的指甲，冷冷地道：“这事还是少打听。”

“我就是好奇。”苏尧道。

“好奇什么都可以，就是不能好奇黄泉路。”男人睨苏尧一眼，“别忘了教训。”

苏尧想到自己刚来的时候，因为好奇黄泉路溜进去后的经历。

那绝对是她这辈子经历过的最恐惧的事。

“梅姬呢？”苏尧转移话题。

姜三盏往旁边一站，他后面蹲着一个全身粉色系的少女。小丑帽少年把蹲在地上的少女拽起来：“你在干什么？”

全身都是粉色的少女，抱着一只粉色的长耳兔子。那颜色仿佛天生就是为她存在，让人看着就觉得少女心炸裂。

少女不知道在吃什么，被小丑帽少年拽一下，不满地瞪他，胡乱地把东西塞进嘴里，鼓着腮帮子，一张脸都快撑成包子。

现在房间里除了初筝一共还有六个人——

御姐苏尧，小丑帽少年谢时，小混混青年姜三盏，少女粉梅姬，店铺主人柳重大叔，病态美男夜月梨。

柳重的店铺就在初筝旁边，因此他和初筝的关系是最近的。

而这几个人都是柳重带出来的。

简单来说，这几个人大概就是老大身边的红人，当然，能力也不差。

他们这个职业，靠的是觉醒的能力天赋，年轻并不代表他们不厉害。

“我说，我说……”那边那人从空中掉下来，脑袋着地，狠狠地磕了一下。

初筝拽了一把椅子坐下，无声地示意他说。

“是……是有人让我来的。”

初筝跷着腿，右手搭在膝盖上，目光冷凝地看着地上的人：“谁？”

“我不知道他是谁。”那人哆嗦着道，“我说的都是真的，我没见到他的样子，他身上有很强大的气息，我不敢反抗他。”

初筝沉吟几秒：“目的。”

“就……就让我们把问仙路的情况汇报给他。”

根据这人所知，大概是两个多月前，他们被陆陆续续地派进来。他们被派到问仙路，每天监视问仙路的动向，定期整理好，将这些东西放在问仙路的垃圾桶底部，对方怎么取的，他们就不知道了。

指使他们的人是谁——不知道；监视的目的——不知道。

总之，一问三不知，就是一群炮灰。

如果不是有一个人突然死了，估计现在他们都不会被发现。

至于那个人为什么死了……初筝怀疑是寄居在他身体的那个比较贪吃，两个月就把人给啃没了。

正常的寄居，为了不被人发现，基本不会动人体里的任何东西。最后人类的意识消亡，它们可以寄居在这身体里很久。

初筝敛下乱七八糟的念头，问他：“你们怎么隐藏灵值波动？”

那人哆嗦地将脖子上金属制的三角形吊坠取下来：“他给了我们这个。”

初筝抬手，吊坠自动飞到她手里。吊坠离开那人，那人身上的灵值波动瞬间爆发出来。

“就是这东西压制了他的灵值波动？”姜三盏惊疑。

“这是什么？看着没什么特别啊……”

初筝指尖拂过吊坠表面。她微微用力，星星点点的光芒，从碎裂的吊坠里缓慢溢出，因为初筝没有收敛，光芒慢慢消失在空气里。

众人面面相觑，那也是未知生物？可是……他们怎么一点灵值波动都没感觉到？

“丫头，那是‘影’吧？”柳重的见识比另外几个都要广，但也不是很确定。

初筝冷淡地“嗯”了一声。

“‘影’是什么？”苏尧好奇地问。

柳重看看不知道在想什么的初筝，给几个人解释：“未知生物我们一般都用代号代替，很少取名。拥有名字的未知生物一般都是比较特别的，‘影’就是其中之一。因为它没有灵值波动，像影子一样。”

“影的编号是K·E6……”

“灭绝了？”

柳重看了插话的谢时一眼。

谢时扶一下自己的小丑帽，往后面缩了缩。

未知生物档案，按照危险等级A、B、C、D、F分类。

其外还有S，超危险一类；X，无法判定一类；K，拥有更特别能力的一类，但是前面加E，证明已经灭绝。

柳重继续说：“6这个编号靠前，是最早的那一批。已经很久没有发现关于它们的踪迹，所以被标注为灭绝。”

柳重摸下胡子，皱着眉道：“‘影’的攻击力很弱，可以说是没什么攻击力。但是我不知道，它还能掩盖别的未知生物的灵值波动。虽然没有完全掩盖，但是灵值波动低得可以让我们察觉不到……”

K·E6对他们来说有些陌生，需要消化一会儿。

梅姬举起她抱着的兔子发问：“有人让他们来监视问仙路，为什么啊？”

初筝点头。

这个问题问得好！我也想知道。哪个狗东西活得不耐烦，打起问仙路的主意了。

没人能回答梅姬这个问题。

问仙路的特别，大家都清楚。可是监视这里……他们还是头一次遇见。

“你们觉不觉得，这些灵魄……”初筝若有所思，“比正常的灵魄要胖一些？”

众人看向桌子上的小瓷瓶。

胖？这是什么形容词？不过光芒确实要亮一些。

“为什么呢？”梅姬又举起兔耳朵问。

“梅姬。”初筝叫她。

梅姬乖宝宝似的抱着兔子，一副学生听讲的模样。

“你已经长大了，你要学会自己思考。”我也想知道为什么！

梅姬怀里竖起的兔耳朵耷拉下去：“好吧，可是为什么呢？”

初筝让他们再去检查一遍问仙路看还有没有漏网之鱼。

她回到黄泉路，土匪似的往桌子边一坐，把玻璃球摸出来：“查看K·E6档案。”

“K·E6档案已封存，请输入管理者密码。”

初筝垂眸，玻璃球已经变成机器人，正无辜地看着她。

空气都安静下来。

“主人，就算你对我抛媚眼，也是要输入密码才行的。”机器人歪着头。

初筝深呼吸：“我现在就是管理者，刷脸不行？”

“主人，不行。”机器人委屈巴巴地道。

初筝握拳，深呼吸：“我是光，我是电，我是唯一的神话。”

初筝想掐死设置这个密码的。神经病啊！还不能改！

她不要脸的吗？！

机器人奶声奶气地回应：“密码正确，检索档案中……”

全息投影在空气里展开，K·E6的档案缓缓出现——

未知生物编号：K·E6（已灭绝）

未知生物命名：影

等级：1

灵值波动：无（特殊类）

生存能力：强

……

初筝看下来，和正常的档案没什么区别，下面有几个案例，但是都没提到这玩意可以替别的未知生物掩盖灵值波动。

难道是以前没人发现？

也有可能。毕竟他们对未知生物的了解，都是摸索中得来的。

“更新档案中……”

“未知生物K6档案已更新……”

未知生物编号：K6

未知生物命名：影

等级：1

灵值波动：无（特殊类）

生存能力：强

……

备注：可掩盖同类灵值波动。

“你有什么想说的？”初筝问机器人。

机器人“咔嗒咔嗒”在桌子上走两步，颇为严肃地开始分析：“刚才那个未知生物说，驱使他来的人，比他强大，证明对方也是未知生物。所以让他们来监视问仙路的，肯定是未知生物。

“监视问仙路的动向，有多种可能。

“第一，他们打算对问仙路发起进攻。不过，我觉得这个行为十分愚蠢，谁也不是主人的对手！

“第二，不想让问仙路发现什么。英明神武的主人岂能被他们所蒙骗！

“第三，对方想要在问仙路里达成某种阴谋……”

机器人奶声奶气地列出十多种可能性。不仅如此，机器人还在后面加上自己的观点——主要吹捧它家主人，马屁拍得十分熟练。

最后，机器人认真地说：“主人，你有麻烦了。”

我麻烦多得很！

初筝烦躁地抓两把头发。

第十六章 她的身份

星家庄园。

胡硕大半夜起来开门，看见门外依然穿着大裤衩，站夜风里放荡不羁的少女。

“初筝小姐，您……大半夜来上班啊？”

白天她没过来，胡硕想给她打电话的时候，发现自己并不知道她号码——之前都是亲自去请的。

结果大半夜看见了她。

“你没规定时间，所以我自己定时间，有问题？”初筝理直气壮道。

胡硕无语，这哪里是请的保镖，这请的是祖宗。

胡硕请初筝进去，庄园里灯火通明，不时能看见机器人：“初筝小姐，您……”

“不用管我。”

胡硕踌躇一会儿，最终选择离开，留下初筝一个人。

初筝在房间这里摸摸，那里看看。如果她是未知生物，会藏在哪里呢？

初筝瞄向游戏舱。

应该……不会吧？上次扫描过游戏舱，没有异常。

不是游戏舱，那会在什么地方？

初筝转悠出去，检查几个她觉得很有可能藏身的地方。然而……都没有。

那个机房倒是个好地方，之前这个黑户口应该就是藏在那里。不过昨天被她发现了，黑户口应该不会那么蠢……

不过也不一定！未知生物有时候喜欢揣摩人类的心思，然后自以为是，耍小聪明。

最危险的地方就是最安全的……

初筝溜达下楼，不用胡硕开门，金属门在她靠近的时候，自动打开。

机器人骄傲地挺起胸脯。

“哐——”初筝回头。

机器人四脚朝天，躺在地上，正费劲地想翻身。

机器人好不容易翻了个身，可是它没有站起来，而是朝着初筝伸出手：“主……主人，救……救我。我感觉不能呼吸了，你的小心心要死掉了。”

初筝面无表情，十分冷漠地拒绝机器人的求救：“请你原地死掉。”

初筝头也不回地往里面走，金属门冰冷地立在她面前。

初筝深呼吸，转回来，将机器人拎起来：“别玩了，开门。”

“你对人家一点也不好，人家不跟你好了。”机器人哼哼唧唧。

初筝捏着它胳膊的手用力，威胁道：“我耐心有限。”

机器人“哇”一声哭了，奶声奶气的哭声在安静的空间传开。它一边哭，一边控诉初筝。

金属门就在机器人的哭声中，缓缓打开。

“唰——”有风掠过。初筝极快地扔掉机器人，伸手在空气里一拽。有什么东西被她抓住，初筝往旁边的金属墙上摔去。

银光闪现，空气微微扭曲。

“砰”！金属墙壁被撞得“咚”的一声，凹进去一个大坑。

这么大力的撞击，触发警报系统，警报声在整个庄园响起。

突兀、刺耳、急促。

胡硕刚洗完澡，还没休息，只来得及穿一件浴袍，火急火燎地跑下来。看见大开的金属门，胡硕心都凉了半截。

出事了……

胡硕一路跑下去，他的步子忽地一顿。最后一扇金属门前，红光交织的警报将整个通道都染成红色。女孩子站在交织的红光里，四周隐隐有银光浮动，宛如环绕在她身边的星光。

在他出现的那一瞬间，银芒微闪，隐进空气，消失不见，仿佛是他的错觉。

胡硕使劲地揉了揉眼睛，通道里只有警报系统的红光。

看错了吗？

胡硕警惕地上前：“初筝小姐，这是怎么回事？您怎么进来的？警报器怎么响了？”

初筝和机器人同时垂下头，仿佛地上有花儿看。

初筝也不过是垂下头三秒，随后就抬起来，平静又镇定地道：“我抓到罪魁祸首了。”

胡硕惊讶：“哪里？”

初筝垂着的手抬起，她做的是拎东西的动作，可是胡硕并没有看见她手里有东西。

胡硕迟疑：“初筝小姐……您手里有东西吗？”他怎么什么都没看见？

初筝：“忘了，你看不见。”未知生物的本体，对普通人来说，是透明的，和空气一样。

初筝也不知道做了什么，胡硕很快就看见她手里有东西显露出来，是一团……黑乎乎的玩意，像一团黏稠的墨。

“这……这就是未知生物？”胡硕盯着那团墨水一般的东西，“就是它在作怪？”

初筝点头："应该是。"

胡硕关了警报系统，又检查一遍机房，没有发现问题。回到上面房间，胡硕还是忍不住问："初筝小姐，您怎么到下面去的？"门怎么开的？

那几扇金属门，整个庄园，乃至现在整个集团，只有胡硕知道密码。每一扇门的密码都不一样，且密码是会变化的。

初筝张口就来："我下来的时候就这样。"

胡硕看向被初筝塞在玻璃瓶里的墨水状未知生物，难道是这玩意打开的？

胡硕有点怀疑初筝，可初筝端着一脸严肃认真，毫不心虚，让人都不好怀疑她。

玻璃瓶被放在房间的金属台上，胡硕将注意力转移到它身上："它不会跑出来？"

"特制的。"初筝坐在金属台另一边，语气淡淡地解释。

胡硕不敢靠太近，毕竟他是第一次接触这样的东西。虽然他极有可能，已经和它相处很长一段时间。但是，胡硕要催眠自己，这是第一次见，之前他什么都不知道。

"它为什么要做这些事，能……知道吗？"

"我只帮你抓它。"初筝冷漠地强调自己的职责。

潜台词就是，问问题这种事，跟她没关系。

她是一个有原则的人，职责范围外的事，说不管就不管。

胡硕没办法，只好打电话请苏缇月过来。

大半夜的，苏缇月匆匆赶来，微微喘口气，温润儒雅的面容，浸润夜的雾气："初筝小姐，胡先生。"

初筝只点下头，算打招呼。

"苏教授，麻烦您了。"胡硕礼貌客气，带着歉意，"这么晚还打扰您。"

"没事。"苏教授一点脾气也没有。

"装模作样。"初筝在旁边阴森森地点评。

苏缇月无语。

胡硕已经不是第一次听见这个词。苏教授和初筝小姐的关系……看来是真的不好。

不过苏教授人很好啊，怎么初筝小姐就看不惯他呢？

苏缇月以拳抵唇，轻咳一声："抓到了？"

胡硕立即指着金属台上的玻璃瓶。

苏缇月过去看一眼："初筝小姐，这瓶子……"怎么有点眼熟呢？好像上次丢失的那批……

初筝转过头，不看苏缇月。苏缇月也识趣，没往下说。

他一边观察瓶子里的东西，一边习惯性地推下金丝边眼镜："这有点像墨雾。"

未知生物管理处有给未知生物取名的习惯。名字也没什么讲究，反正像什么就取名叫什么。

瓶子里的未知生物，确实很像一团墨色的浓雾。

"攻击性不强，不过因为它们的特性，很适合隐藏。"苏缇月拿出随身的灵值检测仪器，“奇怪，它的灵值波动不太对啊……”

检测出来的灵值波动不超过10。但是墨雾确实是5级未知生物，灵值波动在100至200才正常。

灵值波动越高，等级和实力自然就是越厉害的。

“苏教授，能不能知道，它为什么要这么做？”胡硕比较焦急地想知道它的目的。

先生躺在游戏舱没办法醒过来，现在外边还出事。胡硕急得很啊！

苏缇月将仪器收起来：“我试试看能不能问出来。”

初筝没什么兴趣，转到外面去透气，让苏缇月尽情发挥。

半个小时后。

初筝回来，苏缇月和胡硕面色沉沉地坐着。瓶子里的未知生物偶尔动一下，像被装进瓶子里的章鱼。

不知道苏缇月怎么折腾它了，初筝看见了一点委屈和怨念。

初筝有点好奇，但她什么都没问，平静地坐回去，给自己倒了一杯水。

三个人诡异地沉默下来。

胡硕突然接到一个电话，离开房间，脸色沉沉，步履也匆忙。

“他很放心你。”初筝望着胡硕离开的背影。

胡硕就这么走了，甚至都没交代一句。之前她让他离开，胡硕那叫一个不情愿，三步一回头，五步一停顿，生怕她把他家先生吃了似的。

苏缇月笑了一下：“我和星绝是朋友。”

“你还有朋友？”初筝语气平静，听不出是什么意思。

但是苏缇月知道，这绝对不是一句好话。

苏缇月镜片下的眸子微微一转：“初筝小姐，你对我似乎有误解。”

苏缇月和初筝打过几次交道。不知道为什么，她好像有点看自己不顺眼。

“没有。”初筝冷漠脸，“我对你一点都不了解，哪里来的误解。”

苏缇月深吸一口气：“那不如，我们说说这个？”

不等初筝拒绝，苏缇月直接往下说：“5级的未知生物，为何灵值波动不超过10？”

初筝喝口水，漫不经心道：“特别能力，有什么好奇怪的。”

“初筝小姐，墨雾……也许在你那里，它不叫这个。但是我们都知道，它的灵值波动理应在100至200之间，绝对不可能不超过10。”

“所以呢？”

苏缇月目光如炬：“你是不是知道什么？”

初筝眸光平静地看着他：“我知道又如何，你觉得我会告诉你吗？”我们又不熟。

初筝放下水杯，里面的水微微晃动。她伸手拿起那个玻璃瓶：“东西抓到了，我的任务完成了，让胡硕有空过来和我解契。”

“初筝姑娘，恐怕还不行。”

初筝步子微微一顿，回头去看苏缇月。苏缇月带着温润的笑，说话都带着几分温和：

"它只不过是一个小喽啰，幕后黑手还没抓到，恐怕还得麻烦初筝姑娘一段时间。"

抓住的这个，只知道自己要想办法将金属门的密码弄到手，或者将门打开也可以。

按理说，它偷看到密码应该很容易，然而胡硕每次输的密码都很长，还有字母和数字交替……主要是长得它记不住，还不止一道门，这很为难它。

上次好不容易让胡硕把门打开，结果碰上初筝，计划失败。

进入机房要做什么，这就不是它能理解的了。

而它还有一个任务，如果可以，尽量杀掉繁星集团的总裁——星绝。

所以才会有庄园发生的那些怪事。

至于幕后主使人，它不知道，对方藏得很深。就算抓住它，幕后人没解决，还会有别的危险。

这件事还没结束。拿人钱财，替人消灾。生活不易，我忍。

初筝面无表情地坐回去，凶巴巴地将瓶子打开。

初筝的行为吓了苏缇月一跳："初筝小姐……"

这样打开瓶子，未知生物有百分之九十的概率逃跑。然而初筝将瓶子倒过来，几下将里面的未知生物倒出来，那架势像是倒垃圾。

一团墨水似的未知生物，还没展开身体就被人一把按住，有棱有角的地方挣扎地拍在金属台上。

初筝此时就像是按着一条鱼，随时准备宰杀。

初筝手指在那团浓墨里摸索，片刻拽出一块三角形的金属片。在金属片被拽出来的同一时间，苏缇月听见灵值检测仪器的提示音，他摸出来一看，灵值波动 147……

初筝将金属片扔到台子上，金属片弹跳两下，发出清脆的声音。初筝一巴掌将那团墨水似的东西拍下去，又狠又凶。

"这玩意儿，谁给你的？"

一道尖细的声音响起："一个……很厉害的人。"

它说话像是牙牙学语的幼童，有些口齿不清，听着十分别扭。

未知生物是可以模仿人类说话，这只未知生物应该很少模仿人类，所以才会这样口齿不清。至于它们是怎么发声，用现在的科学是没办法解释的，反正它们就是可以，这大概就是天赋异禀吧。

初筝抓到关键："人，还是你同类？"

"同……人……"未知生物模糊地吐词，"我不知道……他身上有人的气息，也有同类的气息。"它记得最清楚的，就是那个人很可怕。

"寄居？"苏缇月道，"这样人类身上就会出现灵值波动。"

"嗯。"初筝没有反驳，这确实是唯一能解释的。

初筝问它："除了你，还有谁？"

"不……不知道……"未知生物明显害怕，"我真的不知道，别杀我，我知道的都告诉你。"

初筝把它塞回瓶子里。

“就是这个，掩藏了它的气息？”苏缇月看着遗留下的金属片，疑惑摆在脸上，“这是什么？”金属？怎么能掩藏未知生物的气息？

初筝把金属片扒拉过来，修长白皙的指尖捏着，微微用力。金属片“咔嚓”一声，从中间裂开。星星点点的光芒，自裂缝散落出来。

苏缇月知道这是什么——灵魄。

这个词是谁发明的已经无从考证，据苏缇月所知，初筝也是如此称呼的。

可是那光芒很弱……正常的未知生物，灵魄不应该这么少。

苏缇月张了张唇，带着疑义：“这是未知生物？”不太对啊。

初筝清冽的目光落在碎掉的金属片上，唇瓣轻启：“或者说，未知生物的一部分。”

这不是完整的K6，只是将它的一部分弄在这个金属片里。携带它的未知生物，就可以掩藏灵值波动。

简单来说——K6被分尸了，他们携带的是K6的尸体。

即便是被分尸的未知生物，它们本身具有的能力，依然是可以利用起来。

苏缇月不太理解这句话。

“什么意思？”苏教授不懂就问。

“我没必要给你解惑。”初筝却很不给面子。凭什么我得来的线索，就要这么给你。

苏缇月郁结，和她交流怎么这么困难。

就现在的线索，他们只知道背后还有人或者未知生物想杀掉星绝，还想要机房的密码。

原因却未知。

同样的金属片，同样可以隐藏灵值波动的K6。这幕后黑手是同一个吗？还是巧合？

初筝不信这样的巧合，这两者间肯定有联系。但是现在他们抓住的未知生物都是一问三不知，根本没有更多的线索。

胡硕有一阵才回来。

刚才苏缇月已经和胡硕说过一些，胡硕也是心事重重。苏缇月和胡硕低语几句，估计是说刚才自己和初筝的“讨论”。

胡硕眉宇间的郁色更重。

还是没有找到幕后凶手的线索。先生的危险一天不解除，胡硕就一天不能心安。

苏缇月看下时间：“时间不早了，咱们也得不出什么结论，那我先回去，有什么线索，我再通知胡先生。”

胡硕点点头，做请的手势：“我送送苏教授。”

苏缇月没有拒绝，两人一前一后地往外走。苏缇月忽地顿住，回过头来，眼镜微微反光，使得他的眼神凌厉：“初筝小姐，你打算如何处理它？”

它，指的是瓶子里的未知生物。

初筝瞄一眼桌子上的瓶子：“关你什么事。”这是我抓住的！我想怎么处理就怎么处理！

苏缇月转过身，礼貌又温和地询问：“初筝小姐，如果可以，能不能将它交给我？你能问的都已经问完了，它对你来说，也没有作用。”

初筝指尖在瓶子上敲一下，意味不明地道：“你打算给它一条活路？”
苏缇月斟酌语句：“我们管理处会公平处理……”
初筝漠然地拒绝：“我不会给你。”
初筝拿着瓶子进了里面的房间。
初筝抛了一下手里的瓶子：“算你倒霉，落在我手里。”
瓶子里的未知生物似乎听懂了，用尖细的嗓音“唔唔”两声。
她将瓶子放在游戏舱盖上。
游戏舱里的柔光打在她脸上，勾画出女孩子精致却略显冰冷的轮廓。
初筝望着游戏舱里模糊的人影。
你，到底是谁呢？

庄园那边，自从初筝抓到那个黑户口后就一直很平静，没有再出现什么意外情况。
胡硕给她定了白天上班时间，初筝每天就按时去，按时走，一分一秒都不会差。
这天，胡硕刚下班回来，在门口碰上初筝：“初筝小姐。”
初筝本来是往外走，但她几秒后又倒回来：“胡先生。”
“初筝小姐，有……什么事吗？”胡硕小心翼翼地问。
“你家先生还能醒过来吗？”
胡硕摇头：“这不好说，《繁星》游戏虽然还在运行，可是自从先生昏迷后，我们就无法再登录进去，因此也没办法进游戏里，找到先生，将他带出来。”
“为什么无法登录？”
“这……”胡硕迟疑下，“因为安全密匙，我们无法获取。”
安全密匙只有先生知道。不知是不是因为游戏出现问题，整个游戏的安全系统自动启动，没有安全密匙，他们谁也进不去。
现在整个团队都在想办法破解安全密匙。只有先破解安全密匙，才能让人进游戏。
因为星绝在里面，还不能暴力破解，所以破解速度缓慢。
“他不能自己醒过来？”
胡硕道：“我们不知道具体出现哪些问题，如果先生只是被困在里面，找不到出来的办法，我们只要破解密匙，先生就能醒过来。但如果先生觉得自己是游戏里的人物，把游戏世界当成真实世界，那他就不会想着出来。只能我们进去后，找到先生，再想办法唤醒他。”
这都是乐观的情况，胡硕还没说团队给出来的不乐观情况。
当然，这些胡硕也没必要说出来。
“初筝小姐，您突然问这个做什么？”
“问问。”初筝神色冷淡，仿佛只是随口问问，“走了。”
初筝双手插兜，大裤衩在夕阳的余晖中，甩出飘逸的弧度，衬托出少女放荡不羁的背影。
胡硕忍不住抽了一下嘴角。
初筝小姐挺好看的一小姑娘，怎么就这么……不修边幅呢？
就不能打扮打扮，穿得正常点？

初筝发现自己已经回来好几天，王者号却一点动静都没有，叫它也不回应，好像消失了一般……

问仙路抓出来“奸细”后，他们又将整个问仙路都查了一遍，但是除了发现有几个人干了点偷鸡摸狗的事，没有别的发现。

按照奸细交代，他们去查那个放情报的垃圾桶，结果还是一点线索都没查到。

问仙路没再出现任何异常情况，如果非要说有的话……初筝被投诉了。

之前那个叫“蓝缕衣”的买家，一天投诉她十次，最高纪录是五十次，现在还在不断提升。

蓝缕衣：“奸商！我知道你在，我也知道你看见了，有你这么做生意的吗？”

蓝缕衣不仅投诉，还一边投诉一边骂。初筝每次上线，都能看见他的一堆留言，偏偏还不能拉黑。

顾客就是上帝，为了生活，冷静！

黄泉路：“你想怎么样？”

蓝缕衣秒回。

蓝缕衣：“退款！”

黄泉路：“不可能。”

蓝缕衣：“奸商！凭什么不退款？！”

黄泉路：“你只能在我这里买到想要的。”

蓝缕衣：“奸商，垄断市场！！”

黄泉路：“谢谢夸奖。”

蓝缕衣：“你怎么这么不要脸？”

黄泉路：“你慢慢投诉吧，再见。”

初筝那边分分钟就接到五次投诉，她不以为意，将店铺里的东西整理了一下，好些都已经断货。初筝叹了一口气，上楼回房间，在桌子上摆着的那些发着光的小瓷瓶里挑挑拣拣，拿了一些去客厅。

客厅另一边还有一个房间，初筝推开门进去，里面光线十分暗。

房间里只有一张桌子，桌子上摆着香烛纸钱一类的东西，旁边还有一个香炉。

初筝也不开灯，坐到桌子前，将其中一个瓷瓶的灵魄倒出来。

灵魄养了一段时间，不像最初那么零散，就是一团光芒。

倒出来后，灵魄下意识地想跑。初筝手腕上的银线探出，将灵魄圈住，拽回来。

初筝把灵魄放进黑色的香炉里，香炉里的光明明灭灭，初筝又往里面添加了什么东西。她的动作不急不缓，像是在做一件雅致的事。

做完这些，初筝靠着椅子，盯着香炉。

两个小时后。

初筝打开香炉，抽了几支香，将香的一端插进香炉。

有微光顺着香缓慢地爬升，直到那几支香彻底亮起来，初筝才将它拿出来，用黄色的包装纸封好，一支一个包装。

初筝又陆续用同样的办法，做了几份香蜡纸烛，然后将做好的数量补充到店铺里。刚补充好，就提示有一个订单。

初筝看一眼订单，下楼将东西打包好。

她抽出一张契约，契约内容都是一样的。

契约

今与黄泉路主人签订契约，若违背契约，将奉献灵魂。

契约人：×××

中间有很大的空白，初筝抽出笔，在中间写字。

“物品：百凝香·梦。”

“价格：寿命三百天。”

初筝写好之后，把契约随便塞进包裹里。旁边的全息屏上，正显示着百凝香。

百凝香·梦——使用者可获得一个月进入他人梦境的能力，每天可使用一次，每次使用时长为半个小时。

使用者请按照说明使用，若出现问题，是使用者自己使用不当，与本店无关。

非危险物品，售出不退。

机器人蹲在初筝旁边：“主人，你是不是涨价了？”

初筝冷漠脸：“我没有。”

机器人奶声奶气地道：“三百天，一年了！上一批你才定价半年。”

初筝看它一眼，严肃脸：“这批货比较好，价随货涨。”

机器人不信：“听你瞎吹。”

黄泉路卖的东西是从未知生物中提炼出来的，以此获得一些特别的能力。当然初筝也不会卖特别危险的，大部分都是一些小道具，治个小毛病，吓唬个人，入个梦什么的。

而她收取的报酬，就是寿命。

人的寿命怎么可以交易呢？

当然能。

因为她是黄泉路的主人。

（未完待续）

《繁星降临4》预计2021年11月预售!